OWEN (SFOA)

BLUE TEAM – STAHLHARTE BESCHÜTZER
BUCH EINS

RILEY EDWARDS

OPERATION ALPHA

Herausgegeben von: Aces Press, LLC

ISBN Taschenbuch: 978-1-64384-773-3

Besuchen Sie Riley im Netz!
www.rileyedwardsromance.com
facebook.com/Novelist.Riley.Edwards
instagram.com/rileyedwardsromance
youtube.com/channel
tiktok.com/@rileyedwardsromance
twitter.com/rileyedwardsrom
E-Mail: riley@rileysrebels.com

WILLKOMMEN

Liebe Leserinnen und Leser,

willkommen in der Fan-Fiction-Welt von *Special Forces: Operation Alpha*!

Falls Sie diese Welt zum ersten Mal betreten, sollten Sie wissen, dass die Autorin in ihrer Erzählung einen oder mehrere meiner Charaktere verwendet. Manchmal spielt die Figur dabei eine wichtige Rolle in der Geschichte, und zuweilen wird sie nur kurz erwähnt. Das ist völlig legal und erlaubt, da der Roman von Aces Press, LLC veröffentlicht wird.

Dieses Buch ist vollständig das Werk der Autorin. Zwar habe ich beim Brainstorming geholfen und Ideen eingebracht, wenn es darum ging, welche meiner Figuren in der Erzählung erwähnt werden würden, aber ich hatte weder Einfluss auf den Schreibprozess noch auf die Bearbeitung der Geschichte.

Ich bin stolz und begeistert, dass meine Figuren so viel Anklang finden und viele Autorinnen und Autoren ihnen in ihren eigenen Erzählungen Platz schaffen. Vielen Dank, dass Sie sie und mich unterstützen!

Viel Spaß beim Lesen!
Susan Stoker xoxo

BÜCHER VON RILEY EDWARDS

Blue Team – Stahlharte Beschützer:

Owen (5 Aug)

Gabe (2 Sept)

Myles (7 Okt)

Kevin (4 Nov)

Cooper (2 Dez)

Garrett (6 Jan)

Gold Team – Stahlharte Beschützer:

Brooks

Thaddeus

Kyle

Maximus

Declan

Red Team – Stahlharte Beschützer:

Jasmins Erinnerung

Schutz für Olivia

Vergebung für Violet

Erlösung für Ivy

Die Rettung von Erin

Die Gemini-Gruppe:

Nixons Versprechen

Jamesons Erlösung

Westons Schatz

Alecs Traum

Chasins Kapitulation

Holdens Erwachen

Jonnys Befreiung

<u>**Eliteteam 707:**</u>

Shanes Auferstehung

Jaspers Freiheit

Levis Erkenntnis

Nolans Zwiespalt

WILLKOMMEN

Liebe Leserinnen und Leser,

willkommen in der Fan-Fiction-Welt von *Special Forces: Operation Alpha*!

Falls Sie diese Welt zum ersten Mal betreten, sollten Sie wissen, dass die Autorin in ihrer Erzählung einen oder mehrere meiner Charaktere verwendet. Manchmal spielt die Figur dabei eine wichtige Rolle in der Geschichte, und zuweilen wird sie nur kurz erwähnt. Das ist völlig legal und erlaubt, da der Roman von Aces Press, LLC veröffentlicht wird.

Dieses Buch ist vollständig das Werk der Autorin. Zwar habe ich beim Brainstorming geholfen und Ideen einge-bracht, wenn es darum ging, welche meiner Figuren in der Erzählung erwähnt werden würden, aber ich hatte weder Einfluss auf den Schreibprozess noch auf die Bearbeitung der Geschichte.

Ich bin stolz und begeistert, dass meine Figuren so viel Anklang finden und viele Autorinnen und Autoren ihnen in ihren eigenen Erzählungen Platz schaffen. Vielen Dank, dass Sie sie und mich unterstützen!

Viel Spaß beim Lesen!
Susan Stoker xoxo

Für Susan.

PROLOG

Im Leben dreht sich alles um Entscheidungen.

Das hatte ich irgendwo gelesen.

Jede Entscheidung, die du triffst, formt dich als Mensch.

Auch das hatte ich gelesen.

Es war Blödsinn.

Ein Typ namens Maxwell hatte das in einem seiner Bücher über Wachstum und Führungsprinzipien geschrieben. Offensichtlich hatte er nicht bedacht, dass es Menschen gab, die einfach nicht in der Lage waren, eigene Entscheidungen zu treffen, weil man ihnen die Möglichkeit genommen hatte.

Ich war einer dieser Menschen.

Ich hatte keine Wahl.

Nicht wenn ich am Leben bleiben wollte.

Mein ganzes Leben lang hatten andere die Entscheidungen für mich getroffen. Ich hatte keine andere Wahl, als mich an die Regeln zu halten. Das war weder eine Ausrede noch ein Versuch, mich aus der Verantwortung zu stehlen, und ich war auch nicht schwach oder dumm. Aber ich war in einem Umfeld aufgewachsen, in dem man schnell lernen musste, den Mund zu halten und Befehle zu befolgen. Andernfalls hatte man schnell Zementschuhe an den Füßen und endete als Fischfutter.

Mein Vater war ein Gangsterboss, und nachdem er ins Gras gebissen hatte, übernahm mein Onkel seinen Posten. Ich hatte keine Ahnung, ob einer von ihnen sich je der Fischfutter-Metapher bedient hatte, aber in meinen Ohren klang es besser als Mord. Denn genau dieses Schicksal ereilte in meiner Welt Menschen, die eigenständig dachten, moralische Werte vertraten oder zu fliehen versuchten.

Mein Vater hatte mich geduldet, weil ich klug genug war, zu schweigen, zu gehorchen und seine Befehle nicht infrage zu stellen. Die meiste Zeit hatte ich mich aus allem herausgehalten.

Aber mein Onkel verachtete mich aus vielerlei Gründen, allen voran war da die Tatsache, dass ich existierte. Er hasste mich, seit ich meinen ersten Atemzug getan hatte. Nein, das stimmte nicht. Im Grunde hatte er mich schon gehasst, als ich noch ein Zellhaufen war. Er war verheiratet, aber obwohl die Frau nicht meine Tante war, war sie doch die Frau im Haus. Und wie alle vor ihr war sie entbehrlich. Einigen seiner Verflossenen hatte er mehr Freiheiten gewährt als anderen. Nachdem er sich von ihnen hatte scheiden lassen, hatte er sie in Stadthäusern in der Nähe seiner Wohnung untergebracht. Aber nicht alle. Einige verschwanden einfach. Ich nahm an, dass sie ebenfalls als Fischfutter geendet hatten, aber ich hatte nie danach gefragt.

Diejenigen, die noch lebten, wohnten alle im selben Block. In gewisser Weise hatte mein Onkel einen Teil von Chicago übernommen und dort seine eigene kleine Gemeinschaft von verfügbaren Muschis angesiedelt. Denn genau das waren Frauen seiner Meinung nach – verfügbare Muschis.

Zu meinem Leidwesen wurde ich nach dem Tod meines

Vaters ausgerechnet dem Mann übergeben, der ihn ermordet hatte. Meinem Onkel.

Er hatte die Macht an sich gerissen.

So spielte das Leben nun einmal. Als König oder Boss, wie mein Vater sich zu nennen pflegte, musste man immer damit rechnen, dass jemand einem nach dem Leben trachtete. Er war niederträchtig gewesen und hatte sich vieler abscheulicher Verbrechen schuldig gemacht, aber ich hatte ihn nie für dumm gehalten. Doch am Ende hatte er sich als Vollidiot erwiesen, denn er hatte das Messer nicht kommen sehen, das ihm sein jüngerer Bruder – sein Berater und seine rechte Hand – ins Herz gestoßen hatte. Mein Onkel hatte also nicht einfach nur die Macht an sich gerissen, er hatte sich das Unternehmen meines Vaters angeeignet, indem er ihn ermordet hatte.

Und ich hatte keine Wahl.

Kein Leben.

Mein Onkel nahm mich in Besitz und ließ mich wissen, wie wenig er sich darüber freute. Damals war ich fünfundzwanzig. Ich dachte, er würde mich so schnell wie möglich verheiraten, um mich loszuwerden, aber er hatte andere Pläne.

Und als ich nicht mehr in diese Pläne passte, oder besser gesagt, als ich etwas sah, was ich nicht hätte sehen sollen, verkaufte er mich.

Ich hatte keine Wahl.

Dann wurde ich gerettet und vor einem Leben bewahrt, in dem ich nur die Sexpuppe eines kranken, gestörten Mannes gewesen wäre. Nun lebte ich in einem anderen Gefängnis. Und das war weitaus schlimmer als das meines Onkels. Ich wurde zwar nicht mehr von Sexhändlern und anderem abscheulichen Gesindel eingesperrt, aber ich war nach wie vor eine Gefangene. Allerdings waren die Schlösser an den Türen nicht dazu gedacht, mich am Gehen zu hindern, sondern andere fernzuhalten. Außerdem kannte ich den Code für die Alarmanlage, die zu meinem Schutz aktiviert war. Und ich hatte Zugang zu einem Telefon und damit zur Außenwelt. Es fehlte mir an nichts. Und doch konnte ich nicht gehen.

Nicht wenn ich am Leben bleiben wollte.

In diesem Fall konnte man vielleicht von einer Entscheidung sprechen, wenn man die Wahl zwischen Leben und Tod als eine solche bezeichnen konnte. Aber mein Leben war ohnehin nicht viel wert. Nachdem mein Vater mir jahrelang die kalte Schulter gezeigt hatte, hatte ich die Grausamkeit meines Onkels kennengelernt, wäre beinahe zur Sexsklavin geworden und lebte nun mit einem Mann zusammen, der sein Leben riskiert hatte, um meines zu retten. Er hatte sich um mich gekümmert, mich gesund gepflegt und mich mit einer Fürsorge verarztet, die ich noch nie zuvor erlebt hatte. Und nachts, wenn ich schreiend und von Albträumen geplagt aus dem Schlaf gerissen wurde, hatte er mich in seinen Armen gehalten.

Owen Cullen.

Der Mann meiner Träume. Der einzige Mann, der mich in den zweiunddreißig Jahren meines Daseins jemals zärtlich berührt hatte. Ich war alles andere als naiv und wusste, dass es so etwas wie ein Happy End nicht gab. In meiner Welt war die Lebenserwartung im Allgemeinen niedrig, und es war zweifelhaft, ob ich meinen vierzigsten Geburtstag erleben würde. Aber Owen gab mir den Glauben an eine Zukunft, die nicht mit einem Paar Zementstiefeln und einem Bad im Lake Michigan endete. Aber wie ich meinen Onkel kannte, würde er auf Nummer sicher gehen und mich irgendwo in Indiana ins Wasser werfen – wahrscheinlich am Cedar Lake. Dann würde irgendein Angler meinen leblosen, aufgedunsenen Körper am Ufer finden und ein Trauma erleiden.

Nun saß ich also in einem anderen Gefängnis, zusammen

mit einem gutherzigen und sanftmütigen Mann. Mit anderen Worten: Owen war der gefährlichste Mann, dem ich je begegnet war. Er und seine Brüder.

Diese Männer kämpften gegen das Böse.

Sie waren gute Männer.

Männer mit reinem Herzen.

Zweifellos wäre er entsetzt, wenn er wüsste, dass ich in ihn verliebt war.

Ich war Sarah Pollaski. Tochter eines Gangsterbosses. Nichte von Wilco Pollaski, dem amtierenden König der Chicagoer Unterwelt. Ich kam aus dem Schmutz. Die rohen, profanen, vulgären Taten meiner Familie hatten sich in meine Haut gefressen und durchdrangen mich mit einem fauligen Gestank, von dem ich mich nie würde reinwaschen können.

Owen würde mich aus dem Haus werfen, wenn er davon wüsste. Also tat ich genau das, was ich mein ganzes Leben lang gelernt hatte – ich schwieg. Ich rührte nichts an, was mir nicht gehörte – was bedeutete, dass ich nichts anfasste, weil ich nichts hatte. Ich sah mich nicht in seinem Haus um und ich machte es mir nicht bequem, obwohl er mich dazu aufgefordert hatte.

Auf keinen Fall würde ich ihm gegenüber zugeben, dass ich den lieben langen Tag Angst hatte.

Ich erzählte ihm auch nicht, dass meine Albträume keine nächtlichen Hirngespinste waren, sondern auf realen Ereignissen basierten, die ich mit eigenen Augen gesehen hatte.

Ich sagte ihm nicht, dass er der erste Mann war, der in mir nicht nur eine verfügbare Muschi sah.

Aber all das verschwieg ich nicht, um mich selbst zu schützen, sondern um *ihn* zu schützen.

Obwohl ich liebend gern an eine Zukunft geglaubt hätte, wurde ich ständig daran erinnert, dass ich keine Wahl hatte.

Mein Weg war vorherbestimmt.

Ich war der Besitz eines anderen und würde nie selbst über mein Leben bestimmen können.

All das schwirrte mir im Kopf herum, während ich auf dem Boden in der Ecke von Owens Schlafzimmer kauerte und auf den Umschlag vor mir starrte. In der linken oberen Ecke stand die Adresse meines Onkels. Mein Name prangte in ordentlichen Druckbuchstaben in der Mitte. Auf der rechten oberen Seite klebte eine Briefmarke.

Er hatte mich gefunden.

Meine Hände zitterten so heftig, dass ich zwei Versuche brauchte, um das Handy, das Owen mir gegeben hatte, zu entsperren, und sogar noch mehr, um auf seinen Namen zu tippen.

Er meldete sich nach dem ersten Klingeln.

»Hallo«, ertönte seine tiefe Stimme am anderen Ende der Leitung.

»Er hat mich gefunden«, flüsterte ich.

»Wer hat dich gefunden?«, fragte Owen.

Der sanfte Bariton, der mich immer beruhigt hatte, war einem besorgten Grollen gewichen.

»Mein Onkel«, sagte ich mit tonloser Stimme, aus Angst, er könnte auf magische Weise erscheinen, wenn ich nur seinen Namen aussprach. Der Mann vereinte den Butzemann, Bloody Mary und Freddy Krueger in einer albtraumhaften Person und machte mir das Leben zur Hölle.

Wilco Pollaski war ein wandelnder Dämon.

»Ist er im Haus?«

Ich hörte ein Rascheln am anderen Ende der Leitung, dann Schritte.

Er würde kommen. Owen war auf dem Weg zu mir.

»Nein. Ich habe die Post geholt und einen Umschlag mit meinem Namen gefunden. Er wurde in Chicago aufgegeben.«

Ich war so dumm. Normalerweise holte Owen die Post,

schließlich war es sein Haus. Aber Eva hatte mir Nagellack bestellt und ihn an seine Adresse schicken lassen. Vor Monaten hatte die Frau mir das Leben gerettet. Eva Brown war Pilotin und war damals von einem Mann entführt worden, der mit ihrer Hilfe Drogen nach Kanada schmuggeln wollte. Ich hätte ebenfalls in dem Flugzeug sitzen sollen. Aber Eva war eine starke und mutige Frau, und im Gegensatz zu mir hatte sie sich gewehrt. Ich hatte sie nur angefleht, mich sterben zu lassen. Der Tod war meine einzige Chance auf Freiheit gewesen. Damals war ich Owen zum ersten Mal begegnet. Er und sein Team waren plötzlich aufgetaucht, um Eva aus den Klauen dieses Mannes zu befreien.

Dabei hatten sie auch mich gerettet. Owen hatte nicht gewusst, was er mit mir anfangen sollte. Ich hatte mich geweigert, ihm meinen Namen oder meine Herkunft zu verraten. Also hatte Owen mich mit zu sich nach Hause genommen und mir versprochen, dass ich hier in Sicherheit sein würde und heilen konnte.

Wie auch immer, zurück zum Briefkasten. Statt auf Owen zu warten, hatte ich die Post selbst geholt. Wegen eines albernen Fläschchens Nagellack. So weit war ich also schon gesunken. Ich hatte mich auf etwas so Triviales gefreut, nur, um mich hübsch machen zu können.

»Sind die Türen verschlossen? Ist die Alarmanlage eingeschaltet?«, fragte er keuchend.

Offenbar war er in einen Dauerlauf verfallen. Ich schloss die Augen und antwortete: »Ja.«

»Wo bist du?«

An dem einzigen Ort auf der Welt, an dem ich mich sicher fühle, wenn du nicht zu Hause bist.

Aber das sagte ich ihm nicht. »In deinem Schlafzimmer«, erwiderte ich stattdessen.

»Rühr dich nicht von der Stelle. Ich bin in zehn Minuten da.«

Ich kniff die Augen zusammen, um nicht in Tränen auszubrechen. Eigentlich weinte ich nie. Bisher hatte ich nur zweimal wirklich um etwas geweint, das ich liebte. Das erste Mal war ich acht oder neun und hatte um meine Katze getrauert. Ich war am Boden zerstört, denn Peaches war meine einzige Gefährtin im Leben gewesen. Ich weinte und weinte, bis mein Vater mich mit einer Ohrfeige zum Schweigen brachte. Laut ihm zeigten Pollaskis keine Schwäche. Ich wollte ohnehin nie eine Pollaski sein, aber in dem Moment, in dem ich meine tote Katze im Arm hielt und das Mal meines Vaters im Gesicht trug, hatte ich mir gewünscht, nie geboren worden zu sein.

Das zweite Mal hatte ich noch mehr gelitten. Es war noch gar nicht lange her, aber ich wollte nicht daran denken.

»Danke, Owen.«

»Zehn Minuten, Baby. Halte durch.«

Dann war die Leitung tot.

Ich saß reglos da und zuckte nicht einmal mit der Wimper.

Owen kam nicht erst nach zehn Minuten nach Hause.

Er war in fünf Minuten da.

Das machte die einzige Entscheidung, die ich je eigenständig getroffen hatte, schwerer, als ich es je für möglich gehalten hätte.

KAPITEL EINS

Er hat mich gefunden.

Herrgott, ich bekam Natashas verängstigte Stimme nicht aus dem Kopf.

Ich schaute in den Rückspiegel. Mein Teamleiter Myles folgte mir in seinem verbeulten Bronco. Hinter ihm fuhr unser Kamerad Gabe in seinem auffälligen gelben Lexus. Neben ihm saß Kevin auf dem Beifahrersitz. Das war alles, woran ich denken musste: Ich war nicht allein.

Mein Team stand hinter mir. Wie immer. Aber im Moment konnten wir nicht viel tun. Nat weigerte sich zu sprechen. Seit wir sie in Alaska gefunden hatten, hatte sie keinen Ton von sich gegeben, und nach dem letzten Anschlag auf ihr Leben hatte sie sich völlig verschlossen.

Ich nahm es ihr nicht übel. Es gab nicht viele Menschen, die von sich behaupten konnten, in den Sexhandel verkauft und aus diesem Albtraum gerettet worden zu sein, nur um dann von einer vermeintlich besten Freundin aus Kindertagen entführt, verprügelt und fast erschossen zu werden und schließlich mit ansehen zu müssen, wie diese angebliche Freundin getötet wurde.

Doch all das hatte Nat nicht brechen können – sie hatte sich nur in ihr Schneckenhaus zurückgezogen. Als Ashaki gestorben war, hatte sie geweint, aber seitdem hatte sie keine verdammte Träne mehr vergossen. Sie war emotional abgestumpft.

Ich fuhr in meine Einfahrt und hörte das Quietschen von Reifen, als sowohl Myles als auch Gabe auf die Bremse traten und am Bordstein parkten.

Die sechzehn Kilometer lange Fahrt von der Zentrale von Z Corps nach Hause war die Hölle gewesen. Ich schloss die Haustür auf und war nicht weniger nervös als zu dem Zeitpunkt, an dem ich Nats Anruf erhalten hatte. Ich fürchtete mich vor dem, was mich drinnen erwarten würde. Kaum hatte ich das Wohnzimmer zur Hälfte durchquert, schaltete einer der Jungs die Alarmanlage aus und das Piepen verstummte. Als die Eingangstür ins Schloss fiel, stand ich bereits vor meiner Schlafzimmertür. Ich hielt gerade lange genug inne, um einen Teil meiner Selbstbeherrschung wiederzuerlangen, schließlich wollte ich eine ohnehin schon verängstigte Frau nicht auch noch zu Tode erschrecken.

Langsam öffnete ich die Tür und erblickte sie sofort. Sie saß reglos auf dem Boden, die Knie angezogen, die Arme um die Beine geschlungen, das Kinn aufgestützt und den Blick auf die Tür gerichtet. Sie zuckte weder, noch blinzelte sie, sondern starrte nur mit leerem Gesichtsausdruck stur geradeaus.

In diesem Moment schwor ich mir, Wilco Pollaski zu töten.

Sie spielte mir nichts vor. So viel Angst konnte man nicht vortäuschen. Sie strahlte förmlich von ihr ab und erfüllte den ganzen Raum.

»Nat?«

»Sarah«, korrigierte sie mich.

Als wir sie in Alaska fanden, hatte sie sich mir als Natasha vorgestellt. Monatelang nannte ich sie so und hörte auch nicht auf, als ich erfuhr, dass sie in Wirklichkeit Sarah hieß. Sie hatte mich nie verbessert. Bis heute.

»Er hat mir vierundzwanzig Stunden gegeben, um nach Hause zurückzukehren.«

Ich fragte nicht, wen sie meinte, denn ich wusste es bereits.

»Du bist zu Hause«, antwortete ich.

»Nein, Owen«, flüsterte sie. Schließlich hob sie den Kopf und begegnete meinem Blick. Mit ihren großen grünen Augen starrte sie mich an. »Das ist nicht mein Zuhause.«

Eine Erinnerung drängte sich mir auf, die mich auch nach all den Monaten noch quälte und mir einen Stich ins Herz versetzte. Ich dachte an den Moment zurück, in dem ich zum ersten Mal in diese seelenvollen Augen geblickt hatte. Sie war vor Angst wie erstarrt gewesen, während ich die Wunde an ihrer Stirn gesäubert hatte. Wir hatten gerade Max' Frau Eva gerettet und ich war erleichtert, während das Adrenalin noch immer durch meine Adern gerauscht war. Natashas Anwesenheit war für uns alle eine Überraschung gewesen. Ich hatte keine Ahnung, warum sie dort war, aber an dem beklommenen Ausdruck in ihren Augen und ihren verkrampften Schultern hatte ich sehen können, wie viel Angst sie gehabt hatte. Wenn ich an den Tag zurückdachte, konnte ich immer noch ihre leise Stimme hören, die mir zuflüsterte, dass sie kein Zuhause hatte und nirgendwo herkam.

Ich hatte alles in meiner Macht Stehende getan, um ihr ein Zuhause zu bieten. Gabe, Kevin und Myles waren meinem Beispiel gefolgt, ebenso wie Eva, Max, Tatiana, Brooks, Emmy, Thad, Anaya und Kyle. Sie alle halfen dabei, ihr ein Gefühl von Sicherheit zu vermitteln. Sie gaben ihr etwas, woran sie sich festhalten konnte – Freundschaft,

Vertrauen, Mitgefühl. Jeder von ihnen hatte sich ihr zugewandt.

Ich habe kein Zuhause.

Das hatte sie gesagt.

»Nat, das hier ist dein Zuhause. Auf keinen Fall gehst du zu deinem Onkel zurück.«

»Sarah«, zischte sie wütend, griff nach dem Umschlag, der neben ihren Füßen auf dem Boden lag, und sprang auf. »Ich heiße Sarah. Diese Scharade ist sinnlos.«

»Wovon redest du?«

»Davon, dass ich so getan habe, als sei ich keine Pollaski.«

Ich spürte ein unangenehmes Ziehen in der Brust.

»Was soll das heißen?«

»Das weißt du doch«, blaffte sie.

»Nein, Baby, das weiß ich nicht.«

»Ich bin Abschaum.«

Ihre Worte durchbohrten mein Herz wie ein Pfeil. Sie glaubte, was sie sagte, und war überzeugt, dass sie sich nur etwas vormachte. Aber sie irrte sich. Sie konnte die Güte, die in ihr steckte, nicht verbergen. Als wir sie in Alaska aufgriffen, wartete sie auf einen Transport nach Kanada, wo sie einem Mann übergeben werden sollte, der sie gekauft hatte. Aber sie wollte uns nicht erzählen, was mit ihr geschehen war.

Statt auf ihr eigenes Wohl bedacht zu sein, hatte ihre einzige Sorge Eva und ihren Söhnen Eli und Liam gegolten. Täglich hatte sie sich nach ihnen erkundigt, wollte wissen, wie Eva das Erlebte verarbeitete und wie die Jungen mit der Entführung ihrer Mutter zurechtkamen. Sie hatte sogar nach Max gefragt.

Sara Pollaski – oder Natasha – lag das Wohlergehen anderer Menschen am Herzen.

Es war nicht zu übersehen, wie fürsorglich sie war.

»Baby, du bist kein Abschaum.«

Nat zuckte zusammen, und ich erinnerte mich wieder einmal daran, dass es manchmal wehtat, sie anzusehen, weil sie ihren inneren Schmerz ebenso wenig verbergen konnte wie ihre Freundlichkeit. Es gab Momente, da wirkte ihr Lächeln fast aufrichtig, aber es war nicht echt. Sie konnte den Schmerz nur vorübergehend unterdrücken. Und wie jede Wunde, die nicht verarztet wurde, blutete auch ihre unaufhörlich weiter.

»Es spielt keine Rolle. Ich muss zurück nach Chicago.«

»Das musst du nicht. Du wirst auf keinen Fall gehen.«

Sie verengte die Augen zu schmalen Schlitzen und trat einen Schritt auf mich zu. Wie immer verspürte ich den Drang, sie an mich zu ziehen, aber in diesem Moment war dieses Bedürfnis so stark, dass meine Finger zu kribbeln begannen.

Das war mein Dilemma.

Verlangen und Vernunft.

Je länger ich in ihrer Nähe war, desto schwerer fiel es mir, mich zurückzuhalten und um meine Selbstbeherrschung zu kämpfen.

»Du verstehst einfach nicht«, schnaubte sie und fuhr sich mit fahrigen, ruckartigen Bewegungen durch ihr langes hellblondes Haar. »Ich habe gelogen.«

»Gelogen?«

»Ja, ich habe Amie belogen, denn ich wusste alles. Ich wusste, in welche Machenschaften mein Vater verwickelt war und dass Amies Eltern für ihn arbeiteten. Ich wusste, was sie für ihn taten. Sie hatte recht. Ich habe in diesem Haus gelebt und alles gesehen. Aber ich habe sie angelogen und Unwissenheit vorgetäuscht. Ich habe nur geschwiegen, weil ich Abschaum bin. Ich bin nicht besser als die anderen.«

Ich wollte nicht an den Tag denken, an dem die abtrünnige CIA-Agentin mein Sicherheitssystem umgangen hatte und in mein Haus eingedrungen war, um Natasha zu entführen. Als wir Nat fanden, hatte Amie, besser bekannt als Ashaki Maloof, sie übel zugerichtet und war kurz davor, sie zu töten. Die Ereignisse dieses Tages verfolgten mich bis heute in meinen Albträumen. Ich hatte keine Sekunde vergessen. Die Erinnerungen waren so lebhaft, dass sie mich wahrscheinlich bis zu meinem Tod begleiten würden.

»Diese Schlampe …«

»Hatte in jeder Hinsicht recht«, fiel sie mir ins Wort. »Du hast ja keine Ahnung.«

»Vor fünf Monaten – verdammt, vielleicht sogar vor zwei Monaten – hätte ich dir noch zugestimmt. Ich wusste einen Scheißdreck. Aber heute habe ich eine Menge Informationen, sowohl über deinen Vater als auch über deinen Onkel. Beide waren schon als Jugendliche kriminell. Am Anfang waren es nur kleine Einbrüche. Damals, in den Siebzigern, war es einfacher als heute, Diebesgut zu verhökern. Es war leicht, unerkannt zu bleiben, vor allem in Chicago. Die Mordrate war auf einem Rekordhoch, was Barny und Wilco zu ihrem Vorteil nutzten. Sobald sie über die nötigen Mittel verfügten, betätigten sie sich als Kredithaie und strichen hohe Renditen ein. Das brachte ihnen genügend Geld ein, um sich die nötige Muskelkraft zu kaufen und in den Drogenhandel einzusteigen. Sie gingen klug vor, hielten sich an der Peripherie auf und weiteten ihr Unternehmen erst aus, nachdem sie sich eine Armee aufgebaut hatten. Sobald sie die Männer, die Waffen und die Polizisten in der Tasche hatten, legten sie los und eroberten ein paar Viertel. Es dauerte Jahre, aber auf blutige und rücksichtslose Weise gewannen sie immer mehr an Boden. In den Neunzigern fügten sie einen Stall voller Frauen hinzu und strichen den Gewinn ein. Drogen. Frauen. Glücksspiel. Kredite. So haben die Pollaskis ihr Geld verdient. So verdient dein Onkel noch heute sein Geld.«

»Woher weißt du das alles?«, fragte sie mit blassem Gesicht.

»Was glaubst du, was ich die ganze Zeit gemacht habe?«

»Du solltest das alles nicht wissen«, flüsterte Nat und senkte den Blick. »Du darfst es nicht wissen.«

»Warum nicht?«

»Weil … weil … es gefährlich ist.«

»Ja, Baby. Das weiß ich. Aber ich verstehe nicht, wie du darauf kommst, dass ich dich zu ihm zurück lassen würde.«

»Mich lassen?« Sie lief rot an und ihre Augen funkelten vor Zorn. So wütend hatte ich sie noch nie erlebt. Ich war positiv überrascht von ihrer Reaktion. »Ich wusste nicht, dass ich eine Gefangene bin«, fügte sie hinzu.

»So willst du dieses Spiel also spielen?«, blaffte ich. »Du wohnst seit Monaten bei mir. Wann habe ich dich wie eine Gefangene behandelt, Nat? Oder anders gefragt: Wann habe ich dich nicht wie einen Menschen behandelt, der mir etwas bedeutet? Obwohl ich völlig im Dunkeln tappte und keine Ahnung hatte, wovor ich dich beschützen sollte, habe ich mein Bestes getan, um deine Sicherheit zu gewährleisten. Wir alle haben dir geholfen.«

»Du kannst mich nicht vor ihm beschützen.«

»Wollen wir wetten?«

»Nein. Denn wenn ich diese Wette gewinne, bedeutet das nur, dass jemand tot ist.«

Sie meinte es wirklich ernst.

Auch in dieser Hinsicht irrte sie sich. Ich würde sie eines Besseren belehren.

»Wilco ist kein Bösewicht mit übermenschlichen Kräften, Nat. Er kann dir nichts anhaben. Jetzt, da wir wissen, mit wem wir es zu tun haben, können wir dich beschützen. Du musst uns vertrauen«, flehte ich sie an.

Die Röte auf ihren Wangen verblasste langsam und sie biss sich auf die Unterlippe. Nicht zum ersten Mal wünschte ich mir, ich könnte sie in meine Arme ziehen, sie trösten und die wunde Stelle an ihrem Mund küssen. Ich wollte ihren Schmerz lindern, sie von ihren Sorgen befreien, sie vergessen lassen. Wenn auch nur für ein paar Stunden. Wenn es je eine Frau gegeben hatte, die aus dem Gefängnis ihrer Gedanken ausbrechen musste, dann war es Natasha. Und ich wusste genau, was ich tun musste, um sie abzulenken. Ich würde ihr so viel Lust bereiten, dass wir beide an nichts anderes mehr denken würden.

Aber so weit würde es nicht kommen, vor allem weil sie ein glückliches Leben verdiente. Wenn das alles vorbei war und sie nicht mehr unter dem Bann der Pollaskis stand, dann würde sie frei sein. Ich für meinen Teil tat besser daran, nicht an die ewige Liebe zu glauben. Ich hatte meine Chance vertan und wollte mich nicht auf eine Beziehung einlassen, die ohnehin in einer Scheidung enden würde. Sicher würden wir am Anfang glücklich sein, aber irgendwann würde der Schleier sich lüften und die Harmonie wäre dahin. Dann würde alles in die Brüche gehen und ich könnte Ex-Frau Nummer zwei verbuchen.

Das alles hatte ich bereits hinter mir. Ich war auf die Schnauze gefallen und würde nie wieder heiraten.

»Ich kann nicht«, sagte Nat leise und riss mich aus meinen Gedanken.

»Warum nicht?«, fragte ich mit sanfter Stimme und bemühte mich nach Kräften, mir meine Verärgerung nicht anmerken zu lassen.

Ich hatte ihr keinen Grund gegeben, mir nicht zu vertrauen. Mein Team hatte sich den Arsch aufgerissen, um ihr zu helfen. Mein Chef, Zane Lewis, hatte viel Geld und Ressourcen investiert. Wir alle hatten viel Geduld bewiesen, als sie sich weigerte, uns etwas über sich zu erzählen. Wir wussten nur, dass sie ein Opfer von Menschenhandel geworden war und zum zweiten Mal verkauft werden sollte.

Es war abscheulich und völlig inakzeptabel.

»Wenn es nur um mich ginge, würde ich dir vertrauen und hierbleiben. Mein Leben ist ohnehin nicht viel wert, also ist es egal, was aus mir wird.«

Nat hielt einen Moment inne. Als sie fortfahren wollte, fiel ich ihr ins Wort. Ich konnte nicht zulassen, dass sie sich selbst derart herabwürdigte.

»Im Ernst, Nat, du darfst nicht so schlecht über dich reden.«

»Aber es ist wahr, Owen. Du solltest aufhören, in einer Fantasiewelt zu leben, in der du mich Natasha nennst und dich für einen dunklen Ritter hältst, der mich retten kann. Ich bin es nicht wert, gerettet zu werden. Du musst mir glauben. Ich bin schmutzig. Ich komme aus dem Dreck, und der Gestank der Pollaskis wird immer an mir haften. Er wird sich nicht abwaschen lassen, denn ich bin eine von ihnen. Die Verderbtheit liegt mir im Blut, daran kann ich nichts ändern.«

Mein Gott. Ohne es zu wissen, hatte sie mir gerade eine Klinge ins Herz gerammt. Dunkler Ritter. So etwas Ähnliches hatte ich schon einmal gehört. Meine Ex-Frau hatte mir damals einen Retterkomplex vorgeworfen. Im Gegensatz zu Nat hatte sie mich auf einem weißen Ross gesehen. Damals war ich jung und noch nicht vom Krieg gezeichnet. Ich war noch nicht durchdrungen von der Dunkelheit, die heute in mir wohnte.

»Aber es geht nicht um mich«, fuhr sie fort. »Mein Onkel ist nicht hinter mir her, sondern hinter dir, Eva, Emerson, Ivy, Violet und allen anderen, die ihm im Weg stehen.«

Ich musste mich nicht umdrehen, um zu wissen, dass meine Kameraden bei der Erwähnung ihrer Frauen den Raum betreten hatten. Die ganze Zeit über hatten sie mir zumindest den Anschein von Privatsphäre gewährt, obwohl sie jedes Wort gehört hatten. Nat – nein, Sarah – hatte recht. Ich musste mich zusammenreißen und wachsam bleiben.

»Wie kommst du darauf?«, stellte Myles die Frage, die ich nicht über die Lippen brachte.

»Weil er es mir mitgeteilt hat.«

Sarah reichte mir den Umschlag, doch bevor ich ihn entgegennehmen konnte, trat Myles vor und schnappte ihn sich.

»Er wird ein Flugzeug schicken«, fuhr sie fort. »Wenn ich es bis zum Flughafen in Easton schaffe, wird sein Pilot mich dort abholen. Dann seid ihr alle in Sicherheit.«

Mir stellten sich die Nackenhaare auf und ich schüttelte den Kopf.

»Lass mich das klarstellen. Du willst zu einem Mann zurückkehren, von dem du genau weißt, wie gefährlich er ist. Dieser Mann hat dich entweder an Ashaki Maloof ausgeliefert oder dich an sie verkauft. Und jetzt willst du dich in Gefahr bringen, damit Eva, Ivy und Emerson in Sicherheit sind. Verstehe ich das richtig?«

»Und du. Ich will auch dafür sorgen, dass du, Gabe, Myles und Kevin … dass ihr alle in Sicherheit seid, einschließlich Zane und all die anderen. Wenn ich zu meinem Onkel zurückgehe, wird er euch in Ruhe lassen.«

»Und genau das beweist, dass du dich irrst. Du bist keine dreckige Pollaski und kein Abschaum. Du würdest dich opfern, um Leute zu schützen, die du kaum kennst.«

»Ich kenne dich«, murmelte sie. Ihre Worte durchzuckten mich wie ein Blitz. »Und ich weiß, dass du dieses Leid nicht verdient hast. Eva hat zwei kleine Jungs, und Emerson und Anaya sind beide schwanger. Das Leben von Kindern, von guten Männern und Frauen steht auf dem Spiel. Keiner von ihnen sollte einer solchen Gefahr ausgesetzt werden. Mein Onkel ist verrückt. Es ist ihm egal, wem er schaden muss, um seinen Willen zu bekommen.«

»Rede weiter, Baby. Denn je mehr du sagst, desto mehr beweist du, dass du nichts mit deinem Onkel gemeinsam hast. Er ist ein Wahnsinniger, dem es egal ist, wem er wehtut. Aber du? Du sorgst dich um andere, das kannst du nicht leugnen. Andernfalls hättest du diesen Brief geheim gehalten, dich weiter hier versteckt und uns die Informationen vorenthalten, die wir brauchen, um die anderen zu schützen.«

Sarah presste die Lippen fest zusammen und senkte den Blick.

Ja, genau das hatte ich mir gedacht.

Die anderen lagen ihr am Herzen.

»Ich muss Zane anrufen«, sagte Myles.

»Wie wäre es, wenn wir alle ins Wohnzimmer gehen«, schlug Gabe vor.

Die Männer verließen mein Schlafzimmer und ich blieb mit Sarah allein zurück.

»Vertrau mir, Sarah. Vertrau *uns*.«

Langsam hob sie den Kopf und begegnete meinem Blick. Ich starrte in ihre leeren, toten Augen.

Mein Gott, was hatte sie durchgemacht?

Welches Arschloch hatte ihr Licht so vollständig ausgelöscht?

KAPITEL ZWEI

Vertrauen?

Das Konzept konnte ich nicht einmal im Ansatz verstehen. Aber ich wünschte mir sehnlichst, Owen würde es mir beibringen. Leider brachte ich nicht den Mut auf, ihn darum zu bitten.

»Sarah?«, fragte er. Als ich meinen richtigen Namen aus seinem Mund hörte, zog sich mir der Magen zusammen.

Ich hasste diesen Namen.

Vor langer Zeit hatte ich ihn geliebt. Sarah war der Name meiner Mutter und meiner Großmutter gewesen. Ich war meiner Großmutter nie begegnet, aber als ich ein kleines Mädchen war, hatte meine Mutter mir oft erzählt, wie schön, freundlich und klug sie gewesen sei und wie sehr sie sich gewünscht hätte, mich kennenzulernen. Aber dann hatte das Leben meine Mutter überrollt. Nein, mein Vater hatte ihr den Lebensmut genommen, bevor er ihr das Lebenslicht endgültig ausgelöscht hatte.

Heute hasste ich den Namen und die Erinnerungen, die er verkörperte.

»Du machst mir langsam Sorgen«, hakte Owen nach. »Bitte sag etwas.«

»Ich weiß nicht wie«, platzte ich heraus.

»Wie was?«

»Wie ich dir vertrauen kann.« Da ich nun schon einmal ehrlich war, sprudelte es auch weiter aus mir heraus. »Ich weiß nicht, wie ich mich verhalten soll. Seit ich denken kann, wurde jede Entscheidung für mich getroffen. Mir wurde vorgeschrieben, was ich zu tun hatte und wie. Ich durfte das Haus nie ohne Leibwächter verlassen. Aber dieser sollte mich nicht beschützen, sondern überwachen und dafür sorgen, dass ich mich an die Regeln hielt. Bevor du mich hierhergebracht hast, war ich noch nie allein in einem Haus. Ich bin zweiunddreißig, Owen. Mein ganzes Leben lang wurde ich wie ein Kind behandelt. Ich kann dir nicht vertrauen, weil ich es nie gelernt habe. Deshalb kann ich nicht hierbleiben und mich darauf verlassen, dass du die anderen beschützt. Ich kann dich nicht länger anlügen. Es ist nicht richtig. Nichts davon ist richtig. Du musst mich nach Chicago zurückkehren lassen.«

»Dann werde ich es dir beibringen.«

Meine Güte, warum machte er es mir so schwer? Er hätte froh sein sollen, dass mein Onkel mich gefunden hatte. Jetzt konnte Owen mich loswerden. Er würde das Haus wieder für sich haben, seine Freiheit zurückgewinnen und seine … Mir stieg die Hitze in die Wangen und ich wandte den Blick ab.

»Sarah?«

»Ja?«

»Baby, sieh mich an.«

»Owen …«

»Nein, sieh mich an.«

Verdammt. Ich wollte ihm nicht in die Augen blicken. Mein ganzes Leben lang hatte ich bestimmte Dinge in eine mentale Tabelle eingetragen und sie in die Spalten »zu erledigen«, »vielleicht« und »auf keinen Fall« unterteilt. Gerade hatte ich an Owens Sexleben gedacht, das definitiv in die letzte Kategorie fiel. Ich sollte mich solchen Gedanken nicht hingeben, aber an manchen Tagen hatte ich mich mit angehaltenem Atem gefragt, ob er anrufen würde, um mir zu sagen, dass er eine Verabredung hatte. Oder ob er vielleicht von der Arbeit nach Hause kommen würde, um kurz nach mir zu sehen, bevor er weiterzog, um sich mit einer Frau zu treffen. Aber aus Tagen wurden Wochen und schließlich Monate, und er hatte mich nie angerufen und war nie ausgegangen. Er hatte jede Nacht mit mir verbracht.

Nun, nicht wirklich *mit mir*, aber er war jeden Abend nach Hause gekommen. Wir aßen zusammen, schauten Filme oder schlechte Realityshows. Mehr als einmal hatte ich ihn aus Versehen geweckt, wenn ich einen Albtraum hatte. In diesen Nächten war er immer zu mir ins Bett gekrochen und hatte mich an sich gedrückt. Aber wir sprachen nicht miteinander, zumindest nicht über wichtige Dinge. Ich kannte Owen nicht, und Owen kannte mich nicht.

Wenn ich jetzt darüber nachdachte, würde Owen in jeder Hinsicht zu seinem alten Leben zurückkehren. Er war absolut umwerfend und konnte jede Frau haben, die er begehrte. Stattdessen saß er hier mit mir fest. Das war ihm gegenüber nicht fair. Er sollte ausgehen und Spaß haben wie jeder andere attraktive Mann, statt mit einer völlig verkorksten Frau, deren Leben ohnehin bald ein Ende haben würde, auf der Couch zu sitzen.

»Wir sollten zu den anderen ins Wohnzimmer gehen«, sagte ich und starrte weiter auf den Teppich.

»Ich gehe erst, wenn du mir verrätst, woran du gerade gedacht hast.«

Auf keinen Fall.

»Ich habe nur meine Flucht geplant und überlegt, ob ich schneller laufen kann als du«, log ich.

»Und deshalb sind deine Wangen rot angelaufen?«

Verdammt.

Mir fiel nichts Besseres ein, vor allem weil ich eine schlechte Lügnerin war. Und Owens Nähe machte mir die Sache nicht leichter. Er war mir sogar so nahe, dass ich sein Duschgel riechen konnte. Kiefernholz. Mein Gott, dieser frische, natürliche Duft würde mir fehlen. Ich würde es vermissen, ihn abends zu begrüßen und mir anzuhören, wie sein Tag gelaufen war. Einmal hatte er mir ein Stück Seife in die Hand gedrückt und mich dann in einen Insiderwitz seines Teams eingeweiht, indem er mir einen albernen Werbespot von Dr. Squatch zeigte.

Es war eine banale Geste, die mir jedoch alles bedeutet hatte. Er würde nie erfahren, dass mich noch nie jemand in etwas einbezogen hatte. Oder dass er mir das Gefühl gegeben hatte, etwas Besonderes zu sein. Ich würde ihm nie gestehen, dass es eines der schönsten Erlebnisse meines Lebens war, mit ihm über einen Werbefilm zu lachen.

Es war geradezu erbärmlich.

Ich war egoistisch gewesen und hatte mich daran geklammert, aber ich musste ihn gehen lassen, damit er sein Leben weiterleben konnte.

»Und damit das klar ist, du kannst nicht schneller laufen als ich. Du kannst versuchen, mir zu entkommen, aber ich werde dich immer finden.«

Er musste damit aufhören. Ich konnte förmlich spüren, wie mir das Herz brach. Es bekam winzige Risse, die das Undenkbare zulassen würden. Sie würden mich empfänglich machen für die Hoffnung, die in mir aufblühen wollte.

»Owen«, rief Myles aus dem Wohnzimmer. »Z will mit dir und Sarah reden.«

Als ich meinen Namen hörte, schloss ich die Augen. Ich

wünschte wirklich, ich hätte die anderen nicht daran erinnert, dass ich nicht Natasha hieß.

»Komm.«

Ohne eine Antwort abzuwarten, nahm Owen meine Hand und führte mich zur Tür hinaus, den Flur entlang und ins Wohnzimmer. Irgendwann öffnete ich die Augen, aber ich weigerte mich, den Raum wahrzunehmen. Ich ignorierte das bequeme Sofa, den Sessel daneben und den großen Couchtisch, denn ich hatte mir jeden Zentimeter seines Hauses eingeprägt. Es war der erste Ort, der sich für mich wie ein Zuhause und nicht wie ein Gefängnis angefühlt hatte. Auch das würde mir fehlen. Im Stadthaus meines Onkels gab es kein Zimmer, in dem ich mich wohlfühlte. Das ganze Gebäude war kalt und kahl und diente nur dazu, seinen Reichtum und seine Macht zur Schau zu stellen. Das Haus meines Vaters war nicht anders gewesen.

»Ich würde nach Westen gehen.«

Zane Lewis' wütende Stimme hallte durch den Raum, und ich warf einen Blick auf Myles, der auf das Handy in seiner Hand starrte.

»Das habe ich mir auch gedacht«, antwortete Myles. »Abe hat eine Hütte …«

»Auf keinen Fall!«, brüllte Zane mit donnernder Stimme. »Als wir das letzte Mal seine Hütte als Unterschlupf benutzt haben, hat der Wiederaufbau mich ein Vermögen gekostet. Diese südkalifornischen Bauunternehmer zocken dich ab und haben keine Skrupel, dir dabei richtig wehzutun. Und nur fürs Protokoll: Ich zweifle an Abes Aufrichtigkeit. Ihr hättet die Liste der Einrichtungsgegenstände sehen sollen, die er mir gegeben hat. Kommt gar nicht infrage. Ich baue ihm nicht noch ein Haus. Ihr nehmt sie mit nach Idaho.«

Sie? Meinte Zane etwa mich?

»Idaho?«, krächzte ich. »Ich kann nicht nach Idaho gehen. Ich muss nach Chicago.«

»Oh nein, jetzt geht das schon wieder los«, murmelte Zane. »Du fliegst nicht zurück nach Chicago.«

»Warum nicht?«

»Und jetzt kommt's …« Ich verstand Zanes sarkastische Bemerkung nicht. Aber ich hatte keine Zeit, der Sache auf den Grund zu gehen, denn er fuhr fort: »Es wird folgendermaßen ablaufen. Du und Owen werdet eine Weile umeinander herumtanzen, aber wir wissen nicht, wie lange. Diese Phase kann variieren. Auf jeden Fall wird es viel Jammern und Meckern geben. Nicht zu vergessen das Stöhnen. Kevin, Myles und Gabe, ich empfehle euch Bose-Kopfhörer mit Geräuschunterdrückung. Glaubt mir, ihr werdet die dreihundert Dollar nicht bereuen. Damit könnt ihr vor allem das Gezeter ausblenden, das vorrangig beim Frühstück nach dem Sex ertönen wird. Denn dann wird Sarah damit anfangen, dass sie sich opfern muss, um alle zu retten.«

Mit jedem Wort, das aus Zanes Mund kam, wurde ich wütender. Die Erwähnung von Sex war mir peinlich, aber zum Glück kam er schließlich auf das eigentliche Thema zu sprechen, womit sich für mich die perfekte Gelegenheit bot, meine Einwände vorzubringen.

»Dies ist kein Spiel, Mr. Lewis. Mein Onkel hat von mir verlangt, nach Hause zurückzukehren, andernfalls wird er seine Drohungen wahr machen. Ich meckere nicht, ich bin nur ehrlich. Alles, was in diesem Brief steht, wird er in die Tat umsetzen.«

»Wie ich sehe, seid ihr noch nicht zum Sex gekommen. Und denkst du nicht auch, dass du nach all den Monaten langsam auf die Förmlichkeiten verzichten könntest?«

Ich konnte nicht glauben, dass er meine Warnung einfach so in den Wind schlug. Damit brachte er das Fass zum Überlaufen. Die Angst, die ich jahrelang unterdrückt hatte, brach sich in mir Bahn und drängte nach außen.

»Das ist verdammt noch mal nicht lustig. Mein Onkel ist

der Teufel. Er hat weder Moral noch Mitgefühl und wird nicht davor zurückschrecken, Ivy wehzutun. Ich vermute, dass er es zuerst auf sie abgesehen hat. Es war schon immer seine Philosophie, ganz oben anzufangen. Schneide der Schlange den Kopf ab und der Rest bricht von selbst zusammen. Er kennt keine Gnade und wird dich vernichten. Er wird nicht nur dein Unternehmen zerstören und dich beruflich ruinieren, er wird dir den Todesstoß versetzen, indem er deine Familie tötet. Und er wird dich am Leben lassen, damit er zusehen kann, wie du zusammenbrichst, nachdem er dir Frau und Kinder genommen hat. Das ist sein Modus Operandi. Es gefällt ihm, dass er die Macht hat, einflussreiche Männer wie dich zu Fall zu bringen. Aber all das wird nicht passieren, wenn ich in dieses Flugzeug steige. Dann könnt ihr alle zu eurem gewohnten Alltag zurückkehren und vergessen, dass es mich gibt.«

Im Raum herrschte Stille. Ich konnte die Wut spüren, die von Owen ausging. Es behagte mir nicht, wenn er wütend auf mich war, aber es wäre für alle besser, wenn ich aus ihrem Leben verschwände.

»Wenn das so ist, warum hast du dann auf Owens Couch kampiert?«, fragte Zane in trügerisch ruhigem Ton.

Bisher war ich dem Mann nur ein paarmal begegnet. Er hatte eine schroffe Art, war zuweilen unausstehlich und durch und durch sarkastisch. Ich fragte mich, ob er überhaupt wusste, wie man ein normales Gespräch führte. Trotzdem war nicht zu übersehen, wie sehr er seine Frau liebte. Er vergötterte sie mit Hingabe und würde ohne Zweifel für sie sterben. Allein die Erwähnung der perversen Neigung meines Onkels, Männer zu kontrollieren, indem er ihre Frauen tötete, hätte Zane Lewis in Rage bringen müssen.

Sicherlich würde ich ihm nicht sagen, warum ich wirklich geblieben war. Auch wenn ihn das vielleicht dazu veranlasst hätte, mich auf die Straße zu setzen und mich per Anhalter zum Flughafen fahren zu lassen. Es wäre zwar für alle Beteiligten sicherer gewesen, aber ich konnte mir meine Beweggründe selbst kaum eingestehen. Auf keinen Fall würde ich sie laut aussprechen, damit Owen sie hören konnte.

»Ich dachte, mein Onkel hätte mit mir abgeschlossen«, log ich, obwohl ich genau wusste, dass Wilco Pollaski seine Spielsachen nie einfach nur wegwarf. Selbst wenn er sie zerbrochen hatte, behielt er sie gern bei sich. »Ursprünglich wollte er, dass ich aus seinem Haus ausziehe, und hatte endlich eine Möglichkeit gefunden, mich loszuwerden. Scheinbar hat er seine Meinung inzwischen geändert.«

»Warum wollte er dich loswerden?«, fragte Gabe.

Ich wandte mich ihm zu. Verdammt. Von Owens Freunden bereitete er mir die größten Sorgen. Er war der Schweigsamste von allen, was bedeutete, dass er mehr zuhörte als sprach. Er schien auf alles zu achten und bemerkte selbst die unbedeutendsten Details.

»Wie bitte?«

Offenbar erkannte Gabe, dass ich ihn hinhalten wollte, denn er schüttelte nur den Kopf. Ich musste mich wirklich mehr ins Zeug legen, wenn ich ihn täuschen wollte.

»Du bist eine schlechte Lügnerin, und das weißt du.«

Damit hatte er recht. Das wusste ich nur zu gut. Aber ich war immer noch nicht bereit, mit der Wahrheit herauszurücken, also log ich weiter. »Ich weiß nicht, wovon du redest.«

Gabe lächelte mich enttäuscht an.

»Du bist eine so schlechte Lügnerin, dass du nicht einmal über das Lügen lügen kannst. Um nicht noch mehr Zeit zu verlieren, will ich dir erklären, woher ich das weiß. Augenscheinlich fällt es dir nicht leicht zu lügen. Jedes Mal wenn du schwindelst, hältst du vorher kurz inne, um darüber nachzudenken. Außerdem drückst du Daumen und Zeigefinger zusammen.« Sofort hörte ich auf, meine Finger zu bewegen, während er fortfuhr: »Ich weiß nicht, wie du in dieser Schlangengrube überleben konntest, ohne die Kunst des Lügens zu beherrschen. Aber ich weiß, dass du auf diesem Gebiet eine absolute Niete bist. Also frage ich dich noch einmal: Warum wollte er dich loswerden?«

Wieder schwieg ich, denn ich brachte die Wahrheit einfach nicht über die Lippen. »Sarah?«, brummte Owen, und erneut verlor ich die Beherrschung.

»Hör auf, mich so zu nennen«, fuhr ich ihn an, woraufhin Owens Hand in meiner zuckte. Schließlich straffte ich die Schultern und beschloss, dass ich mit der Wahrheit wohl am weitesten kommen würde. Ich musste sie dazu bringen, mich gehen zu lassen. »Mein Onkel hasst mich. Ich erinnere ihn daran, dass er die Frau, die er liebte, an seinen Bruder verloren hat.«

»Ach, die Irrungen und Wirrungen der Liebe«, bemerkte Zane.

Meine Güte, nahm er denn nie etwas ernst?

»Dein Onkel Wilco war also mit deiner Mutter zusammen?«, fragte Kevin.

»Ja. Sie waren ein Paar, bis mein Vater als älterer Bruder Anspruch auf sie erhob. Mein Onkel räumte widerwillig das Feld.«

»Wenn das so ist, warum will Wilco dich dann zurück?«, fragte Myles.

Ich sah ihn an und zuckte mit den Schultern. »Ich werde seine Beweggründe nie verstehen.«

Aber ich hatte eine Vermutung, die ich jedoch für mich behielt. Sie auszusprechen würde alle nur noch mehr in Gefahr bringen.

»Sie weiß es«, widersprach Zane. »Ich rufe Rhode an und treffe die nötigen Vorkehrungen. Ihr fahrt nach Sandpoint. Ich schlage vor, ihr packt eure Winterausrüstung ein.«

»Ich kann nicht …«

»Hör zu, Sarah«, unterbrach Zane mich. »Ich gebe dir einen guten Rat – nun, wahrscheinlich muss ich dir noch weitere geben, aber dieses eine Mal werde ich es dir schonend beibringen. Reiß dich zusammen, bevor du die Märtyrerin spielst und als Leiche endest. Die Zeit von Wilco Pollaski ist fast abgelaufen.«

Das soll schonend sein?

Zane hielt einen Moment inne. Als er erneut das Wort ergriff, war sein Ton düster und beängstigend. »Niemand bedroht meine Frau. Niemand droht, meine Männer und ihre Familien auszulöschen, ohne mit einem Vergeltungsschlag rechnen zu müssen. Sowohl mein Unternehmen als auch mein Ruf sind mir scheißegal. Wilco Pollaski ist nicht der Erste, der versucht, Z Corps zu Fall zu bringen, und er wird nicht der Letzte sein. Aber er wird sterben. Er hat sein Todesurteil in dem Moment besiegelt, in dem der Name meiner Frau seine Gedanken kreuzte. Ich gehöre weder zu den bestechlichen Politikern auf seiner Gehaltsliste, noch bin ich ein korrupter Polizist. Ich ficke auch keine der Frauen, die er auf den Strich schickt. Er hat absolut nichts gegen mich in der Hand, denn ich würde meine Familie niemals einer solchen Gefahr aussetzen. Dieser Mann macht gerade seine letzten Atemzüge auf diesem Planeten, und während er noch lebt, wirst du mit Owen und seinem Team nach Sandpoint, Idaho fliegen. Wenn du uns von dort aus helfen willst, unsere Informationslücken zu schließen, wäre ich dir sehr dankbar. Wenn du dich aber lieber zurücklehnst und schweigst, während meine Männer ihre Arbeit machen, dann ist das deine Sache. Du kannst meckern, jammern und dich beschweren, es ist mir scheißegal. Zum Glück muss ich mir das nicht anhören, denn du wirst in Idaho sein, während ich hierbleibe, um dich vor einem Leben im Elend zu bewahren.«

»Warum?« Die Frage kam mir über die Lippen, bevor ich mich besinnen konnte.

Niemand außer Owen hatte je versucht, mich vor irgendetwas zu retten. Nun, das stimmte nicht ganz. Owens Team hatte ihm geholfen, und da Zane Owens Chef war, hatte er auch seinen Teil dazu beigetragen. Aber ich verstand nicht, warum sie mir helfen wollten.

»Wenn man wie du mit Barny und Wilco aufgewachsen ist, kann man sich wahrscheinlich kaum vorstellen, dass es anständige Menschen gibt, die nicht tatenlos zusehen, wenn unschuldige Leben zerstört werden. Die vier Männer, die jetzt bei dir sind, gehören zu diesen Menschen.«

»Genau wie du«, murmelte ich.

»An mir ist nichts Anständiges«, erwiderte Zane. »Packt eure Sachen zusammen. Ich melde mich in zwanzig Minuten mit weiteren Anweisungen.«

Myles steckte sein Handy in die Tasche und fixierte mich mit einem eiskalten Blick.

»Warum wollte er dich loswerden?«

»Das wollte er nicht. Er wollte mich tot sehen. Amie hat ihm eine bessere Möglichkeit geboten, also hat er ihr Angebot angenommen«, gab ich zu.

»Du wusstest also die ganze Zeit, dass Amie dahintersteckte?«, hakte Myles nach.

Ich versuchte, die Erinnerungen an jenen Tag zu verdrängen, aber wie immer brachen sie mit voller Wucht über mich herein. Owen hatte mich im Arm gehalten, wenn ich von Albträumen geplagt wurde. Er wusste nicht, dass sie nicht meiner Fantasie entsprangen, sondern auf realen Erinnerungen an diesen Tag beruhten, den ich immer wieder durchlebte.

Damals war mir bewusst geworden, dass ich auf der ganzen Welt keine einzige Freundin hatte und dass das Mädchen, das der einzige Lichtblick meiner Kindheit gewesen war, mich verraten hatte. Sie wäre beinahe mein Untergang gewesen.

»Ich habe sie nicht gesehen, aber ich habe sie belauscht, als sie sich mit meinem Onkel unterhielt. Schon nach einer Minute erkannte ich ihre Stimme. Ich war von ihrer Anwesenheit im Haus so überrascht, dass ich zunächst nicht bemerkte, dass sie über mich sprachen. Als mir endlich ein Licht aufging, war es zu spät. Das Geschäft war bereits abgeschlossen. Eine Stunde später saß ich in einem Lieferwagen und kurz darauf in einem Flugzeug. Dann habt ihr mich in Alaska gefunden.«

Das war die Kurzfassung. Die Fakten. Ich erwähnte nicht die Verzweiflung, die ich an jenem Tag empfunden hatte. Meine Freundin aus Kindertagen hatte mich genug gehasst, um meinem Onkel ein Angebot zu unterbreiten, das er nicht hatte ablehnen können. Es hatte mich schockiert, dass er mein Leben einfach so verhökert hatte, aber es hätte mich nicht überraschen sollen. Die Erkenntnis, dass so etwas wie Menschenhandel tatsächlich existierte, war unglaublich beunruhigend gewesen, aber der Gedanke, dass ich wie eine Ware verkauft werden konnte, war durchaus naheliegend. Ich war in diesen Schmutz hineingeboren worden, und so würde ich auch enden.

Für meinen Onkel hatte ich nur einen Wert, solange er mich als Druckmittel benutzen konnte, um meine Mutter bei der Stange zu halten. Aber das hatte nur bis zu einem gewissen Grad funktioniert. Irgendwann hatte auch sie mir ihre hässliche Seite gezeigt. Und sobald sie nicht mehr da war, war ich nutzlos.

Absolut nutzlos.

Bis ich alt genug war, einen Beitrag zu leisten.

»An dem Tag, an dem Maloof dich geschnappt hat, hast du behauptet, ihre Eltern hätten für deinen Vater gearbeitet.

Wir haben keine Beweise dafür gefunden«, gab Kevin zu bedenken.

In seiner Stimme lag ein vorwurfsvoller Unterton, den ich ihm nicht verübeln konnte. An dem Tag, an dem Amie mich »geschnappt« hatte, wie Kevin es ausgedrückt hatte, hatte sie mich an einen Stuhl gefesselt und verprügelt. Ich hätte schweigen und Amie in dem Glauben lassen sollen, dass ihre Eltern unschuldig waren. Ich hätte ihre Illusion nicht zerstören dürfen.

»Ich weiß nicht, was ich sagen soll. Sie haben für meinen Vater Geld gewaschen. Amies Dad hat zudem Drogen für ihn verkauft. Sie hielt an der Unschuld ihrer Eltern fest, weil sie sie liebte. Sie musste glauben, dass das, was ihrer Mutter zugestoßen war, allein die Schuld meines Vaters war. Bis zu einem gewissen Grad stimmte das auch, aber es war ihr Vater, der ihre Mutter in Gefahr brachte. Es war Amies Vater, der Geld abschöpfte und anfing, selbst Drogen zu nehmen. Ihre Mutter musste für die Vergehen bezahlen, und schließlich büßten auch ihr Vater und ihr Bruder mit dem Leben.«

»Das klingt, als würdest du einen Mann entschuldigen, der eine Frau verkauft hat«, blaffte Gabe.

»Du denkst, ich will meinen Vater entschuldigen?« Von wegen. Allein bei dem Gedanken wurde mir übel. »Nein. Ich hoffe, er schmort in der Hölle. Aber für Amie habe ich gewissermaßen Verständnis. Ich konnte ihren Schmerz nachvollziehen. Sie musste an ihren Erinnerungen festhalten, auch wenn sie nicht der Wahrheit entsprachen. Sie waren alles, was ihr geblieben war. Ich hätte ihr nicht sagen sollen, dass ihre Eltern für meinen Vater gearbeitet haben. Das war nicht rechtens.«

»Nicht rechtens?«, schrie Owen. »Sie hat dich verkauft. Verstehst du denn nicht, was das bedeutet? Um Himmels willen. Das Leben, das sie für dich vorgesehen hatte, war schlimmer als der Tod.«

»Sie wollte, dass ich dasselbe Schicksal erleide wie ihre Mutter, Owen. Ich sollte für das büßen, was mein Vater ihrer Familie angetan hat. Und das kann ich ihr nicht verübeln.«

»Wirklich nicht? Denn ich kann es, und ich mache ihr Vorwürfe.«

»Ich habe in diesem Haus gelebt und wusste, was vor sich ging, aber ich war zu feige, etwas dagegen zu unternehmen.«

Das war die reine Wahrheit. Ich war ein Feigling und redete mir ein, ich hätte keine Wahl gehabt. Aber das stimmte nicht. Ich hatte nur die falschen Entscheidungen getroffen.

»Du warst nur ein Teenager. Wie hättest du das verhindern können?«

»Ich hätte zur Polizei gehen sollen.«

»Dann wärst du tot gewesen. Dein Vater und dein Onkel hatten die örtliche Polizei in der Tasche.«

»Der Tod ist immer noch besser als ...«

»Denk nicht einmal daran, den Satz zu beenden«, knurrte Owen und wandte sich an Myles. »Wir treffen uns in zwanzig Minuten im Büro.«

Wortlos verließen Kevin, Myles und Gabe das Haus. Zum ersten Mal, seit ich Owen kannte, hatte ich Angst, mit ihm allein zu sein.

Ich wusste, dass er mir körperlich nichts antun würde.

Aber emotional konnte er mich in Stücke reißen.

KAPITEL DREI

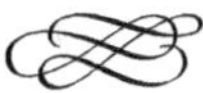

Die Haustür fiel hinter Gabe ins Schloss.

Ich hörte, wie die Wagentüren zugeschlagen wurden, und wartete.

Als der Motor endlich aufheulte, drehte ich mich zu Sarah um.

Angst.

Ich konnte es in ihren Augen sehen. Pure Angst. Der Anblick machte mich wütend. Monatelang hatte ich mich bemüht, ihr die Furcht zu nehmen, hatte sie nie bedrängt und sie in Ruhe gelassen. Nach allem, was sie durchgemacht hatte, brauchte sie Frieden. Vielleicht war das ein Fehler gewesen. Ich hätte Antworten von ihr verlangen und sie zwingen müssen, sich ihrer Vergangenheit zu stellen, um ihr dann zu helfen, das Trauma zu überwinden.

Aber das hatte ich nicht getan.

Ich hatte versagt, doch jetzt würde ich meinen Fehler korrigieren, wohl wissend, dass sie sich danach wütend und wahrscheinlich auch verängstigt in ihr Schneckenhaus zurückziehen würde.

Es war an der Zeit, sie herauszulocken.

»Wach auf.«

»Hm?«, erwiderte Sarah und legte die Stirn in Falten.

»Du musst verdammt noch mal aufwachen und auf das achten, was um dich herum vor sich geht.«

Sie zuckte zusammen und ihr Stirnrunzeln vertiefte sich.

»Wie bitte?«

Ich starrte sie durchdringend an. Außer meinem Zuhause hatte diese Frau rein gar nichts mit mir geteilt. Bei diesem Gedanken beschlich mich ein vertrautes Gefühl der Unzulänglichkeit. Ich hatte mit Naomi zusammengelebt und mein Leben, mein Vermögen und meine Hoffnungen mit ihr geteilt, aber sie hatte sich einen Dreck darum geschert. Heute waren die Umstände nicht die gleichen, aber ich stand wieder an einem Punkt, an dem eine Frau mir alles nahm, ohne mir auch nur das Geringste zurückzugeben.

Nat hatte mir weder ihr Vertrauen geschenkt, noch hatte sie mir ihre Geschichte erzählt. Nichts.

Und doch weckte sie in mir längst vergessene Sehnsüchte. Aber im Gegensatz zu damals hatten diese sich verändert. Heute war ich vierzig und nicht mehr zwanzig. Belangloser Sex war längst nicht mehr so reizvoll wie früher, und die dreijährige Ehe mit meiner Ex-Frau hatte meinen Wunsch getrübt, irgendwann eine eigene Familie zu gründen. Inzwischen brauchte es mehr als pralle Titten, einen runden Arsch und lange Beine, um meine Aufmerksamkeit zu erregen. Seit meiner Scheidung von Naomi hatte ich mehrere Beziehungen gehabt, keine davon war tief und beständig gewesen, keine hatte mit der Absicht begonnen, von Dauer zu sein. Ich hatte kaum mehr zu bieten als eine Freundschaft, gegenseitigen Respekt und Sex.

Aber Nat war anders. Weder gab sie mir etwas noch wollte sie etwas von mir, doch ich wollte alles.

Ihr mangelndes Vertrauen machte mich genauso wütend wie meine eigene Dummheit.

»Du solltest die Augen öffnen! Es gibt viele Leute, die sich für dich den Arsch aufreißen.«

»Das weiß ich.«

»Dann nimm dein Leben in die Hand.«

»Ich weiß nicht, was du meinst, Owen. Ich habe es versucht und wollte zurück nach Chicago, aber ihr habt mich gezwungen, mit euch nach Idaho zu kommen.«

Mein Gott, die Frau hatte den Verstand verloren.

»Willst du sterben? Ist es das? Bist du lebensmüde?«

»Wie bitte? Nein.«

»Dann halt die Klappe. Rede nicht ständig davon, dass du zurück nach Chicago willst.«

Natasha ließ die Schultern hängen, schlang die Arme um ihren Körper und sackte in sich zusammen.

Verdammt.

»Scheiße, Nat. Das hätte ich nicht sagen sollen. Es tut mir leid.«

»Nein, du hast recht. Ich sollte nicht so viel reden. Es ist völlig egal, was ich zu sagen habe.«

»Hör auf zu schmollen. Du bist kein Teenager mehr.«

»Ich schmolle nicht. Du hast ja recht, ich sollte den Mund halten.«

»Haben sie dich dazu erzogen?«, fragte ich, obwohl ich die Antwort bereits kannte. Allein ihre gebeugte Haltung war Bestätigung genug.

»Ich weiß, dass es besser ist, still zu sein.«

Langsam dämmerte mir etwas. Abgesehen davon, dass ich Nat überhaupt nicht kannte, hatte ich nicht die geringste Ahnung, was ihr Vater und ihr Onkel ihr angetan hatten. Man sollte meinen, dass die Erkenntnis meine Wut dämpfen würde, aber leider hatte sie den gegenteiligen Effekt.

»Nein, Nat, du darfst nicht schweigen. Um Gottes willen, Frau, mach den Mund auf und verteidige dich. Sprich. Schrei. Es ist mir scheißegal, sag einfach irgendetwas.« Ich trat einen Schritt auf sie zu und verlor endgültig die Fassung, als sie zurückwich. »Glaubst du etwa, ich würde dich schlagen?«

»Nein.«

»*Natürlich nicht.* Das ist die richtige Antwort. Ich würde niemals Hand an dich legen.«

»Okay.«

Ihr Flüstern war wie ein Schlag ins Gesicht.

»Mein Gott!« Ich stemmte die Hände in die Hüfte. Im Gegensatz zu dem, was ich ihr gerade gesagt hatte, hätte ich sie am liebsten geschüttelt. Ich wollte sie packen und sie wachrütteln, bis sie die Beherrschung verlor.

»Was soll ich sagen?«, schrie sie.

Endlich.

»Irgendetwas. Verdammt, Nat. Sag einfach irgendetwas.«

»Ich kann nicht.«

Und wieder gab sie auf.

Verdammte Scheiße.

»Ist ja auch egal. Dann sei eben still. Lass dein Leben an dir vorbeiziehen. Meine Kameraden und ich werden dich beschützen, und dann kannst du für den Rest deiner Tage mit gesenktem Kopf durch die Gegend laufen. Meiner Meinung nach ist das kein Leben, aber wenigstens wirst du noch atmen. Zumindest habe ich dann nicht deinen Tod auf dem Gewissen.«

»Das ist nicht fair.«

»So ist es, Nat, das Leben ist nicht fair. Es gibt keine Garantien. Keine Versprechen. Du bekommst nichts geschenkt. Wenn du etwas willst, musst du dafür kämpfen. Wenn du eine bessere Zukunft willst, dann kämpfe dafür. Aber du musst kämpfen, verdammt noch mal.«

»Ich weiß nicht, wie das geht.«

»Natürlich weißt du es.«

»Nein, ich weiß es nicht«, wiederholte sie.

»Von wegen. Das glaube ich dir nicht. Irgendwie hast du die Misshandlungen deines Vaters, die Vernachlässigung deiner Mutter, den Wahnsinn deines Onkels und die Tatsache, dass du verkauft, entführt und verprügelt wurdest, überstanden«, sagte ich und zählte die einzelnen Punkte dabei an den Fingern ab. »Und das alles hast du geschafft, weil du gekämpft hast. Du magst die Schlacht nur im Geiste ausgetragen haben, aber du hast gekämpft. Und du hast gewonnen. Aber vor mir verschließt du dich und gibst dich geschlagen, obwohl du genau weißt, dass ich dir nie etwas antun würde.«

»Du denkst, ich habe gewonnen?«

»Allerdings, das denke ich.«

Ein finsterer Ausdruck huschte über ihr blasses Gesicht und ein trauriger Glanz trat in ihre Augen. Ich wünschte, ich könnte die letzten zehn Minuten ungeschehen machen und meine Worte zurücknehmen.

»Dann bist du blind, Owen. Ich habe weder etwas gewonnen, noch habe ich eine Schlacht im Geiste ausgetragen. Vielmehr habe ich das Einzige getan, was in meiner Macht stand. Ich habe das Geschehene verdrängt, um nichts fühlen zu müssen, denn ich habe gelernt, mich gegen Empfindungen abzuschotten. Das ist kein Sieg, das ist Überleben. Und nur damit du es weißt, ich bin nicht lebensmüde, ich will nur nicht deinen Tod auf dem Gewissen haben. Ich will meinen Onkel davon abhalten, das Leben anständiger Menschen zu zerstören. Er ist ein Wahnsinniger. Ihm ist alles egal. Ich bin das Risiko nicht wert.«

Ich hatte genug.

Einfach genug.

Ich konnte mir das nicht länger anhören.

»Pack deine Sachen, wir brechen in zehn Minuten auf.«

Ich machte auf dem Absatz kehrt und betrat gerade den Flur, als Natashas Worte mich innehalten ließen.

»Das war's?«

Ich reckte den Hals und warf ihr einen Blick über die Schulter zu.

»Ja, Nat. Das war's. Offenbar kann ich dich nicht davon überzeugen, deine Meinung über dich selbst zu ändern. Doch wenn du mir noch einmal erzählst, dass du nichts wert bist, verliere ich den Verstand.«

»Aber …«

»Kein Aber. Hör auf mit dem Scheiß. Wenn du meine Frau wärst, würde ich dir auf hundert verschiedene Arten verständlich machen, warum du dich irrst. Allerdings würde ich es dir nicht nur sagen, sondern ich würde es dir so eindringlich zeigen, dass du nie wieder vergisst, wie wertvoll dein Leben ist. Danach würdest du nie wieder an deinem Wert zweifeln und du würdest mit Sicherheit wissen, wie viel du mir bedeutest. Also tu mir einen Gefallen, ja? Wenn du dich das nächste Mal erniedrigen willst, dann lass es bleiben.«

Mit diesen Worten ging ich in mein Schlafzimmer, durchsuchte meinen Schrank nach einem Rucksack und warf wahllos Kleidungsstücke hinein. Kaum zehn Minuten später kehrte ich ins Wohnzimmer zurück und wartete dort auf Natasha. Ich wusste nicht mehr, was ich eingepackt hatte. Ich konnte mich nicht einmal entsinnen, ob ich an meine Zahnbürste gedacht hatte.

Mein gesunder Menschenverstand hatte sich verabschiedet, und irgendwann war aus Sarah wieder Natasha geworden.

Wenn ich klug gewesen wäre, hätte ich sie ins Büro gebracht und Zane gebeten, mich von dem Fall abzuziehen, damit Myles die Verantwortung für sie übernehmen konnte. Mein Kamerad würde nicht vergessen, dass sie Sarah hieß. Er würde nicht davon träumen, wie sie unter ihm im Bett lag, oder den Wunsch verspüren, sie an sich zu ziehen und seine Lippen auf ihre zu pressen. Er würde professionell handeln.

Natasha kam mit einem Rucksack ins Wohnzimmer. Langsam setzte sie einen Fuß vor den anderen und hatte den Blick starr geradeaus gerichtet. Sie schien völlig in sich gekehrt.

Ich hasste diesen Anblick.

Offensichtlich war ich nicht sonderlich klug, denn ich würde sie nicht ins Büro fahren und meinem Teamleiter übergeben. Stattdessen würde ich nicht lockerlassen, bis sie sich durchsetzte und mir sagte, ich solle mich verpissen.

Ja, genau das würde ich tun. Ich würde sie zum Äußersten treiben, sie zwingen, sich ihrer Wut zu stellen, und sie so lange unter Druck setzen, bis sie explodierte. Erst dann würde ich gehen. Denn erst dann konnte ich mir sicher sein, dass sie bereit war, für sich selbst einzustehen.

»Bist du so weit?«, fragte ich.

»Äh, ja. Ich wusste nicht, ob ich hierher zurückkommen würde.«

Ich wartete darauf, dass sie fortfuhr, doch sie schwieg. Also fragte ich: »Und?«

»Und, äh, ich wusste nicht, was ich tun sollte. Ich habe nur das eingepackt, was hier reinpasste.« Sie hob den Riemen des Rucksacks an. »Den Rest habe ich zurückgelassen.«

Ich war ein Arschloch. Und ich verhielt mich nur so abweisend, weil sie meine Gefühle verletzt hatte.

»Du kommst zurück«, versicherte ich ihr. »Außerdem fliegen wir nicht auf eine einsame Insel, sondern nur nach Idaho. Wenn wir etwas brauchen, gehen wir in ein Geschäft und kaufen es.«

»Ich dachte, wir müssten uns verstecken.«

»Also schön, ich werde es anders formulieren. Du gehst

nicht selbst einkaufen, das macht jemand anderes. Es ist für alles gesorgt.«

»Ich weiß.«

»Wirklich?«

Natasha hob trotzig das Kinn. »Du hast mich gebeten, dir zu vertrauen. Also habe ich beschlossen, es zu versuchen.«

»Einfach so?« Ich gab mir keine Mühe, meine Skepsis zu verbergen.

»Nein, nicht einfach so. Ich weiß, du glaubst mir nicht, aber ich will nicht sterben. Noch weniger will ich, dass jemand von euch verletzt wird. Ich habe euch vor meinem Onkel gewarnt. Er ist wahnsinnig, wirklich und wahrhaftig wahnsinnig. Bitte glaub mir, Owen.«

Oh, ich glaubte ihr.

»Ich habe mich über Wilco informiert und weiß genau, wie verrückt der Typ ist. Das wissen wir alle.«

Nat schwieg einen Moment, bevor sie meinem Blick begegnete und mich mit einem ernsten Ausdruck in den Augen betrachtete.

»Versprich mir etwas.« Das war keine Frage, sondern eine Forderung. Also wartete ich, bis sie fortfuhr. »Stirb nicht.«

»Keiner von uns wird sterben.«

»Versprich es mir, Owen.«

»Ich verspreche es.«

Erleichterung huschte über ihr Gesicht, und sie ließ die Schultern hängen.

»Ich bin bereit.«

Ich sah Natasha an und bezweifelte, dass ich ihren Worten Glauben schenken konnte. Das Einzige, wozu sie bereit war, war noch mehr Schmerz, noch mehr Enttäuschung, noch mehr Elend.

Sie wusste es noch nicht, aber all das würde bald ein Ende haben.

KAPITEL VIER

Acht Stunden später kamen wir in Idaho an. Einerseits schien die Zeit wie im Flug vergangen zu sein, andererseits hatte ich das Gefühl, seit einer Woche nicht mehr geschlafen zu haben.

Owen hatte mich zur Zentrale von Z Corps gebracht. Während der Fahrt dorthin hatten wir kaum ein Wort gewechselt. Bei unserer Ankunft hatten Kevin, Gabe und Myles bereits im Parkhaus auf uns gewartet, und das Team hatte mich durch die verschiedenen Sicherheitskontrollen geschleust. Es war nicht mein erster Besuch an Owens Arbeitsplatz. Beim ersten Mal hatten die Jungs mich gerade aus Alaska gerettet und davor bewahrt, in ein Flugzeug nach Kanada zu steigen, wo ich für immer verloren gewesen wäre. Damals war ich so erleichtert gewesen, dass ich kaum auf meine Umgebung geachtet hatte.

Als ich Zane Lewis zum ersten Mal begegnet war, hatte ich keinen Ton von mir gegeben. Owen und Eva hatten das Reden übernommen. Ich hatte nicht protestiert, als Owen verkündete, dass er mich bei sich aufnehmen würde, denn ich hatte mir vorgenommen, gleich in der ersten Nacht zu verschwinden, nachdem er zu Bett gegangen war. Aber Owen war eben Owen. Wahrscheinlich hatte er meinen Plan durchschaut, denn er hatte überhaupt nicht geschlafen. Jedes Mal wenn ich mich unter dem Vorwand, mir etwas zu trinken zu holen, aus dem Gästezimmer geschlichen hatte, hatte er auf der Couch gesessen. An die nächsten Tage hatte ich nur verschwommene Erinnerungen. Owen hatte mich weder zum Reden gedrängt noch hatte er mir unangenehme Fragen gestellt. Er hatte mich einfach in Ruhe gelassen. Aus Tagen wurden Monate und nichts änderte sich – er war immer einfühlsam und freundlich gewesen.

Bis zu dem Tag, an dem er mich erneut hatte retten müssen. Danach hatte er angefangen, mich mit Fragen zu bombardieren. Allerdings hatte Amie ihm schon alles gegeben, was er wissen musste – meinen richtigen Namen. Im Grunde brauchte er keine Antworten von mir, denn Owen hatte meine Familie durchleuchtet und wusste bereits zu viel.

Jetzt war er mit seiner Geduld am Ende. Und ich konnte es ihm nicht einmal verübeln.

In der Zentrale hatten die Jungs sich kurz mit Zane unterhalten. Obwohl das Gespräch vor meinen Augen stattfand, war ich nicht daran beteiligt. Niemand stellte mir eine Frage, und ich äußerte meine Meinung nicht. Kurz darauf saßen wir in einem Hubschrauber und ich hielt auch weiterhin den Mund. Als wir schließlich in einem Privatjet nach Idaho flogen, stellte ich mich bei der ersten Gelegenheit schlafend. Wir landeten auf einem kleinen Flughafen südlich von Sandpoint. Danach fuhren wir mit dem Wagen weiter und ich starrte aus dem Fenster. Wieder schweigend.

Nach etwa einer Stunde schlängelten wir uns einen Berg hinauf und ich kniff die Augen zusammen.

Owen beugte sich zu mir herüber und murmelte: »Baby, so schlimm ist es nicht.«

»Mm-hm.«

Er versuchte es erneut. »Myles ist ein guter Fahrer.«

»Überall liegt Schnee«, erwiderte ich schwach. »Und direkt neben uns ist eine Klippe.«

»Eine Klippe würde ich das nicht nennen.«

»Wie würdest du dann einen Feldweg nennen, der an einem steilen Abhang entlangführt?«

Es war stockdunkel. Schon am Fuß des Berges hatte ich kaum etwas erkennen können. Irgendwann hatte die Straße eine Biegung erreicht, und die Scheinwerfer hatten eine Felswand angestrahlt.

»Ich bin in Colorado aufgewachsen«, bemerkte Myles. »Für mich ist das kein Berg, sondern eher ein Hügel.«

Ich war anderer Meinung und hielt die Augen geschlossen. Falls wir von der Straße abkamen und in den Tod stürzten, wollte ich es nicht kommen sehen. Ich wollte gar nichts sehen. War das nicht typisch für mich?

Mit geschlossenen Augen stellte ich mich unwissend und blieb stumm.

Ich tat genau das, was Owen mir vorgeworfen hatte – ich ließ das Leben an mir vorbeiziehen. Obwohl ich atmete, war ich so gut wie tot. Ich war nichts weiter als eine Zuschauerin meines eigenen Lebens, zu ängstlich, um aktiv daran teilzunehmen. Denn ich wusste, wie viel Schmerz ich würde ertragen müssen, wenn ich die Stimme erhob. Ich kannte das Gefühl der Schläge, die auf mich niederprasseln würden, wenn ich versuchte, meinem Dasein zu entfliehen.

Der Geländewagen wurde langsamer und blieb schließlich stehen.

»Wir sind da. Du kannst die Augen aufmachen«, flüsterte Owen.

Ich war dankbar für seine Bemühungen um Diskretion, aber es war nicht nötig. Ich hatte keinen Stolz, wahrscheinlich hatte ich nie welchen besessen. Diese Männer hatten mich bereits zweimal in einer schrecklichen Verfassung erlebt. Es war schwer zu sagen, welcher Moment schlimmer war. Der, als sie mich vor einem Menschenhändler gerettet hatten, oder der, als Owen mich blutüberströmt und gebrochen aus einem kleinen Bungalow getragen hatte.

Mein Gott, ich war so erbärmlich.

Und nicht stark genug, um mein Leben selbst in die Hand zu nehmen.

Entgegen meiner Erwartung lag vor uns eine wunderschöne Blockhütte. Ich konnte das Gebäude kaum erkennen, aber es war riesig. Owen öffnete die Fahrzeugtür und ein eisiger Luftzug schlug mir ins Gesicht. Er war nahezu kalt genug, um mich mit Leben zu erfüllen, aber nicht frostig genug, um mir Mut zu machen. Doch er erinnerte mich daran, dass ich nicht mehr in Maryland und auf der Flucht vor meinem Onkel war.

»Danke«, murmelte ich, als Owen mir beim Aussteigen half.

Er hielt meinen Arm fest, bis ich mit beiden Beinen sicher auf dem eisglatten Boden stand. Dann ließ er mich los, blieb aber an meiner Seite.

»Myles und Kevin sind vorausgegangen, um den Generator zu starten. Es hat keinen Sinn, dass wir im Dunkeln herumirren.«

Damit meinte er zweifellos, dass ich nicht blind herumtappen sollte, denn ich würde wahrscheinlich ausrutschen und mir ein Bein brechen. Im Gegensatz zu mir hatte Owen sicher keine Probleme, sich zurechtzufinden.

»Danke.«

Ein paar Minuten später war die Hütte hell erleuchtet und die Schönheit verschlug mir den Atem.

»Komm schon, ich höre, wie du mit den Zähnen klapperst. Lass uns reingehen«, drängte Owen.

»Warte.« Owen hielt inne, drehte sich zu mir um und runzelte die Stirn. »Der Anblick ist so schön, ich will ihn nur einen Moment genießen. So hohe Kiefern habe ich noch nie gesehen. Und die Hütte ist … eine Pracht.«

»Warte, bis du sie von innen gesehen hast«, erwiderte Owen.

»Warst du schon einmal hier?«

»Ja, vor ein paar Jahren, als das Team und ich in den USA waren. Wir haben uns mit Rhode getroffen und sind eine Woche geblieben.«

Etwas in Owens Tonfall ließ mich innehalten.

»Was ist passiert?«

Owen drehte sich zu mir um. In der Dunkelheit konnte ich ihn kaum erkennen, aber wenn es hell genug gewesen wäre, hätte ich die Atemwolken vor seinem Gesicht sehen können. Obwohl meine Finger in der Kälte langsam taub wurden, wurde mir plötzlich warm. Ich weiß nicht genau, ob es meine Libido war, aber in dem Moment, in dem ich nach meiner Rettung wieder einen klaren Gedanken fassen konnte, hatte sich etwas in mir bemerkbar gemacht. Von da an wuchs mein Verlangen. Owen war ein gut aussehender Mann, und so war es nicht verwunderlich, dass ich zum ersten Mal in meinem Leben so etwas wie Begierde verspürte. Doch das Gefühl, das ich in diesem Moment empfand, war noch viel stärker. Ich stand förmlich in Flammen.

»Was passiert ist?«, wiederholte er.

»Ja, warum bist du mit den Jungs für eine Woche hier gewesen?«

»Warum willst du das wissen?«, fragte er und kniff die Augen zu schmalen Schlitzen zusammen.

»Es tut mir leid. Ich hätte nicht …«

»Nein«, brummte er, »du musst dich nicht entschuldigen. Hör nicht auf, Fragen zu stellen, und rede ruhig weiter. Ich war nur neugierig, warum du es wissen willst.«

Ich atmete die kalte Luft ein und nahm all meinen Mut zusammen.

»Wegen der Art, wie du es gesagt hast. In deiner Stimme lag ein trauriger Unterton. Ich habe mich gefragt, warum ihr hier wart. Es klang fast so, als sei etwas Schlimmes passiert.«

Im schwachen Mondlicht konnte ich sehen, dass er mich mit seinem Blick fast durchbohrte. Plötzlich verspürte ich den seltsamen Drang, mich auf die Zehenspitzen zu stellen und ihn zu küssen. Nun ja, so seltsam war der Gedanke gar nicht, schließlich träumte ich schon seit Monaten davon. Aber in diesem Moment war der Drang so stark, dass ich das Gefühl hatte, explodieren zu müssen, wenn ich dem Impuls nicht nachgab.

»Ja, es ist etwas Schlimmes passiert«, gab er zu und riss mich aus meinen Gedanken.

»Das tut mir leid.«

Er ergriff meine Hand, schloss seine starken Finger um meine, und meine Welt begann, sich zu drehen.

Und für einen Moment, während ich im Mondlicht in der eisigen Kälte stand und den Schnee unter meinen Füßen spürte, gab ich mich meiner Fantasie hin.

Obwohl ich wusste, dass es gefährlich war, verlor ich mich in einem Traum.

Ich stellte mir einen Ort vor, an dem ich frei war und einfach ich selbst sein konnte. Ein Leben, in dem ich lieben und geliebt werden konnte. Eine Welt, in der ich nicht gebrochen und meine Seele nicht verdorben war, in der ich etwas Reines und Kostbares besitzen konnte, das nur mir gehörte. Ich träumte von einer Existenz ohne Schmerz und Reue, in der ich sprechen, berühren und küssen konnte.

»Lass uns reingehen, damit du dich aufwärmen kannst.«

Ich schloss die Augen und ließ von meiner Fantasiewelt ab. Die letzten Bilder verblassten, als Owen mich auf die Veranda führte. Ich hätte mir gern einen Moment Zeit genommen, um mich umzusehen, aber Owen zog mich schon durch die Tür.

In eine riesige, wunderschöne Blockhütte.

Myles hockte vor dem Kamin und schichtete Holz auf. Mein Blick fiel auf die Seitentür, als Gabe mit einem Arm voller Holzscheite hereinkam und direkt auf Myles zuging, ohne sich vorher den Schnee von den Stiefeln zu klopfen.

Wie immer schwieg ich, obwohl ich ihn am liebsten zurechtgewiesen hätte.

»Es ist saukalt da draußen«, murmelte Gabe.

»Hier drinnen ist es auch nicht wärmer«, brummte Myles.

Er hatte recht. Wenigstens wehte im Haus kein Wind.

»Kevin hat den Heizkessel eingeschaltet«, fuhr Myles fort. »Er überprüft gerade, ob die Lüftungsschlitze in allen Räumen geöffnet sind.«

Owen drückte meine Hand und ich begegnete seinem Blick. »Warum setzt du dich nicht? Ich hole die Taschen.«

»Ich würde gern helfen.«

Owen riss die Augen auf und verengte sie dann zu schmalen Schlitzen. »Draußen liegt Schnee …«

»Dann kann ich hier drinnen behilflich sein«, erwiderte ich.

»Sarah«, begann Owen und ich zuckte zusammen. Ich wünschte wirklich, ich hätte ihn nie gebeten, mich so zu nennen. »Baby, es war ein langer Tag. Warum setzt du dich nicht und entspannst dich? Ich hole das Gepäck, und sobald Gabe mit dem Feuerholz fertig ist, hat er vielleicht Mitleid mit uns und kocht uns etwas zu essen.«

Ich wusste nicht genau warum, aber seine Worte verletzten mich. Allerdings hatte ich mich wie ein hilfloser, verwöhnter Trottel benommen, der nichts anderes tun konnte, als auf dem Sofa zu sitzen und den Leuten um mich herum bei der Arbeit zuzusehen. Da brauchte ich mich nicht zu wundern, wenn er mich auch so behandelte.

»Ich kann auch etwas tun.«

Ohne eine Antwort abzuwarten, streifte ich die Turnschuhe ab und ging in die Küche. Ich bewunderte die Granitarbeitsflächen, als ich hörte, wie die Tür geöffnet und wieder geschlossen wurde. In diesem Moment stieß ich den Atem aus, den ich unbewusst angehalten hatte, und senkte den Kopf.

Was, wenn ich es versuchen würde?

Es könnte doch nicht schaden, noch eine Weile Natasha zu spielen.

Was, wenn ich einfach so tat, als sei ich ein ganz normaler Mensch, der ein paar Tage Urlaub in einer schönen Blockhütte in den Bergen verbrachte?

Warum sollte das nicht möglich sein?

KAPITEL FÜNF

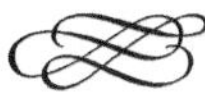

Die eisige Luft trug nicht dazu bei, mich zu beruhigen.

Ich verstand nicht einmal, warum ich so wütend war, und das brachte mich noch mehr in Rage. Ich wusste nur, dass ich Natashas Stimmungsschwankungen langsam leid war. Im einen Moment erinnerte sie mich daran, dass sie nicht Natasha war, nur um im nächsten zusammenzuzucken, wenn ich sie Sarah nannte. Zweifellos waren wir uns beide der Anziehungskraft bewusst, die zwischen uns schwelte, aber wir waren uns – wenn auch stillschweigend – einig, dass wir ihr nicht nachgeben würden.

Dennoch hatte die Frau mich angesehen, als wartete sie nur darauf, von mir geküsst zu werden. Und das ausgerechnet im Mondschein, wie in einem verdammten Liebesfilm. Wahrscheinlich war unsere Situation eher mit einem Horrorthriller zu vergleichen, in dem der Held ins Gras biss, nachdem die Protagonistin zu ihrem Onkel zurückgekehrt und getötet worden war.

Monate. Ich hatte monatelang mit ihr zusammengelebt. Und in dieser Zeit hatte sie sich sehr verändert. Es war nicht zu übersehen, dass sie aus wohlhabenden Verhältnissen stammte. Zu Anfang waren es scheinbar unbedeutende Kleinigkeiten wie ihre perfekt manikürten Fingernägel und ihre teure Strähnchenfrisur, die mir ins Auge stachen. Damit kannte ich mich aus, denn ich war mit einer Zicke verheiratet gewesen, die einmal in der Woche das Nagelstudio besucht hatte und sich einmal im Monat den Ansatz hatte färben lassen – Gott bewahre, dass auch nur ein Millimeter braunes Haar zum Vorschein gekommen wäre. Vor allem aber fiel mir auf, dass Nat in mancher Hinsicht ziemlich ungeschickt war. Natürlich hatte ich sie nie gebeten, das Haus zu putzen, aber eines Tages hatte sie beschlossen, das Badezimmer zu reinigen. Ich hatte sie dabei erwischt, wie sie die Rückseite einer Flasche Badreiniger las. Und beim Staubsaugen wirkte sie wie ein Kleinkind, das seine Lauflernhilfe vor sich herschob. Andererseits wusste Nat genau, welcher Wein am besten zu Jakobsmuscheln passte, und hielt ein Weinglas von Walmart in der Hand, als sei es ein kostbares Kristallglas.

Inzwischen schien ihr die Hausarbeit Spaß zu machen. Es war eine kleine, aber bedeutende Veränderung. Wir sprachen nie darüber, aber ich sah an ihrem Lächeln, wie stolz sie war, wenn sie Kekse aus dem Ofen holte. Sie hatte angefangen, Kochsendungen zu schauen, und gab mir sogar detaillierte Einkaufslisten, damit sie neue Rezepte ausprobieren konnte. Ich selbst kochte nicht gern, und bevor Nat die Rolle der Chefköchin übernommen hatte, hatten wir hauptsächlich den Lieferservice in Anspruch genommen. Deshalb beschwerte ich mich nicht, wenn sie hin und wieder eine Mahlzeit anbrennen ließ. Stattdessen drückte ich meine Dankbarkeit aus und ermutigte sie.

Obwohl sich einiges verändert hatte, war vieles gleich geblieben. Nat war immer noch verschlossen und distanziert, es sei denn, sie hatte einen Albtraum. Dann suchte sie Trost. Sie sagte nie etwas, aber sie erlaubte mir, sie zu halten, wenn sie vor Angst zitterte. In solchen Momenten ließ sie ihre Maske fallen, vergrub ihr Gesicht an meiner Brust und ließ sich von mir den Rücken streicheln. Doch am nächsten Morgen zog sie sich wieder in ihr Schneckenhaus zurück und der Kreislauf begann von vorn.

So ging es immer weiter.

Wir tanzten umeinander herum und ignorierten die gegenseitige Anziehung, die sich durch und durch richtig anfühlte.

Doch als sie mich vorhin angesehen hatte und mich anzuflehen schien, diese unausgesprochene Regel zwischen uns zu brechen, hatte mich das nicht nur verärgert, sondern regelrecht auf die Palme gebracht.

Mit mehr Kraft als nötig öffnete ich die Heckklappe des Suburban und zog die Taschen aus dem Kofferraum.

Ich würde das hier überstehen.

Da Pollaski seinen Zug gemacht hatte, würden wir die Sache sicher bald hinter uns bringen können.

Wir hatten die ganze Zeit darauf gewartet, was Pollaski tun würde. Es war nicht nötig gewesen, in ein Wespennest zu stechen, solange er Natasha in Ruhe ließ. Doch nun hatte Wilco Pollaski uns den Krieg erklärt. Ein fataler Fehler seinerseits, denn Zane Lewis nahm Drohungen nicht einfach hin, schon gar nicht solche, die sich gegen seine Familie richteten. Jeder, der etwas auf sich hielt, wusste, wer Zane Lewis war, also wusste es auch Pollaski. Trotzdem hatte er nicht nur Zanes Frau Ivy bedroht, sondern auch Max' Frau Eva und ihre Kinder. Es war fraglich, welcher der beiden Männer zuerst die Nerven verlieren würde. Doch Zane hatte bereits ein Team zusammengestellt und war dabei, eine Strategie auszuarbeiten.

Pollaskis Tage waren gezählt.

Es würde nicht mehr lange dauern, dann wäre Natasha ein für alle Mal von ihrem Onkel befreit. Wohin sie dann gehen würde, wusste ich nicht, denn darüber hatten wir nie gesprochen. Eva und die anderen Frauen hatten sie bereits ins Herz geschlossen, also nahm ich an, dass sie versuchen würden, sie zu überreden, in Maryland zu bleiben. Aber ich hatte keine Ahnung, wovon Nat leben wollte. Da ich sie überprüft hatte, wusste ich, dass sie keinen College-Abschluss hatte, aber das bedeutete nicht viel. Wenn sie wollte, würde sie sicher einen Job finden. Auf der anderen Seite waren die Pollaskis stinkreich, denn mit Prostitution, Drogenhandel und Erpressung hatten sie ein Vermögen verdient. Ich nahm an, dass Natasha nach dem Tod ihres Onkels einen Teil davon erben würde.

Warum macht mich das so wütend?

Wieder einmal wurde mir mein Dilemma vor Augen geführt. Natasha war nicht Natasha, sondern Sarah Pollaski. Die Erbin des Pollaski-Vermögens. Die Prinzessin der Verbrecherfamilie mit einer Dornenkrone auf dem Haupt.

Ich wollte mich nicht damit herumschlagen müssen.

Aus diesem Grund würde ich alles tun, um diese Anziehungskraft zu ignorieren.

ICH NAHM MIR ZEIT, ALS ICH UNSERE TASCHEN IN DAS GROSSE Schlafzimmer trug. Noch länger brauchte ich, um das Bettzeug aus der Plastikfolie zu wickeln, die die Reinigungsfirma, die Rhode engagiert hatte, am Fußende der Matratze zurückgelassen hatte. Jede Bewegung vollzog ich betont langsam in der Hoffnung, dadurch meinen Ärger zu dämpfen. Aber nichts half. Meine Wut war wieder aufgeflammt, als ich das Haus betreten und Nat in der Küche vorgefunden hatte, während sie leise etwas zu Kevin gesagt hatte. Nachdem sie monatelang kaum mit mir gesprochen und nur ein paar Worte mit meinem Team gewechselt hatte, machte es mich wütend, ihre Stimme zu hören. Auch wenn sie meinem Kameraden nur erklärt hatte, dass sie etwas Suppe aufwärme, weil es nicht viel zu essen im Haus gäbe.

Also ja, ich ließ mir verdammt viel Zeit.

Währenddessen versuchte ich, die Schutzmauer zwischen uns wiederaufzubauen. Aber ich hatte keine Ahnung, wie ich das anstellen sollte, solange ich mir ein Bett mit Nat teilte. Auf keinen Fall würde einer der anderen Jungs neben ihr schlafen. Und ich würde mich auch nicht mit einem meiner Kameraden zusammentun, um Nat ein eigenes Zimmer zu geben. Also würden wir auf absehbare Zeit nicht nur unter einem Dach, sondern auch in einem Bett schlafen.

Ich machte das Bett mit militärischer Präzision und zog die Ecken straff, als erwartete ich die Inspektion durch einen Ausbilder in der Hoffnung, er würde mich nicht mit einer zusätzlichen Trainingseinheit bestrafen. Es dauerte eine Weile, aber nicht lange genug, um mich zu beruhigen. Ich musste einen klaren Kopf behalten, um meine Arbeit machen zu können. Je eher wir das alles hinter uns brachten, desto eher könnte Nat ihr Leben weiterleben.

Ohne mich.

Mit diesem ganzen Schlamassel wollte ich mich nicht herumschlagen. Einmal hatte gereicht. Ich hatte es versucht, ich hatte es vermasselt, ich hatte daraus gelernt. Eigentlich hatte ich auf ganzer Linie versagt. Meine Ex-Frau hatte allen erzählt, was für ein beschissener Ehemann ich gewesen war. Sie hatte sich an ihre Geschichte geklammert und war dabei so überzeugend gewesen, dass ich sie schließlich selbst geglaubt hatte. Dabei wusste ich, dass unsere Ehe nicht zerbrochen war, weil ich ihr unrecht getan hatte. Aber nach der Scheidung hatte ich mir geschworen, nie wieder zu heiraten. Ich wollte keine Ex-Frau Nummer zwei, die meinem Glück im Weg stand und mein Leben in ein Drama verwandelte. Und Nat war ein wandelndes Drama.

Ich ging die Treppe hinunter und sah, dass Myles ein Feuer im Kamin angezündet hatte. Im Haus war es fast warm genug, um die Jacke auszuziehen, ohne zu frieren. Im Wohnzimmer gab es keinen Fernseher, aber einer der Jungs hatte eine Stereoanlage gefunden, sodass nun leise Rockmusik die Hütte erfüllte. Gabe lag ausgestreckt auf dem kleinen Sofa, auf dem zwei kleinere Personen bequem Platz gehabt hätten. Er füllte mit seiner großen Statur fast das ganze Möbelstück aus. Zu beiden Seiten befanden sich Sessel, die dem Kamin zugewandt waren. Sie waren leer, denn Myles und Kevin saßen mit Nat am Küchentisch. Vor ihnen standen Schüsseln. Niemand blickte auf, als ich die Küche betrat.

Auch das ärgerte mich.

Plötzlich überkam mich der Drang, Nat zu packen und wach zu rütteln. Was kümmerte es mich, wenn sie meine Anwesenheit nicht bemerkte? Ich bedeutete ihr nichts. Ich war nichts weiter als ein unbezahlter Leibwächter.

Im Geschirrtrockner neben der Spüle standen ein Topf und eine Schüssel. Offensichtlich hatte Gabe auch etwas gegessen. Die Arbeitsflächen waren sauber. Ein Handtuch hing über dem Herdgriff. Wie bei mir zu Hause, nachdem Nat gekocht hatte. Aus irgendeinem mir unerfindlichen Grund machte mich das ebenfalls wütend.

»Deine Schüssel ist in der Mikrowelle«, rief Nat mir zu. »Ich wusste nicht, wie lange du weg sein würdest.«

»Danke«, antwortete ich und ging zur Mikrowelle.

»Ich kann noch mehr kochen, wenn es nicht reicht.«

Verdammt, ihre Worte wühlten mich noch mehr auf.

»Nein, das reicht«, log ich.

Nachdem ich den ganzen Tag umhergeeilt war und nur ein paar Proteinriegel gegessen hatte, hatte ich Hunger, aber ich wollte mich nicht von Nat bekochen lassen. Mir widerstrebte sogar der Gedanke, dass Nat für uns alle das Abendessen, das Mittagessen oder das Frühstück zubereiten würde, als lebten wir alle zusammen in einer Wohngemeinschaft.

»Owen?« Ihre Stimme klang näher als zuvor.

Ich warf einen Blick über die Schulter und sah, dass sie direkt neben mir stand.

In ihren Augen lag ein leerer Ausdruck. Ich war so gebannt von dem Anblick, dass ich gar nicht bemerkte, wie sie eine Hand hob. Sie streckte sie mir entgegen und legte sie an meinen Unterarm.

So würde das nicht funktionieren. Ich hätte Zane bitten sollen, einen der anderen Jungs an meiner Stelle zu schicken. Dann hätte ich in Maryland bleiben und die Jobs ausführen können, für die ich ein Händchen hatte. Zum Beispiel Bedrohungen aufspüren und ausschalten. Als Leibwächter war ich nicht geeignet. Es musste eine andere Möglichkeit geben, wie ich Nat beschützen und zugleich mich selbst schützen konnte.

»Ja?«, brachte ich hervor.

»Es gibt nicht viele Vorräte im Haus, aber ich habe eine Dose Ravioli gefunden. Ich weiß, dass das dein Leibgericht ist, also habe ich sie hinter die Muschelsuppe geschoben.«

Unwillkürlich versteifte ich mich und versuchte vergeblich, mich zu entspannen. Nat schien mein Unbehagen zu spüren, denn ihr linkes Auge begann zu zucken. Im Laufe der Monate hatte ich gelernt, dass dieses Zucken immer dann auftrat, wenn sie sich unwohl fühlte. Normalerweise hätte ich in einem solchen Moment versucht, sie zu beruhigen, aber ich brachte keinen Ton heraus. Noch nie zuvor hatte sie sich zu mir vorgebeugt und eine Hand an meinen Arm gelegt, um mir zuzuflüstern, dass sie mir eine Freude gemacht hatte. Selbst wenn es nur eine Kleinigkeit war, für Nats Verhältnisse war dies ein bedeutender Moment.

Ich wusste nicht, was ich sagen sollte. Unzählige Gedanken schossen mir durch den Kopf.

»Ich dachte, du hast bestimmt Hunger. Natürlich will ich den anderen keine Mahlzeit vorenthalten, aber …« Nat verstummte.

Und ich fragte mich, was sie wohl dachte.

Ich hatte keine verdammte Ahnung, was in ihrem Kopf vorging.

Und ich war mir nicht einmal sicher, ob ich es wissen wollte.

Mein Magen verkrampfte sich.

Woher zum Teufel wusste sie, dass ich Ravioli aus der Dose mochte? Vage erinnerte ich mich noch daran, ihr erzählt zu haben, dass die Jungs sich immer über mich lustig machten, weil ich mich weigerte, die Feldrationen zu essen. Wenn wir nur ein paar Tage im Einsatz waren, packte ich immer ein paar Dosen Ravioli ein und aß sie zum Frühstück, Mittag- und Abendessen. Ich schleppte gern ein paar Kilo mehr mit mir herum, solange ich mich nicht von diesem Fraß ernähren musste.

»Danke«, sagte ich leise, als sie ihre Hand zurückzog.

Und auch das machte mich wütend.

Einerseits wollte ich nicht, dass sie mich berührte, andererseits wünschte ich mir nichts sehnlicher. Mehr als alles andere wollte ich ihre Hände und ihren Mund an meinem Körper spüren. Ich wünschte mir, in einer perfekten Welt zu leben, in der ich meine Ex-Frau nie kennengelernt hätte und Nat nicht die Tochter eines ermordeten Gangsters und die Nichte des derzeitigen Königs der Chicagoer Unterwelt wäre. Nur für ein paar Stunden wollte ich mich in meiner Fantasievorstellung verlieren.

Für einen Mann wie mich waren derartige Gedanken gefährlich.

Ich musste immer auf der Hut sein, wachsam bleiben und mich unter Kontrolle haben.

Also schob ich die Gedanken beiseite und griff nach der Suppenschüssel.

Statt mich damit wie ein zivilisierter Mensch an den Tisch zu setzen, stellte ich mich an die Spüle, führte die Schüssel an den Mund und trank die lauwarme Brühe in wenigen Zügen aus. Ich ignorierte Nat und den Rest der Jungs und suchte nach der Dose Ravioli, die sie versteckt hatte.

Ich brauchte Zeit für mich, aber ich wusste auch, dass mir eine Atempause nicht vergönnt war, solange Nat neben mir schlief. Ich kippte den Inhalt der Dose in meine Suppenschüssel. In meinem Kopf schrillten sämtliche Alarmglocken und ein vertrautes Gefühl überkam mich – mir stand eine Menge Ärger bevor.

Ich spürte es bis in die Knochen.

KAPITEL SECHS

Offenbar war die Hölle zugefroren. Wirklich und wahrhaftig. Derzeit befand ich mich im zweiten Kreis und war mir sicher, es würde schon bald weiter abwärts gehen, bis ich im neunten und letzten Kreis angekommen war. Ich hoffte, dass es dort unten glühend heiß war, denn hier oben war es bitterkalt. Seit unserer Ankunft waren erst zwei Tage vergangen, aber ich war es bereits leid.

Meine Nerven lagen blank, meine Emotionen spielten verrückt, und ich hatte den unbändigen Wunsch wegzulaufen.

Zwei Nächte hatte ich neben Owen geschlafen. Das war nicht nur die Hölle, sondern die reinste Folter. Als ich ihm gestern Abend anbot, auf dem winzigen Sofa im Wohnzimmer zu schlafen, murmelte er etwas Unverständliches und verschwand im Bad. Zehn Minuten später kam er wieder heraus, mit feuchten Haaren, nacktem Oberkörper und nur mit einer Jogginghose bekleidet. Er hatte sich entschuldigt, weil er vergessen hatte, ein Hemd zu holen. Danach war ich ins Bad gegangen, um mich fertig zu machen. Als ich ins Schlafzimmer zurückkehrte, lag Owen im Bett und hatte mir den Rücken zugewandt. Schweigend hatte ich in dem spärlich beleuchteten Raum gestanden und mich gefragt, was er wohl davon halten würde, wenn ich alle seine Hemden zusammenraffen und in den Kamin werfen würde. So schnell, wie der Gedanke gekommen war, so schnell war er auch wieder verschwunden, denn mir war klar, dass ich mir selbst damit mehr geschadet hätte als ihm.

Wie am Morgen zuvor stand ich auf, als Owen noch schlief. Ich ging nach unten, um Kaffee zu kochen, und stellte fest, dass Gabe mir zuvorgekommen war.

Er blickte von seiner Tasse auf und musterte mich prüfend von Kopf bis Fuß. Dabei machte er sich nicht die Mühe, seinen Argwohn zu verbergen. Ich kannte ihn nicht besonders gut, aber ich wusste, dass er mir nicht traute. Kluger Mann.

»Guten Morgen«, murmelte ich. Gabe nickte mir nur zu, also fuhr ich fort: »Stört es dich, wenn ich mir eine Tasse einschenke?«

»Bedien dich.«

Er trat zur Seite, blieb aber in der Küche stehen. Ich spürte, wie er mich beobachtete, als ich den Schrank öffnete und mir eine Tasse nahm. Sein Blick schien sich förmlich in meinen Hinterkopf zu bohren, während ich mir einen Kaffee einschenkte.

Ein normaler Mensch hätte ihn wahrscheinlich zur Rede gestellt und ihn vielleicht sogar für sein unhöfliches Verhalten zurechtgewiesen. Es war sogar ein wenig verstörend. Aber ich sagte nichts, denn es stand mir nicht zu, meine Meinung zu äußern, selbst wenn er mich beäugte, als sei ich ein Stück Dreck. In gewisser Weise war ich das auch, aber daran musste er mich nicht erinnern. Ich wusste, wer ich war.

»Kevin und ich fahren runter ins Dorf. Brauchst du etwas?«

Gabes Frage überraschte mich und ich begegnete seinem Blick.

Das war ein Fehler.

Er hatte große braune Augen, in denen ein wissender Ausdruck lag. Ich hatte keine Ahnung, wie gut er über meine Vergangenheit informiert war, aber es gefiel mir nicht, dass er überhaupt etwas über mich wusste.

»Geht ihr in den Supermarkt?«, fragte ich.

»Ja, und wenn du noch etwas zum Anziehen brauchst, können wir bei einem Bekleidungsgeschäft anhalten.«

Ich brauchte dringend noch ein paar Klamotten, denn ich fror wie ein Schneider. Zum Glück hatte Rhode ein paar Handschuhe und Mützen im Schrank. Aber meine dünne Jacke schützte mich kaum vor der Kälte, sodass ich es draußen nie lange aushielt. Ich hätte jedes Kleidungsstück aus meinem Rucksack übereinander anziehen können und mir wäre immer noch zu kalt gewesen, um die Gegend zu erkunden. So saß ich mit Owen in der Hütte fest, und das zehrte an meinen Kräften. Ich verbrachte viel Zeit allein im Zimmer und starrte an die Decke, denn einen Fernseher gab es hier nicht.

»Danke für das Angebot, aber ich brauche nichts«, log ich, weil ich mich sträubte, noch mehr Almosen anzunehmen.

»Hör zu, Sarah ...« Gabe hielt inne und musterte mich wieder mit diesem eindringlichen Blick. »Ich habe gehört, was du gesagt hast.«

»Worüber?«

»Darüber, dass du vorgeben wolltest, *keine* Pollaski zu sein.«

Mir stockte der Atem und mein Herz setzte einen Schlag aus. Mir gefiel die Richtung nicht, die dieses Gespräch einzuschlagen drohte, aber ich hatte keine Möglichkeit, Gabe aufzuhalten. Also blieb ich wie angewurzelt stehen und schwieg. So wie immer.

»Ich verstehe dich nicht«, murmelte er. Ich glaubte, Enttäuschung in seiner Stimme zu hören.

Es war absurd.

Als das Schweigen unangenehm wurde, hielt ich es nicht mehr aus.

»Was verstehst du nicht?«, flüsterte ich.

»Warum du alles so schwer machst.«

»Das tue ich doch gar …« Ich beendete den Satz jedoch nicht.

Ich wusste, dass ich es mir und allen anderen nicht leicht machte, aber nicht mit Absicht. Zumindest hoffte ich das.

»Ich weiß nicht, was ich sagen soll«, gestand ich. »Ich kann nicht verstehen, warum ihr mir helft. Das heißt nicht, dass ich nicht dankbar bin, vor allem Owen gegenüber. Aber es ist mir unbegreiflich. Ich bin Abschaum. Ihr hattet die Chance, mich loszuwerden, aber ihr habt sie nicht genutzt. Warum nicht?«

»Seit ich dich kenne, ist das die erste ehrliche Antwort aus deinem Mund.«

Wahrscheinlich hatte er nicht unrecht, aber es tat trotzdem weh, als Lügnerin bezeichnet zu werden, wenn auch indirekt. Doch ich musste mir eingestehen, dass ich selbst nicht unbedingt direkt war.

»Du denkst also nicht, dass du unsere Hilfe verdient hast?«, fuhr er fort, statt auf meine Frage einzugehen.

»Nein.«

»Noch mehr Ehrlichkeit«, murmelte er, woraufhin ich nur mit den Schultern zuckte.

»Du hast doch sicher nicht vergessen, dass mein eigen Fleisch und Blut mich verkauft hat, nicht wahr? Ich glaube nicht, dass irgendjemand etwas aus reiner Nächstenliebe tut. So funktioniert die Welt nicht. Aber ich kann mir beim besten Willen nicht erklären, warum Owen mich aufgenommen hat. Ich verstehe nicht, warum ihr alle ihm helft und warum Zane Lewis das alles bezahlt.« Bei diesen Worten machte ich eine ausladende Geste. »Er hätte mich nur zu meinem Onkel zurückgehen lassen müssen, und der Albtraum wäre vorbei gewesen.«

»Dann wärst du jetzt tot.«

Damit hatte er wohl recht, doch das wollte ich Gabe gegenüber nicht zugeben. Und ich hatte nicht vor, ihn zu beleidigen, indem ich es leugnete. Schließlich wussten wir beide, dass die Wahrscheinlichkeit ziemlich hoch war.

»Ich mache dir einen Vorschlag: Hör auf, nach den Gründen zu suchen, und achte auf das, was um dich herum passiert. Du bist in einem Umfeld aufgewachsen, das nicht die wirkliche Welt widerspiegelt. Deine Kindheit war scheiße, und danach ist dein Leben nur noch schlimmer geworden. Ich verstehe, dass du misstrauisch bist, aber wenn du die Augen öffnest, wirst du sehen, dass wir nichts von dir wollen. Vor allem Owen nicht.«

Verdammt, das tat weh. Ein stechender Schmerz breitete sich in meiner Brust aus und ich krümmte mich leicht, um ihn zu lindern. Ich sollte dankbar sein, dass Owen nichts von mir wollte, denn ich hatte ihm nichts zu geben.

»Natasha?«, murmelte Gabe und wieder begegnete ich seinem Blick. »Du hast mich missverstanden.«

»Nein, habe ich nicht«, antwortete ich hastig. »Ich weiß, dass er ein guter Mensch ist, und es tut mir leid, falls ich etwas anderes angedeutet habe. Soweit ich kann, vertraue ich Owen. Ich weiß, dass er für die Güte, die er mir entgegenbringt, keine Gegenleistung erwartet. Ich habe ihm ohnehin nichts zu geben, das weiß er. Er hat mich aufgenommen und mich beschützt. Das weiß ich sehr zu schätzen, mehr als ich in Worte fassen kann.«

»Nat ...«

»Warst du jemals auf die Hilfe anderer angewiesen?«, flüsterte ich.

»Ich …«

»Ich meine, hast du jemals wirklich Hilfe gebraucht? Warst du gezwungen, Almosen anzunehmen, weil du nichts hattest?«

Oh Gott, was ist nur in mich gefahren?

»Schätzchen …«

»Das ist nicht leicht«, krächzte ich. »Für mich ist es unglaublich schwer, denn ich brauche wirklich Hilfe. Ich habe nichts und bin so müde. Also habe ich alles genommen, was Owen mir gegeben hat. Ich habe in seinem Haus gewohnt, weil ich nie einen Ort hatte, an dem ich nachts die Augen schließen und mich sicher fühlen konnte. Zum ersten Mal bin ich morgens ohne lähmende Angst vor dem aufgewacht, was der Tag bringen würde. Ich will niemandem das Leben schwer machen, aber ich fürchte mich so sehr davor, an eine bessere Zukunft zu glauben. Denn wenn der Schmerz zurückkehrt – und das tut er immer –, dann werde ich ihn diesmal nicht ertragen können. Ich muss mich verschließen, nur so kann ich mich schützen. Schon früh habe ich gelernt, dass ich zwar gesehen, aber nicht gehört werden darf. Ich habe gelernt, unter allen Umständen zu schweigen. Unter. Allen. Umständen.«

»Also gut, Nat. Im Moment will ich dich nicht weiter drängen. Aber irgendwann wirst du das alles erklären müssen. Nicht mir, sondern Owen. Er hat es verdient, es aus deinem Mund zu hören. Eines will ich dir noch sagen. Ja, es gab eine Zeit, da brauchte auch ich Hilfe. Ich weiß, wie es ist, Almosen annehmen zu müssen, weil man keine andere Wahl hat. Betrachte meine Hilfe als eine Art Wiedergutmachung. Ich revanchiere mich für die Freundlichkeit, die mir Fremde entgegengebracht haben, als ich nichts hatte. So funktioniert die Welt, Nat. Geben und Nehmen.

Und eines Tages, wenn du das alles hinter dir gelassen hast, wirst du auch einen Weg finden, die Freundlichkeit, die du erfahren hast, jemandem zuteilwerden zu lassen, der sie braucht.«

Bevor ich etwas erwidern konnte, trat Gabe um mich herum, durchquerte das Wohnzimmer und verschwand. Einen Augenblick später hörte ich, wie die Haustür geöffnet wurde. Am liebsten hätte ich es ihm gleichgetan. Hätte ich einen warmen Mantel gehabt, dann hätte ich einen langen Spaziergang machen können, um wieder einen klaren Kopf zu bekommen.

Das war das zweite Mal innerhalb weniger Tage, dass mir zwei Menschen im Grunde dasselbe erklärten. Sowohl Owen als auch Gabe hatten mich ermahnt, mehr auf meine Umgebung zu achten. Und genau das tat ich auch.

Ich kannte meinen Platz.

Oder etwa nicht?

Doch, natürlich kannte ich ihn. Ich hatte keine Stimme. Kleine Mädchen, die zu viel Lärm machten, wurden bestraft. Frauen durften nur sprechen, wenn sie dazu aufgefordert wurden, andernfalls bekamen sie die Konsequenzen zu spüren. Das wusste ich. Warum wollte ich mir dann die Seele aus dem Leib schreien? Warum wollte ich das Universum dafür verfluchen, dass ich mein Leben mit ekelhaften, abscheulichen Dämonen verbringen musste? All das hätte ich Owen gern erklärt, damit er verstand, dass ich ihm nicht das Leben zur Hölle machen, sondern ihn nur beschützen wollte, aber ich sorgte für seine Sicherheit, indem ich meine Geheimnisse für mich behielt.

Lügen.

Alles Lügen.

In Wahrheit hatte ich ihm nichts erzählt, weil er sich von mir abgewandt hätte, wenn er die Wahrheit gekannt hätte. Und ich hätte es nicht ertragen, wenn er mich angesehen hätte, als sei ich noch weniger wert als das Nichts, für das er mich ohnehin hielt.

Ich warf einen Blick auf die schwelende Glut im Kamin und ließ meiner Fantasie freien Lauf. Was wäre, wenn ich frei wäre und ich selbst sein könnte? Was, wenn ich mein Leben selbst hätte bestimmen können? Niemals hätte ich in einem kalten, sterilen Stadthaus mit Marmorböden, holzvertäfelten Wänden und Kristallleuchtern gelebt. Ich ließ den Blick durch das Wohnzimmer der Hütte schweifen und betrachtete die Holzwände und Böden und die mit Brettern verkleidete Decke. Das Ambiente war schön, aber rustikal. Obwohl es gemütlich war, war es viel zu braun, zu erdig. Nein. Wäre ich nicht als Pollaski geboren worden und hätte ich mir mein Zuhause aussuchen können, hätte ich mich für Owens Haus entschieden. Mit vier Schlafzimmern war es geräumig, aber nicht zu groß. Dort gab es weder einen schicken Salon noch ein elegantes Esszimmer, in dem sich ohnehin nie jemand aufhielt. Es gab auch keine Bibliothek und kein Ankleidezimmer. Es war einfach ein schönes Haus in einer schönen Gegend. Es bot Gemütlichkeit, Geborgenheit und Liebe. Mehr hatte ich mir nie gewünscht.

»Baby?«, rief Owen und riss mich aus meinem albernen Tagtraum.

»Hey.«

»Geht es dir gut?«

Sorge.

Sie spiegelte sich in seinen Augen. Keine Spur mehr von der Ungeduld oder dem Ärger vom Vortag.

Nur Sorge um *mich*.

»Ich habe nie Turnschuhe besessen, bis du mir mein erstes Paar gekauft hast«, platzte ich heraus.

»Wie bitte?«

»Nun, vielleicht als kleines Mädchen, aber das bezweifle ich. Ich musste immer einen Rock oder ein Kleid tragen. Und

Sandalen oder Ballerinas. Nach meinem achtzehnten Geburtstag waren es ausschließlich Stöckelschuhe. Sogar im Winter, wenn es schneite, musste ich Pumps oder Stiefel mit hohen Absätzen tragen. Nie flache Schuhe und schon gar keine Turnschuhe. Ich besaß nur eine Jeans, die ich aber immer mit Bluse und Blazer kombinieren musste und nur tragen durfte, wenn wir zu Hause waren und keine Gäste erwarteten. Wenn ich das Haus verließ oder wir Besuch empfingen, waren nur Röcke und Kleider erlaubt. Und ich musste immer ordentlich frisiert und geschminkt sein und mindestens Ohrringe, eine Halskette und ein Armband tragen. Ohne Ausnahme, egal ob ich zu Hause war oder ausging. Zu offiziellen Anlässen waren es immer Diamanten an Ohren, Hals und Handgelenk. Ich durfte hier und da etwas hinzufügen, um den Look zu vervollständigen, aber eine Pollaski nahm nie ohne Diamantschmuck an einer gesellschaftlichen Veranstaltung teil. Ich musste den Reichtum meiner Familie zur Schau stellen und tadellose Manieren an den Tag legen. Das hatten sowohl mein Vater als auch mein Onkel von mir verlangt. Eine Muschi hatte zu schweigen, bis sie angesprochen wurde. Eine Muschi musste sich jede Form von Anerkennung gefallen lassen, sei es eine anzügliche Bemerkung, eine Einladung zum Essen oder ein schneller Fick in der Garderobe. Gehorsam war das oberste Gebot und irgendeine Form der Zuwendung wurde erwartet. Käufliche Frauen waren nicht auf den Stall meines Vaters beschränkt. Sie schlossen seine Frau, dann seine Tochter und auch das Personal ein. Unter dem Dach von Barny Pollaski war jede Muschi gegen Bezahlung zu haben. Ich hatte keine Wahl, weder in seinem Haus noch im Haus meines Onkels. Deshalb danke ich dir, dass du mir mein erstes Paar Turnschuhe gekauft hast. Es bedeutet mir mehr, als ich in Worte fassen kann.«

Owen durchbohrte mich mit seinem Blick, ohne auch nur

einmal zu blinzeln. Je länger er mich anstarrte, desto grimmiger wurde der Ausdruck in seinen grünen Augen. Im nächsten Moment drehte er sich um und stapfte barfuß davon. Ich atmete tief ein und fragte mich, was ich gesagt hatte, das ihn so wütend gemacht hatte. Als ich schließlich hörte, wie die Schlafzimmertür mit voller Wucht zugeschlagen wurde, stieß ich den Atem aus.

»Verdammt«, knurrte Gabe. Ich zuckte zusammen und wandte mich der Tür zu. »Ich habe dir gesagt, du sollst dich ihm öffnen, aber ich hätte dir vielleicht vorher erklären sollen, wie du am besten vorgehst. Du hättest ihn nicht gleich umhauen müssen.«

»Wie bitte?«

»Nat, im Ernst. Kein Mann hört gern, was dir widerfahren ist. Schon gar nicht, wenn du diesem Mann etwas bedeutest. Was du Owen gerade geschildert hast, ist schrecklich. Wenn du ihm also das nächste Mal etwas aus deiner Vergangenheit erzählen willst, dann solltest du ihn zumindest vorwarnen, damit er sich wappnen kann.«

»Ich verstehe nicht ganz.«

»Genau das habe ich gemeint, als ich sagte, du solltest darauf achten, was um dich herum vor sich geht. Owen sorgt sich um dich. Und glaub mir, er lässt nicht viele Menschen an sich heran. Er vertraut uns und Zane, und bis zu einem gewissen Grad vertraut er auch den anderen Jungs, die bei Z Corps arbeiten. Aber er hat sich noch nie wirklich auf eine Frau eingelassen. Nicht seit Naomi. Die Schlampe hat ihm übel mitgespielt. Allein die Tatsache, dass du bei ihm wohnst, ist bemerkenswert. Als er dich aufgenommen hat, war ich ehrlich gesagt schockiert. Aber da ist noch mehr. Als Myles dir angeboten hat, bei ihm einzuziehen, hat Owen ihm fast den Kopf abgerissen. Das zeigt, wie viel du ihm bedeutest. Also sei beim nächsten Mal etwas behutsamer, um Himmels willen.«

Naomi?

Sie hatte ihm übel mitgespielt?

Warum verspürte ich plötzlich den Drang, die Frau aufzuspüren und ihr die Faust ins Gesicht zu rammen?

»Ich wollte mich nur für die Turnschuhe bedanken. Der Rest ist mir einfach so rausgerutscht. Ich weiß auch nicht, warum ich es ihm erzählt habe.« Das war so dumm von mir. »Ich hätte nicht …«

»Nicht doch, hör auf. Es war richtig, darüber zu sprechen. Und du solltest weiter darüber reden. Aber bringe es ihm beim nächsten Mal etwas schonender bei.«

Ich dachte über Gabes Worte nach. Er schien ein kluger Mann zu sein und sein Rat war sicher wertvoll. Aber ich hatte keine Ahnung, wovon er sprach.

»Wie soll ich das verstehen? Ich weiß nur, wie man den Mund hält. Mehr habe ich nie gelernt.«

Gabe seufzte tief und ließ den Kopf hängen. »Dann vergiss, was ich gesagt habe, und lass dich von deinen Gefühlen leiten. Sprich aus, was du loswerden musst. Aber wundere dich nicht, wenn Owen wütend davonstürmt, Schätzchen.«

Ich wollte weder, dass Owen vor mir davonlief, noch, dass er wütend auf mich war. Vor allem wollte ich nicht, dass er Mitleid mit mir hatte, zumindest nicht noch mehr, als er ohnehin schon empfand. Nein, es war besser, zu schweigen. Ich lebte nicht in einer Traumwelt, in der ich einfach ich selbst sein konnte.

»Nat …«

»Es geht mir gut, Gabe. Danke für deinen Rat. Ich weiß deine Hilfe zu schätzen.«

»Auch auf die Gefahr hin, dass ich wie ein Arschloch klinge, will ich dir trotzdem noch etwas mit auf den Weg geben.«

Während ich Gabe in die Augen starrte, dachte ich bei

mir, dass ich es nicht hören wollte. Ich wollte keine Ratschläge mehr. Ich wollte nicht einmal mit ihm in einem Raum sein. »Reiß dich zusammen und nimm dein Leben in die Hand. Ich bin mir sicher, dass du irgendwo Eier in der Hose hast.«

Ich verengte die Augen zu schmalen Schlitzen und straffte die Schultern. Das war nicht sehr nett. Ganz sicher kannte er mich nicht gut genug, um mir so etwas an den Kopf zu werfen.

»Weißt du was?«, fuhr ich ihn an. »Ich habe diesen Spruch noch nie verstanden. Warum soll es ein Vorteil sein, Eier in der Hose zu haben? Das sind doch nur zwei weiche, empfindliche Hoden, die sich vor Schmerz zusammenziehen, wenn man mit dem Finger dagegen schnippt. Eine Vagina hält wenigstens etwas aus, wenn man …«

Ein Lächeln umspielte Gabes Lippen. Er zog die Augenbrauen in die Höhe, bevor er schließlich breit grinste.

»Nur zu, raus damit. Was hält eine Vagina aus?«

»Vergiss es.«

»Komm schon, Nat. Was wolltest du sagen?«

Ich spürte, wie mir die Hitze in die Wangen stieg. Um meine Verlegenheit zu verbergen, ließ ich den Blick hektisch durch den Raum schweifen, während ich inständig hoffte, nicht mit Gabe über das weibliche Geschlechtsorgan sprechen zu müssen. Ich hatte keine Ahnung, warum ich das Thema überhaupt angesprochen hatte, aber jetzt hatte ich das Gefühl, dass er sich über mich lustig machte. Allerdings konnte ich mir nicht sicher sein, denn bisher hatte noch nie jemand mit mir gescherzt. Aber er lächelte und in seiner Stimme schwang ein heiterer Tonfall mit.

»Machst du nur Witze?«, fragte ich zaghaft.

»Ja, Schätzchen. Ich ziehe dich nur auf. Doch du hast durchaus recht, eine Vagina ist wesentlich robuster. Um auf meinen Vorschlag zurückzukommen, ich habe es ernst gemeint. Solange wir hier sind … nein, solange du mit Owen oder mit uns zusammen bist, kannst du immer du selbst sein. Du kannst sein, wer du willst, sagen, was du willst, dich verhalten, wie du willst, und dich kleiden, wie es dir gefällt. Dabei kannst du sicher sein, dass wir dich immer beschützen.«

»Ich bin nicht …«

»Du musst nicht antworten, Nat. Denk einfach darüber nach.«

Ich nickte und war froh, das Gespräch endlich beenden zu können. Gabe wollte gerade gehen, als mir noch etwas einfiel.

»Warum nennst du mich Natasha?«

»Weil du nicht Sarah bist, ungeachtet dessen, was du Owen gegenüber gesagt hast. Ich würde sogar behaupten, dass du nie eine Pollaski warst. Nicht wirklich. Du bist du und trägst den Namen, den du dir selbst gegeben hast – Natasha.«

Mit diesen Worten verließ Gabe den Raum und mein Blick fiel wieder auf die schwindende Glut im Kamin.

Vielleicht könnte ich einfach noch ein wenig länger als Natasha durchs Leben gehen. Owen mochte Natasha. Und ich auch. Sie gehörte nicht zu den Pollaskis. Allerdings wusste ich nicht genau, wer Natasha eigentlich war. Ich hatte keine Ahnung von ihren Vorlieben oder ihren Wünschen. Aber wenn ich Gabe glauben konnte, würden die Jungs mich beschützen, während ich es herausfand.

KAPITEL SIEBEN

Eigentlich war ich nicht der Typ, der seinen Mitmenschen etwas missgönnte. Aber als ich hörte, wie Natasha mit Gabe sprach, wurde ich regelrecht neidisch.

Die Worte sprudelten nur so aus ihr heraus.

Abgesehen von ihrer verkorksten Geschichte über die Turnschuhe hatte ich sie noch nie so viel auf einmal reden hören. Verdammt. Wahrscheinlich waren ihr noch nie so viele Worte an einem Tag über die Lippen gekommen. Und ich war von Neid erfüllt, weil sie sie Gabe gegenüber äußerte, denn ich wollte jedes einzelne für mich beanspruchen.

Der Tag wurde noch schlimmer, als Gabe und Kevin ins Dorf fuhren und Nat wieder in Schweigen verfiel. Sie wechselte ein paar Worte mit Myles, um ihm mitzuteilen, dass sie seine Pfannkuchen in die Mikrowelle gestellt hatte, aber zu mir sagte sie nichts. Gleich nach dem Frühstück räumte sie die Küche auf und zog sich nach oben zurück.

Erst Stunden später, als Gabe mit einer Tasche voller Kleider zurückkam und nach ihr rief, kam sie schnurstracks nach unten. Ich hatte sie stundenlang nicht gesehen und plötzlich hatte sie es eilig. Zwar hatte ich keine Anstalten gemacht, mit ihr zu sprechen, aber es ärgerte mich trotzdem. Sie sträubte sich, die Jacke, die Stiefel und die mit Fleece gefütterte Carhartt-Hose anzunehmen, die Gabe ihr gekauft hatte. Sie war nicht die Einzige, die irritiert war. Mir missfiel die Tatsache, dass die Sachen von Gabe kamen, denn ich wollte derjenige sein, der ihr all ihre ersten Male schenkte. Und ich war mir ziemlich sicher, dass sie noch nie eine solche Hose besessen hatte. Noch mehr als die Kleidung störte mich die Tatsache, dass sie mit Gabe stritt. Mit gerötetem Gesicht hatte sie die Hände in die Hüfte gestemmt und die Stirn in Falten gelegt, während noch mehr Worte aus ihr heraussprudelten. Und ich war eifersüchtig, weil sie sie nicht an mich richtete.

Schließlich musste sie nachgeben, denn Gabe zog ein Messer aus der Tasche, schnitt die Etiketten ab und erklärte, dass sie die Sachen nun nicht mehr zurückgeben könne. Dann verließ er den Raum. Ein paar Minuten lang stand sie nur da und starrte auf den Kleiderstapel, dann ließ sie den Blick durch den Raum schweifen. Ich wartete darauf, dass sie etwas sagte, aber sie schwieg.

Mittlerweile stand ich draußen in der Eiseskälte und spaltete Holz, weil ich die aufgestaute Energie abbauen musste. Später würde ich joggen gehen, und wenn das Feuer in meinem Bauch immer noch brannte, würde ich ein komplettes Workout absolvieren.

Auf jeden Fall musste ich etwas ändern. Ich war kurz davor, die Beherrschung zu verlieren, und dieses Gefühl behagte mir gar nicht.

Ich hörte Schritte im Schnee knirschen und blickte von dem Holzscheit vor mir auf. Nat kam in dicke Winterkleidung gehüllt auf mich zu. Sie trug eine anthrazitfarbene Arbeitshose und eine schwarze, bauschige Daunenjacke von North Face. Verdammt, ich hätte Gabe am liebsten umgebracht. Die Kleidung an sich war nicht sexy, aber die Frau sah darin aus wie ein Model für Wintermode. Ich ließ es bei dem Gedanken bewenden und versuchte, die Tatsache zu ignorieren, dass ich sie am liebsten ausgezogen hätte, um zu sehen, was sie unter all den Schichten verbarg. Es wäre viel zu gefährlich, sich solchen Fantasien hinzugeben.

»Hey«, begrüßte sie mich leise.

»Alles in Ordnung?«

Ausnahmsweise setzte Nat keine ausdruckslose Miene auf und schien sich auch nicht zu verschließen. Stattdessen blieb sie vor mir stehen und machte keine Anstalten, ihre Nervosität zu verbergen. Möglicherweise hatte sie sich entschieden, Gabes Rat zu folgen und sich zu öffnen. Ich hatte ihr zwar dasselbe geraten, aber auf mich wollte sie ja nicht hören. Vielleicht war sie auch so sehr von ihren Gefühlen überwältigt, dass sie sie nicht länger unterdrücken konnte. Um meinetwillen hoffte ich, dass Letzteres der Fall war.

»Ich … äh … kann ich helfen?«, fragte sie.

»Helfen?«

»Ich habe noch nie Holz gehackt.« Sie deutete auf den Baumstumpf. »Natürlich habe ich keine Ahnung, wie das geht, und ich will es auch nicht vermasseln, also verstehe ich, wenn du es mir nicht zeigen willst.«

»Holz spalten kann man nicht vermasseln, Nat.«

Obwohl sie nicht gerade lächelte, was sie ohnehin selten tat, zuckten ihre Mundwinkel leicht. Der Anblick fuhr mir direkt in die Lenden.

Verdammt.

Ich warf einen Blick auf ihre behandschuhten Hände und zog meine Arbeitshandschuhe aus Leder aus.

»Damit kann man keine Axt schwingen«, sagte ich. »Zieh meine an.«

»Dann lasse ich es lieber.«

Was zum Teufel?

»Hast du ein Problem damit, meine Handschuhe zu tragen?«

»Nein, ganz und gar nicht, aber ich glaube nicht, dass dir meine mit deinen großen Pranken passen, und ich möchte nicht, dass du kalte Hände bekommst.«

Sofort sah ich in meiner Fantasie die Stellen ihres Körpers, die ich liebend gern mit meinen großen Pranken berühren würde. Aber ich durfte mich solchen Gedanken nicht hingeben und konzentrierte mich stattdessen auf die alberne Bezeichnung an sich.

»Pranken?«

»So nennt man ungewöhnlich große Hände.«

An meinen Händen war nichts Ungewöhnliches, aber es freute mich, dass sie ihr überhaupt aufgefallen waren. Sofort überkam mich wieder der Wunsch, ihr zu zeigen, wie ich sie mit meinen Händen verwöhnen konnte.

»Baby.«

»Was? Du hast eben Männerhände. Sie sind rau und … nun ja, einfach rau.« Zu meinem Entsetzen missverstand sie den verdutzten Ausdruck, der sich zweifellos auf meinem Gesicht abzeichnete, denn sie ruderte zurück. »Ich wollte dich nicht kränken. Ich meine nur … ich weiß auch nicht, was ich meine.«

»Du hast mich nicht beleidigt. Ich verstehe, was du meinst.«

»Mein ganzes Leben lang war ich von Männern umgeben, die regelmäßig zur Maniküre gingen. Nun, ich würde sie nicht unbedingt als Männer bezeichnen.« Nat zuckte nur mit den Achseln. In Gedanken flehte ich sie förmlich an fortzufahren.

Aber sie schwieg.

»Maniküre?«

»Ja, sie haben sich die Nägel schneiden, feilen und

polieren lassen. Zur Maniküre gehören auch ein Bad und eine Lotion, damit die Hände weich bleiben.«

»Das ist doch albern.«

Meine beiläufige Bemerkung veranlasste sie dazu, die Mundwinkel nach oben zu ziehen. Wieder bat ich im Stillen darum, ihr Lächeln sehen zu dürfen.

Statt mich jedoch mit dem Anblick zu beglücken, fuhr sie fort: »Nun, wahrscheinlich mögen weiche Männer weiche Hände. Echte Männer haben raue, von der Arbeit gezeichnete Hände. Robust und stark. Bevor ich dich getroffen habe, habe ich noch nie solche Hände gespürt.«

Meine Güte, sie würde mich noch ins Grab bringen. Sie musste mich nicht daran erinnern, dass sie meine Hände schon häufiger gespürt hatte. Ich hatte sie nur berührt, wenn sie einen Albtraum hatte, aber jedes Mal hatte ich ihren Rücken gestreichelt oder ihre Hand gehalten, während sie wieder zur Ruhe kam. Vielleicht war ich ein Mistkerl, aber in diesen Momenten war ich mir ihres Körpers in meinen Armen nur allzu bewusst und hatte mich an den falschen Stellen versteift. Und jetzt, da sie vor mir stand und aussah wie der feuchte Traum eines jeden Mannes, musste sie mir diese Momente nicht erst ins Gedächtnis rufen.

»Komm, ich zeige dir, wie man Holz spaltet.«

Vielleicht war es unhöflich, so abrupt das Thema zu wechseln, aber Nat würde es sicher nicht gefallen, mich mit einem Ständer zu sehen.

»Bist du sicher, dass ich dich nicht störe?«

Bei diesen Worten packte mich sofort ein schlechtes Gewissen. Wir waren seit zwei Tagen in Idaho und ich war ihr so weit wie möglich aus dem Weg gegangen. Nicht weil ich so beschäftigt war, sondern weil ich mich in meinem Entschluss, abstinent zu bleiben, hatte bestärken müssen. Wir teilten uns ein Bett, und die Versuchung war so groß, dass ich Stunden brauchte, um mich von dem Wunsch abzubringen, sie an mich zu ziehen und auf die Matratze zu drücken. Noch länger brauchte ich, um mich daran zu erinnern, warum ich sie nicht küssen durfte. Mein Schwanz war leider anderer Meinung und mein Herz kämpfte mit meinem Verstand.

Es war mir ein Rätsel, wie alles so durcheinandergeraten konnte, aber ich fand beim besten Willen keinen Weg, das Chaos zu entwirren.

»Komm, zieh die an.« Ich reichte ihr die Lederhandschuhe und wartete, bis sie ihre Wollhandschuhe ausgezogen und in die Jackentasche gesteckt hatte. Als sie sie verstaut hatte, nahm sie meine und tat wie geheißen. Sie waren ihr viel zu groß.

»Äh …« Sie wedelte mit den Händen, wobei die Spitzen nach unten klappten. »Ich glaube, die sind mir zu groß.«

In diesem Moment wurde mir wieder bewusst, wie zierlich ihre Hände waren. Ich hatte ihre zarten, geschmeidigen Finger an meinen Unterarmen gespürt, als ich sie gehalten hatte.

Verdammt.

Das hier war eine schlechte Idee. Ganz und gar.

Aber ich beendete den Wahnsinn nicht, sondern reichte ihr die Axt. Dann trat ich hinter sie, schlang meine Arme um sie und legte meine Hände auf ihre. Als ich sie in die gewünschte Position gebracht hatte, hob ich die Axt an, zog sie bis über ihre Schulter zurück und half ihr, das Holz zu spalten.

»Genau so«, sagte ich und bemerkte, dass sie sich in meinen Armen versteift hatte.

Ich wollte schon einen Schritt zurücktreten, doch dann stieß sie ein leises Wimmern aus und ich erstarrte.

Verdammt.

Ich war kein halbwüchsiger Teenager, der seinen Körper nicht unter Kontrolle hatte. Aber es fiel mir schwer, keinen

Steifen zu bekommen, während Natasha sich an mich presste. Wem zum Teufel machte ich etwas vor? Mein Schwanz war halbwegs steif und wurde von Sekunde zu Sekunde härter. Ich stieß den Atem aus und kämpfte um Selbstbeherrschung, als Nat in meinen Armen zu zittern begann. Dabei streifte ihr Hintern kaum merklich meinen Schritt und ich knurrte missbilligend. Das war ein Fehler, denn in dem Moment, in dem der Laut meiner Kehle entwich, entspannte Natasha sich merklich.

»Nat«, warnte ich sie.

»Nur einmal«, flüsterte sie. Und ich hätte schwören können, dass diese sanften Worte mein steinhartes Herz durchdrangen. Vor allem trafen sie mich direkt in die Lenden und ich verlor den Kampf endgültig. Ich musste mich geschlagen geben – mein Schwanz war hart wie ein Brett und ich konnte meine Reaktion nicht verbergen, als sie sich an mich schmiegte.

»Das ist alles andere als klug.«

»Dann will ich dumm sein. Nur für einen Moment. Ich will nur wissen, wie es sich anfühlt.«

Sofort schossen mir alle möglichen schmutzigen Gedanken durch den Kopf und meine Fantasie beschwor ein Bild nach dem anderen herauf. Ich sah Natasha, die voller Erwartung nackt und mit gespreizten Beinen vor mir lag. Aber noch beunruhigender waren die Visionen, in denen ich sie in meinen Armen hielt, ihr seidiges Haar streichelte, sanft ihren Nacken küsste und ihren Duft einatmete.

Erledigt.

Ich war völlig erledigt.

Dennoch wies ich sie weder ab noch wich ich zurück. Ich blieb stehen und erlaubte Natasha zu fühlen, was immer sie fühlen wollte. Dabei hoffte ich inständig, dass sie nur das Gefühl meines an ihren Hintern gepressten Begehrens genoss und sich nicht nach etwas sehnte, das über das Körperliche hinausging. Die Situation war ohnehin brandgefährlich, aber wenn zudem noch Intimität ins Spiel käme, wäre sie tödlich. Letzteres konnte ich einer Frau niemals geben.

»Danke«, murmelte sie und fragte dann lauter: »Darf ich es noch einmal versuchen?«

»Ja.« Ich räusperte mich. »Diesmal machst du es allein.«

Ich ließ den Griff der Axt los und trat zur Seite.

»Das Ding ist schwerer, als ich dachte.«

Hat sie das wirklich gesagt?

Verdammte Scheiße. Wie alt war ich, dreizehn?

»Lass die Klinge einfach die Arbeit machen«, wies ich sie an.

Sie nickte ernst, hob die Axt und stieß ein Grunzen aus, als sie die Klinge heruntersausen ließ und den Baumstamm völlig verfehlte.

»Ach herrje.«

Verdammt. Sie sah niedlich aus. Es wäre besser gewesen, wenn mir der Anblick verwehrt geblieben wäre.

Ich legte das Holzscheit wieder auf den Hackklotz. »Halte diesmal die Augen offen und konzentriere dich auf die Stelle, an der die Klinge aufschlagen soll.«

»Okay.«

Sie brauchte noch zwei weitere Versuche, bis es klappte. Aber als sie endlich traf, wünschte ich, sie hätte es nicht getan.

»Hast du das gesehen?«, strahlte Nat. »Ich habe es geschafft.«

»Ja, das hast du.«

»Noch einen?«

Auf keinen Fall.

Das war genug.

Ich konnte den Anblick ihres breiten Lächelns und ihrer strahlenden Augen nicht länger ertragen.

»Natürlich.«

Ich legte einen weiteren Holzscheit auf den Stamm und wartete. Diesmal verfehlte sie nicht.

»Verdammt, ich bin gut«, trällerte sie.

Herrgott. Heilige Scheiße. Warum wurde ich bestraft? Womit hatte ich diese fröhlich lächelnde Natasha verdient?

»Das bist du«, stimmte ich zu.

Nat legte den Kopf in den Nacken. »Es schneit wieder.«

Gott sei Dank.

»Komm schon, du Profi-Holzfäller, lass uns reingehen, bevor du anfängst, Bäume zu fällen.«

Am liebsten hätte ich mich für diese scherzhafte Bemerkung geohrfeigt, als Natashas Lächeln noch breiter wurde. Wenn sie mich weiter so angesehen hätte, hätte ich für nichts mehr garantieren können und hätte sie wahrscheinlich im Schnee vernascht.

»Die hier nehme ich mit.«

Nat bückte sich und hob die sechs frisch gespaltenen Holzscheite auf, einschließlich der beiden, die wir gemeinsam mit der Axt geteilt hatten. Dann machte sie sich auf den Weg zur Hütte.

Ich hielt einen Moment inne und betrachtete ihren Hintern in dieser verdammten Carhartt-Hose. Zum Glück war sie schon zu weit entfernt, um mein Stöhnen zu hören. Was zum Teufel war nur los mit mir?

Als ich die hintere Veranda erreichte, stapfte Nat gerade auf der Stelle, um sich den Schnee von den Stiefeln zu klopfen. Dabei wackelte sie mit dem Hintern, und ich musste die Augen schließen, um den Anblick zu ignorieren.

Ich würde zur Hölle fahren.

Und zwar auf direktem Weg und im Eiltempo.

»Kannst du die Tür öffnen?«

Da sie direkt davor stand, griff ich so vorsichtig wie

möglich um sie herum, drehte den Griff und drückte die Tür auf.

»Schaut mal, was ich mitgebracht habe«, rief Nat, als wir das Haus betraten.

Gabe, Kevin und Myles drehten sich gleichzeitig um.

Gabe lächelte, Kevin zog die Augenbrauen in die Höhe und Myles runzelte die Stirn.

Entweder hatte Nat die Reaktion der Männer nicht bemerkt oder sie war zu glücklich, um sich darum zu scheren, denn sie plapperte weiter. »Owen hat mir gezeigt, wie man Holz spaltet.« Sie hob den Stapel in ihren Armen an. »Das können wir heute Abend verbrennen.«

Niemand sagte etwas. Zu meinem Erstaunen ging Natasha zum Kamin und schichtete das Holz auf den kleinen Stapel daneben.

»Jetzt kann ich auch ab und zu etwas beisteuern. Aber erwartet nicht zu viel, ich treffe noch oft daneben. Aber ich kann auf jeden Fall genügend Holz spalten, um das Feuer für mindestens ein paar Stunden am Brennen zu halten. Nicht wahr, Owen?«

Ihre Frage riss mich aus meiner Benommenheit.

»Mindestens«, stimmte ich zu.

»Ich gehe nach oben, um mich etwas aufzuwärmen, und dann koche ich das Abendessen.«

Mein Gott, wer war diese Frau?

Nat wandte sich mir zu und schenkte mir ein Lächeln, das mich förmlich durchbohrte.

»Danke noch mal, dass du es mir beigebracht hast.«

»Gern geschehen.«

Und mit einem wunderschönen Lächeln stolzierte sie aus dem Raum und ging die Treppe hinauf.

»Ist das gerade wirklich passiert?«, brach Kevin das Schweigen.

»Ja.«

»Du meine Güte. Ich habe sie noch nie lächeln sehen«, fügte Myles hinzu.

»Nein.«

Gabe sagte nichts, sondern ließ sein Grinsen für sich sprechen.

Arschloch.

»Dann gibst du jetzt also auch Unterricht, du Holzfäller«, scherzte Kevin.

»Hör auf damit.«

»Entspann dich, Bruder. Es ist schön, die Frau so glücklich zu sehen. Wenn dir jetzt noch jemand den Stock aus dem Arsch ziehen würde, könnten wir vielleicht alle einen angenehmen Aufenthalt hier verbringen.«

»Gute Idee. Dann kann ich ihn dir in den Arsch schieben, weil du so eine Nervensäge bist«, erwiderte ich.

»Ich habe keine Lust auf gebrauchtes Spielzeug, Bruder. Das solltest du eigentlich wissen. Ich nehme lieber neues, direkt aus der Verpackung.«

Ich ging nicht weiter auf Kevins Bemerkung ein, und er brach in schallendes Gelächter aus.

»Niemand will etwas über deinen Analfetisch hören«, warf Gabe ein. »Egal ob du eine aktive oder passive Rolle spielst.«

»Es ist nicht meine Schuld, dass ihr …«, begann Kevin.

»Vielleicht behalten wir unsere Vorlieben lieber für uns«, warf Myles ein.

Ich ignorierte die Frotzeleien der Jungs. Das alles hatte ich schon eine Million Mal gehört. Kevin würde Myles der Lüge bezichtigen, weil er in Wirklichkeit gern tratschte und offen über seine sexuellen Vorlieben sprach. Gabe hingegen würde schweigen und lachen, während Kev und Myles sich zankten und in Erinnerungen schwelgten.

Wo auch immer Natasha war, ich hoffte, dass sie diese derben Witze nicht hören konnte. Die ganze Zeit über war es mir gelungen, das, was sie mir vorhin erzählt hatte, aus meinem Gedächtnis zu verbannen. Aber jetzt fiel es mir schwer, nicht daran zu denken.

Anzügliche Bemerkungen. Anerkennung. Schneller Fick. Zuwendung.

Alles prasselte auf mich ein.

»Seid ruhig«, forderte ich. »Nat ist oben. Sie muss sich diesen Mist nicht anhören.«

Gabe lächelte. Kevin lachte leise. Myles wirkte nachdenklich.

Wie auch immer.

»Owen …«, begann Myles.

»Ich habe alles unter Kontrolle«, unterbrach ich ihn.

»Bruder, ich habe es gesehen«, beharrte er.

»Was gesehen?«, fragte ich und hoffte, dass er nicht gesehen hatte, wie Nat sich an mich geschmiegt hatte.

»Das Lächeln.«

Verfluchte Scheiße.

»Einem solchen Lächeln können nur wenige Männer widerstehen. Vor allem wenn sie wissen, wie selten es ist und dass sie es sich verdienen mussten. Und wenn sie es erst einmal für sich beanspruchen können, kämpfen sie darum, es zu behalten. Ich will damit nur sagen …«

»Es gehört mir nicht und das wird es auch nie.«

Ich meinte ihr Lächeln. Und es tat verdammt weh, das zuzugeben, denn Myles hatte absolut recht.

KAPITEL ACHT

Ich hatte keine Ahnung, was in mich gefahren war, aber ich wusste, dass es sich gut anfühlte.

Verdammt gut.

So gut, dass ich noch eine Weile in meiner Fantasiewelt leben wollte.

Ich würde die Zeit nutzen, um so viele schöne Erinnerungen wie möglich zu sammeln, damit ich etwas hatte, auf das ich zurückgreifen konnte, wenn ich mich von Owen verabschieden musste.

Im wirklichen Leben durfte ich nichts behalten, aber nicht einmal mein Onkel konnte mir meine Erinnerungen nehmen. Also wollte ich sie festhalten und nie mehr loslassen. Und um das zu erreichen, wollte ich so viel wie möglich erleben. Ich wollte Holz hacken, Stiefel tragen, kochen, fegen und putzen. Vielleicht sogar noch mehr reden. Aber da war ich mir noch nicht so sicher, denn das erforderte viel Mut.

Alles andere würde ich jedoch tun.

Nachdem ich geduscht hatte, zog ich mich an und betrachtete mit einem Lächeln mein ungeschminktes Gesicht im Spiegel. Ich hatte seit Monaten kein Make-up mehr getragen und es gefiel mir. Es fühlte sich gut an. Ich warf einen Blick auf meine Frisur und mein Lächeln wurde noch breiter, denn ich sah nur mich. Kein aufwendiger Schnitt, keine schicken Strähnchen. Meine Haare waren ganz natürlich und viel länger als sonst. Auch das gefiel mir. Ich hoffte, dass mein Onkel nicht von mir verlangen würde, sie abzuschneiden, wenn er mich erst wieder in seinen schmutzigen Klauen hatte.

Genug, schalt ich mich selbst in Gedanken.

Ich wollte nicht an Wilco Pollaski denken.

Sondern so lange wie möglich in meiner Traumwelt leben.

Ich würde Natasha sein.

Und zum ersten Mal in meinem elenden Leben fühlte ich mich gut.

Ich spürte ein Flattern in meinem Magen. Dieses Gefühl war völlig neu für mich und hatte nichts mit den Schmetterlingen zu tun, die ich in Owens Nähe im Bauch hatte. Ich wusste genau, woher diese kamen. Sie waren Ausdruck purer, ungezügelter Lust. Nur weil ich noch nie einen Mann begehrt hatte, bedeutete das nicht, dass ich nicht in der Lage war, das Gefühl zu erkennen. Aber was ich jetzt empfand, war anders. Ich konnte es mir nicht erklären, aber mir war schwindelig vor Vorfreude.

Am liebsten hätte ich mich wie ein kleines Kind um die eigene Achse gedreht.

Ein unangenehmer Gedanke drängte sich mir auf. Ich war in die Schweiz geschickt worden, um die Schule zu beenden. Das College hatte ich nicht besuchen dürfen. Nein, das wäre reine Geldverschwendung gewesen, da ich nie einer Arbeit nachgehen würde. Dafür hatte ich mir nutzloses Wissen angeeignet, wie zum Beispiel den Unterschied zwischen einem Buttermesser, einem Salatmesser, einem Fleischmesser und einem Fischmesser. Ich konnte einen

Suppenlöffel von einem Dessertlöffel unterscheiden und einen Tisch decken – mit allen dreiundzwanzig Teilen, angefangen beim Wasserglas bis hin zum Sherryglas. Wer musste so etwas wissen? Was nutzten Umgangsformen und die passende Etikette für jede Situation? Ich war kultiviert. Man hatte mir beigebracht, zu gehen, zu sitzen, zu stehen und zu sprechen. Ich war nicht besser als ein dressierter Hund.

Was man mir aber nicht beigebracht hatte, war die Fähigkeit, selbstständig zu denken. Oder mutig zu sein. Niemand hatte mich gelehrt, auf eigenen Füßen zu stehen, Rechnungen zu bezahlen, zu kochen oder zu putzen. Ich hatte keine Ahnung, was es hieß, ein normaler Mensch zu sein.

Ich war ein Roboter.

Die Jungs hielten mich wahrscheinlich für albern und unreif, nachdem ich mich so über das Feuerholz gefreut hatte.

Owen dachte vermutlich, ich hätte nicht mehr alle Tassen im Schrank. Wer freute sich schon darüber, Holzscheite zu spalten und ein Paar Turnschuhe zu besitzen? Zum Glück hatte ich ihm nicht erzählt, wie glücklich ich wegen meiner neuen Arbeitshose und den Stiefeln war. Gabe hatte mir Schneestiefel gekauft. Ich war in Chicago aufgewachsen, wo es viel schneite. Trotzdem hatte ich noch nie warme Schneestiefel oder Arbeitshandschuhe aus Leder getragen. Statt einer Wollmütze hatte ich Hüte aus Nerz und Kaschmir und im Vintage-Burberry-Muster. Aber ich hatte nie eine normale Strickmütze besessen.

Ich sehnte mich so sehr nach diesem neuen Leben, dass ich es förmlich schmecken konnte.

Ich wollte alles erleben.

Und um ehrlich zu sein, wollte ich auch Owen. Ich wollte ihn für immer behalten, aber ich würde mich damit begnügen müssen, ihn nur zu haben, solange ich in meiner Traumwelt lebte.

»Hey.«

Ich zuckte zusammen und sah Kevin in der Zimmertür stehen. »Verdammt. Es tut mir leid. Ich dachte, du hättest mich gehört.«

»Ich war in Gedanken versunken«, murmelte ich.

»So wie du die Stirn gerunzelt hast, waren sie nicht besonders angenehm.«

Verdammt. Was hatte ich jetzt wieder angestellt?

»Äh.«

»Tut mir leid. Das war nicht nett von mir. Ich bin nicht gerade für mein Taktgefühl bekannt. Vielleicht drücke ich mich einfach nicht richtig aus. Jedenfalls wollte ich nicht unhöflich sein.«

Wenn das nicht ehrlich ist.

Ich kannte Kevin nicht sonderlich gut. Eigentlich kannte ich keinen der Jungs außer Owen und jetzt Gabe. Nun, mit Letzterem hatte ich nur ein paar Worte gewechselt, aber Gabe war immer freundlich zu mir gewesen und nun hatte er mir etwas sehr Persönliches von sich erzählt. Ich hatte nicht erwartet, dass ein erwachsener Mann leichtfertig zugeben würde, dass er einst Almosen von Fremden hatte annehmen müssen.

Mist. Ich war nicht weiter darauf eingegangen und hatte es versäumt, mein Mitgefühl auszudrücken. Das hätte man in einer solchen Situation doch erwarten können, nicht wahr? Ein Freund oder jemand, der sich für sein Leben interessierte, hätte doch sicher noch mehr hören wollen. Meine Güte, wahrscheinlich hielt er mich für einen unsensiblen Trottel.

»Wie alt bist du?«, wollte ich wissen.

Wie um alles in der Welt war ich nur auf diese Frage gekommen?

Ein Lächeln umspielte Kevins Lippen. Er schien nicht im

Geringsten gekränkt zu sein und antwortete: »Fünfund-vierzig.«

»Fünfundvierzig?«

Mein Schock stand mir offenbar ins Gesicht geschrieben, denn er lächelte breit.

»Überrascht dich das?«

»Nun ja. Du siehst nicht aus wie fünfundvierzig. Ich hätte dich eher auf mein Alter geschätzt.«

»Ich wüsste so einiges, was ich darauf erwidern könnte, aber Owen wäre nicht glücklich darüber. Also danke ich dir einfach für das Kompliment.«

Was hatte das zu bedeuten? Warum sollte es Owen inter-essieren, was Kevin dazu zu sagen hatte?

»Gern geschehen«, murmelte ich.

»Zieh dich nicht gleich wieder in dein Schneckenhaus zurück.«

»Wie bitte?«

»Du hast so einen gequälten Gesichtsausdruck, und deine Wangen färben sich rosa, bevor du dich verschließt. Ich kann sehen, dass du noch etwas zu sagen hast, aber du scheinst es lieber für dich zu behalten. Wie gesagt, ich habe kein Taktge-fühl und bin viel zu direkt. Aber ich habe noch nie verstanden, warum andere immer um den heißen Brei herumreden und fünftausend Worte für etwas brauchen, was sie auch in zehn hätten sagen können. Also werde ich ganz offen sein, aber dir zuliebe tue ich mein Bestes, um es schonend auszudrücken. Du kannst sagen, was du willst, du kannst dich benehmen, wie du willst, keiner von uns wird dir wehtun. Aber versteck dich nicht. Sprich aus, was dir auf dem Herzen liegt.«

»Mir liegt alles Mögliche auf dem Herzen.«

»Alles Mögliche?«, fragte er lächelnd.

»Ja«, bestätigte ich.

»Dann fang lieber an, es rauszulassen.«

»Und wenn niemandem gefällt, was ich zu sagen habe?«

Heilige Maria, Mutter Gottes. Und wie kam ich jetzt *darauf?*

»Warum? Du bist schließlich keine Zicke, oder?«

Ich versteifte mich und wusste nicht, wie ich darauf antworten sollte.

»Ich weiß es nicht.«

Kevin brach in Gelächter aus. Ich hatte zwar den Eindruck, dass er mich nicht *aus*lachte, fühlte mich aber dennoch unwohl.

»Du bist keine Zicke.«

»Wie kannst du dir so sicher sein, wenn ich es nicht einmal weiß? Vielleicht bin ich eine Zicke. Ich durfte mich noch nie wie eine verhalten. Vielleicht sollte ich es versuchen. Es wäre doch möglich, dass ich mir in der Rolle gefalle.«

»Sicher. Nur zu, versuche es. Es wird mir ein Vergnügen sein, dir dabei zuzusehen.«

Ich straffte die Schultern, hob trotzig das Kinn an und verengte die Augen zu schmalen Schlitzen, in der Hoffnung, meine Empörung damit angemessen zum Ausdruck zu bringen.

»Ja, das wird lustig. Du solltest wirklich versuchen, dich einen Abend lang wie eine Zicke zu benehmen.«

»Wie auch immer«, schnaubte ich. »Warum wolltest du eigentlich mit mir reden?«, fragte ich hochmütig.

»Ach ja, richtig«, antwortete er, immer noch bebend vor Lachen.

Verdammt. Als zickiges Miststück taugte ich wirklich nicht.

»Und?«, drängte ich.

»Vorhin hast du vom Abendessen gesprochen. Du kannst dich um die Beilagen kümmern, denn ich werde grillen.«

»Bei diesem Wetter?«

»Egal ob es regnet oder schneit. Wenn ich die Möglichkeit habe, etwas auf den Grill zu werfen, trotze ich den Elementen.«

»Meine Güte, du hast wirklich eine Vorliebe für Würstchen«, murmelte ich.

»Ich grille keine Würstchen, sondern Steaks. Aber auch darüber könnte ich eine Bemerkung machen, allerdings würde Owen mir dann die Eier abreißen.«

»Wie kommst du denn darauf?«

»Weil ich Owen kenne. Er würde es nicht gutheißen, wenn ich in deiner Zimmertür stehe und dich erröten lasse.«

»Das ergibt keinen Sinn.«

»Für Owen und mich schon. Aber es ist niedlich, dass du keine Ahnung hast, wovon ich spreche.«

»Du bist ein seltsamer Mann, Kevin.«

»Ich bin schon vieles genannt worden, aber als seltsam hat mich noch niemand bezeichnet. Aber das lassen wir mal so stehen. Für mich ist es sicherer, wenn du Owen sagst, dass ich deiner Meinung nach seltsam bin. Auf keinen Fall solltest du ihm erzählen, dass wir uns über Würstchen unterhalten haben.«

Was hatte das zu bedeuten?

Plötzlich beschlich mich eine leise Ahnung.

»Soll das eine sexuelle Anspielung sein?«, fragte ich.

Kevin antwortete nicht, sondern lachte nur.

»Ich sollte empört sein«, entgegnete ich, aber er lachte nur noch lauter.

»Empört«, brachte er glucksend hervor.

»Ich dachte, Männer bezeichnen ihre Lümmel nicht gern als Würstchen.«

»Ihre Lümmel?«, fragte er lachend.

»Oder von mir aus Pimmel. So nennt ihr doch euer bestes Stück, nicht wahr? Das habe ich irgendwo gelesen.«

»Mein Gott, du bist ja zum Totlachen. Du solltest Owen fragen, wie er seinen Lümmel normalerweise nennt.«

Auf keinen Fall.

Das würde ich lieber lassen.

Kevin stieß sich vom Türrahmen ab. Immer noch grinsend sagte er: »In zehn Minuten werfe ich den Grill an.«

»Um die Steaks zu grillen«, bemerkte ich.

»Ganz genau. Du beeilst dich besser und machst dich an die Arbeit, Frau. Wir sind alle am Verhungern.«

»Frau?«

Kevin antwortete nicht, sondern ging lachend davon.

»Ich habe einen Namen!«, rief ich ihm hinterher.

»Du hast mehrere Namen. Entscheide dich für einen und bleib dabei«, erwiderte er, ohne sich noch einmal umzudrehen.

Ich erstarrte. Ich hatte tatsächlich mehrere Namen.

Einen, den ich hasste, und einen, den ich mir selbst gegeben hatte.

»Natasha«, platzte ich heraus, ohne nachzudenken.

»Gute Wahl.«

Gute Wahl.

Eine Wahl.

Seine Worte erwärmten mich von innen. Ich hatte eine Wahl getroffen. Und zwar eine gute.

Ich konnte es schaffen. Offenbar war ich nicht nur fähig, Entscheidungen zu treffen, sondern ich *wollte* sie treffen. Und meine erste Entscheidung … nein, meine zweite würde es sein, in meiner Fantasiewelt zu verweilen. Ich entschied mich, hier und jetzt mit Owen in einer Hütte in Idaho zu leben. Ja, ich würde daran festhalten und unter keinen Umständen meine Meinung ändern. Selbst wenn ich Angst bekam, würde ich auf Owen hören. Ich wollte endlich *mein eigenes* Leben führen.

Halb hüpfend ging ich die Treppe hinunter und scherte

mich nicht darum, dass alle mich anstarrten – alle außer Kevin, der immer noch oben war. Ich warf einen Blick auf das lodernde Feuer und lächelte breit. Das Holz hatte ich selbst gespalten. Ich. Mit meinen eigenen Händen. Ich versuchte, den Gedanken zu verdrängen, dass Owen mir dabei geholfen hatte. Es hatte sich so gut angefühlt, als er seinen muskulösen Körper an meinen Rücken geschmiegt hatte. Für einen Moment hatte er sich nicht bewegt, damit ich einfach das Gefühl seiner starken Arme um mich herum hatte genießen können. Wenn ich Glück hatte, würde er denken, ich hätte nur seinen Ständer an meinem Hintern fühlen wollen, aber ich hatte seine Erektion nicht zum ersten Mal gespürt. Auch nicht zum zweiten Mal.

»Und … sie lächelt«, bemerkte Gabe.

Ohne ihn anzusehen, sagte ich: »Ich habe das Holz gespalten.«

»Das stimmt. Alle sechs Scheite.«

Ich begegnete seinem Blick.

»Machst du dich über mich lustig?«

»Nein.«

»Gut, denn Kevin will Steaks grillen und ich mache die Beilagen. Es wäre doch eine Schande, wenn du plötzlich Durchfall bekommen würdest.«

»Herrgott«, murmelte Owen.

»Oh, jetzt macht sie auch noch Witze«, bemerkte Gabe lachend.

»*Sie* hat einen Namen«, erwiderte ich. »Er lautet Natasha oder Nat. Und *sie* macht keine Witze, sondern droht damit, dein Essen zu vergiften. Ich glaube zwar nicht, dass Abführmittel ganz oben auf der Liste der giftigen Substanzen stehen, aber ich kann dir versichern, dass dein Arschloch noch vor Morgengrauen anderer Meinung sein wird.«

Außer dem Knistern des Feuers war nichts zu hören. Die

Stille war geradezu ohrenbetäubend. Plötzlich hatte ich Angst, einen großen Fehler begangen zu haben.

Doch im nächsten Moment erfüllte schallendes Gelächter den Raum. Es hallte durch die ganze Hütte und durchströmte mich mit einem warmen Gefühl.

Von Kopf bis Fuß.

»Ich sollte jetzt das Essen vorbereiten«, murmelte ich und eilte in die Küche.

Aber ich lief nicht vor ihrem Lachen davon. Es fühlte sich gut an. Tatsächlich war es ein wunderbares Gefühl. Vielmehr nahm ich Reißaus, weil Owen mich voller Stolz und Anerkennung anstarrte und seine Lippen zu einem Lächeln verzogen hatte, das in mir den Wunsch nach mehr weckte. Ich wollte mutig sein und dieses neue Leben ausprobieren. Am liebsten wäre ich auf ihn zugeeilt und hätte mich ihm in die Arme geworfen, um ihn anzuflehen, sich mir anzuschließen. Ich wollte ihn in meine Fantasiewelt einladen, in der wir als Paar zusammenleben könnten. Er könnte so tun, als würde er mich lieben, und ich könnte ihm meine Gefühle gestehen und ihm meine Zuneigung zeigen.

Doch all das würde nur ein Wunschtraum bleiben. Owen hatte mir klar zu verstehen gegeben, dass wir nur Freunde waren. Mehr nicht.

KAPITEL NEUN

Sie hat einen Namen. Er lautet Natasha oder Nat.

Ich war erledigt.

Etwas in Nat hatte sich verändert. Es war unverkennbar und so fühlbar wie ein Schlag in die Magengrube. Und zudem wunderschön.

So wunderschön, dass ich mich geschlagen geben musste. Ich war im Arsch.

Im Laufe der Monate hatte sie mir immer wieder kleine Einblicke in ihr wahres Ich gegeben. Winzige Bruchstücke, die ihr unbeabsichtigt herausgerutscht waren. So wusste ich zwar, dass sie Sinn für Humor hatte, aber ich hatte keine Ahnung, wie lustig sie sein konnte. Das Lächeln, das sie mir zuvor geschenkt hatte, war umwerfend gewesen, aber es war nichts im Vergleich zu dem Ausdruck, den ich gerade auf ihrem Gesicht gesehen hatte.

Die Frau, die ins Wohnzimmer gekommen war, lächelnd ins Feuer gestarrt und gescherzt hatte, konnte mir gefährlich werden. Diese Frau nannte sich Natasha und hatte die Fähigkeit, einen Mann in die Knie zu zwingen.

Aber ich durfte nicht auf die Knie fallen, denn ich würde nie wieder aufstehen. Ich wäre verloren. Dennoch sehnte ich mich danach, in ihr zu ertrinken. Nicht nur für eine Nacht, sondern solange wie möglich.

Jemand legte mir eine Hand auf die Schulter und riss mich aus meinen Gedanken.

»Bruder, wenn deine Frau mein Essen vergiftet, benutze ich deine Toilette«, sagte Gabe.

Meine Frau?

Nat war nicht meine Frau.

Doch das behielt ich für mich.

»Dann würde ich mich an deiner Stelle mit ihr gut stellen, denn du benutzt meine Toilette ganz sicher nicht. Eher sperre ich dich aus der Hütte aus.«

»Alles klar«, murmelte Gabe und schüttelte mich so heftig, dass es wehtat, bevor er von mir abließ und davonging.

Er erwähnte nicht, dass ich nicht reagiert hatte, als er Nat meine Frau nannte. Ich hätte es abstreiten sollen, aber ich konnte nicht einmal darüber nachdenken, weil ich immer noch viel zu verblüfft war von der Verwandlung, die sie durchgemacht hatte.

Kevin kam die Treppe herunter, nickte mir zu und schenkte mir ein Lächeln, das mir nicht behagte. Als er in die Küche ging, folgte ich ihm.

»Brauchst du Hilfe?«, fragte ich Nat.

Sie blickte von dem Spargel auf, den sie gerade abspülte, und warf einen Blick zu Kevin, der die Steaks auspackte.

»Nein danke. Ich werde nur den Spargel anbraten und ein paar Kartoffeln rösten. Aber Kev braucht vielleicht Hilfe mit seinen Würstchen.«

Kev?

Was zum Teufel?

Als ich Kevins leises Lachen hörte, wandte ich den Blick von Natasha ab und betrachtete meinen Freund, der die Lippen zu einem Grinsen verzogen hatte.

Was war hier los?

»Was ist so lustig?«, wollte ich wissen.

Obwohl ich Kevin direkt anstarrte, antwortete er mir nicht. Stattdessen ergriff die Frau das Wort, die sonst immer schwieg. Ich war schockiert, als sie wild drauflos plapperte.

»Dein Kumpel da drüben hat mir erzählt, dass er gern grillt. Er klingt wie in diesem Kinderbuch über das grüne Ei mit Speck. Er grillt im Regen, er grillt im Schnee, er grillt bei jedem Wetter. Wenn ich lange genug darüber nachdenke, fällt mir bestimmt ein Reim darauf ein. Das Entscheidende ist, dass er nicht nur Steaks, sondern auch Würstchen mag. Ich bin zwar nicht sonderlich bewandert, was sexuelle Anspielungen angeht, aber irgendwann wurde mir klar, dass es sich dabei um einen anstößigen Witz handelt.«

Natasha hielt inne. Ihre Wangen waren gerötet und sie hatte den Kopf zur Seite geneigt. Ich war so fasziniert von ihrer Schönheit, dass ich völlig vergaß, wie wütend ich war. Doch meine Erinnerung kehrte zurück, als sie fortfuhr. »Es ist mir natürlich egal, ob er Würstchen mag oder nicht. Auf jeden Fall weiß ich, dass er von seinem Penis gesprochen hat.«

Hatte sie gerade Penis gesagt?

Was zum Teufel?

»Wie bitte?«

Sie ließ sich nicht beirren. Ohne zu zögern und mit einem breiten Lächeln wiederholte sie: »Penis?«

Kevin brüllte vor Lachen.

Ich nicht.

Nein, ich stieß ein Knurren aus, das sogar in meinen eigenen Ohren wütend klang. Aber die neue Nat, die Frau, die in der Küche stand und über verdammte Würstchen und Penisse und sexuelle Anspielungen redete, zuckte nicht einmal mit der Wimper.

Nein, stattdessen erlosch ihr Lächeln und sie starrte mich finster an. Ich wusste, dass ihre Verärgerung nur gespielt war, denn im nächsten Moment begann sie zu kichern.

Ich konnte es kaum glauben, aber sie kicherte.

Die Frau, die monatelang kaum einen Ton über die Lippen gebracht hatte, kicherte.

Ich war völlig erledigt. Am liebsten hätte ich sie in meine Arme gezogen, nach oben getragen, aufs Bett geworfen und vernascht. Ich wollte sie ficken, während sie lächelte und während sie kicherte. Bis sie völlig erschöpft war.

»Wenn du das Wort Penis nicht magst, hättest du mich nicht bitten sollen, es zu wiederholen.«

»Was zum Teufel?«, murmelte ich.

»Sie hat nicht ganz unrecht«, warf Kevin ein.

»Willst du mir vielleicht erzählen, wovon Nat spricht?«, fragte ich meinen Kameraden.

»Nicht unbedingt.« Er zuckte mit den Schultern.

»Jemand sollte mir wirklich erklären, warum sie denkt, dass du gern Würstchen isst. Und ich hoffe für dich, dass es einen guten Grund dafür gibt.«

»Nur um das klarzustellen«, grunzte Kevin, während er immer noch versuchte, ein Lachen zu unterdrücken, »ich esse nicht gern Würstchen, sondern habe eine Vorliebe für Tacos.«

»Ach du meine Güte, wie alt bist du denn? Zehn?«

»Mein Gott, ich hoffe, zehnjährige Jungs reden nicht davon, Tacos zu essen«, sagte er mit ausdrucksloser Miene.

»Herrje.« Ich schüttelte den Kopf und senkte den Blick.

Im nächsten Moment spürte ich eine zierliche Hand an meinem Rücken. Sofort überlief mich ein heißer Schauer, aber ich rührte mich nicht. Ich stand reglos da und wartete darauf, dass das Gefühl nachließ. Aber es brannte weiter. So heiß, dass ich sicher war, sie hatte mich gebrandmarkt. Keine andere Frau wäre je wieder in der Lage, mich so zu berühren. Nie wieder.

»Ich glaube nicht, dass er wirklich Tacos meint«, flüsterte sie.

»Was du nicht sagst.«

Dann kicherte sie wieder. Während sie am ganzen Körper vor Lachen bebte, streifte ihre Brust meinen Arm, und mein Abend war ruiniert.

»Bevor ich Gefahr laufe, meine Zähne zu verlieren, gehe ich lieber nach draußen und grille meine …«, begann Kevin.

»Ich schwöre bei Gott, wenn du Würstchen sagst, bringe ich dich um.«

»Was ist denn so schlimm an Würstchen?«, fragte Gabe, als er in die Kuche kam.

Nein, ich hatte mich geirrt, denn genau in diesem Moment war mein Abend ruiniert. Natasha lachte schallend und drückte sich an mich, während mein Körper in Flammen stand.

Ich wartete, bis sie sich beruhigt hatte, dann verließ ich den Raum.

Doch bevor ich durch die Tür trat, hörte ich sie noch lachend sagen: »Owen scheint eine Abneigung gegen Würstchen zu haben. Vielleicht sollten wir in Zukunft ganz darauf verzichten.«

Mein Gott.

Ich konnte es kaum ertragen, in der Nähe dieser neuen Natasha zu sein. Es wäre mir lieber gewesen, sie hätte sich wieder in die zurückhaltende, schweigsame Frau verwandelt, die ich kannte.

Die Frau, die nie über Würstchen, Tacos und Schwänze sprach.

* * *

MIT JEDEM SCHRITT NÄHERTE ICH MICH DEM FEURIGEN ELEND, das mich hinter der verschlossenen Schlafzimmertür erwartete. Während des Abendessens hatten wir viele Informationen sammeln können. Zu meiner Überraschung hatte Natasha die Fragen der Jungs, ohne zu zögern, beantwortet. Sie waren nicht aufdringlich gewesen und hatten sie hauptsächlich nach den Orten gefragt, die sie besucht hatte. Keiner von uns hatte ihre Familie erwähnt. Irgendwann hatte sie sich ein wenig entspannt und von sich erzählt, ohne jedoch ins Detail zu gehen. Nat hatte sogar ein paar Fragen gestellt.

Das zerrte an meinen Nerven.

Der Abend hatte eine unerwartete Wendung genommen, nachdem Gabe und ich die Küche aufgeräumt hatten. Kevin hatte irgendwo Spielkarten und Pokerchips gefunden, die Natasha misstrauisch beäugt hatte, als könnten sie sie jeden Moment beißen. Aber als wir dann alle am Tisch saßen und Texas Hold'em spielten, gab Nat etwas mehr von sich preis. In den ersten drei Spielen ging sie kläglich unter. Aber es war nicht zu übersehen, dass sie mit Absicht verlor. Gabe war ein Großmaul und machte sich über sie lustig. Und wenn ich nicht so sehr versucht hätte, meine Gefühle für Natasha zu unterdrücken, wäre ich stolz auf sie gewesen, denn sie straffte die Schultern, starrte ihn finster an und gewann die nächsten beiden Spiele.

Nat konnte pokern. Wie ein Profi. Langsam begann ich zu glauben, dass ich wirklich nichts über sie wusste, denn es sah fast so aus, als würde sie Karten zählen. Ihr Pokerface war jedenfalls undurchschaubar. Weder ihre Körpersprache noch ihre Mimik verriet etwas. Es schien, als sei sie in einen vertrauten Zustand verfallen. Drei Stunden später hatte sie sämtliche Chips vor sich gestapelt und wirkte niedergeschlagen.

Sie war nicht dumm und wusste genau, dass sie tief hatte blicken lassen. Eine wohlhabende Frau, die ein behütetes Leben geführt hatte, hätte eigentlich nicht so gut pokern dürfen. Es sei denn, es gab einen Grund dafür. Da sie aus einer Gangsterfamilie stammte, die durch Schutzgelderpressung und den Handel mit Sex, Drogen und allen möglichen anderen Dingen reich geworden war, wäre es nicht ungewöhnlich, wenn das Glücksspiel eine weitere ihrer Einnahmequellen gewesen wäre. Die Frage war, welche Rolle Nat dabei spielte. Und warum hatten unsere Ermittlungen dazu nichts ergeben?

Nats Gewinn an diesem Abend belief sich auf neuntausendeinhundert Dollar Spielgeld. Nicht schlecht für ein paar Stunden Arbeit. An einem Tisch, an dem mit hohen Einsätzen gespielt wurde, hätte sie das Zehnfache verdienen können. Niemand verlor ein Wort über ihre Fähigkeiten, während sie beim Aufräumen half. Gabe murrte nicht einmal, dass er sein Geld verloren hatte. Es war, als seien die letzten Stunden nie geschehen.

Kaum hatte sie sich nach oben zurückgezogen, tauschten meine Kameraden und ich vielsagende Blicke aus. Ich hatte keinen Zweifel daran, dass Myles Garrett von diesem neuen Puzzleteil berichten würde. Er leitete alle internen Ermittlungen von Z Corps. Wenn etwas über seinen Zuständigkeitsbereich hinausging, beauftragte Zane einen Mann namens Tex. Und es gab nichts, was Tex nicht hacken konnte. Einer der beiden würde uns zweifellos die Informationen beschaffen, die wir brauchten.

Während wir darauf warteten, dass Zane entschied, wie es weitergehen sollte, lebte ich in einem Albtraum. Ich teilte ein Schlafzimmer mit einer Frau, die ich wollte, aber nie haben würde. Ich ging auf die Tür zu. Zweifellos war sie bereits zu Bett gegangen. Gleich würde ich mich neben sie legen und gegen die Anziehungskraft ankämpfen müssen, während ich mich danach sehnte, nicht nur neben ihr einzuschlafen.

Verdammt.

Zane musste sich beeilen.

Ich kämpfte auf verlorenem Posten, und das wusste ich.

KAPITEL ZEHN

Ein weiterer Tag neigte sich dem Ende. Und wieder lag ich im Bett und stellte mich schlafend. Owen war so freundlich gewesen, unten zu warten, damit ich mich in Ruhe fertig machen und unter die Decke kriechen konnte, bevor er nach oben kam. Er ließ sich Zeit, und ein normaler Mensch hätte zu dem Zeitpunkt seiner Rückkehr längst tief und fest geschlafen. Aber ich war ein einziges Nervenbündel und mir schwirrten zu viele Gedanken im Kopf umher.

Sobald die Pokerchips auf dem Tisch lagen, hätte ich Kopfschmerzen vortäuschen und mich zurückziehen sollen. Aber ich war zu versunken in meine Fantasiewelt, in der ich nicht Sarah Pollaski, sondern Natasha war. Ich hatte vorgeben wollen, keine Ahnung vom Pokerspielen zu haben, und hatte die ersten Spiele einfach verloren. Doch als Gabe angefangen hatte, sich über mich lustig zu machen, hatte ich vergessen, dass ich eigentlich Nat hatte verkörpern wollen. Mir schien selbst Sarah entglitten zu sein, die kultivierte Frau, die … die was war? Unschuldig? Eine Außenstehende in den Geschäften ihrer Familie? Keine Kriminelle?

Das war ein Witz, und noch dazu ein schlechter. Aber

statt laut zu lachen, wollte ich mich zu einer Kugel zusammenrollen und weinen.

Die Schlafzimmertür wurde mit einem Knarren geöffnet, und ich hielt den Atem an. Owen schlich auf leisen Sohlen durch den Raum und schloss leise die Badezimmertür hinter sich.

Und damit begann das Spiel.

Ich zwang mich, reglos liegen zu bleiben, und hoffte, einschlafen zu können, bevor er zurückkam. Dabei betete ich, dass er sich Zeit lassen und duschen, sich rasieren und vielleicht sogar ein Bad nehmen würde. Schon Minuten später machte er meine Hoffnungen zunichte, als er sich neben mich ins Bett legte.

Und wie in den Nächten zuvor hielt er Abstand. Da es dunkel war und ich das Licht nicht einschalten wollte, wusste ich es nicht mit Sicherheit, aber ich fragte mich, ob er am anderen Ende der Matratze lag und fast aus dem Bett fiel. Owen war ein großer Mann und das Bett war nicht sonderlich groß, trotzdem hatte ich das Gefühl, dass wir meterweit voneinander entfernt waren.

Ich hasste es.

Und doch war es notwendig. Sogar klug. Aber das bedeutete nicht, dass es mir gefallen musste.

Im Gegensatz zu den beiden Nächten zuvor ließen mir mein Körper und mein Verstand keine Ruhe. Ich hatte Angst, Owen und die Jungs könnten herausfinden, wer ich wirklich war, und mich dann aus dem Haus werfen. Und obwohl ich die Empfindung niemals hätte zulassen dürfen, war ich obendrein erregt. Es war Stunden her, seit ich Owen beim Holzhacken geholfen hatte, aber ich konnte immer noch seine Arme um mich spüren.

Ich musste das Gefühl unterdrücken, doch zugleich wollte ich es genießen. Immerhin hatte ich mir vorgenommen, noch eine Weile in meiner Fantasiewelt zu verweilen und mir jeden Moment einzuprägen. Allerdings hatte ich dabei nicht diese Sehnsucht bedacht, die nun mein Herz schmerzen ließ. Und der Schmerz beschränkte sich nicht nur auf dieses eine Organ, er strahlte auch in meine Brüste, meinen Unterleib und direkt zwischen meine Schenkel aus. Unruhig presste ich sie zusammen und versuchte, das Pochen zu unterdrücken, doch das machte alles nur noch schlimmer.

»Nat«, knurrte Owen. Allein der Laut steigerte mein Verlangen ins Unermessliche.

»Tut mir leid«, quietschte ich und rollte mich auf die Seite, wodurch meine Jogginghose ein Stück an meinen Beinen hochrutschte.

Das war unbequem. Ich wartete einen Moment und benutzte dann meinen rechten Fuß, um den Saum des linken Hosenbeins wieder hinunterzuschieben. Owen bewegte sich hinter mir, sodass die Matratze gegen meinen Rücken drückte.

»Leidest du etwa an dem Restless-Legs-Syndrom?«

Das tat ich nicht, aber die Ausrede kam wie gelegen.

»Ja. Tut mir leid. Meine Hosenbeine sind hochgerutscht.«

»Herrgott«, murmelte er, rührte sich aber nicht.

Ich blieb ebenfalls reglos liegen. »Ich habe dir angeboten, auf der Couch zu schlafen.«

»Du schläfst nicht auf der verdammten Couch.«

»Dann beschwere dich nicht, wenn ich mich bewege«, entgegnete ich.

»Zieh deine Hose runter und komm zur Ruhe.«

»Meine Güte«, murmelte ich und tat wie geheißen. »Da hat aber jemand schlechte Laune.«

»Wenn du nicht aufhörst, lege ich dich übers Knie«, sagte er mit einem Knurren.

Ja bitte.

Nachdem ich meine Hose zurechtgerückt und mich

wieder ausgestreckt hatte, erwartete ich, dass Owen sich auf seine Seite des Bettes zurückrollen würde. Doch das tat er nicht. Er blieb dicht neben mir liegen. Seine Nähe heizte meine Fantasie an und ich malte mir aus, was wir alles in diesem Bett würden anstellen können. Der Gedanke war so erregend, dass ich erneut die Schenkel aneinanderrieb.

»Nat«, brummte er.

»Was ist denn? Ich tue doch gar nichts«, entgegnete ich.

»Das stimmt nicht, und das weißt du genau.«

Er konnte unmöglich wissen, was ich dachte.

»Ich habe keine Ahnung, wovon du sprichst. Aber wenn ich dich störe, dann kann ich aufstehen und …«

Plötzlich rollte Owen sich auf mich und ich war wie erstarrt. Er lag halb auf mir und drückte mich mit dem Bauch auf die Matratze, wobei er einen Arm über meinen Rücken gelegt hatte, sodass seine Hand neben meiner Brust ruhte. Zudem hatte er eines seines muskulösen Beine über meine geschlungen und hielt mich fest.

Nun, das hatte ich mir in meiner Fantasie zwar nicht ausgemalt, aber es fühlte sich gut an, seine Wärme an meinem Rücken zu spüren.

Sobald ich mich entspannt hatte, grollte er mit tiefer Stimme: »Baby, hör auf.«

»Wie bitte?«

»Bitte, Nat, um unser beider willen, hör auf.«

»Ich weiß nicht, was du meinst.«

»Du glaubst vielleicht, ich weiß nicht, was in deinem Kopf vorgeht, doch du irrst dich. Du denkst, ich spüre nicht, wie du deine Schenkel zusammenpresst, aber ich kann es fühlen. Und mir ist klar, warum du es tust. Ich weiß, was wir beide wollen, aber ich bitte dich, damit aufzuhören, weil wir diese Grenze nicht überschreiten dürfen.«

Oh, Mist. Er wusste es tatsächlich.

Woher zum Teufel weiß er es?

Weil du dich an ihn geschmiegt hast wie eine rollige Katze, als er so freundlich war, dir zu zeigen, wie man eine Axt benutzt, du Idiotin, tadelte mich die Stimme der Vernunft.

Richtig. Verflucht. Schuldig im Sinne der Anklage.

Und statt aufzustehen und dich deines Problems im Badezimmer anzunehmen, hast du deine Schenkel aneinandergerieben.

Verdammt.

Er hatte mich erwischt, aber das würde ich nicht laut zugeben.

»Ich weiß nicht, wovon du sprichst«, log ich.

Owen beugte sich noch weiter vor und führte seinen Mund an mein Ohr.

»Lügnerin.« Sein Atem an meinem Nacken jagte mir einen Schauer durch den Körper. »Verdammt.«

Oh Gott. Das fühlt sich gut an.

»Owen«, keuchte ich. »Ich habe wirklich keine …«

»Natasha, du weißt genau, was hier passiert. Beim Pokern lässt du dir vielleicht nichts anmerken, aber du bist eine schlechte Lügnerin. Es tut mir leid, dir deine Illusion nehmen zu müssen, aber dein Körper kann die Wahrheit nicht verbergen.«

Beim Pokern.

Die Erinnerung an meine Vergangenheit holte mich umgehend in die Realität zurück.

»Ich denke an gar nichts.«

»Sicher«, sagte er gedehnt. »Dann würde ich also nicht feststellen, dass du feucht bist, wenn ich nachsehen würde?«

»Nachsehen?«

»Ja, Baby, nachsehen. Wenn ich meine Hand unter dein Höschen schiebe, würde ich doch sicher spüren, wie feucht du bist, nicht wahr?«

Nein, das würde er nicht. Er würde feststellen, dass ich *klatschnass* war.

Der Gedanke jagte mir erneut einen erregenden Schauer durch den Körper und Owen stieß einen Fluch aus.

»Vielleicht solltest du dich zurück auf deine Seite rollen«, schlug ich vor.

»Vielleicht bleibe ich genau hier und halte dich fest, damit du nicht auf die Idee kommst, dich zu befriedigen, während ich weniger als dreißig Zentimeter von dir entfernt versuche zu schlafen.«

Heilige Scheiße, er wusste es *wirklich*.

Er hatte mich ertappt und ich hatte ihm nichts entgegenzusetzen. Also schwieg ich.

Die Stille war meine Vertraute und meine zuverlässigste Begleiterin. Sie war es schon immer gewesen und würde es immer sein.

Nach ein paar Minuten stieß Owen einen weiteren Fluch aus, während er mich mit seinem stahlharten Körper weiter auf die weiche Matratze drückte. Ich konnte mir nicht erklären, wie ich in dieser Situation überhaupt imstande war, ein Auge zuzutun, doch schließlich fiel ich in einen tiefen Schlaf.

Warm und geborgen.

* * *

AM NÄCHSTEN MORGEN WACHTE ICH ALLEIN IM BETT AUF. DIE Sonne schien ins Zimmer und ich musste nicht erst auf die Uhr schauen, um zu wissen, dass ich verschlafen hatte. Ich drehte mich auf den Rücken, streckte mich und bevor ich mich eines Besseren besinnen konnte, schob ich eine Hand unter den Bund meiner Jogginghose und in mein Höschen. Ich warf einen Blick auf die Badezimmertür. Sie war geschlossen und unter der Tür drang kein Licht hervor. Die Zimmertür war ebenfalls zu und nirgendwo war ein Laut zu hören.

Entweder waren die Jungs alle unten und achteten darauf,

keinen Lärm zu machen, oder einige von ihnen hatten die Hütte verlassen.

Gott sei Dank.

Ich brauchte fünf Minuten für mich, dann würde ich aufstehen und mich hoffentlich gut gelaunt dem Tag stellen. Irgendwie musste ich diese elektrisierende Spannung zwischen Owen und mir ignorieren. Er hatte recht, ich musste mich zusammenreißen und meine Emotionen unterdrücken.

Nichtsdestotrotz reizte ich sanft meine Klitoris und kramte in meinem Gedächtnis nach einer Erinnerung an Owen. Ich konzentrierte mich auf die vergangene Nacht und ließ einen Finger durch meine Spalte gleiten, wobei ich nur mühsam ein Stöhnen unterdrückte. Allein der Gedanke an Owens Körper auf meinem reichte aus, um mich feucht werden zu lassen. In meiner Fantasie lag ich jedoch auf dem Rücken und er drang mit seinen Fingern in mich ein, während er mit seiner Zunge meine Brustwarze umkreiste. Bei dem Gedanken ließ ich die andere Hand unter mein Oberteil wandern und kniff mir in den Nippel.

So nahe dran, aber noch nicht genug. Ich schloss die Augen und sah Owens Gesicht vor mir. In seinen grünen Iriden lag ein begieriger Ausdruck, während er mit seinen Fingern immer wieder in mich hineinstieß. *Heilige Scheiße, ich komme gleich.* Er lächelte, bevor er den Kopf senkte und meine Brustwarze in seinen Mund saugte, um sie mit seinen Zähnen zu reizen. *Beinahe.* Er ließ seine starken, dicken Finger weiter in mich gleiten und mir entfuhr ein Stöhnen. *Ja. Genau so.* Ich bäumte die Hüfte auf und wurde auf den Gipfel der Lust katapultiert. Doch Owen machte immer weiter und rieb mit dem Daumen heftig meine Klitoris, bis ich von einer zweiten Welle der Ekstase mitgerissen wurde.

Dann hörte ich ein tiefes Knurren. Ich stöhnte erneut und wünschte mir, die Vibration seines Grollens an meiner empfindsamen Lustperle spüren zu können. Ich wollte seinen Mund zwischen meinen Schenkeln fühlen und würde ihn wenn nötig anflehen, nur um seine Lippen an meiner …

»Was zum Teufel?«

Ich riss die Augen auf und erstarrte. Meine Welt zerbrach in tausend Stücke.

Oh. Mein. Gott.

Im Handumdrehen lichtete sich der Schleier der Ekstase. Owen stand vor dem Bett und starrte mich stirnrunzelnd an, während sein Gesicht zu einer entsetzten Grimasse verzogen war. In seinen Augen lag kein Verlangen, sondern Wut. Sein Oberkörper war nackt, sein Haar feucht und seine Jogginghose saß tief auf seiner Hüfte. Ich wusste mit Sicherheit, dass er keine Unterhose trug, denn ich konnte die Erektion sehen, die sich unter dem Stoff abzeichnete. Die Erregung hätte seinen Gesichtsausdruck eigentlich etwas mildern sollen. Vielleicht war er gar nicht entsetzt, sondern nur verärgert, weil ich in dem Bett, das wir uns teilten, masturbiert hatte, während er im Badezimmer gewesen war.

Hätte ich gewusst, dass er im Nebenraum war, hätte ich mich auf keinen Fall selbst befriedigt. Doch nun konnte ich nichts mehr daran ändern. Er fixierte mich mit einem Blick, während ich eine Hand immer noch in meiner Hose hatte und mit der anderen eine meiner Brüste umfasste. Ich hätte vor Scham im Boden versinken sollen, doch stattdessen spürte ich, wie ich unwillkürlich die Muskeln in meinem Unterleib anspannte. Es war gut möglich, dass ich sichtlich zusammenzuckte.

»Meine Güte«, stöhnte Owen.

Also schön. Ich hatte auf jeden Fall gezuckt.

In diesem Moment hätte ich die Hand aus meiner Hose ziehen sollen, doch ich blieb reglos liegen. Wie hätte ich das unauffällig anstellen sollen, solange der Saft meiner Erregung meine Finger benetzte? Ich wusste es nicht, also rührte ich mich nicht.

Mit meinem Blick folgte ich Owens Bewegung, als er eine Hand an seinen Schritt legte und durch die Hose seine Erektion umfasste. Mein Gott. Ich wünschte, das wäre meine Hand. Zumindest hätte er die Hose herunterlassen können, um mir einen besseren Blick zu gewähren.

Doch das tat er nicht.

Mit einer Hand an seinem Schwanz murmelte er zornig: »Eigentlich hatte ich gerade Abhilfe geschafft.« Fasziniert beobachtete ich, wie er seine Finger über die Hose gleiten ließ. »Doch dann komme ich aus dem Bad und muss zusehen, wie du im Bett masturbierst, dich windest und dabei stöhnst. Und jetzt habe ich schon wieder ein Problem.«

Ich wollte gar nicht wissen, welches Problem er meinte. Aber ich hatte das Gefühl, dass er es mir gleich sagen würde. Doch im Moment schwieg er und zog aggressiv an seinem Schwanz, viel fester, als ich es je gewagt hätte.

»Verdammt, du hast deine Finger immer noch in deiner Muschi«, sagte er schließlich.

Das stimmte. Aber das würde ich ihm nicht sagen. Nicht weil die Stille meine Vertraute war, sondern weil mir die Worte fehlten. Es erregte mich zu sehr, ihm dabei zuzusehen, wie er sich selbst berührte. Und auch ich hatte ein neues Problem. Nur eine Bewegung an meiner Klitoris würde ausreichen, und ich würde noch einmal kommen. Mehr brauchte es nicht. Ich hatte sein schönes Gesicht, seine starke Brust und seinen harten Schwanz auf Augenhöhe und seine raue Stimme. All das war das perfekte Rezept für einen fantastischen Orgasmus.

Ein Wimmern kam mir über die Lippen, das er mit einem Knurren quittierte.

Allmächtiger Gott.

Ich begegnete seinem Blick und sah die Begierde in seinen Augen.

Eine ganze Weile starrten wir einander nur an.

Es war, als wollten wir uns gegenseitig herausfordern.

Und provozieren.

Wer von uns beiden würde wohl zuerst nachgeben?

Schließlich beendete Owen die Pattsituation.

»Scheiß drauf.«

Er riss die Bettdecke von mir. Ich wollte schon die Hände zurückziehen, als Owen knurrte: »Nicht bewegen.«

Ich gehorchte. Ich wagte kaum zu atmen, als er sich auf das Bett kniete und meine Jogginghose mitsamt meinem Höschen herunterzog. Sein Blick landete zwischen meinen Schenkeln, woraufhin meine Hand an meinem Geschlecht zu zittern begann. Dann beugte Owen sich vor und schob mir das T-Shirt bis zum Kinn hinauf.

»Owen.«

Er begegnete meinem Blick und ich vergaß, was ich hatte sagen wollen. Vielleicht hatte ich ihm eine Frage stellen oder ihn anflehen wollen, mich nicht so eindringlich anzustarren. Aber ich war viel zu verloren in dem Verlangen, das sich in seinen Augen widerspiegelte.

»Willst du das wirklich?«, fragte er.

Ich nickte.

»Es wird sich nichts zwischen uns ändern, Nat.«

Ich nickte erneut, denn ich war mir dessen durchaus bewusst. Für uns gab es keine gemeinsame Zukunft. Das war unmöglich. Wir würden nicht mehr als eine flüchtige Affäre haben, vielleicht nur dieses eine Mal zusammen, aber das war mir egal. Meine Wünsche hatten sich noch nie erfüllt, ich war es gewohnt, enttäuscht zu werden. Schon vor langer Zeit hatte ich akzeptiert, dass ich keine Zukunft hatte.

»Nichts wird sich ändern, Owen«, stimmte ich zu.

»Ich habe keine Kondome dabei, also können wir nicht allzu weit gehen.«

»Ich verhüte mit der Spirale und bin gesund. Außerdem hatte ich seit fünf Jahren keinen Sex mehr«, platzte ich heraus.

Ich betete im Stillen, dass er nicht näher darauf eingehen würde. Zum jetzigen Zeitpunkt wollte ich ihm wirklich nicht erklären, warum ich eine so lange Durststrecke hinter mir hatte.

»Bei mir ist es keine fünf Jahre her«, erwiderte er.

Am liebsten hätte ich ihn gefragt, wie lange sein letztes Mal zurücklag und ob er mit einer Frau geschlafen hatte, seit ich bei ihm eingezogen war. Doch das alles ging mich nichts an. Obendrein wäre es sicher schmerzhaft zu hören, dass er sich während meines Aufenthalts mit einer oder mehreren Frauen vergnügt hatte. Im Grunde wollte ich es *niemals* erfahren.

Doch dann schien dieses Gespräch ohnehin beendet, denn Owen packte mein Handgelenk und zog meine Hand zwischen meinen Schenkeln hervor. Er hob sie an und saugte zwei meiner Finger in seinen Mund, um sie sauber zu lecken.

Ich bekam keinen Ton heraus, zu gebannt war ich von dem Gefühl seiner Zunge an meiner Haut. Innerlich jauchzte ich jedoch vor Freude.

Er zog meine Finger wieder aus seinem Mund. »Wie oft hast du dich selbst befriedigt?«

»Zweimal.«

Seine Augen verdunkelten sich und ein erregender Schauer durchfuhr mich.

»Woran hast du gedacht?«

»An dich.« Bei den Worten stieg mir die Hitze in die Wangen.

»Nicht so schüchtern, Nat. Ich habe gesehen, wie du es dir selbst besorgt hast. Du warst so in Gedanken versunken, dass du gar nicht gehört hast, wie ich ins Zimmer kam, und ich war nicht gerade leise. Was auch immer dir durch den Kopf gegangen ist, muss ziemlich gut gewesen sein. Also, erzähl mir, was ich in deiner Fantasie mit dir gemacht habe.«

Irgendwann, viel später, kam mir der Gedanke, wie unhöflich es doch von ihm war, einfach hereinzuspazieren und mich zu beobachten, statt mich aufzuhalten.

»Beim ersten Mal bist du mit deinen Fingern in mich eingedrungen.«

»Das war alles?« Oh Scheiße. Mehr brachte ich nicht über die Lippen. »Ich habe gesehen, wie du mit deinen Brüsten gespielt und in deine Brustwarzen gezwickt hast. Hast du dir ausgemalt, wie sich mein Mund an deinen Knospen anfühlt?«

»Ja.«

»Und beim zweiten Mal? Woran hast du da gedacht?«

»Ich habe an gar nichts gedacht. Aber du hast ein Knurren ausgestoßen, und der Laut hat mich erneut zum Höhepunkt gebracht. Vielleicht war es auch nur ein langer zusammenhängender Orgasmus, ich weiß es nicht.«

»Herrgott«, stieß er hervor. »Ich will, dass du mit deinen Brüsten spielst, während ich dich mit dem Mund verwöhne. Und zwar mit beiden Händen, Nat.«

Owen ließ mein Handgelenk los, und bevor meine schlaffe Hand wie ein Backstein auf die Matratze fallen konnte, übernahm ich die Kontrolle und senkte sie langsam ab.

»Ich weiß nicht, ob ich mit mir selbst spielen kann, während du mich dabei beobachtest.«

»Das hast du bereits getan«, erinnerte er mich.

Ich haderte mit mir selbst. Einerseits wollte ich mutig sein und Owens Wunsch nachkommen. Verdammt, ich wollte all meine Hemmungen fallen lassen und einfach nur fühlen. Ich wollte mich von Owen führen lassen, wohin auch immer er mich bringen wollte.

Langsam hob ich die Hand an und umfasste meine andere Brust.

»Verdammt, du bist perfekt.«

Mit diesen Worten kam etwas in mir zur Ruhe. Genau das hatte ich gebraucht.

»Monatelang habe ich mich gefragt …«, murmelte er.

»Was hast du dich gefragt?«

»Wie du schmecken würdest, wie du dich anfühlen würdest, wie du aussehen würdest. Du übertriffst all meine Erwartungen, und ich habe dich noch nicht einmal berührt.«

»Dann berühre mich.«

»Noch nicht. Zuerst will ich sehen, wie du dich für mich bereit machst.«

Ich war mir nicht ganz sicher, was er damit meinte, aber ich hatte eine vage Ahnung. Da ich es kaum erwarten konnte, von ihm berührt zu werden, und keinen Rückzieher machen wollte, umkreiste ich mit den Daumen meine Brustwarzen. Und weil ich ihn im Gegenzug ebenfalls berühren wollte, nahm ich meine Zeigefinger zu Hilfe und drückte und reizte meine Knospen und zog sogar daran, bis ich vor Erregung keuchte.

»Wunderschön«, sagte er.

Dann legte er endlich seine Hände an die Innenseite meiner Schenkel. Mit einer federleichten Berührung ließ er sie immer weiter hinaufwandern.

»Mehr.«

»Immer mit der Ruhe.«

Ich wollte nicht warten, ich wollte mehr. Und um das zu verdeutlichen, winkelte ich die Knie an und stemmte die Füße auf die Matratze.

Owen ließ den Blick von meiner Brust tiefer bis zwischen meine Schenkel gleiten.

Gespannt wartete ich, bis er schließlich den Kopf senkte.

»Spreiz die Beine noch weiter«, befahl er.

Sobald ich tat wie geheißen, war es mit der Ruhe vorbei. Plötzlich gab es kein Halten mehr.

Owen verschlang mich förmlich.

Er leckte, saugte, knabberte. Statt mit seinen Fingern in mich einzudringen, fickte er mich mit seiner Zunge und katapultierte mich schon nach kürzester Zeit auf den Gipfel der Ekstase. Als ich explodierte, war ich am ganzen Körper so angespannt, dass ich schon glaubte, zerbrechen zu müssen.

Ich hatte kaum Zeit, auf den Boden der Tatsachen zurückzuschweben, denn im nächsten Moment rutschte er nach oben und küsste mich leidenschaftlich. Er liebkoste mich stürmisch und übernahm die volle Kontrolle – ich musste ihm nur folgen. Plötzlich wurde mir etwas bewusst. Owen würde mich zweifellos dorthin bringen, wohin er mich führen wollte, und damit war ich mehr als einverstanden.

Er zog den Kopf zurück und ich leckte mir über die Lippen, wobei ich das Aroma meiner eigenen Erregung schmeckte. Ich genoss das Gefühl, das mich bei der Erkenntnis durchflutete, wie es dorthin gelangt war. Später würde ich mich vielleicht fragen, ob der Gedanke seltsam war, aber im Moment ließ ich mich einfach im Rausch der Ekstase treiben. Nachdem ich mich zweimal selbst befriedigt hatte, hatte Owen mich nun ein drittes Mal zum Höhepunkt gebracht.

»Willst du mehr, Baby. Bist du bereit?«

Mehr?

Oh ja, ich war bereit für mehr.

»Ja«, antwortete ich schlicht.

Owen rollte sich auf die Seite und zog seine Hose herunter. Mir stand der Mund offen und ich musste zweimal blinzeln, um mich zu vergewissern, dass meine Augen mir keinen Streich spielten.

»Äh …«, murmelte ich und schloss dann den Mund.

Houston, wir haben ein Problem.

Er war viel zu groß.

Ich übertrieb nicht, er war wirklich derart gut bestückt.

Obwohl sein Schwanz überdurchschnittlich lang war, hielt sich die Länge noch in Maßen. Aber der Umfang war beträchtlich. Er war so dick, dass sogar ein Pornostar einen Rückzieher gemacht hätte, um der Verletzungsgefahr zu entgehen. Auf keinen Fall würde ich ihn mit dem Mund umschließen können, es sei denn, ich würde eine Möglichkeit finden, den Kiefer auszurenken. Doch da der Mensch nicht in der Lage ist, die Schädelknochen unabhängig voneinander zu bewegen, war das ein Ding der Unmöglichkeit. Nichtsdestotrotz verspürte ich den Drang, meine Theorie zu testen und ihn zu schmecken.

Ich staunte immer noch, als Owen sich zurück auf die Seite rollte und meine Hand an seine Lenden führte. Ich umfasste seinen Schwanz, woraufhin er meine Finger mit seiner Hand bedeckte und begann, seine Männlichkeit zu massieren.

»Fester, Baby. Ich mag es hart«, wies er mich an, und ich festigte meinen Griff um seinen Schaft. »Oh ja, genau so.« Er zog seine Hand zurück, woraufhin ich meine auf und ab bewegte. »Leg dein Bein über meine Hüfte, aber lass meinen Schwanz nicht los.«

Wir lagen einander zugewandt auf der Seite, wobei mein Kopf etwas höher als seiner platziert war. Sein Gesicht befand sich auf Höhe meiner Brüste, was bedeutete, dass ich mich strecken musste, um ihn zu streicheln. Doch sobald ich seiner Aufforderung nachkam und ein Bein anhob, machte Owen die unbequeme Position wett. Er ließ seine Zunge um meine Brustwarze gleiten, während er gleichzeitig mit zwei dicken Fingern in mich eindrang. Genau wie zuvor verschwendete er keine Zeit. Statt mich zärtlich zu liebkosen, nahm er sich, was er wollte. Und er wusste genau, was er tat. Er verwöhnte meine Nippel, indem er daran saugte und knabberte, aber nie schmerzhaft hineinbiss. Und je heftiger er mit den Fingern in mich stieß, desto schneller massierte ich seinen Schwanz.

Mit rasender Geschwindigkeit trieb ich auf den Gipfel der Lust zu. Wie von selbst stieß ich das Becken vor und strebte der Glückseligkeit entgegen. Ich wollte es. Wie in meiner Fantasie wollte ich an seinen Fingern kommen, aber vor allem wollte ich ihn zum Höhepunkt bringen. Ich umschloss ihn noch fester und ließ bei der Abwärtsbewegung das Handgelenk rotieren. Als er laut stöhnte, wiederholte ich den Vorgang und drückte dabei noch fester zu. Das brachte ihn so in Wallung, dass er leider seinen Mund von meinen Brüsten löste. Ich wollte ihn wieder auf mir spüren, doch im nächsten Moment änderte ich meine Meinung, als er knurrte: »Verdammt. Es ist so viel besser. Du schmeckst besser, küsst besser und bist so viel schöner, als ich es mir je erhofft hätte. Ich hätte nie geglaubt, dass eine Frau sich so gut anfühlen kann.«

Das Kompliment hätte mir eigentlich die Schamesröte ins Gesicht treiben sollen, doch stattdessen berührte es etwas tief in meinem Inneren. Es erwärmte einen erkalteten Teil meiner selbst, von dessen Existenz ich immer gewusst hatte, den ich jedoch tief in mir vergraben hatte, weil ich andernfalls erfroren wäre.

Sex war eine Waffe.

Und ein Werkzeug.

Ein Mittel zum Zweck.

Aber nicht mit Owen.

»Du bist so verdammt schön, Natasha.«

Seine Worte trafen mich mitten ins Herz und hallten in

meiner Seele wider. Meine Brust schwoll an und ein Kribbeln durchzuckte meine Brustwarzen. Mein Unterleib begann zu zucken und ich schloss die Augen, als all die Empfindungen auf mich einströmten.

»Ich will dich sehen, Nat.«

Ich schüttelte den Kopf und ließ mich von der Lust mitreißen.

Doch dann hielt Owen plötzlich inne. Seine Finger waren tief in mir vergraben und seine Handfläche ruhte an meiner Klitoris. Ich riss die Augen auf.

»Hör nicht auf.«

»Sieh mich an.«

Als ich zustimmend nickte, machte er sich wieder ans Werk. Diesmal krümmte er seine Finger und ich zuckte zusammen.

»Oh ja. Genau so, Baby, reite meine Finger. Ich will, dass du für mich kommst.«

Mir blieb nichts anderes übrig, als zu gehorchen. Während ich ihm in die Augen starrte, ritt ich seine Finger, bis ich kurz davor war zu explodieren.

»Fester, Nat. Nimm mich mit.«

Ich tat wie geheißen, und schon kurze Zeit später hallte Owens tiefes, raues Stöhnen durch die Luft und ich spürte, wie er sich auf meinem Bauch ergoss. Für den Bruchteil einer Sekunde freute ich mich, ihn zum Höhepunkt gebracht zu haben, dann wurde auch ich von der Woge der Ekstase mitgerissen und ich trieb in völliger Glückseligkeit dahin.

Das alles war wie ein wahr gewordener Traum. Es war noch nicht einmal neun Uhr morgens und ich hatte gerade meinen vierten Orgasmus gehabt, nachdem ich Owens dicken Schwanz massiert hatte, bis er auf meinem Bauch gekommen war. Es war unglaublich.

Aber das Beste daran war der Ausdruck in Owens Gesicht. Das wilde Verlangen in seinen Augen war längst erloschen. Stattdessen funkelten seine Iriden voller Zärtlichkeit. Der Anblick brannte sich bis in meine Seele. Noch nie hatte mich jemand auf diese Weise angesehen. Bisher war es allen egal gewesen, ob ich lebte oder tot war.

Owen würde mich nie lieben, doch in diesem Moment machte er mir ein Geschenk. Durch seine Zuwendung fühlte ich mich wertgeschätzt.

Und er hatte mich als wunderschön bezeichnet.

Diese Erinnerung würde ich mit ins Grab nehmen. Ich würde sie tief in meinem Herzen verschließen und in Ehren halten. Und wann immer ich sie brauchte, würde ich sie mir ins Gedächtnis rufen.

Dann machte Owen mir ein weiteres Geschenk, indem er seine Lippen an meine Stirn presste und schließlich mit seinem Mund über meinen strich. Zärtlich. Liebevoll. Sanft. Auch das hatte ich noch nie erlebt. Noch nie hatte mich jemand auf diese Weise liebkost.

Ich schluckte den Kloß in meinem Hals hinunter und kämpfte mit aller Kraft gegen die Tränen an.

Ich wusste nicht, was ich sagen sollte, also folgte ich Owens Beispiel und küsste sanft seinen Mund, sein Kinn, seine Wange. Als ich mich seinem Ohr näherte, flüsterte ich ihm die Worte zu, die ich ihm unbedingt sagen wollte.

»Egal was passiert, ich werde dich nie vergessen. Bis zu meinem Tod werde ich mich an jeden Moment erinnern, den ich mit dir verbracht habe. Du bist der beste Mensch, den ich je getroffen habe, Owen.«

Ich ignorierte sein Schweigen und die Tatsache, dass er neben mir zu Stein erstarrte. Ich wollte nicht darüber nachdenken, was dieses Schweigen bedeutete, denn wenn ich es tat, würde ich zerbrechen.

KAPITEL ELF

Ein kluger Mann wäre aufgestanden. *Nein,* ein kluger Mann hätte sich gar nicht erst zu ihr gelegt. Er hätte sich leise ins Badezimmer zurückgezogen und der Frau, die im Bett masturbierte, ihre Privatsphäre gelassen. Doch das hatte ich nicht getan.

Ursprünglich war ich ins Badezimmer geflüchtet, um genau das zu tun, was Nat getan hatte. Doch im Gegensatz zu ihr hatte ich mich nicht beim Onanieren erwischen lassen, weil ich klug genug gewesen war, die Tür abzuschließen.

Warum machte es mich dann wütend, dass sie sich ebenfalls befriedigt hatte? Warum zum Teufel kümmerte es mich, dass sie masturbierte? Es war völlig normal und sogar gesund … Herrgott, ich durfte nicht ständig daran denken, was Nat getan hatte.

Die Spuren meines zweiten Orgasmus klebten noch an Nats Bauch. Bei dem Anblick wurde mein Schwanz wieder hart. So etwas war mir schon seit Jahren nicht mehr passiert.

Aber ich hatte noch ganz andere Sorgen als meinen anschwellenden Schaft.

Bis zu meinem Tod werde ich mich an jeden Moment erinnern, den ich mit dir verbracht habe.

Was zum Teufel sollte ich darauf antworten? Ich wusste genau, was ich erwidern wollte. Am liebsten hätte ich ihr gesagt, dass es nicht nötig war, sich zu erinnern, weil sie bis zu ihrem Tod an meiner Seite sein würde. Ich wollte ihre Schönheit in Besitz nehmen und zusehen, wie sie zu sich selbst fand und aufblühte. Ich wollte nie wieder in einer Welt leben, in der Natasha keinen Platz hatte. Ich wollte mein Zuhause und mein Leben mit ihr teilen.

Aber ich wusste, dass das nicht möglich war.

Ich konnte nicht mehr so tun, als sei es mir egal. Ich konnte nicht leugnen, dass ich mich in sie verlieben könnte. Aber ich würde es nicht so weit kommen lassen, denn sie bedeutete mir zu viel. Ich hatte schon einmal eine Frau enttäuscht. Laut Naomi war ich ein so schlechter Ehemann gewesen und hatte sie so sehr verletzt, dass sie gar nicht anders konnte, als sich an mir zu rächen. Nach all den Jahren musste ich mir rückblickend eingestehen, dass ich Naomi wirklich kein guter Ehemann gewesen war. Zum einen, weil ich damals noch sehr jung war. Zum anderen hätte ich nie eine Frau heiraten dürfen, ohne die ich durchaus hätte leben können. Ich hatte sie geliebt, aber meine Liebe zu ihr hatte mich nicht von innen heraus verzehrt. Sie hatte mir viel bedeutet, aber nicht genug, um meine Arbeit aufzugeben. Ich hatte Naomi vor allem geheiratet, weil es der nächste logische Schritt in unserer Beziehung war. Und den Preis dafür hatten wir beide bezahlt. Aber wenn ich mich irrte und ihr tatsächlich kein guter Partner gewesen war, weil ich von Natur aus ein egoistisches Arschloch war, dann konnte ich erst recht nicht noch einmal heiraten. Das wollte ich keiner Frau antun. Schon gar nicht Natasha. Nachdem sie ihr altes Leben endlich hinter sich gelassen hatte, verdiente sie nur das Beste. Aber das konnte ich ihr nicht bieten.

Ich durfte mich nicht in sie verlieben.

Aber sie bedeutete mir viel, also würde ich ihr Freundlichkeit und Respekt entgegenbringen.

Sobald ich meinen Schwanz wieder in meine Hose gepackt hatte.

Doch dafür musste ich meine Hose zunächst finden.

Nein, zuerst musste ich mein Sperma von ihrem Bauch abwischen.

Mein Gott. Ich war ein Arschloch und benahm mich bereits wie eines. Ich beschloss, den Kurs beizubehalten, und presste meine Lippen auf ihre.

Aber diesmal stürzte ich mich nicht wie ein ausgehungertes Tier auf sie.

Ich ging behutsamer vor und ließ sanft meine Zunge über Nats Unterlippe gleiten. Sie neigte den Kopf nach hinten und erwiderte die Geste. Verdammte Scheiße. Wie war es möglich, dass allein die Berührung ihrer Zunge sich so gut anfühlte? Ich reizte sie weiter, leckte und knabberte zärtlich an ihren Lippen. Sie ließ eine Hand über meine Schulter und meinen Nacken gleiten, um schließlich ihre Finger in meinem Haar zu vergraben. Meine Kopfhaut begann zu kribbeln. Ich hatte nicht vorgehabt, in die nächste Runde mit ihr zu gehen, denn ich hatte keine Kondome dabei und hatte noch nie ungeschützten Sex gehabt. Nicht einmal mit meiner Frau. Insgeheim war ich dankbar und sah es als eine Art göttliche Intervention, die mich davon abhielt, mich noch weiter vorzuwagen.

Natasha beugte sich vor, wobei ihr T-Shirt noch immer bis zu ihrem Kinn hochgezogen war. Ich wusste, dass ich den Kuss beenden musste, als sie in meinen Mund stöhnte. Im Gegensatz zu dem Laut, der ihr im Rausch der Ekstase entwichen war, schwang in diesem ein unbändiges Verlangen mit. Doch leider konnte ich ihr nicht geben, was sie wollte.

Also zog ich den Kopf zurück und presste meine Stirn an ihre. Ich brauchte einen Moment, um mein rasendes Herz zu beruhigen.

Wann hat mein Herz zuletzt so heftig geschlagen, nur weil ich eine Frau geküsst habe?

Herrgott. Ich würde diese Frau lieben können. Es fehlte nicht mehr viel, und ich wäre verloren.

»Zeit zu duschen«, sagte ich.

Als sie sich nicht rührte, drückte ich ihre Hüfte.

»Nat?«

»Bitte gib mir noch einen Moment. Ich brauche das hier«, flüsterte sie.

Verdammte Scheiße.

Sie würde mich noch ins Grab bringen.

»Was meinst du, Baby?«

»Ich will dieses Gefühl einfach noch einen Augenblick genießen und es mir ins Gedächtnis einprägen. Sag mir nicht, dass es ein Fehler war, den wir nicht hätten begehen dürfen. Falls du es bereust, dann will ich es nicht hören. Ich will den Moment so wie er ist in Erinnerung behalten.«

Ja. Sie würde mich umbringen. Jedes Wort aus ihrem Mund durchdrang das Narbengewebe, das sich um mein Herz gelegt hatte. Es war eine Schutzmauer aus Verwachsungen und Schwielen, die mir im Laufe der Jahre gute Dienste geleistet hatten. Ich spürte sie mit jedem Atemzug. Sie warnten mich davor, mich emotional auf eine Frau einzulassen.

»Ich bereue nichts«, versicherte ich ihr.

Das war die Wahrheit. Aber ich hätte es trotzdem nicht so weit kommen lassen dürfen. Doch das würde ich für mich behalten.

Sie nickte und rollte sich auf die Seite. Augenblicklich vermisste ich die Wärme ihres Körpers, doch ich schob diesen Gedanken beiseite. Stattdessen beobachtete ich, wie sie sich aufsetzte und ihr T-Shirt herunterzog, bevor sie die Beine über die Bettkannte schwang und aufstand. Der Saum ihres Oberteils bedeckte kaum ihren Hintern, als sie ins Badezimmer ging.

Genau in diesem Moment hätte ich aufstehen und mich aus dem Staub machen sollen. Ich hätte ihr Privatsphäre geben und mich für den Rest des Tages beschäftigen sollen, um mich von ihr fernzuhalten. Die räumliche Distanz hätte uns beiden gutgetan, damit wir wieder einen klaren Kopf bekommen konnten.

Doch das tat ich nicht.

Wahrscheinlich war ich sogar der dümmste Mann auf dem Planeten, denn ich folgte ihr ins Badezimmer. Hätte sie die Tür abgeschlossen, hätte ich mich angezogen und wäre gegangen. Doch die Tür war nicht verriegelt, also nahm ich die unbeabsichtigte Einladung an und trat ein.

Natasha hatte keine Zeit verschwendet und sich ausgezogen und stand splitternackt vor mir. Sie hatte sich ohnehin nur des Oberteils entledigen müssen, das nun auf dem Waschtisch lag. Ich weiß nicht, was ich erwartet hatte, aber es hätte mich nicht gewundert, wenn sie mich hinausgeworfen hätte. Stattdessen ignorierte sie dreist meine Anwesenheit und stellte sich unter die Dusche. Auch dieser Einladung folgte ich und gesellte mich zu ihr.

Und in den kommenden Minuten wurde mir klar, wie dumm ich tatsächlich war. Natasha gab keinen Ton von sich, als ich nach der Seife griff und sie wusch. Sie schwieg auch noch, als ich den Seifenschaum von ihrer Haut spülte. Ich wollte gar nicht daran denken, wie gut sich ihr Körper anfühlte, und ich ignorierte ihr wild pochendes Herz. Ich verdrängte den Gedanken an ihre Schönheit und daran, dass ich der Mann sein wollte, der das Recht hatte, jeden Morgen mit ihr zu duschen. Ich wollte mich um sie kümmern und auf jede erdenkliche Weise für sie sorgen. Erst als ich fertig war und ihr von hinten einen Kuss auf die Schulter drückte, ergriff sie das Wort.

»Danke, Owen.«

Verdammt. Sie würde mich wirklich ins Grab bringen.

Ich küsste ihre Schulter erneut und hoffte, dass sie die Bedeutung der Liebkosung verstand. Dann trat ich aus der Dusche, trocknete mich ab, zog mich an und verließ das Badezimmer.

Ich hoffte inständig, dass sie nicht daran dachte, die Bettwäsche zu wechseln.

Ich hoffte, dass sie die Wahrheit sagte und mich nie vergessen würde, denn ich würde mich an jeden Moment mit ihr erinnern. Vor allem hoffte ich, dass sie mich nicht hasste, wenn das alles vorbei war.

* * *

KURZE ZEIT SPÄTER STAND ICH IN DER KÜCHE UND Aß EINEN getoasteten Bagel, während ich mich fragte, warum Nat noch nicht heruntergekommen war, als Gabe den Raum betrat. Er hatte ein breites Grinsen im Gesicht.

»Guten Morgen«, begrüßte er mich strahlend.

Ja, er strahlte geradezu.

Verdammt.

»Was immer du zu wissen glaubst, behalte es für dich.«

»Ich sage es dir nur ungern, aber die Katze ist aus dem Sack«, erwiderte er.

Mein Magen verkrampfte sich und der Appetit war mir schlagartig vergangen.

Nur fürs Protokoll: Gabe wies mich niemals ungern auf etwas hin. Seinem freudigen Gesichtsausdruck nach zu urteilen fand er sogar Gefallen daran.

»Also schön. Warum sorgst du dann nicht zumindest

dafür, dass niemand ihr gegenüber ein Wort darüber verliert?«

»Ich glaube, sie weiß, was passiert ist, Bruder.«

»Sei kein Arschloch.« Ein Lächeln umspielte Gabes Lippen, aber er hielt klugerweise den Mund. »Ich will sie nicht in Verlegenheit bringen.«

»Das verstehe ich. Ich kann mir gut vorstellen, dass es ihr peinlich ist, mit dir gevögelt zu haben.«

Ich korrigierte ihn nicht, denn damit hätte ich es nur noch schlimmer gemacht. Wenn er annehmen wollte, dass ich mit Nat geschlafen hatte, dann würde ich ihn in dem Glauben lassen.

»Freut mich für dich«, flüsterte er. »Ich weiß, was diese Schlampe dir angetan hat. Aber das ist schon lange her. Viel zu lange, um immer noch deine Wunden zu lecken. Schön, dass du jetzt etwas anderes gefunden hast, was du lecken kannst.«

Herrgott.

»Es ist nicht …«

»Ach wirklich? Dann bist du offenbar ein Vollidiot und solltest zusehen, dass du das änderst.«

Ich wollte etwas erwidern, doch Nats unsichere Stimme hielt mich davon ab. »Guten Morgen.«

»Guten Morgen«, erwiderte Gabe zur Begrüßung.

»Habt ihr Hunger? Ich kann ein paar Eier braten«, schlug sie vor.

»Nein. Wir haben alle schon gegessen.«

Nat begegnete meinem Blick und riss die Augen auf. Sie sah mich fragend und zugleich verlegen an. Höchstwahrscheinlich wusste sie, dass die anderen uns gehört hatten.

Verdammt.

»Okay. Dann werde ich einfach …« Sie verstummte und ich zermarterte mir den Kopf darüber, wie ich ihr die Befangenheit nehmen konnte.

»Nachdem du etwas gegessen hast, zieh dir etwas Warmes an. Wir machen einen Spaziergang zum Bach.«

Ernsthaft, etwas anderes fällt dir nicht ein, du Idiot?

»Zum Bach?«

»Ja, der Rapid Lightning Creek. Er verläuft hinter dem Grundstück.«

»In Ordnung.«

Gabe räusperte sich. Als ich mich ihm zuwandte, deutete er mit einem Nicken in Richtung Wohnzimmer.

»Ich glaube, deine Anwesenheit wird verlangt«, sagte Nat, als Gabe die Küche verließ.

»Raffinesse ist nicht gerade seine Stärke«, erklärte ich.

»Kevin hat also kein Taktgefühl und Gabe mangelt es an Feingefühl. Bleiben noch du und Myles. Was ist dein Makel?«

Ich wollte gar nicht erst darüber nachdenken, woher Nat wusste, dass Kevin kein Blatt vor den Mund nahm. Wahrscheinlich hatte sie die Erkenntnis während ihrer Unterhaltung über *Würstchen* gewonnen, aber auch diesen Gedanken schob ich lieber beiseite.

»Myles hat keine Fehler, bis auf die Tatsache, dass er ein Kontrollfreak ist.«

»Kontrollfreak? Du meinst, er ist herrisch?«

»Nein. Aber er ist unser Teamleiter und hat die Kontrolle über unsere Missionen. Das bedeutet allerdings auch, dass er sich selbst in die Schusslinie begibt. Dadurch versucht er, die Geschehnisse zu beeinflussen. Er sorgt dafür, dass er eine Kugel abbekommt, bevor einer von uns getroffen wird.«

Nat wurde kreidebleich und ich verfluchte mich selbst in Gedanken. Wir hatten nie über meinen Job bei Z Corps gesprochen. Sie hatte angenommen, mein Team und ich seien als Ermittler tätig, und ich hatte sie in dem Glauben gelassen. Das war zwar nicht falsch, aber es entsprach auch nicht der ganzen Wahrheit.

Eigentlich hatte ich ihr nicht erzählen wollen, was unsere Arbeit genau beinhaltete.

»Missionen?«, wollte sie wissen.

Verdammt.

Ich ignorierte ihre Frage und wechselte das Thema.

»Iss etwas. Ich sehe mal nach, was Gabe von mir will.«

Nat war nicht dumm. Sie bemerkte sofort, dass ich versuchte, sie abzuwimmeln. Die Enttäuschung stand ihr ins Gesicht geschrieben. Ich dachte an all die Monate, in denen ich mit ihr zusammengelebt hatte. Ich hatte stets den Eindruck gehabt, dass sie kaum in der Lage war, ihre Gefühle zu verbergen. Selbst wenn sie schwieg, war ihr deutlich anzusehen, was in ihr vorging – sowohl die positiven als auch die negativen Emotionen. Aber nach dem Pokerspiel gestern Abend begann ich, mich zu fragen, ob sie mir nur etwas vorspielte.

»Warte«, rief sie mir nach, als ich gerade den Raum verlassen wollte. Ich wandte mich ihr zu. »Was ist dein Makel?«

»Ich habe keinen.«

Sie antwortete nicht, aber sie verzog die Lippen zu einem Lächeln, das mir direkt in die Lenden fuhr. In diesem Moment wurde mir klar, dass ich etwas zutiefst bedauerte. Ich hatte ihr Geschlecht, ihre Brüste und ihren Mund gekostet, während sie mich jedoch nicht geschmeckt hatte. Und als ich nun dieses sinnliche Lächeln sah, wünschte ich mir, ich hätte die Gelegenheit gehabt, ihre Lippen um meinen Schwanz zu spüren. Doch dafür war es nun zu spät. Unser kleines Abenteuer vorhin war eine einmalige Sache gewesen. Mehr würde zwischen uns nicht passieren.

Um das Bild von ihrem Mund um meinen Schaft abzuschütteln, wartete ich nicht auf eine Erwiderung, sondern ging ins Wohnzimmer. Gabe stand in Stiefeln, Jacke und Mütze an der Eingangstür.

»Wo willst du hin?«, fragte ich.

»Ich habe in der Stadt noch etwas zu erledigen.«

»Und das wäre?«

In meiner Stimme schwang ein vorwurfsvoller Unterton mit. Gabes finsterer Blick verriet mir, dass er meinen Tonfall nicht zu schätzen wusste, doch das war mir egal. Er verhielt sich seltsam und ich befürchtete, dass mein Team sich aus dem Staub machen wollte, damit Nat und ich einander näherkommen konnten.

»Ach, du weißt schon. Zum Beispiel will ich die Kanister mit Diesel auffüllen, damit wir nicht erfrieren und auch weiterhin Strom haben. Außerdem wollte ich noch etwas Benzin besorgen, um den Kühlschrank am Laufen zu halten und die Schneemobile aufzutanken. All so unwichtige Dinge eben.«

Verdammt. Die Hütte wurde mit einem Generator betrieben, und da der Berg meterhoch verschneit war, hatten wir beschlossen, Rhodes Tank nicht mit Diesel aufzufüllen, was bedeutete, dass wir Kanister benutzen mussten. Das war zwar nicht ideal, bedeutete aber auch, dass niemand wusste, dass die Hütte bewohnt war.

»Brauchst du Hilfe?«

»Nein, Kevin wird mich begleiten. Natürlich nur, wenn er jemals wieder aus der Dusche kommt. Zum Glück duscht er wohl kalt und wird nicht den ganzen Warmwasserspeicher leeren. Jemand sollte Rhode raten, einen Durchlauferhitzer einzubauen. Es dauert ewig, bis der Speicher aufgefüllt ist.«

»Willst du mich ärgern?«

»Ja.«

»Wie bitte?«

»Ja. Ich will dich ärgern. Wahrscheinlich steht Kev gerade unter der kalten Dusche, weil wir alle deine Frau gehört haben. Ich will dich absichtlich auf die Palme bringen und dich zwingen, darüber nachzudenken, warum du so wütend wirst. Hoffentlich wirst du die richtigen Schlüsse ziehen und erkennen, dass es dir nicht gefällt, wenn dein Freund einen Ständer bekommt, weil er …«

»Jetzt bringst du mich nicht nur auf die Palme, sondern richtiggehend in Rage«, fiel ich meinem Kameraden ins Wort.

»Gut. Das freut mich. Du solltest an deiner Wut festhalten, denn ich werde nicht lockerlassen, bis du es endlich einsiehst.«

Ich straffte die Schultern und betete um Geduld. Gabes größter Fehler war nicht sein Mangel an Feingefühl, sondern sein unaufhörliches Bedürfnis, die Probleme aller anderen lösen zu wollen. Er war ein neugieriger Mistkerl, und wenn ich ihm nicht Einhalt gebot, würde er immer weiter bohren. Aber bei mir würde er auf Granit beißen und dann würde er Natasha in die Mangel nehmen.

»Wolltest du deshalb mit mir sprechen?«

»Nein. Ich wollte dir mitteilen, dass wir Garrett auf Nats Pokerfähigkeiten angesetzt haben. Uns ist nicht entgangen, dass sie die Karten gezählt hat. Diese Fähigkeit ist schwer zu erlernen und noch schwerer zu meistern. Myles ist ein verdammt guter Pokerspieler, aber sie hat ihn mit Leichtigkeit geschlagen und ihn sogar um Längen übertroffen. Garrett nimmt die Tische in und um Chicago unter die Lupe und überprüft eventuelle Verbindungen zu Wilco Pollaski.«

Gabe hatte nicht unrecht. Myles war von uns allen der beste Pokerspieler. In Vegas hatte er sogar schon viel Geld gewonnen. Er spielte zwar nicht um hohe Einsätze, aber er war verdammt gut. Und Nat hatte ihn problemlos übertrumpft. Bezeichnend war, dass sie dabei keinerlei Emotionen gezeigt hatte. Ich hatte sie genau beobachtet, aber als die Karten ausgeteilt worden waren, hatte sie sich nicht das Geringste anmerken lassen.

»Garrett soll seine Suche auch auf illegale Turniere in

Vegas ausweiten. Und Tennessee. Falls Nat professionell gepokert hat, dann hat sie zweifellos auch in Tennessee gespielt.«

»Ich werde es ihm ausrichten.«

»Gibt es schon etwas Neues von Zane?«

»Myles hat gestern Abend mit ihm gesprochen, nachdem er mit Garrett telefoniert hatte. Er hat die Frauen zu ihrer Sicherheit eingesperrt. Sie sind nicht glücklich darüber und bringen ihren Unmut lautstark zum Ausdruck. Insbesondere Ivy. Deshalb will Zane Pollaski schnellstmöglich ausschalten.« Für einen Moment hielt Gabe inne und atmete tief durch. »Garrett hat noch mehr Frauen gefunden, also hat Z Tex hinzugezogen.«

»Noch mehr Frauen?«

»Nat war nicht die erste Frau, die er verkauft hat.«

»Der Mann ist ein Zuhälter«, erwiderte ich. Ich schäumte vor Wut, denn ich hasste Natashas Onkel, seine Geschäfte und das, was er ihr angetan hatte. »Es ist also naheliegend, dass er auch Frauen verkauft.«

»Dem stimme ich zu, aber es ist trotzdem gut, dass wir nun die Bestätigung haben. Sobald Garrett Wilco mit einem Dutzend Frauen in Verbindung gebracht hatte, hat er die Recherche Tex übertragen. Falls es noch mehr gibt, wird er sie finden.«

»Auch auf die Gefahr hin, dass ich herzlos klinge, aber nur zwölf?«

»Bisher hat Garrett nur zwölf gefunden«, bestätigte Gabe. »Ash hat nicht gelogen, als sie behauptete, Nats Vater hätte ihre Mutter verkauft. Alle Informationen deuten darauf hin, dass das eine einmalige Sache für Barny war. Damit wollte er nicht nur Ashs Vater eine Lektion erteilen, sondern auch seinen Soldaten. Sie sollten sehen, was passiert, wenn man versucht, einen Pollaski zu erpressen. Scheinbar ist Wilco dann Barnys Beispiel gefolgt. Die zwölf Frauen standen indirekt mit seiner Organisation in Verbindung. Eine Ehefrau, eine Mutter, eine Schwester eines seiner Angestellten. Autumn hat uns einige Teile des Puzzles geliefert.«

»Waren das neue Hinweise oder haben wir sie den Informationen entnommen, die sie uns bereits gegeben hat?«

Gabe warf mir einen grimmigen Blick zu.

»Sie waren neu. Declan war nicht erfreut, als Garrett anrief.«

»Das glaube ich gern.«

Declan Crenshaw hatte früher für Z Corps gearbeitet. Als ehemaliger Marine und CIA-Agent war er der Teamleiter des Gold Teams gewesen. Autumn war ein Racheengel, anders konnte ich sie nicht beschreiben. Da sie selbst Opfer von Menschenhändlern geworden war, wusste sie aus erster Hand, was die Frauen durchmachten. Nach ihrer Rettung hatte sie sich auf einen dunklen und schmerzhaften Rachefeldzug begeben. Als Declan und sie ein Paar wurden, beschloss er, sie von diesem Weg abzubringen. Deshalb hatte er Z Corps verlassen. Heute führten er und Autumn ein Leben frei von Dunkelheit und Schmerz. Ich kannte Declans Geschichte nicht, aber ein Blick auf ihn verriet mir, dass er durch die Hölle gegangen war. Kein Wunder, dass er sich nicht darüber freute, wenn jemand Autumn anrief, um mit ihr über die Vergangenheit zu sprechen.

»Tex verfolgt die Spur weiter. Sobald wir alle nötigen Informationen haben, wird Z alles weitere veranlassen. Entweder setzt er uns darauf an oder eine Einheit aus Colorado. Vermisste Frauen sind das Spezialgebiet dieser Männer.«

»Wissen sie auch, dass der Job nicht bezahlt wird?«

»Glaub mir, diese Jungs tun das nicht wegen des Geldes. Wenn ihr Teamleiter von dem Fall erfährt, wird er mit seinen Männern sofort ausrücken.«

»Gute Männer«, murmelte ich und fragte mich, wann ich aufgehört hatte, einer von ihnen zu sein.

»Gute Männer«, bestätigte er. »Aber jetzt hast du erst einmal ein Rendezvous am Bach und ich habe noch viel zu tun.«

Gabe wollte mich offenbar abwimmeln und schaffte es, mich mit wenigen Worten erneut auf die Palme zu bringen.

»Du bringst mich noch zur Weißglut.«

Gabe lächelte nur, öffnete die Tür und verließ die Hütte.

Ich hatte kein Rendezvous, sondern ein ... *verdammt* ... Ich hatte keine Ahnung.

»Owen?«

Ich drehte mich um und sah, dass Nat in einiger Entfernung hinter mir stand.

Ich versteifte mich und kämpfte mit aller Macht gegen die Anziehungskraft an. Am liebsten wäre ich zu ihr gegangen, hätte sie in meine Arme gezogen und den unsicheren Ausdruck aus ihrem schönen Gesicht gewischt.

Wie hatte es nur so weit kommen können?

Wann hatte ich die Kontrolle verloren?

Und warum wollte ich alle Vorsicht über Bord werfen und Nat im Sturm erobern?

Naomi. Ich täte besser daran, mich mit meinen Erinnerungen auseinanderzusetzen.

Das würde meine Dummheit kurieren.

KAPITEL ZWÖLF

Ich habe alles gehört.

Mein Gott, mein Onkel war wirklich ein Schwein.

Gerade als ich geglaubt hatte, ich könnte den Mann nicht noch mehr hassen, wurde ich eines Besseren belehrt.

Es war schockierend, wie niederträchtig die Pollaskis waren. Die ganze Familie war verabscheuungswürdig. Widerlich. Und ihr Blut floss auch durch meine Adern.

Das Blut von Dämonen.

»Alles in Ordnung?«

»Das wollte ich dich gerade fragen«, erwiderte ich.

Dann wartete ich ab, ob er mir eine Lüge auftischen würde.

Es gab viele Geheimnisse zwischen uns. Zugegeben, die meisten gingen sicher auf mein Konto, da ich nicht leichtfertig mit der Wahrheit herausrückte. Aber auch er war nicht unbedingt mitteilsam gewesen. Owen wusste mehr, als er mir gesagt hatte.

»Garrett, unser Computerspezialist, hat sich mit deinem Onkel befasst.« Owen hielt inne und musterte mich mit einem eindringlichen, abschätzenden Blick. Die Sanftheit, mit der er mich zuvor noch betrachtet hatte, war aus seinen Augen gewichen. Hier ging es ums Geschäft. »Wusstest du, dass Wilco Frauenhandel betreibt?«

»Nein«, antwortete ich wahrheitsgemäß, »aber ich hatte einen Verdacht.«

»Weil etwas Bestimmtes vorgefallen ist?«

Ich musterte Owen genauso eindringlich wie er mich. Obwohl er mich hätte abwimmeln können, war er ehrlich gewesen und hatte mich ohne Umschweife gefragt, ob ich etwas wusste. Er ahnte nicht, dass ich alles gehört hatte, was er und Gabe besprochen hatten. Also hätte er mich einfach abspeisen und mir sagen können, dass alles in Ordnung sei, doch das hatte er nicht getan.

Nachdem er sich monatelang um mich gekümmert hatte, war ich ihm etwas schuldig. Ich schuldete ihm sogar eine ganze Menge. Er hatte es verdient, alles von mir zu erfahren, aber meine ganze Geschichte brachte ich noch nicht über die Lippen. Aber ich konnte ihm zumindest einen Teil erzählen.

»Um einen Teil seines Geldes zu waschen, nutzt mein Onkel verschiedene Unternehmen. Eines davon ist ein Feinkostladen, der von einer Familie geführt wird. Die Frau steht hinter der Theke, die Tochter macht die Buchhaltung, der Sohn fährt Lieferungen aus und der Mann erledigt den Rest. Eines Tages war ich dort zum Mittagessen und die Mutter Mariene war nicht dort. Als ich ihren Sohn Bento fragte, sagte er nur, sie sei krank. Ein paar Wochen später war ich wieder dort, aber Mariene war immer noch abwesend. Ich fragte erneut, und diesmal erzählte mir ihr Mann Pedro, sie sei nach Brasilien zurückgekehrt. Als ich nach Hause zurückkam, sagte mir mein Onkel, ich solle mich um meine eigenen Angelegenheiten kümmern.

Später überhörte ich zufällig ein Gespräch zwischen meinem Onkel und seinem wichtigsten Soldaten Franco. Letzterer teilte meinem Onkel mit, dass Pedro nun keinen

Ärger mehr machen würde, aber für alle Fälle habe er alles für den Transport seiner Tochter Maria vorbereitet. Sie erwähnten nicht, inwiefern Pedro Ärger gemacht hatte, aber mein Onkel sagte, er sei sich sicher, dass Pedro seine Lektion nun gelernt habe und dieser bestimmt nicht wolle, dass seine Tochter ebenfalls leiden muss.«

Owen starrte mich weiter an. Sein finsterer Blick verriet mir, was er wirklich von mir hielt. Aber das reichte nicht aus, um mich zur Vernunft zu bringen und mich aus meiner albernen Traumwelt zu reißen. Ich brauchte sie. Nur noch ein Weilchen länger wollte ich Natasha spielen.

»Er hätte Mariene einfach töten können.«

»Das ist wahr«, stimmte ich zu. »Wie gesagt, es war nur ein Verdacht. Franco hatte von einem Transport gesprochen und mein Onkel davon, dass er sie leiden lassen wolle. Ich stelle hier nur Vermutungen an, doch sie basieren auf den Erfahrungen, die ich bisher mit meinem Onkel gemacht habe. Ich weiß, wozu er fähig ist. Allerdings muss ich zugeben, dass ich keinen Einblick in seine Geschäfte habe, es sei denn, sie betreffen mich direkt. Der Rest meines Wissens stammt aus Gesprächen, die ich belauscht habe. Mein Onkel ist nachlässig, wenn er zu Hause ist. Aber er gibt dennoch nie zu viel preis.«

»Und welcher Teil seiner Geschäfte betrifft dich direkt?«, fragte Owen.

Das Herz schlug mir bis zum Hals.

Es existierte ein Sprichwort über Reden und Schweigen, und wenn ich nicht so aufgeregt gewesen wäre, hätte ich mich wahrscheinlich daran erinnert. Aber im Moment konnte ich nur daran denken, dass ich schon zu viel gesagt hatte. Entschieden zu viel. Owen war nicht dumm. Er ahnte sicher, dass ich eine Rolle im Familienunternehmen gespielt hatte. Niemand, der ständig von Gangstern und Kriminellen umgeben war, war unbedarft und unschuldig.

»Jeder Pollaski muss einen Beitrag zum Familienunternehmen leisten«, erklärte ich. »Jeder spielt eine Rolle.«

»Poker«, murmelte er.

Er hatte den Nagel auf den Kopf getroffen. Zumindest teilweise.

»Glücksspiel«, korrigierte ich. »Kartenspiele.«

Owen musterte mich eingehend und wirkte seltsam erleichtert. Ich war mir nicht sicher, ob er froh war, weil ich die Wahrheit gesagt hatte, oder ob seine Reaktion auf die Tatsache zurückzuführen war, dass ich nicht in die dunkleren Machenschaften meines Onkels verwickelt war. Ich kam allerdings nicht dazu, ihn zu fragen, denn im nächsten Moment nickte er mir zu und ging nach draußen.

Ich wusste, was er vorhatte. Er suchte nach Gabe, um ihm zu erzählen, was er herausgefunden hatte.

Seltsamerweise störte mich das nicht.

Seltsamerweise empfand *ich* Erleichterung.

Reden ist Silber, Schweigen ist Gold.

Am liebsten hätte ich das Imperium meines Onkels im wahrsten Sinne des Wortes totgeschwiegen. Wäre es nicht herrlich, wenn ich es hätte vernichten können, indem ich einfach den Mund hielt? Ich hätte zugesehen, wie es zerfiel, und den Untergang freudig gefeiert. Doch das war leider unmöglich. Wilco Pollaski würde niemals untergehen. Er hatte von meinem Vater, dem Meister gelernt, und das Reich übernommen, das mein Vater sich aufgebaut hatte. Er hatte es vergrößert und eine starke Armee um sich geschart. Im Gegensatz zu meinem Vater hatte mein Onkel keine Schwächen – nicht mehr. Mein Vater hatte den einzigen Menschen getötet, mit dem er meinen Onkel in Schach hatte halten können. Das war ein fataler Fehler gewesen.

Nach dem Tod meiner Mutter war es ein Leichtes gewesen, den König zu stürzen. Und sein Bruder hatte die Krone gestohlen.

* * *

SCHWEIGEND GINGEN WIR ZUM BACH. OWEN SCHIEN IN Gedanken versunken, und ich machte keine Anstalten, ihn in ein Gespräch zu verwickeln. Für heute hatte ich schon genug gesagt, und nun hatte ich meinen Plan angepasst. Ich würde zwar weiter in meiner Fantasiewelt verweilen und so viele Erfahrungen wie möglich sammeln, aber ich würde nur sprechen, wenn ich dazu aufgefordert wurde, und mich anderweitig zurückhalten. Und bevor ich irgendwelche Fragen beantwortete, würde ich die Antworten sorgfältig überdenken.

Das war meine neue Strategie.

Es war zwar nicht ganz das, was ich mir erhofft hatte, aber es würde genügen. Ich würde nach wie vor so viel Zeit mit Owen verbringen, wie er für mich erübrigen konnte.

Noch bevor ich den Bach sehen konnte, drang das Rauschen des Wassers an mein Ohr.

Dann lichtete sich der Wald und vor mir breitete sich die Schönheit der Natur aus. Ich schnappte nach Luft.

»Wow.«

Ich war keine Expertin in Sachen Bäume, aber als ich den dichten, schneebedeckten Hain betrachtete, wünschte ich mir, ich würde mich besser damit auskennen. Zu gern hätte ich gewusst, welche Baumart stark genug war, um die schwere Last zu tragen. Nirgendwo war ein grüner Fleck zu sehen, und doch waren die Äste so stabil, dass sie sich nicht einmal bogen.

Ich hatte mir in meinem Leben schon vieles gewünscht. Zum Beispiel wäre es schön gewesen, nicht als eine Pollaski geboren worden zu sein. Ich hatte mir gewünscht, weglaufen zu können, ohne dass mich jemand suchte. Aber ich hatte mir noch nie gewünscht, ein Baum zu sein. Doch in diesem Moment betrachtete ich die geraden, kräftigen Äste und wünschte mir mit Leib und Seele, stark zu sein. Ich wollte Owen vertrauen und ihm alle meine Geheimnisse offenbaren.

Wer wünscht sich schon, ein Baum zu sein? Meine Güte, das ist doch lächerlich.

Ich schüttelte den dummen Gedanken ab und sah Owen an. Er starrte aufs Wasser, also nutzte ich die Gelegenheit, sein schönes Profil zu betrachten. Der Mann war umwerfend. Er hatte ein starkes, markantes Kinn und perfekt geformte Augenbrauen. Offenbar waren sie von Natur aus wohlgeformt, denn ein Mann wie Owen würde niemals in einen Friseursalon gehen, um sie sich zupfen zu lassen. Ich wusste, dass sein Haar unter der Mütze von grauen Strähnen durchzogen war, die er niemals färben würde. Dafür war ich dankbar, denn er sah unglaublich sexy aus. Er hatte grüne Augen, doch im Gegensatz zu meinen blassgrünen Iriden waren seine dunkel. Seine Nase war leicht schief und ich hätte wetten können, dass sie schon ein- oder zweimal gebrochen war. Aber dieser kleine Makel unterstrich nur seine raue Schönheit.

»Du warst noch nie verheiratet.«

Owens seltsame Bemerkung versetzte mir einen Stich ins Herz, und die Angst überkam mich und drohte die ruhige Atmosphäre zu durchdringen.

»Nein«, bestätigte ich unnötigerweise. »Warst du jemals verheiratet?«

»Ja.«

Wow. Moment mal.

Owen war schon einmal verheiratet?

Bevor ich diese Information verarbeiten konnte, fuhr Owen fort.

»Ich kam mit Naomi zusammen, als wir in der Oberstufe waren«, sagte er, und ich musste unwillkürlich blinzeln. Naomi, die Schlampe, die ihm übel mitgespielt hatte, war seine Frau gewesen? »Einen Monat nach unserem Abschluss begann ich mit der Grundausbildung. Die ganze Zeit hielt sie zu mir. Dann ging ich zur Navy und sie zog sogar nach Lemoore, als ich dort stationiert wurde. Zweieinhalb Jahre später, nach zwei Überseeeinsätzen, war sie immer noch an meiner Seite. Unsere Beziehung schien gefestigt, also machte ich ihr einen Antrag. Ein halbes Jahr später waren wir verheiratet. Dann kam der Zeitpunkt, an dem ich mich erneut verpflichten musste, doch ihr gefiel der Gedanke nicht. Sie versuchte, mich davon abzuhalten, aber als ich ihr eröffnete, dass ich Berufssoldat werden wollte, musste sie widerwillig einsehen, dass ich es ernst meinte.

Dann bot sich mir eine vielversprechende Gelegenheit, und ich ergriff sie. Sie war dagegen und zeterte, obwohl sie genau wusste, dass ich schon lange auf diesen Moment gewartet hatte. Von da an ging es steil bergab, bis unsere Ehe in Trümmern lag. Achtzehn Monate lang machte sie mir das Leben zur Hölle, bis sie schließlich die Scheidung einreichte. Ich hatte gehofft, sie würde endlich aufhören zu nörgeln, aber es wurde immer schlimmer. Offenbar hätte ich merken müssen, dass sie sich eigentlich gar nicht von mir trennen wollte, sondern sich nur mehr Aufmerksamkeit wünschte. Außerdem hätte ich auf magische Weise wissen müssen, dass ich sie hätte anflehen sollen, mich nicht zu verlassen. Ich hätte aus dem Militär ausscheiden sollen, um ihr zu beweisen, dass ich sie liebte. Oder so ähnlich.«

Mit diesen Worten beendete er die erschreckend ausführliche Schilderung seiner Ehe. Das erklärte eine Menge.

Wir starrten einander an. Keiner von uns sagte ein Wort.

Die Stille war unangenehm, denn ich hatte so viele Fragen.

Dann überraschte er mich, indem er die Lippen zu einem Lächeln verzog. »Frag ruhig, bevor du dir noch die Zunge abbeißt.«

Gott sei Dank.

»Sie wollte, dass du aus dem Militär ausscheidest?«

»Ja. Ihr gefiel die Idee nicht, mit einem Soldaten verheiratet zu sein. Naomi brauchte viel Aufmerksamkeit, doch die konnte ich ihr nicht geben, wenn ich sechs Monate auf See war.«

»Aber während der ersten beiden Einsätze war sie doch bei dir geblieben.«

»Ja, aber sie hatte gehofft, mich von einer weiteren Verpflichtung abhalten zu können. Ich war Flugzeugmechaniker. Mit meinen Fähigkeiten hätte ich auf dem zivilen Markt viel Geld verdienen können. Womit wir bei Naomis zweitem Problem wären. Sie hatte eine Vorliebe für teure Accessoires und es war ihr egal, dass wir sie uns nicht leisten konnten. Dafür gab es schließlich Kreditkarten.«

»Kreditkarten?«

Meine Güte, diese Naomi schien nicht sonderlich klug zu sein.

»Sie hat meine Kreditkarten bis zum Limit ausgereizt, ohne sich um die Zinsen zu kümmern. Es war ihr egal, wie lange es dauern würde, die Schulden zurückzuzahlen. Wenn sie fünf Dollar hatte, dachte sie, sie könne zehn ausgeben. Und alles für Frisuren, Nägel, Kleider, Schuhe, Handtaschen. Sie wollte alles, aber ich war das Arschloch, weil ich es ihr nicht bieten konnte.«

Das klang ganz und gar nicht gut. Diese Naomi schien eine geldgierige Schlampe zu sein, doch es stand mir nicht zu, die Worte zu äußern.

»Es tut mir leid, dass sie dir dieses Gefühl gegeben hat.«

»Sie hatte nicht unrecht, ich konnte es mir nicht leisten, ihr auch nur die Hälfte von dem zu kaufen, was sie wollte.«

»Und das macht dich zu einem Arschloch?«, fragte ich ungläubig.

»Da ich sie geheiratet habe, ja.«

Das ergab keinen Sinn.

»Was soll das bedeuten?«

»Das bedeutet, dass sie aus reichem Hause kam. Ich hätte wissen müssen, dass sie mit dem, was ich ihr bieten konnte, nie glücklich werden würde. Eine Frau wie sie erwartet einen gewissen Standard. Es war dumm von mir zu glauben, dass sie ihre Erwartungen herunterschrauben und sich mit einem Leben in der Mittelklasse zufriedengeben würde, wo sie doch Besseres gewohnt war.«

Ein unbehagliches Gefühl durchströmte mich. Dachte er das auch von mir? Glaubte er, dass ich eine dieser Frauen war, die ein Leben im Luxus erwarteten?

Monatelang hatte er sich um mich gekümmert. Er hatte von meiner Verpflegung bis hin zu meiner Kleidung für alles gesorgt. Da ich kein Geld hatte, hatte er alles bezahlt.

Ich war schlimmer als diese geldgierige Schlampe Naomi.

Ich war eine Schmarotzerin.

Eine Klette.

Ich hatte nicht nur eine helfende Hand angenommen, ich hatte geschnorrt.

»Es tut mir leid«, flüsterte ich und blinzelte, um die Tränen zu unterdrücken. »Es tut mir so leid, Owen.«

»Das alles ist schon lange her.«

»Nein …« Meine Stimme versagte und ich presste die Lippen zu einer dünnen Linie zusammen.

»Nein, was?«

Ich schuldete Owen eine Erklärung. Mir war klar, dass ich mich wie eine Klette, eine Schnorrerin, eine Schmarotzerin verhalten hatte, aber ich musste ihm sagen, dass ich es nicht absichtlich getan hatte. Von Anfang an hatte ich gewusst, wie falsch es war. Er hatte mir eine Atempause in meinem Leben verschafft, und ich hatte die Chance ergriffen. Zwar hatte ich es nicht böswillig getan, aber ich hatte ihn trotzdem ausgenutzt.

Ich war schlimmer als Naomi.

Schlimmer als die Frauen, die sich meinem Onkel anbiederten, um an sein Geld zu kommen. Es war ihnen egal, dass er ihre Körper verkaufte, und sie wussten, dass er sie wegwerfen würde, sobald er ihrer überdrüssig war. Ich war noch schlimmer als meine Mutter, die einen Mann liebte, aber einen anderen heiratete, weil es ihr befohlen worden war. Der Name und der Schutz der Pollaskis bedeuteten ihr mehr als mein Onkel. Vielleicht war ich auch zu hart zu meiner Mutter, schließlich hatte sie nie wirklich eine Wahl gehabt. Wer sich einmal mit einem Pollaski ins Bett gelegt hatte, war Eigentum der ganzen Familie. Und da mein Vater der König war, hatte er das Recht, seine Königin für sich zu beanspruchen. Auch wenn sie bereits einem anderen Mann gehört hatte.

Mein Gott, das Leben war scheiße.

Mein Leben war scheiße.

»Natasha?«

Fast hätte ich Owen gesagt, dass mein Name Sarah war. Ich war nahe dran, diese Scharade zu beenden und die Fantasiewelt, die ich mir aufgebaut hatte, zu vernichten.

»Seit Monaten lebe ich mit dir zusammen, während du für alles aufkommst. Ich bin eine Schmarotzerin und habe dich ausgenutzt.«

»Wie bitte?«

»Ich habe dich ausgenutzt«, wiederholte ich. »Ich habe weder einen Job noch Geld. Du bezahlst für alles, während ich in deinem Haus sitze, deine Lebensmittel esse, dein Wasser trinke und deinen Strom nutze und fernsehe …«

»Hör auf.«

»Nein, da ist noch mehr. Viel mehr. Während du arbeitest, sitze ich nutzlos herum. Du bezahlst …«

»Baby, bitte hör auf. Du sitzt nicht nutzlos herum. Du kochst.«

Ich koche?

»Und du wäschst die Wäsche«, fuhr er fort. »Und du putzt das Haus.«

Also war ich eine Hausangestellte?

»Hast du irgendetwas davon schon einmal getan?«

»Wie bitte?«

»Ich meine im Haus deines Vaters oder deines Onkels. Hast du da gekocht, geputzt oder die Wäsche gewaschen?«

»Äh …«

»Genau, das habe ich mir gedacht. Du bist keine Schmarotzerin, Nat. Ich habe dich nicht gebeten, das Haus zu putzen oder dir selbst das Kochen beizubringen. Und ich habe sicher nicht von dir verlangt, die Wäsche zu waschen. Ich bin ein erwachsener Mann und kann das alles selbst machen. Aber du wolltest mit anpacken und hast Möglichkeiten gefunden, mir zu helfen. Es wäre nicht nötig gewesen, aber ich weiß deine Hilfe sehr zu schätzen. Und mein Fernseher steht im Wohnzimmer, ob du nun davor sitzt oder nicht. Die zusätzlichen Nebenkosten fallen kaum ins Gewicht und von den Lebensmitteln brauchen wir gar nicht erst zu reden. Dank deiner Kochkünste muss ich nicht mehr drei Mahlzeiten am Tag auswärts essen und spare langfristig sogar Geld.«

Es wäre zwar nicht nötig gewesen, aber ich weiß deine Hilfe sehr zu schätzen.

Das war nett von ihm. Er hatte sich sogar dafür bedankt, dass ich für ihn kochte und seine Wäsche wusch. Beim Putzen half er, denn im Gegensatz zu mir war Owen sehr ordentlich. Im Grunde räumte ich immer nur meine eigene Unordnung auf.

»Darum geht es nicht«, sagte ich.

»Worum geht es dann?«

»Darum, dass du alles bezahlst. Ich wohne mietfrei bei dir

und du kaufst mir alles, was ich brauche, bis hin zum Shampoo.«

Owen verengte die Augen zu schmalen Schlitzen, aber er wirkte nicht verärgert. Vielmehr schien er die Situation zu analysieren und eine neue Strategie auszuarbeiten. Owen war in der Lage, meinen Gemütszustand einzuschätzen, und wusste immer, was in mir vorging. Er war so gut darin, dass ich manchmal glaubte, er könne meine Gedanken lesen.

»Dann such dir einen Job, wenn wir wieder zu Hause sind.«

»Wie bitte?«

»Such dir einen Job«, wiederholte er.

Einen Job? Ich hatte noch nie einen Job, zumindest keinen legalen. Ich hatte nie eine Bewerbung ausgefüllt oder ein Vorstellungsgespräch gehabt. Ich hatte nicht einmal einen Lebenslauf. Außer meinen Fähigkeiten als Kartenhai verfügte ich über keinerlei Kenntnisse. Ich war gut darin, anderen das Geld aus der Tasche zu ziehen. Und ich wusste, wie man einen Tisch deckte, eine Party organisierte und sich dem Anlass entsprechend kleidete. Ich wusste, welche Handtasche zu welchem Kleid passte. Für die Pollaskis war der äußere Schein extrem wichtig. Vielleicht könnte ich einen Job in einem Kaufhaus bekommen. Von wegen. Mit meiner mangelnden Erfahrung würde mich außer Walmart oder Target niemand einstellen.

Aber seit Owen das Thema angesprochen hatte, keimte in mir der Wunsch nach einem Job. Einem richtigen. Ich wollte Geld verdienen, Steuern zahlen, jeden Morgen zur Arbeit gehen und mich über meinen Chef beschweren. Danach sehnte ich mich fast so sehr wie nach der Möglichkeit, für immer in meiner Fantasiewelt leben zu können.

»Ich hatte noch nie einen richtigen Job.«

»Ich weiß.«

Mein Gott, was hätte ich dafür gegeben zu wissen, was

in Owens Kopf vorging. Und was dachte ich mir eigentlich dabei? Es war eine Sache, mich meinen Fantasien hinzugeben und so zu tun, als könnte ich ein normales Leben führen. Aber es war etwas ganz anderes, diese Möglichkeit tatsächlich in Betracht zu ziehen. Ich würde keinen Job finden. Schon bald würde Zane die Spielchen meines Onkels satthaben. Natürlich würde Owen nie von mir verlangen, zu Wilco zurückzukehren, aber irgendwann würden wir an einen Punkt gelangen, an dem es unvermeidlich war. Im Grunde hätte ich es schon längst tun sollen.

»Vielleicht sollten wir jetzt das Thema wechseln. Schließlich hast du mich hierhergebracht, um mir den Bach zu zeigen.«

»Tu das nicht.« Owen starrte mich eindringlich an.

Ich zitterte am ganzen Leib, doch das hatte nichts mit der Kälte zu tun. Owen entging rein gar nichts, und das zerrte an meinen Nerven.

»Sag etwas«, knurrte er.

»Was soll ich denn sagen?«

»Irgendetwas. Sprich.«

»Vergiss nicht, Sarah, du machst nur den Mund auf, wenn dir jemand eine Frage stellt«, erinnerte meine Mutter mich zum hundertsten Mal. »Beim Abendessen sitzt du links von deinem Vater. Achte auf eine gerade Haltung, lege die Hände in den Schoß und lächle.«

Ich nickte und meine Mutter warf einen finsteren Blick auf meinen Hals.

»Wo sind deine Perlen?« Als ich nicht sofort antwortete, blaffte sie wütend: »Sprich!«

Sprich.

Sprich einfach.

»Ich bin kein Hund.« Mit diesen Worten verschränkte ich die Arme vor der Brust und schob meine behandschuhten

Hände unter meinen Bizeps. »Du kannst mir nicht vorschreiben, wann ich zu sprechen habe.«

»Ernsthaft?«

»Ja, ernsthaft, Owen.«

»Herrgott«, presste er zwischen zusammengebissenen Zähnen hervor und trat einen Schritt auf mich zu. Ich wich zurück. Er hielt sofort inne und kniff wütend die Augen zu schmalen Schlitzen zusammen. »Ich würde dir nie wehtun.«

»Du bist der Einzige, der mir wehtun kann.«

»Nat …«

»Ich bin mit Barney und Wilco aufgewachsen und habe in meiner Kindheit viel gelernt. Vor allem, dass man niemanden in sein Herz schließen sollte. Dann habe ich gelernt, dass Liebe ein tödliches Schwert ist. Sie ist eine Waffe, die man gegen dich einsetzen kann. Ich habe am eigenen Leib erfahren, wie viel Macht die Liebe birgt. Und der Mensch, der diese Macht einsetzt, kann dich damit verletzen. Aber Wilco kann mich nicht verletzen. Er kann mich zwar töten, mich verkaufen, mich foltern, aber er kann mir nicht wehtun. Der letzte Mensch, der diese Macht über mich hatte, war mein Vater. Als er meine Mutter tötete, zerstörte er auch mich. Er hat mir den einzigen Menschen genommen, der mir etwas bedeutet hat. Danach hatte ich nichts mehr, also konnte er mir auch nichts mehr antun. Zum Glück hat er sich danach nie wieder die Mühe gemacht, mich zu verletzen. Er mochte mich nicht besonders und ignorierte mich meistens, außer wenn er mich brauchte. Wilco hatte nie eine Waffe gegen mich in der Hand. Er nahm mich auf und tat sein Bestes, um mir das Leben zur Hölle zu machen, aber er konnte mir nicht wehtun, weil mir alles egal war.«

»Ich werde dir nicht wehtun«, wiederholte Owen.

Im Grunde hatte ich Owen gerade gestanden, dass er mir viel bedeutete und ich ihn vielleicht sogar liebte. Doch nach allem, was ich ihm gerade erzählt hatte, wollte er mir versichern, dass er mir nicht wehtun würde. Dennoch würde er mich verletzen. Es war unvermeidlich.

»Doch, das wirst du. Aber bevor du es tust, werde ich mir selbst wehtun.«

»Wie bitte?« Scheinbar hatte Owen mich falsch verstanden, denn er richtete sich zu seiner vollen Größe auf, straffte die Schultern und biss die Zähne fest zusammen.

Er befürchtete, ich könnte mir selbst etwas antun. Und insgeheim freute es mich zu sehen, dass er sich so um mich sorgte.

Es war beängstigend, aber es gefiel mir.

»Das ist nicht mein Leben«, erklärte ich.

»Seltsam. Du stehst direkt hier vor mir, also muss ich dir widersprechen.«

»Nein, du irrst dich. Mein Leben besteht nicht aus schneebedeckten Bergen, Waldspaziergängen, schönen Bächen und Hütten. Es besteht nicht aus Holzhacken. Es besteht nicht aus Kochen. Und es besteht schon gar nicht darin, neben dir einzuschlafen. Das hier ist mein Traumland. Eine Fantasie, die ich lebe. Ich weiß, wie sehr es wehtun wird, wenn ich mich davon verabschieden muss, aber ich halte trotzdem daran fest. Ich brauche es, Owen. Ich brauche etwas Gutes und Reines und Fröhliches, denn wenn all das weg ist – wenn du weg bist –, dann wird mein Leben so dunkel, so trostlos, so grotesk sein … Jetzt, da ich weiß, dass du wirklich existierst, dass es einen Owen da draußen gibt, muss ich an dir festhalten. Ich brauche das. Niemand wird es je erfahren. Es wird mir gehören. Es wird so wehtun, wenn ich es loslassen muss, aber ich versuche dennoch, die Zeit zu genießen. Ich nehme mir alles. Ich weiß, es ist egoistisch.«

»Das ist nicht egoistisch, Baby.«

Ich ignorierte den sanften Ton seiner Stimme und seinen mitfühlenden Blick. Vor allem wollte ich nicht hören, dass er mich »Baby« nannte. Es wäre dumm von mir, dieses Wort auf mich wirken zu lassen, denn es hatte die Macht, mich zu zerstören.

»Doch, das ist es, Owen. Du hast mir schon so viel gegeben, aber ich nehme mir in meiner Gier alles, was ich kann. Ich werde die Erinnerungen an diese Zeit so tief in mir verschließen, dass Wilco sie nie finden wird. Er wird sie nie gegen mich verwenden können. Aber du? Du bist der Einzige, der mich verletzen kann, indem du meiner Fantasie ein Ende bereitest. Irgendwann wirst du aus meinem Leben verschwinden, und das wird verdammt wehtun. Ich weiß, dass das, was heute Morgen passiert ist, nichts zwischen uns ändert, aber ich werde das Andenken daran trotzdem bewahren. Zum ersten Mal hatte ich Sex in gegenseitigem Einvernehmen. Zum ersten Mal habe ich die Erfahrung als gegenseitiges Vergnügen erlebt. Zum ersten Mal habe ich es genossen, berührt und geküsst zu werden. Ich weiß, dass es dir nichts bedeutet hat, aber mir bedeutet es die Welt. Die Erinnerung daran kann mir niemand mehr nehmen.«

»*Baby.*«

Seine Stimme klang so gequält. Nur mit großer Mühe schien er das Wort herauszupressen. Um mein seelisches Wohlbefinden nicht zu gefährden, musste ich das Gefühl ignorieren, das es in mir auslöste. Ich war bereits kurz davor zu ertrinken und konnte mich kaum noch über Wasser halten. Wenn ich die Wut und Traurigkeit in seinem Tonfall auf mich wirken ließ, würde ich endgültig untergehen.

Ich konnte nicht noch mehr ertragen und wandte mich dem Bach zu.

Ich betrachtete das Eis am Ufer und das tosende Wasser des Rapid Lightning Creeks. Es war kein Wunder, dass der Fluss übersetzt *schnelle Strömung* hieß. Ich war so tief in Gedanken versunken, dass ich die Schritte gar nicht hörte und erst aus meinen Gedanken gerissen wurde, als zwei starke Arme sich um mich schlangen. Owen beugte sich vor und streifte mit den Lippen meine Wange, bevor er Worte flüsterte, die ich nie vergessen würde.

»Nimm dir, was du brauchst, Natasha. Alles, was du willst, Baby. Es gehört dir.«

Ich schloss die Augen. Ich konnte die Schönheit um mich herum nicht mehr sehen, aber in der Dunkelheit fand ich Licht. In der eisigen Kälte fand ich Wärme. Und das verdankte ich Owen und seinen Worten. Damit gab er mir alles.

Und ich würde es annehmen.

KAPITEL DREIZEHN

Ich weiß, dass das, was heute Morgen passiert ist, nichts zwischen uns ändert.

Ich biss die Zähne zusammen und senkte den Kopf.

Zum ersten Mal hatte ich Sex in gegenseitigem Einvernehmen.

Zum ersten Mal habe ich die Erfahrung als gegenseitiges Vergnügen erlebt.

Zum ersten Mal habe ich es genossen, berührt und geküsst zu werden.

Mein Gott. Ich starrte auf meine Füße und war froh, dass Nat nach oben gegangen war, um zu duschen. Ich war dankbar, dass sie mir erlaubt hatte, sie in den Arm zu nehmen und auf dem Weg zurück zur Hütte ihre Hand zu halten. Und ich war erleichtert, dass sie sich mit mir unterhalten hatte, als wir durch den Wald spaziert waren.

Wir hatten nur über belanglose Dinge gesprochen, aber ich hatte jedes Wort aus ihrem Mund gehört. Sie hatte noch nie auf einem Quad oder einem Geländemotorrad gesessen. Sie war noch nie Ski oder Schlitten gefahren. Sie hatte noch nie S'Mores gegessen.

Das würde ich ändern.

Ich stieß mich von der Anrichte ab und trat auf die hintere Terrasse hinaus. Der Garten war einer der wenigen Orte im Haus, an dem ich Handyempfang hatte. Also rief ich Gabe an.

»Hey«, meldete er sich.

»Bist du noch in der Stadt?«

»Ja. Ist alles in Ordnung?«

»Ja. Könntest du mir ein paar Dinge besorgen?«

»Ich habe schon alles gekauft, was du brauchst«, erwiderte er.

»Wie bitte?«

»Kondome.«

»Lass das …«

»Eine Jumbo-Packung. Damit meine ich nicht die Kondomgröße. Aber die Schachtel sollte dir für den Rest des Aufenthalts reichen, es sei denn, du hast vor, sie zu …«

»Ganz im Ernst, halt die Klappe.«

Zum ersten Mal habe ich Sex als ein gegenseitiges Vergnügen erlebt.

Verdammte Scheiße.

»Du bist aber ziemlich übel gelaunt für einen Mann, der …«

»Heute Nachmittag hat sie mir erzählt, dass die Erfahrung mit mir die erste in gegenseitigem Einvernehmen war.«

»Scheiße.«

»Von mir aus kannst du mich weiter in die Mangel nehmen, aber such dir ein anderes Thema aus.«

»Du hättest wissen müssen …«

»Ja, Gabe, ich hatte geahnt, dass sie zu sexuellen Handlungen gezwungen wurde«, schäumte ich vor Wut, »aber es ist etwas anderes, es aus ihrem Mund zu hören. Die Worte haben sich so tief in mein Gedächtnis eingebrannt, dass ich sie nie vergessen werde. Also lass uns von etwas anderem reden.«

»Sicher.«

»Also, könntest du in der Stadt ein paar Schokoriegel, Marshmallows und Cracker besorgen? Und bring auch Frühstücksflocken mit – irgendeine süße Sorte wie Coco Pops oder Froot Loops. Und Milch.«

»Sie hat noch nie Frühstücksflocken gegessen«, vermutete Gabe richtig.

»Sie hat noch nie Frühstücksflocken gegessen«, bestätigte ich.

Gabe stieß einen Seufzer aus und ich wartete darauf, dass er mir mitteilte, was ihm durch den Kopf ging. Ich wusste, dass es mich verärgern würde, und machte mir nicht die Mühe, mich zu wappnen. Gabe sagte immer geradeheraus, was er dachte, und beschönigte nichts.

»Weißt du, du kannst ihr nicht alles geben, was sie nie hatte.«

»Ich kann es verdammt noch mal versuchen.«

»Das ist wahr.« Ein weiterer Seufzer folgte, doch diesmal wappnete ich mich. »Heißt das, du bist endlich in die Gänge gekommen?«

Ich weiß, dass es dir nichts bedeutet hat, aber mir bedeutet es die Welt. Die Erinnerung daran kann mir niemand mehr nehmen.

»Solange wir hier sind, will ich ihr einfach geben, was ich kann.«

»Du weißt, dass sie nicht Naomi ist, oder?«

Was zum Teufel?

»Nat hat mit dieser Schlampe nichts gemein. Dieser Gedanke ist mir nie in den Sinn gekommen.«

»Du bist ein verdammter Lügner. Ich weiß, dass du daran gedacht hast, weil du alle Frauen mit deiner Ex-Frau vergleichst. Aber ich sage dir, dass Nat nicht Naomi ist.«

»Wir sind nicht …«

»Sie ist verdammt noch mal nicht Naomi!«

»Wir sind nicht …«

»Sie ist nicht Naomi. Hast du mich verstanden, du Idiot?«

»Wie zum Teufel kannst du das sagen, Gabe? Du kennst sie doch kaum.«

»Ich habe gesehen, wie sie dich angelächelt hat, als du ihr die Tür aufgehalten hast und sie mit einem Arm voller Feuerholz in die Hütte gekommen ist. Es ist fast lächerlich, wie sehr sie sich über diese Holzscheite gefreut hat. Sie schienen so unbedeutend, aber sie bedeuteten ihr alles. Und das hatte sie dir zu verdanken. Sie sah aus, als hättest du ihr den Mond geschenkt. Mehr brauchte ich nicht zu sehen. Allein dieses Lächeln verriet mir, dass diese Frau keinen Wert auf materielle Dinge legt. Sie interessiert sich weder für dein Geld noch für das, was du ihr damit kaufen kannst. Sie wollte nicht einmal die Jacke annehmen, die ich ihr gekauft hatte.«

»Sie hat ein schlechtes Gewissen, weil wir uns um sie kümmern.«

»*Was du nicht sagst.* Hörst du dir eigentlich auch mal selbst zu? Wann hatte Naomi je ein schlechtes Gewissen? Das kann ich dir sagen: nie. Sie hat nicht einen Funken Reue gezeigt, als sie dich in Schulden gestürzt hat.«

Gabe hatte recht. Naomi hatte von mir materielle Zuwendung erwartet. Und wenn ich nicht zu Hause war, kaufte sie sich einfach, was sie wollte. Dabei scherte sie sich nicht darum, ob wir es uns leisten konnten oder nicht. Sei es nun teurer Schmuck, Kleidung oder Schuhe, ihrer Meinung nach hatte sie ein Recht darauf. Außerdem lechzte sie nach Aufmerksamkeit. Auch wenn ihr Mann nicht zu Hause war, brauchte sie jemanden, der sich um sie kümmerte. Auch das bekam sie, und zwar häufig. Sie meinte, ich sei selbst schuld. Es war nur ein weiterer Versuch, mich eifersüchtig zu machen, in der Hoffnung, ich würde ein besserer Ehemann werden.

»Ich will jetzt nicht darüber reden. Besorg mir einfach die Sachen, um die ich dich gebeten habe.«

»Das werde ich, wenn du mir versprichst, dass du über meine Worte nachdenkst«, erwiderte er.

Langsam zerrte er an meinen Nerven, weil er seine Nase in Dinge steckte, die ihn nichts angingen. Es war mir scheißegal, dass es seine Art war und er es nur gut meinte.

»Kümmere dich um deinen eigenen Kram.«

»Owen …«

»Seit Monaten denke ich an nichts anderes. Glaubst du etwa, ich sehe es nicht? Glaubst du, ich fühle es nicht? Ich fühle es. Aber wenn das alles vorbei ist, ist sie dieses Arschloch los und kann ein Leben in Freiheit führen. Sie hat die Chance verdient, es für sich zu entdecken. Also Gabe, wo bleibe ich dabei? Wenn sie zur Tür hinausgeht – nein, wenn sie durch *meine* Tür tritt, *mein* Haus verlässt und aus *meinem* Leben verschwindet –, werde ich nichts haben. Ich weiß genau, wo ich stehe.«

»Du weißt überhaupt nichts, du Vollidiot.«

Und mit diesen Worten beendete Gabe das Gespräch.

Dieser unverschämte Mistkerl hatte wieder einmal recht. Ich war ein Idiot. Aber in gewisser Hinsicht irrte er sich auch. Natasha verdiente mehr, als ich ihr bieten konnte. Ich war immer noch derselbe Mann wie damals, als ich verheiratet war. Zwar war ich nicht mehr bei der Navy, aber ich hatte nach wie vor einen Job, der mich manchmal monatelang ins Ausland führte. Dieser Aufenthalt in den USA war der längste seit Jahren. Ich war ein Nomade ohne Wurzeln. Mir gehörte nicht einmal das Haus, in dem ich mit Natasha wohnte. Ich hatte es komplett möbliert gemietet. Kein einziger Einrichtungsgegenstand gehörte mir, und damit war ich zufrieden. Mein ganzes Leben drehte sich um mein Team und unsere Einsätze. Natasha hatte etwas Besseres verdient. Ich war alt genug, um zu wissen, wer ich war und was ich brauchte. Zane Lewis hatte mir eine Bestimmung gegeben und eine Arbeit, die ein Bedürfnis in mir befriedigte. Ich führte ein einfaches, strukturiertes Leben.

Wem zum Teufel mache ich etwas vor?

Ich war wie gelähmt durch meine Vergangenheit. Im Grunde hatte ich nichts in meinem Leben unter Kontrolle, weil ich es einem Phantom überlassen hatte. Eine Frau, die schon lange nicht mehr Teil meines Lebens war, bestimmte meine Gedanken und Gefühle. Meine Emotionen basierten auf den Dingen, die sie mir angetan hatte, die sie mir an den Kopf geworfen hatte. Das Schlimmste war, dass ich ihr geglaubt hatte. Ich hatte mich bereitwillig von ihr beherrschen lassen, um mich vor weiterem Kummer zu bewahren. Ich hatte Naomi die Macht gegeben, mich zu zerstören.

Im Grunde war ich ein verdammter Zombie.

Ich hatte Natasha vorgeworfen, nicht aktiv an ihrem eigenen Leben teilzunehmen, doch im Grunde war ich nicht besser als sie.

Ich betrachtete die Holzscheite, die jemand auf der Terrasse aufgestapelt hatte. Dann ließ ich den Blick durch den Garten zu der Feuerstelle schweifen, die Rhode sorgfältig mit Steinen umrandet hatte. Heute Abend würde ich für Nat ein Lagerfeuer anzünden und mit ihr S'Mores rösten. Morgen würde ich ihr Coco Pops zum Frühstück servieren. Was ich danach tun würde, wusste ich noch nicht.

Aber ich war mir sicher, dass ich dieses passive Leben leid war. Ich wollte meine Reaktionen, meine Gefühle und meine Gedanken nicht mehr von einem anderen Menschen kontrollieren lassen. Vor fast zwanzig Jahren hätte ich einen Schlussstrich ziehen sollen, doch stattdessen hatte ich die Wunde eitern lassen. Der Schmerz hatte mich daran erinnert, dass ich die Person war, die Naomi mir vorgeworfen hatte zu sein. Ich hatte mir eingeredet, alle Frauen seien verlogene, trügerische, raffgierige Miststücke, damit ich nie wieder einer zum Opfer fallen würde.

Und damit hatte ich Jahre meines Lebens vergeudet. Die Wut packte mich und brannte wie Feuer in mir. Das Schlimmste daran war, dass ich niemandem die Schuld geben konnte, außer mir selbst. Naomi hatte mir übel mitgespielt, aber danach hatte ich mir selbst das Leben zur Hölle gemacht.

Das würde sich nun ändern.

* * *

»ES BRENNT«, VERKÜNDETE NAT UND WEDELTE MIT DEM Marshmallow durch die Luft. »Was soll ich jetzt tun?«

»Puste das Feuer aus.« Sie ließ den Blick von dem Marshmallow zu mir schweifen und schaute mich mit ihren wunderschönen Augen entsetzt an. Mein Lächeln verwandelte sich unwillkürlich in ein leises Lachen.

»Du lachst mich aus.«

Damit hatte sie recht.

Sie war so niedlich.

Ohne nachzudenken, packte ich ihr Handgelenk, führte den mittlerweile verbrannten Marshmallow an meinen Mund und blies die Flamme aus. Dann ließ ich ihre Hand los, nahm einen Cracker, brach ihn entzwei und streckte ihr eine Hälfte entgegen.

»Leg den Marshmallow drauf«, wies ich sie an.

Sie tat wie geheißen und ich drückte den Schokoriegel auf den Marshmallow. Zum Schluss bedeckte ich das Ganze mit der anderen Hälfte des Crackers.

»So. Jetzt kannst du es essen.«

Nat blickte von dem klebrigen Sandwich mit einem Funkeln in den Augen zu mir auf. Dann nahm sie das S'More und nahm wenig damenhaft einen großen Bissen. Geschmolzener Marshmallow triefte über ihre Finger.

»Das ist …«, sagte sie mit vollem Mund, »das Beste, was ich je gegessen habe.«

»Es ist köstlich, nicht wahr?«

Nat kaute und schluckte, dann verzog sie die Lippen zu einem breiten Lächeln. »Absolut.«

»Den nächsten solltest du mit einem Erdnussbutterriegel probieren«, schlug Myles vor.

»Du meinst, es gibt verschiedene Sorten?«

Einen Moment lang ärgerte ich mich, weil Myles meinen innigen Moment mit Nat unterbrochen hatte. Doch dann strahlten ihre Augen vor Aufregung und mein Groll verflog schlagartig. Plötzlich war es mir egal, dass die Jungs mit uns am Lagerfeuer saßen. Es fühlte sich richtig an, dass meine Brüder hier waren, während Nat mit schokoladenverschmiertem Mund lächelte.

»Such dir was aus.« Kevin warf eine Tüte mit Süßigkeiten auf den Baumstamm neben Nat. »Wir haben Erdnussbutterriegel, Snickers, Kokosriegel und Twix. Aber die Snickers solltest du nur verwenden, wenn du Geduld hast. Es dauert ewig, bis die schmelzen.«

Natasha stieß mich mit der Schulter an und fragte: »Was möchtest du?«

»Ich mag einfach nur ein Stück Schokolade.«

»Im Ernst? Das ist doch langweilig.«

Sie rümpfte die Nase, verzog die Lippen zu einem Schmollmund und legte die Stirn in Falten. Bei jeder anderen Frau hätte dieser Gesichtsausdruck lächerlich gewirkt, doch Nat sah einfach hinreißend aus. Plötzlich überkam mich das Verlangen, sie zu küssen. Ich unterdrückte den Impuls und ließ das Gefühl auf mich wirken. Es hatte keinen Sinn, es zu leugnen. Ich wollte Natasha, und zwar nicht nur für die Dauer dieser Mission.

Ich wollte sie für immer.

Ich wollte aufhören, mein Leben zu verschlafen, und anfangen, es zu genießen.

Aber zuerst würde ich sie von Wilco Pollaski befreien.

»So ist Owen nun einmal«, stimmte Kevin zu. »Durch und durch langweilig.«

»Das stimmt nicht«, verteidigte Nat mich. Ihre Worte jagten mir einen kribbelnden Schauer über den Rücken, und ich zuckte überrascht zusammen.

Gabe schien meine Reaktion nicht entgangen zu sein. Denn als ich ihm einen Blick zuwarf, grinste er mich verschmitzt an.

KAPITEL VIERZEHN

Vor zwei Tagen hatte ich zum ersten Mal S'Mores gegessen. Seitdem hatte sich nichts verändert und doch war alles anders. Die Stimmung im Haus war entspannter. Owen wirkte viel gelassener und der Rest des Teams folgte seinem Beispiel. Sie alberten herum, scherzten und neckten sich. Wir aßen zusammen, saßen gemeinsam am Feuer und die Jungs erzählten sogar Geschichten.

Inzwischen wusste ich, dass Owen bei der Navy als Minenräumer gedient hatte, was bedeutete, dass er Bomben entschärft hatte. Offenbar war dieser Job die vielversprechende Gelegenheit gewesen, auf die Owen gewartet hatte und über die seine Ex-Frau sich beschwert hatte. Ich konnte verstehen, dass eine Frau sich Sorgen machte, wenn der Mann, den sie liebte, seinen Lebensunterhalt mit dem Entschärfen von Bomben verdiente, aber ich nahm an, dass das nicht ihr Problem war. Obwohl ich tausend Fragen über Naomi hatte, hatte ich das Thema gemieden. Ich hatte zu viel Angst, es anzusprechen.

Ich fand auch heraus, dass Kevin und Gabe ebenfalls in

der Navy gewesen waren. Myles bildete die Ausnahme, denn er hatte in der Armee gedient. Als wir darüber sprachen, bemerkte ich eine seltsame Rivalität zwischen den beiden, denn Kevin sagte: »Navy vor, Sieg über die Army.« Daraufhin zeigte Myles ihm den Mittelfinger und fluchte leise. Owen hatte nur gelächelt und mir versprochen, mir später zu erklären, worum es dabei ging. Bis jetzt hatte er das noch nicht getan.

Ich hatte Frühstücksflocken gegessen, die viel zu süß waren und mir nicht schmeckten. Die Coco Pops waren gar nicht so schlecht, wenn man sie löffelweise und ohne Milch aß. Aber die Froot Loops waren widerlich. Gabe war ein ausgezeichneter Koch, während Kevin lediglich den Grill bedienen konnte. Abgesehen davon war er in der Küche zu nichts zu gebrauchen und schaffte es sogar, ein warmes Käsesandwich anbrennen zu lassen. Das war bedauerlich, denn ich hatte meine Vorliebe für Letzteres entdeckt. Bisher hatte ich Myles noch nie am Herd gesehen. Vielmehr verbrachte er die meiste Zeit in seinem Zimmer oder ging mit seinem Handy im Garten auf und ab. Er war nicht abweisend, aber von allen Männern am zurückhaltendsten.

Owen hingegen war nicht mehr so verschlossen. Zwar hatte er mir nicht seine tiefsten und dunkelsten Geheimnisse anvertraut, aber er war deutlich entspannter. Er hatte mich weder auf meine Vergangenheit angesprochen noch den intimen Moment vor ein paar Tagen erwähnt. Seitdem hatte er mich weder berührt noch geküsst, noch hatte er mir einen sehnsüchtigen Blick zugeworfen, der mir verraten hätte, dass er die Erfahrung wiederholen wollte. Das war ein Jammer, denn ich hätte mir eine Wiederholung gewünscht.

Nun war ich den dritten Morgen in Folge neben ihm aufgewacht und ich war unruhig. Ich wusste, was er alles für mich tat. Die S'Mores, die Frühstücksflocken morgens, die

Spaziergänge auf dem Gelände und die ruhigen Abende am Lagerfeuer. Außerdem hatte er mit mir noch mehr Holz gehackt, was ich immer besser beherrschte. Dennoch war ich enttäuscht, denn ich wusste auch, wie seine Hände und sein Mund sich an meinem Körper anfühlten. Ich wollte mehr.

»Baby.«

Owens raue Stimme umschmeichelte mich und ich verzog die Lippen zu einem Lächeln.

»Tut mir leid.«

Ich machte mir nicht die Mühe, mich dumm zu stellen, denn für Verlegenheit war zwischen uns schon lange kein Platz mehr. Er wusste genau, dass ich den Grund für seinen warnenden Tonfall kannte.

Es war noch früh. Die Sonne lugte zaghaft durch die Fenster, aber ich war hellwach. Ich rollte mich auf die Seite und setzte mich auf. Doch bevor ich die Beine über die Bettkante schwingen konnte, packte Owen mich an der Taille, zog mich zurück ins Bett und schmiegte sich von hinten an mich, sodass seine Brust gegen meinen Rücken drückte.

Ich wagte nicht, zu atmen.

»Schlaf weiter, Schatz.«

Schatz.

Ich versteifte mich und mein Puls beschleunigte sich. Es war ein Wunder, dass mein Körper nicht im Takt zu meinem Herzen zuckte.

Einen Moment später hallte das Wort »Schatz« immer noch durch meine Gedanken, als Owen fragte: »Woran denkst du?«

Eine Million Dinge.

»An nichts«, log ich.

»Baby, du hast dich versteift und hältst den Atem an.«

Ich atmete aus und versuchte, mich zu entspannen. Aber solange Owen hinter mir lag, seinen Arm um mich geschlungen hatte und mit seinem Daumen sanft meinen Unterarm streichelte, konnte ich mich nicht beruhigen. Vor allem da er seine Lenden an meinen Hintern schmiegte. Jetzt war ich aus einem anderen Grund wach, der nichts mit den Gedanken zu tun hatte, die mir durch den Kopf schossen.

»Nat«, drängte er.

»Was bedeutet ›Navy vor, Sieg über die Army‹?«, platzte ich heraus. Ich klang so albern. Vor Scham zog ich das Kinn an die Brust und schloss die Augen.

»Daran hast du gedacht?«

»Unter anderem, ja.«

»Dabei geht es um die Rivalität beim Football«, erklärte er.

»Das Militär stellt Football-Mannschaften?«

»Nein, nur die Akademien, Baby. Die beiden rivalisierenden Teams kommen aus West Point und der Naval Academy. Ich war zwar noch nie dort, aber ich habe gehört, dass überall in West Point Schilder mit der Aufschrift ›Sieg über die Navy‹, hängen und die Kadetten nach jeder Mahlzeit ›Sieg über die Navy‹ rufen. Sie nehmen den Wettkampf wirklich ernst. Während der Saison treiben Kevin und Myles es auf die Spitze.«

»Geht ihr zu den Spielen?«

»Vor Jahren habe ich mir eines angesehen. Es war ein tolles Spiel, bis die Army gewann und den Commander-in-Chief-Pokal mit nach Hause nahm. Ich dachte, Kevin würde einen Herzinfarkt bekommen, er hatte sogar Tränen in den Augen. Und ich habe fünfhundert Dollar verloren. Natürlich habe ich mich geärgert, aber Kevin ist ein Absolvent der Naval Academy in der dritten Generation – ich könnte wetten, dass der Mann sogar Blau und Gold blutet. Das sind die Farben der Navy. Die Rückfahrt von Philadelphia war schrecklich. Danach habe ich mir geschworen, nie wieder zu einem Spiel zu gehen.«

Es war schwer vorzustellen, dass der große, starke Kevin wegen irgendetwas in Tränen ausbrach. Aber es wunderte mich nicht, dass er so lange über die Niederlage gejammert hatte, bis er Owen fast an den Rand der Verzweiflung gebracht hatte.

»Gehen die anderen denn immer noch zu den Spielen?«

»Während der letzten fünf Jahre waren wir zur Football-Saison nicht in den USA. Das Army-Navy-Spiel findet irgendwann im Dezember statt, also falls wir ...« Owen hielt kurz inne, bevor er fortfuhr. »Ich bin sicher, dass sie sich dieses Jahr Tickets besorgen werden.«

»Was wolltest du gerade sagen?«

Einen Moment lang herrschte Schweigen, und ich befürchtete schon, er würde meine Frage nicht beantworten. In Annapolis war Owen sehr zurückhaltend gewesen. Er hatte die Fähigkeit, zugleich offen und verschlossen zu wirken. Einerseits hatte er mir viel von sich erzählt, aber ich hatte immer das Gefühl, dass er mir auch vieles vorenthielt. Das hatte mich nie gestört, denn ich war nicht besser als er. So neugierig ich auch war, ich hatte ihn nie gedrängt. Hauptsächlich weil ich Angst hatte, er könnte mir dann noch mehr Fragen stellen und die Grenze überschreiten, entlang der wir uns immer bewegt hatten. Ich hatte ihn nicht direkt anlügen wollen, aber ich hatte versucht, meine wahre Identität und die meiner Familie zu verbergen.

»Ich wollte gerade sagen, dass sie wahrscheinlich zu einem Spiel gehen werden, falls wir dann noch hier sind.«

Falls?

Owen würde das Land verlassen?

Warum hatte ich daran nicht gedacht?

Weil ich ein egoistisches Miststück bin.

»Atme, Baby«, flüsterte Owen und warf ein Bein über meinen Schenkel.

Ich atmete nicht.

Ich lag reglos da.

»Wann würdet ihr abreisen?« Die Frage kam mir über die Lippen, bevor ich mich eines Besseren besinnen konnte.

Einerseits wollte ich die Antwort gar nicht hören, andererseits *musste* ich es wissen.

Ich musste wissen, wie viel Zeit mir noch mit ihm blieb.

»Ich bin mir nicht sicher. Zane strukturiert gerade um. Unser Team ist auf maritime Sicherheit spezialisiert. Die letzten beiden Aufträge, die für uns infrage gekommen wären, hat er allerdings abgelehnt.«

Meine Neugierde gewann die Oberhand und ich fragte hastig: »Maritime Sicherheit? Wie bei *Captain Phillips*? Warum hat Zane die Aufträge abgelehnt? Was meinst du mit Umstrukturierung?«

Ich wollte ihm noch weitere Fragen stellen, doch Owen gebot mir Einhalt, indem er mich beruhigend drückte.

»Ja, wie *Captain Phillips*, aber die Zeitungsberichte sind nur zu zehn Prozent glaubwürdig und der Film noch weniger. Die Geschichte wurde ziemlich aufgebauscht. Zane hat die Aufträge abgelehnt, weil sie zu gefährlich waren. Wir gehen kalkulierte Risiken ein, aber wir sind nicht dumm. Darum geht es unter anderem bei der Umstrukturierung. Durch die Rotation der Teams will Zane einem Burnout vorbeugen. Das Blue Team war häufiger auf See als zu Hause. Das fordert seinen Tribut. Um dem entgegenzuwirken, will Zane ein neues Team losschicken und uns einen anderen Aufgabenbereich zuweisen.«

»Was ist das Blue Team?«

»Das sind wir. Thad, Brooks, Kyle, Max und Dec sind die Mitglieder des Gold Teams. Leo, Jasmin, Linc, Colin, Jaxon und Zane bilden das Red Team.«

Ich hätte zu gern gewusst, was mit »einem anderen Aufgabenbereich« gemeint war, aber ich behielt die Frage für mich. Und ich änderte meine Meinung – ich wollte nicht wissen, wann er abreisen würde. Allein der Gedanke schmerzte. Doch es erinnerte mich daran, dass unsere gemeinsame Zeit begrenzt war, also musste ich mir so viele Details wie möglich ins Gedächtnis einprägen. Ich wollte keinen Moment vergeuden.

Mit diesem Gedanken schmiegte ich mich an Owen. Wenn er mir nicht mehr geben wollte, würde ich damit zufrieden sein und mich später daran erinnern, wie geborgen ich mich in seinen Armen gefühlt hatte.

»Schlaf jetzt, Schatz«, wiederholte er und drückte mir einen Kuss auf den Kopf.

Auch dieses Gefühl prägte ich mir ein.

Es dauerte eine Weile, aber in Owens Umarmung, wie in einem Kokon, schlief ich wieder ein.

✳ ✳ ✳

Ich schlug die Augen auf. Verschlafen schaute ich mich um und stellte fest, dass ich allein im Bett lag. Im Zimmer war es hell und ich fror. Ich zitterte am ganzen Leib. Vergeblich versuchte ich, die Gedanken zu verdrängen, die auf mich einstürmten. Ich musste Owen die Wahrheit sagen. Es war höchste Zeit.

Ich hatte ihm noch viel zu erzählen. Die Informationen würden seine Wissenslücken füllen und ihm die Arbeit erleichtern. Ich hätte schon vor Monaten auspacken sollen.

Bevor ich den Mut verlor, stand ich auf. Ich machte mir nicht die Mühe, zu duschen oder mir die Zähne zu putzen, denn dann hätte ich zu viel Zeit gehabt, es mir anders zu überlegen. Ich zog mich nicht einmal um. Entweder ich ging jetzt sofort im Schlafanzug nach unten oder ich würde aus Feigheit einen Rückzieher machen.

Ich eilte die Treppe hinunter und betrat das Wohnzimmer. Gabe, Kevin und Myles drehten sich zu mir um und beäugten mich mit einem beunruhigten Ausdruck auf ihren Gesichtern. Der Anblick traf mich wie ein Schlag in die Magengrube. Es war nicht zu übersehen, wie sehr sie sich um mich sorgten. Schließlich war ich gerade wie eine Verrückte in den Raum gestürmt.

»Wo ist Owen?«, fragte ich.

Gabe verengte die Augen zu schmalen Schlitzen und erhob sich von der Couch. »Geht es dir gut?«

»Wo ist Owen?«, wiederholte ich.

»Hier.« Owen betrat den Raum und musterte mich von Kopf bis Fuß, bevor er auf mich zukam. »Was ist los?«

»Ich bin bereit«, verkündete ich.

»Wie bitte?«, fragte Owen, hielt aber nicht inne.

»Ich bin bereit, es dir zu erzählen.«

»Was willst du mir erzählen?«

»Warum Wilco mich zurückhaben will.«

Owen blieb abrupt stehen. Es war ohnehin besser, wenn er mir nicht zu nahe kam, während ich mir alles von der Seele redete. Verdammt, vielleicht wollte er mir nie wieder nahe sein, wenn er erst einmal alles wusste. Meine Fantasiewelt würde zusammenbrechen, aber er hatte es verdient, die Wahrheit über Sarah Pollaski zu erfahren. Er sollte wissen, neben wem er schlief.

Oh Gott, mir war übel.

Ich würde alles ruinieren.

»Schatz.«

Owens sanfte Stimme bestärkte mich in meinem Vorhaben. Er konnte mich unmöglich »Schatz« nennen, ohne die Wahrheit zu kennen.

Es gab keine andere Möglichkeit. Ich musste ihm alles erzählen.

Einfach alles.

»Meine erste bewusste Erinnerung ist die an meinen Vater, der meine Mutter schlug. Ich weiß nicht warum, aber er hat sie geohrfeigt und sie hat sich bei ihm entschuldigt. Ich sehe es noch vor mir. Sie hat nicht einmal geweint, sie stand einfach im Flur mit dem Handabdruck meines Vaters im Gesicht und sagte, es täte ihr leid. Vater erwiderte nichts, aber er sah mich. Dann kehrte er in sein Arbeitszimmer zurück, während meine Mutter ganz ruhig ins Badezimmer ging.«

»Nat …«

»Das ist häufig passiert. Zuweilen schlug er sie so heftig, dass sie ein blaues Auge oder eine geschwollene Lippe davontrug. Sie sagte nie etwas und wehrte sich auch nicht. Sie nahm es einfach hin und entschuldigte sich bei ihm.«

»Schatz, hör auf.«

Ich hörte nicht auf. Das konnte ich nicht. Ich musste es loswerden.

Ich begegnete Owens Blick. Der Ausdruck in seinen Augen gab mir die Kraft fortzufahren.

»Als ich fünfzehn war, sah ich, wie mein Vater meine Mutter tötete. Es war ihr Hochzeitstag und sie war betrunken. Im Nachhinein weiß ich, dass sie dieses Datum nie gefeiert haben, sondern meine Mutter betrank sich jedes Jahr und weinte von morgens bis abends. Es war der einzige Tag im Jahr, an dem sie Gefühle zeigte und ihre Traurigkeit zum Ausdruck brachte. Bis zu jenem Tag, an dem sie betrunken war und meinen Vater anschrie, hatte ich es nie verstanden.« Ich hielt inne und atmete tief durch. »Meine Mutter und Wilco hatten sich geliebt. Sie waren ein Paar, als mein Vater Anspruch auf sie erhob. Als pflichtbewusster Bruder ließ er meinem Vater den Vortritt, aber er hatte nie aufgehört, sie zu lieben. Sie liebte ihn und hasste ihn zugleich, weil er sie nicht beschützt hatte. Aber meinen Vater hasste sie nur. An jenem Tag wurde mir klar, warum sie mich nicht liebte. Wie hätte sie das tun können? Ich war das Produkt einer Zwangsehe und die ständige Erinnerung an ein Leben, das sie nicht wollte. Mein Onkel hasst mich aus einem ganz ähnlichen Grund, denn ich bin der Beweis dafür, dass mein Vater die Frau hatte, die er liebte. Meine bloße Existenz widert Wilco an.«

»Deine Mutter wurde von ihrer Schwester als vermisst gemeldet«, bemerkte Kevin. Diese Information war mir nicht neu.

»Ja. Meine Tante hat meinen Vater gehasst. Sie durfte uns nicht zu Hause besuchen, aber meine Mutter hielt Kontakt zu ihr. Seltsame Dinge passieren, wenn man sich die Loyalität der Polizei erkauft. Eine Woche nach dem Tod meiner Mutter rief sie vom Grab aus den Polizeichef an und erzählte ihm, es gehe ihr gut, sie habe meinen Vater verlassen, wolle sich scheiden lassen und lebe glücklich in New York. Die Polizei leitete die Nachricht an meine Tante weiter und der Fall wurde zu den Akten gelegt. Wie ihr zweifellos wisst, hat mein Vater sich rechtmäßig von einer toten Frau scheiden lassen. Laut ihrer Steuererklärung lebt sie auch heute noch in Massena, New York. Sie besitzt ein Haus und bezahlt pünktlich ihre Rechnungen. Meine Tante ist tot, sie starb bei einem schrecklichen Autounfall.«

»Woher weißt du das?«, fragte Owen.

»Was meinst du? Dass meine tote Mutter ein Gehalt von einer Scheinfirma bezieht, die mein Vater gegründet hat und die jetzt Wilco gehört? Dass sie ihre Rechnungen immer pünktlich bezahlt?« Ich wartete nicht auf Owens Antwort, sondern fuhr einfach fort: »Weil *ich* ihre Rechnungen gezahlt habe. Ich habe das Lastschriftverfahren für sie eingerichtet. Mein Vater war ein Krimineller und hat ihren Tod zu seinem Vorteil genutzt. Es war eine weitere Möglichkeit, schmutziges Geld zu waschen.«

Ein seltsamer Ausdruck blitzte in Owens Augen auf und

versetzte mir einen Stich im Herzen. Ich schob das Gefühl jedoch beiseite und sprach weiter. Er musste noch mehr erfahren.

»Schon als Kind habe ich gelernt, Karten zu spielen. Mein Vater hat sich nie für mich interessiert, außer wenn er mir das Spiel beibrachte. Als Teenager konnte ich bereits Karten zählen. Barney ließ mich mit seinen Soldaten spielen. Sie amüsierten sich über meine Anwesenheit, bis ich ihnen das Geld aus der Tasche zog. Danach spielten sie immer wieder mit mir, um es zurückzugewinnen. Als ich achtzehn war, setzte mein Vater mich an größere Tische mit richtigen Spielern. Zwei Jahre später ließ er mich an Tischen mit hohen Einsätzen spielen und ich begann, meinen Unterhalt zu verdienen.«

»Natasha«, fiel Myles mir ins Wort, aber ich ließ mich nicht beirren.

Ich war wie betäubt. Völlig emotionslos erzählte ich eine Geschichte, die nichts mehr mit meinem Leben zu tun zu haben schien. Ich berichtete davon, wie ich gezwungen wurde, Dinge gegen meinen Willen zu tun. Es würde Tage dauern, alles aufzulisten, aber ich musste ihnen zumindest die wichtigsten Informationen geben. Nur dann würden sie entscheiden können, ob sie mir wirklich helfen wollten oder nicht. Ich ging davon aus, dass sie mir den Rücken kehren würden, sobald ich fertig war. Sie würden ihre Sachen packen, mich zum Flughafen fahren und mich dort meinem Schicksal überlassen. Und ich würde in die Hölle zurückkehren.

»Ich war zehn, als ich zum ersten Mal eine der Prostituierten aus dem Stall meines Vaters traf. Sie kam zu uns nach Hause, weil mein Vater sie bestellt hatte. Er sagte, sie sei seine Favoritin, weil sie sauber sei. Er fickte sie lautstark in seinem Büro und schickte sie dann wieder weg. Das kam häufiger vor. Meinem Vater war es egal, ob meine Mutter oder ich im Haus waren. Ich sagte nichts dazu, denn ich wusste, was mir blühte, wenn ich den Mund aufmachte. Leider war ich nicht so stark wie meine Mutter und weinte, wenn er mich schlug. Meine Tränen brachten mir nur eine weitere Ohrfeige ein, und noch eine, bis ich aufhörte zu schluchzen. Nur Weicheier weinen. Pollaskis zeigen keine Schwäche. Und Frauen melden sich nicht ungefragt zu Wort, sie halten den Mund und nehmen, was man ihnen gibt. Pollaskis müssen ihre Loyalität beweisen. Meine Mutter hat diese Regel befolgt, indem sie für die Familie die Beine breit gemacht hat. Mein Vater schickte sie auf den Strich, und sie brachte viel Geld ein. Wenn man die Frau des Chefs ficken wollte, musste man dafür bezahlen. Die Männer standen Schlange, aber Wilco durfte sich kein Schäferstündchen mit meiner Mutter kaufen. Er hatte nur das Ziel, meine Mutter zurückzugewinnen, doch mein Vater verhöhnte ihn. Dann tötete er den einzigen Menschen, mit dem er Wilco in Schach halten konnte. Mein Vater pflegte zu sagen, dass Muschis der Untergang eines Mannes seien. Er sollte recht behalten. Nachdem er meine Mutter ins Jenseits befördert hatte, schmiedete Wilco zehn Jahre lang Rachepläne. Er hetzte die Soldaten meines Vaters gegen ihn auf, entriss ihm sein Unternehmen und entmachtete ihn schließlich.

Ich weiß, wo die Mädchen sind und wo die Kundenlisten aufbewahrt werden. Ich weiß, wie das Geld bezahlt wird, von welchen Konten es kommt und wer auf der Gehaltsliste meines Onkels steht. Ich weiß, dass meine Mutter tot ist. Ich weiß, was mein Vater Amies Familie angetan hat und warum. Ich weiß auch, warum mein Onkel mich bereitwillig verkauft hat. Wie schon mein Vater lässt Wilco keine Gelegenheit aus, ein Problem aus der Welt zu schaffen, vor allem wenn er dabei auch noch ein hübsches Sümmchen verdienen kann. In meinem Fall war es allerdings ein schlechtes Geschäft. Ich habe ihm an den Spieltischen viel Geld eingebracht, viel mehr, als er für mich bekommen hat. Aber irgendwie musste er mich loswerden, also nutzte er die Gelegenheit.«

»Warum musste er dich loswerden?«, fragte Kevin leise.

»Aus zweierlei Gründen. Ich habe gesehen, wie er einen FBI-Agenten getötet hat. Und in derselben Nacht habe ich bezeugt, wie ein Polizist die Leiche zerstückelt hat.«

Nun hatte ich es ausgesprochen.

Ich dachte, ich würde mich besser fühlen, nachdem ich die Wahrheit über die Lippen gebracht hatte. Aber ich fühlte mich nicht besser. Mir war übel. Die Schuldgefühle, die ich die ganze Zeit empfunden hatte, waren nicht wie von Zauberhand verschwunden. Ich hatte gesehen, wie ein Mann gefoltert und brutal ermordet worden war, und ich hatte nichts unternommen. Natürlich wäre jeder Versuch, es zu verhindern, sinnlos gewesen, denn dann hätte ich ebenfalls das Zeitliche gesegnet, aber zumindest wäre ich dann mit einem Funken Moral gestorben.

»Kennst du den Namen des Mannes?«, fragte Owen mit ausdruckslosem Tonfall und mir brach das Herz.

Nein, es zersprang in tausend Stücke.

Die Zärtlichkeit war aus seiner Stimme gewichen, und das offene, freundliche Lächeln, das er mir in den letzten Tagen geschenkt hatte, war verblasst. Ich konnte nicht einmal behaupten, dass er wieder zu dem Mann geworden war, den ich kennengelernt hatte, denn nie zuvor hatte er mich mit so viel Abscheu betrachtet.

»An jenem Abend nannte mein Onkel ihn Agent Conner, aber ich kannte ihn als Steel. Er hatte eine Weile mit Wilco zusammengearbeitet, vielleicht zwei Jahre. Er war für die Mädchen zuständig. Und als mein Onkel sein Drogenangebot um Heroin erweiterte, kümmerte Steel sich um die Lieferungen. Das meiste kam aus San Antonio. Steel hatte dort einen Kontaktmann namens Axel, der das Heroin direkt aus Mexiko besorgte.«

»Undercover«, murmelte Myles.

»Ja. Wilco fand heraus, dass er ein verdeckter FBI-Ermittler war, und tötete ihn in seinem Haus. Er wusste nicht, dass ich dort war, er hatte nicht mit mir gerechnet. Ich hätte überhaupt nicht zu Hause sein dürfen. Wilco hatte mich zur Arbeit geschickt, aber ich war früher fertig als erwartet.«

»Arbeit?«, blaffte Owen.

Ich hatte nichts mehr zu verbergen. Inzwischen zweifelte er sicher nicht mehr daran, dass ich genauso dreckig war wie der Rest meiner Familie. Ich hatte zwar noch nie jemanden getötet, aber an meinen Händen klebte trotzdem Blut, das sich nie wieder abwaschen ließ. Ich war Abschaum, wie der Rest von ihnen.

»Ich musste einen neuen Kunden überprüfen und ging mit ihm essen. Ich kam jedoch schnell zu dem Schluss, dass ich ihn nicht akzeptieren würde. Erstens konnte er sich nicht mehr als ein paar Schäferstündchen leisten und zweitens war er drogenabhängig. Kunden kauften entweder Drogen oder Frauen, aber sie konnten nicht beides haben. Ich beendete das Abendessen frühzeitig und fuhr nach Hause. Dann überraschte ich Wilco dabei, wie er Agent Conor tötete.«

Im Raum herrschte Stille und eine elektrisierende Spannung lag in der Luft. Jeder Stromstoß schien durch meinen Körper zu pulsieren. Mir war bewusst, dass alle im Raum mich anstarrten, doch ich wandte den Blick nicht von Owen ab. Er war der Einzige, der mir etwas bedeutete. Ich wusste nicht, ob ich ihn um Vergebung bitten wollte oder hoffte, dass er mich genauso sehr hasste wie ich mich selbst.

»Ich muss Zane anrufen«, brach Owen das Schweigen.

Ich beobachtete, wie er den Raum durchquerte, durch die Hintertür trat und sie hinter sich schloss. Erst dann ließ ich die Schultern hängen und schloss die Augen. Ich blendete den Raum aus, aber nicht den Schmerz.

Ich hatte es getan.

Ich hatte alles erzählt und nun war das Spiel vorbei.

Sie alle wussten, wer ich war. Owen kannte die Wahrheit. Ich konnte weiter in meiner Fantasiewelt leben, aber ich war nicht Natasha. Ich war Sarah. Egal wie sehr ich es versuchte, ich würde mich nie von ihr befreien können.

KAPITEL FÜNFZEHN

Verdammt.

Verdammt noch mal.

Ich war mir nicht sicher, was ich mehr verabscheute. Natashas emotionslosen Ton oder die Art, wie sie mich angestarrt hatte, während sie uns alles erzählt hatte. Ihre Stimme hatte so hohl geklungen, während ihr Blick tot und leer gewesen war. Es hatte den Anschein gehabt, als wappne sie sich für meinen Wutausbruch, als warte sie darauf, dass ich mich wie ihr Vater in ein verdammtes Monster verwandelte und sie schlug. Ob die Schläge nun physisch oder emotional sein würden, sie war darauf vorbereitet. *Scheiße.* In gewisser Weise schien sie sogar zu hoffen, dass ich es tun würde. Nein, was ich an all dem am meisten hasste, war die Tatsache, dass sie das alles hatte durchmachen müssen. Das war einmal ihr Leben gewesen. Die Betonung lag auf *war*. Nie wieder würde sie so etwas ertragen müssen.

Nie wieder würde sie einen verdammten Freier für Wilco überprüfen. Nie wieder würde sie Karten spielen, die Rechnungen ihrer toten Mutter bezahlen oder Zeugin eines Mordes werden. Sie würde nicht einmal mehr dieselbe Luft atmen wie dieser Dreckskerl. Und sie würde nie wieder gezwungen sein, ihre Loyalität zu beweisen, indem sie ihren Körper verkaufte.

Scheiß auf alles.

Scheiß auf ihn.

Nie wieder.

Bei dem Gedanken, dass Nat benutzt wurde, verkrampfte sich mein Magen. Er zog sich so fest zusammen, dass ich kaum noch atmen konnte.

Nun wusste ich mehr, als mir lieb war.

Einige der Informationen, die Natasha uns geliefert hatte, waren uns bereits bekannt. Zum Beispiel wussten wir, dass ihre Mutter nicht in dem Haus in Massena wohnte und dass die Firma, die ihre Gehaltsschecks ausstellte, nur eine Scheinfirma war. Wir wussten, dass ihr Vater ihre Tante hatte umbringen lassen und dass ihr Tod kein Unfall war. Und schließlich wussten wir, dass der Polizist, der den mysteriösen Anruf einer toten Frau entgegengenommen hatte, auf Wilcos Gehaltsliste stand und seine Spuren nicht sonderlich gut verwischt hatte.

Wir hatten jedoch nicht gewusst, dass Nat über so viele Informationen verfügte. Wir hatten vermutet, dass sie eine Rolle im Familiengeschäft gespielt hatte, aber wir waren uns nicht sicher. Ich hatte noch viele Fragen an sie, aber ich musste warten, bis meine Wut sich gelegt hatte. Außerdem hatte der Fall durch den Tod eines FBI-Agenten eine neue Wendung genommen. Wir mussten Zane informieren. Und darauf konzentrierte ich mich jetzt, statt mich von dem Wunsch überwältigen zu lassen, Wilco Pollaski zu töten. Ich wollte ihn ins Jenseits befördern, nicht nur wegen der Verbrechen, die er begangen hatte, sondern auch wegen des toten, kalten, leeren Ausdrucks in Nats Augen. Wegen des Schmerzes, den er ihr zugefügt hatte. Und wegen des erwartungsvollen Blickes, den sie mir zugeworfen hatte, als sie glaubte, ich würde sie in Stücke reißen.

Was zum Teufel hatte dieser Blick zu bedeuten?

Mir rauschte das Blut in den Ohren, als ich mein Handy aus der Tasche zog. Ich musste all meine Willenskraft aufbringen, um nicht zurück ins Haus zu eilen und mein Team aus dem Wohnzimmer zu werfen, damit ich Natasha ausfragen konnte. Aber ich musste hier draußen auf der Terrasse bleiben und Zane anrufen.

Wie in Trance wählte ich seine Nummer und hörte kaum, wie er mich begrüßte. Ich kam ohne Umschweife zur Sache und erzählte ihm alles. Erst als ich fertig war, fiel mir auf, dass Zane keinen Ton von sich gegeben hatte. Er hatte nicht einmal gebrummt. Das sah Zane Lewis gar nicht ähnlich. Er hatte immer etwas zu sagen.

»Hast du das alles gehört?«, fragte ich.

Er schwieg weiter.

»Z?«, rief ich.

»Gib mir eine Minute«, erwiderte er. Ich tat ihm den Gefallen und wartete stillschweigend.

Mit jeder verstreichenden Sekunde schwoll meine Wut an und eine innere Unruhe packte mich. Ich musste zu Natasha zurückkehren. Gerade als ich Zane sagen wollte, er solle sich beeilen oder mich später zurückrufen, ergriff er das Wort.

»Ich glaube, ich weiß, wie wir Pollaski kaltstellen können …«

»Kaltmachen«, korrigierte ich ihn.

»Das ist dasselbe.«

»Nicht einmal annähernd, Z. Du klingst, als wolltest du ihn den Behörden übergeben, aber ich will ihn ins Jenseits befördern.«

»Überlasse Pollaski mir. Du solltest dich um dein Mädchen kümmern.«

»Zane …«

»Hör gut zu, Owen, ich mache das nicht zum ersten Mal und weiß genau, wie der Hase läuft. Du hast nur noch Natasha im Kopf und kannst an nichts anderes mehr denken. Du bist wahrscheinlich schon so weit, dass du mir mit körperlicher Gewalt drohst, wenn ich nicht alle Hebel in Bewegung setze, um deine Frau zu beschützen. Spar dir das. Erstens befindest du dich gerade mitten in Idaho und kannst mir nichts anhaben. Außerdem wissen du und Myles, dass ich alles unter Kontrolle habe. Ich habe immer alles unter Kontrolle, es sei denn, meine Frau wird entführt. Dann verliere ich die Beherrschung, doch das ist nur einmal passiert. Nichtsdestotrotz erlebe ich dieses Drama nicht zum ersten Mal und weiß genau, was als Nächstes kommt. Also reiß dich zusammen, kümmere dich um deine Frau und überlasse den Rest mir und deinem Team. Es spielt keine Rolle, ob Wilco am Ende noch atmet oder nicht, solange wir ihn aus dem Verkehr ziehen.«

»Für mich spielt es eine Rolle.«

»Allmächtiger Gott, ich dachte, du seist schon einen Schritt weiter. Offenbar hast du es immer noch nicht erkannt. Also will ich dir unter die Arme greifen.«

»Hör auf …«

»Wenn du die Chance hast, etwas Süßes zu probieren, dann nimm es. Und wenn es so aussieht wie Natasha, dann solltest du einen Weg finden, es zu behalten. Vor allem aber solltest du dich um eine Frau kümmern, die durch die Hölle gegangen ist und es trotzdem schafft, dir das Leben zu versü-ßen. Du reißt dir den Arsch auf, um dich um sie zu kümmern und ihr zu zeigen, wie schön die Welt sein kann. Aber das wird nicht möglich sein, wenn du ihren Onkel tötest und hinter Gittern landest.«

»Tut mir leid, jetzt bin ich verwirrt. Meinst du mit ›kümmern‹ etwa, dass ich dem Kerl den Schwanz abschneiden soll?«

»Ja, ja, das ist im Eifer des Gefechts passiert. Im Nachhinein hätte ich ihm den Schwanz in den Hals rammen sollen. Er hatte meiner Frau die Kleider vom Leib gerissen und gedroht, sie zu vergewaltigen. Wenn Natasha so etwas passiert, hast du meine Erlaubnis, dem Arschloch den Schwanz abzusäbeln. Aber bis dahin …«

»Dazu wird es nie kommen«, presste ich mit zusammengebissenen Zähnen hervor. »Niemals, verdammt noch mal.«

»Natürlich nicht. Und weil so etwas nie passieren wird, kümmerst du dich um deine Frau. Du schmiedest weder Rachepläne noch wirst du irgendetwas unternehmen, es sei denn, ich befehle es dir. Die ganze Zeit hingen wir in einer Warteschleife, aber diese neuen Informationen werden uns mit Lichtgeschwindigkeit nach vorn katapultieren.

Ich kenne jemanden, der sich dafür interessieren wird. Soweit ich weiß macht Cruz keine halben Sachen, und das nicht nur, weil ein verdeckter Ermittler des FBI ermordet wurde. Er und seine Frau wären beinahe selbst ums Leben gekommen. Er wird entschlossen sein, den Mann, der einen Kollegen getötet hat, aus dem Verkehr zu ziehen. Außerdem ist allgemein bekannt, dass es Cruz ein persönliches Anliegen ist, die Verbreitung von Drogen zu stoppen. Sein Hass geht weit über das normale Maß hinaus. Seine Ex-Frau war drogenabhängig. Er musste mit ansehen, wie jemand, den er liebte, die Kontrolle verlor. Ich vermute also, dass Cruz sich voll und ganz in den Fall einbringen wird. Ein Vorteil ist, dass er in San Antonio lebt, sodass er vielleicht einige der Akteure kennt oder von ihnen gehört hat. Wie auch immer, ich rufe Tex und Cruz an und wir bringen die Sache ins Rollen.«

Das alles klang vielversprechend, bis auf die Tatsache, dass er Wilco aus dem Verkehr ziehen wollte. Mir gefiel der

Gedanke nicht, dass wir den Kerl nicht ins Jenseits befördern würden.

»Ich denke immer noch, dass Wilco unter der Erde landen sollte.«

»Herrgott«, seufzte Zane. »Mein Zweijähriger passt besser auf als du.«

»Dein Sohn ist nicht zwei.«

»Wie auch immer, erzähl bloß meiner Frau nicht, dass ich das Alter meines Sohnes nicht kenne. Sie würde ausrasten. Aber ich will damit sagen, dass du besser zuhören solltest.«

Es gab keinen Zweifel daran, dass Zane hochintelligent war. Zum Teil machte ihn gerade das so gefährlich. Aber er war auch verdammt nervtötend.

»Ich höre zu.«

»Nein, Bruder, das tust du nicht. Sarah Pollaski kennt nur Verlust. Sie wurde im Elend geboren und musste ums Überleben kämpfen. Es gefällt mir zwar nicht, dass sie diese Informationen so lange für sich behalten hat, aber ich habe Verständnis dafür. Sie konnte keinem von uns trauen. Eigentlich vertraut sie uns immer noch nicht, aber sie vertraut dir. Und jetzt ist es an dir, ihr zu beweisen, dass sie die richtige Entscheidung getroffen hat. Du musst ihr deine ganze Aufmerksamkeit schenken, denn nur so kann sie dir beweisen, dass du ihr vertrauen kannst. Bis dahin solltest du so viele Kondome wie möglich verbrauchen ... du benutzt doch Kondome, oder?«

»Dieses Gespräch ist beendet.«

»Du hast keinen Sinn für Humor. Ich sehe schon, mit dir macht es keinen Spaß. Wenn Myles an der Reihe ist, wird es lustig und Kevin lässt sich leicht auf die Palme bringen. Ich wette, der Kondomwitz wird ihnen gefallen.«

»Das bezweifle ich.«

»Ja, du hast recht, keiner von euch findet es lustig, bis es euren Kameraden passiert. Dann versteht ihr es alle, glaub mir. Bis dahin solltest du verhüten und die Zeit nutzen, um Natasha davon zu überzeugen, dass sie dich liebt.«

Mich liebt?

Liebe?

Wer zum Teufel hatte von Liebe gesprochen?

»Oh, und richte Myles aus, dass ich ihm den Bericht, den er haben wollte, per E-Mail geschickt habe. Bis bald.«

Mit diesen Worten trennte Zane die Verbindung. Ich knurrte frustriert und steckte mein Handy in die Gesäßtasche.

»Hat er einfach aufgelegt?«, fragte Gabe.

Dieser hinterhältige Mistkerl hatte mich offenbar belauscht.

»Ja. Das Arschloch hat immer das letzte Wort.«

Das stimmte. Ich hatte noch nie ein Gespräch mit Zane auf andere Weise beendet. Jedes Mal machte er einen Scherz und legte dann auf, bevor ich etwas erwidern konnte. Auch das war eine Eigenart, die mich an meinem Chef frustrierte.

»Was hat er gesagt?«

Ich erzählte Gabe nur das Wichtigste und ließ den Rest weg. Er war schon nervtötend genug, da musste ich mir nicht auch noch seine Bemerkung über Kondome anhören. Und von Liebe würde ich ihm gegenüber auf keinen Fall etwas erwähnen.

»Das klingt ziemlich gut, aber ich kann sehen, dass du nicht glücklich bist«, sagte Gabe schließlich.

»Es gibt keinen Grund, glücklich zu sein«, entgegnete ich und starrte in den Garten hinaus.

»Aha.«

»Ich muss zurück ins Haus, um nach Natasha zu sehen.«

»Es ist dir nicht entgangen, nicht wahr?«, murmelte Gabe.

Ich wandte mich ihm zu. »Nichts ist mir entgangen. Ich habe noch nie eine Frau erlebt, die sich so sehr verschließt und sich von allen Emotionen abschottet. Es war, als hätte sie die Informationen nicht ihrem Leben entnommen und sie stattdessen von einem Skript abgelesen.«

Das allein war besorgniserregend, aber es war vor allem der Ausdruck in ihren Augen, der mir den Magen umgedreht hatte. Sie hatte mich förmlich angefleht, sie zu bestrafen.

»Ich bin überrascht, dass sie uns so viel erzählt hat«, bemerkte Gabe.

Mir ging es genauso. Ich hatte lange darauf gewartet, dass sie reinen Tisch machte, und nun, da sie die Katze aus dem Sack gelassen hatte, wünschte ich, sie hätte es nicht getan.

»Mach dich auf was gefasst, Bruder«, fuhr Gabe fort. »Sie hat uns noch nicht alles erzählt. Ich vermute, sie hat uns nur das verraten, was wir ihrer Ansicht nach brauchen, um die Ermittlungen voranzutreiben. Aber das eigentliche Trauma hat sie immer noch tief in sich vergraben. Du solltest einen kühlen Kopf bewahren, wenn du willst, dass sie dir auch den Rest anvertraut.«

»Einen kühlen Kopf bewahren?«

Gabe ließ mit seiner Antwort nicht lange auf sich warten.

»Zweimal hat sie sich dir geöffnet, und jedes Mal hast du die Beherrschung verloren. Das sieht dir gar nicht ähnlich. Ich habe noch nie erlebt, dass du dich nicht im Griff hattest. Beim ersten Mal habe ich es noch verstanden. Sie hat dich regelrecht überrumpelt, als sie sich für die Turnschuhe bedankt hat, nur um dir dann zu erzählen, was für ein Arschloch ihr Vater war und wie ihr Onkel sie behandelt hat, und sich schließlich selbst als Weichei zu bezeichnen. Scheiße, Mann, ich hätte meiner Wut fast selbst freien Lauf gelassen, aber du hast sie nicht mehr gesehen, nachdem du gegangen warst. Sie versteht nicht, wie der Mann, dem sie etwas bedeutet, bei ihrer Geschichte derart die Fassung verlieren kann. Es ist ihr völlig unverständlich, denn niemand hat sich je um sie gesorgt. Einfach niemand. Entweder gibt sie keinen Ton von sich, weil sie viel zu viel Angst hat, den Mund aufzumachen, oder sie platzt mit den unmöglichsten Dingen heraus, ohne zu ahnen, dass die Informationen dich in Rage bringen.

Ich nehme an, sie ist heute Morgen aufgewacht und hat aus irgendeinem Grund beschlossen, sich dir zu öffnen. Ganz plötzlich. Statt dich behutsam auf das Thema einzustimmen, hat sie einfach alles rausgelassen, aber auch diesmal konntest du deine Reaktion nicht unterdrücken. Man hat dir deine Wut nicht nur angesehen, du hast sie förmlich ausgestrahlt, bis der ganze Raum davon erfüllt war.«

Verdammt richtig, nachdem Nat sich selbst als Pollaski-Muschi bezeichnet hatte, hatte ich einen Moment für mich allein gebraucht. Solange ich lebte, würde ich ihre Worte nie vergessen. *Eine Muschi musste sich jede Form von Anerkennung gefallen lassen, sei es eine anzügliche Bemerkung, eine Einladung zum Essen oder ein schneller Fick in der Garderobe.* Also war ich gegangen, damit sie nicht hatte sehen können, wie ich die Beherrschung verlor. Sie hatte in ihrem Leben schon genug Hässliches gesehen und brauchte nicht auch noch meine wutverzerrte Fratze. Ich konnte das Bild meiner schönen Natasha, die wie ein Callgirl gekleidet und mit Pollaski-Diamanten behängt in einer Garderobe gefickt wurde, einfach nicht aus dem Kopf bekommen. Sie war zu einem Leben gezwungen worden, das sie sich nie gewünscht hatte, und hatte nicht einmal das anziehen dürfen, was sie wollte. Sie wurde wie eine Ware verkauft und schlechter behandelt als ein Hund.

Dabei konnte ich unmöglich einen kühlen Kopf bewahren. Ich konnte meine Wut einfach nicht vor ihr verbergen.

Niemand hat sich je um sie gesorgt.

Ich wusste, was ich zu tun hatte.

»Ich muss mit Nat reden.«

»Vielleicht solltest du noch einen Moment warten, bevor du zurück ins Haus gehst. Du kochst vor Wut, Bruder, und hast dich nicht einmal annähernd unter Kontrolle.«

»Da hast du recht«, pflichtete ich ihm bei, fügte dann aber mahnend hinzu: »Sie braucht keine Kontrolle, sie muss tief in ihrer Seele spüren, dass ich mich um sie sorge. Doch das kann ich ihr nur vermitteln, indem ich es ihr beweise. Wenn ich meine Wut unterdrücke, zeige ich ihr nicht, dass ich mich um sie kümmern will, sondern vermittle ihr das Gegenteil. Sie versteht nicht, dass ich sie nur vor meiner Reaktion beschützen will. Für sie ist es, als würde ich sie ausschließen. Ich will nicht mehr warten, denn sie sollte keine Minute länger in ihrem Kopf verweilen, ohne dass ich da bin, um sie wieder herauszuholen. Ich bin ihr nur von Nutzen, wenn ich Feuer speie. Sie muss sehen, dass ich für sie die Erde in Brand stecken würde. Sie muss wissen, dass ich der Mann bin, der sie zurücknimmt und ihren Schmerz fühlt. Und genau das wird sie jetzt von mir bekommen.«

»Richtig so.«

»Schön, dass du meiner Meinung bist. Aber lass dir eins gesagt sein: Hör auf, mich zu drängen. Inzwischen weiß ich, was ich zu tun habe, aber du musst es mich auf meine Art erledigen lassen.«

»Verstanden.«

Nutze die Zeit, um Natasha davon zu überzeugen, dass sie dich liebt.

Herrgott, genau das würde ich tun.

Natasha hatte nichts mit Naomi gemein. Sie war nicht wie andere Frauen. Nicht einmal annähernd.

Sie gehörte mir.

Ich hatte es in dem Moment gewusst, in dem ich sie in Alaska zum ersten Mal gesehen hatte.

Möglicherweise war ich schwer von Begriff, aber nun würde ich alles daransetzen, um sie zu der Meinen zu machen.

KAPITEL SECHZEHN

»Hast du Hunger, Schätzchen?«, fragte Kevin.

Ich zuckte heftig zusammen. Obwohl ich mir nicht hundertprozentig sicher sein konnte, glaubte ich, einen nervösen Tick entwickelt zu haben. Jedenfalls spürte ich, wie mein Kopf zur Seite fiel, ich gleichzeitig die Schulter hochzog und es mich wie ein Blitz durchzuckte. Vielleicht zeigte ich auch die ersten Anzeichen eines ausgewachsenen Nervenzusammenbruchs. Aber ich hoffte inständig, dass es nur ein Tick war, denn das bedeutete, dass ich nicht völlig den Verstand verloren hatte.

»Äh … geht es dir gut?« Kevin starrte mich an, als sei ich verrückt geworden.

Verdammt.

Vielleicht war ich dem Nervenzusammenbruch doch näher als gedacht.

»Negativ«, antwortete ich.

»Negativ?«

»Ja, negativ. Das heißt, nein, mir geht es nicht gut. Nicht einmal annähernd.«

»Irgendwann wird es dir gut gehen.«

Das war höchst unwahrscheinlich.

»Ist dir mein Anfall gerade etwa entgangen? Ich glaube, das war das erste Anzeichen dafür, dass es mir nicht gut geht.«

»Nein, er ist mir nicht entgangen. Irgendwie hast du mich an Myles erinnert, als Gabe ihn mit dem Taser geschockt hat.«

Großartig.

»Warum hat Gabe Myles mit einem Taser geschockt?«

»Gabe hat behauptet, er habe es zu Forschungszwecken getan, weil er die Wirksamkeit testen wollte. Aber ich glaube, er wollte nur herausfinden, ob Myles sich in die Hose pinkeln würde.«

Argwöhnisch kniff ich die Augen zu schmalen Schlitzen zusammen. »Willst du mich auf den Arm nehmen *und* dich über mich lustig machen?«

Entweder bemerkte Kevin meinen skeptischen Gesichtsausdruck nicht oder er ignorierte ihn. Letzteres war wohl der Fall, denn weder ihm noch den anderen Männern entging je etwas. Es schien ihm also egal zu sein, dass ich ihn finster anstarrte. Ich wusste nicht, was ich davon halten sollte. Die ganze Situation brachte mich völlig durcheinander. Es war überraschend einfach gewesen, alles zu erzählen, nachdem ich einmal damit angefangen hatte. Ich musste nur eine gewisse emotionale Distanz wahren. Solange ich nicht über die Gefühle nachdachte, die die Fakten in mir auslösten, konnte ich sie ohne Probleme wiedergeben. Ich hatte viel Übung darin, meine Emotionen zu unterdrücken, und war eine wahre Meisterin der Verdrängung. Aber jetzt, da ich die Karten offen auf den Tisch gelegt hatte, hatte ich Mühe, meine Emotionen nicht an die Oberfläche kommen zu lassen.

Owen war auf die Terrasse gestürmt, als seien die Höllenhunde hinter ihm her. Wenige Augenblicke später hatte

Myles die Hütte wortlos durch die Vordertür verlassen. Sowohl vor als auch hinter dem Haus gab es Handyempfang, wobei er im Garten am besten war. Gabe hatte mir nur mit einem aufmunternden Lächeln zugenickt, bevor er durch die Hintertür verschwunden war. Folglich stand ich nun mit Kevin allein im Wohnzimmer.

Plötzlich wurde mir bewusst, wie absurd dieser Moment war.

Ich hatte diesen Männern zwar nicht meine tiefsten Geheimnisse verraten, aber ich hatte ihnen einige hässliche Details aus meinem Leben erzählt, für die ich mich schämte. Ich hatte von meinen Vergehen und Missetaten berichtet, aber Kevin hatte nichts Besseres zu tun, als mich zu fragen, ob ich Hunger hätte. Danach erzählte er mir, wie Gabe seinen Taser an Myles getestet hatte, um zu sehen, ob er sich in die Hose pinkeln würde. Und das alles, nachdem ich gerade die ersten Anzeichen eines psychotischen Anfalls gezeigt hatte.

Es war lächerlich.

Vollkommen absurd.

»Mist, dir geht es wirklich nicht gut«, murmelte Kevin. Er klang jedoch nicht besorgt, vielmehr schien er ein Lachen zu unterdrücken.

Offensichtlich hatte ich den Verstand verloren, denn um diesen Wahnsinn zu verarbeiten, konnte ich entweder lachen oder weinen. Ich entschied mich für Ersteres.

Ich lachte aus vollem Hals. Sobald ich anfing, konnte ich mich kaum noch zurückhalten. Ich lachte über mein schreckliches Leben. Ich lachte darüber, wie sehr ich Owen liebte. Ich lachte, weil er nie der Meine sein würde. Dann lachte ich, weil ich scheinbar noch verrückter war, als ich gedacht hatte, denn Kevin trat vorsichtig einen Schritt zurück. Ich lachte weiter. Darüber, dass Gabe Myles mit einem Taser geschockt hatte, darüber, dass ich den Jungs erzählt hatte, wie ich Zeugin der Morde an meiner Mutter und einem FBI-Agenten geworden war. Schließlich lachte ich darüber, dass Kevin angeboten hatte, mir Frühstück zu machen.

Ich lachte und lachte, bis mein Bauch schmerzte und mir Tränen über die Wangen kullerten.

»Was ist so lustig?«, fragte Owen, als er gefolgt von Gabe ins Wohnzimmer kam.

Im Grunde war gar nichts lustig, doch ich lachte noch lauter.

»Mann, sie ist völlig verrückt geworden, Bruder«, bemerkte Kevin, während er mich weiter anstarrte.

»Baby?«

»W… w… was?«, stammelte ich.

»Ist alles in Ordnung?«, fragte Owen. Er wandte sich an Kevin, der abwehrend die Hände in die Höhe hielt.

»Schau mich nicht so an. Ich habe sie nur gefragt, ob sie Hunger hat. Dann ist sie in schallendes Gelächter ausgebrochen«, erklärte er und zeigte auf mich.

»Was ist so lustig?«, wiederholte Owen.

Ich lachte noch heftiger.

Das alles ergab keinen Sinn, aber ich war einfach nicht in der Lage, mich zu beruhigen.

»Nichts.«

»Warum lachst du dann?«

Das war eine wirklich gute Frage.

»Weil ich nervös bin.«

Ich war mir selbst nicht sicher, ob das der eigentliche Grund für meinen Ausbruch war, aber ich ließ es dabei bewenden.

»Lachst du immer, wenn du nervös bist?«

Diesmal musste ich nicht erst über meine Antwort nachdenken, denn ich war mir meiner Sache sicher. »Ich habe keine Ahnung, denn ich war noch nie so nervös.«

»Warum bist du nervös, Schatz?«

Ist er verrückt geworden?

Mein Blick fiel auf Kevin, der nicht zu wissen schien, wie er sich verhalten sollte. Dann wandte ich mich Gabe zu, der ebenfalls unsicher wirkte, aber auch stolz. Ich war mir nicht sicher, was ich davon halten sollte. Er hatte mir geraten, mich Owen anzuvertrauen, aber er hatte mich auch gebeten, es langsam anzugehen. Doch statt seinen Rat zu befolgen, war ich aus dem Bett gesprungen, die Treppe hinuntergelaufen und ohne Vorwarnung mit meiner Geschichte herausgeplatzt. Ich hatte meine Worte nicht abgewogen, sondern hatte einfach drauflos geplappert.

Plötzlich kam mir etwas anderes in den Sinn, was Gabe gesagt hatte. Es widersprach seinem Rat, mich Owen zu öffnen. *Kein Mann hört gern, was dir widerfahren ist. Vor allem nicht, wenn du diesem Mann etwas bedeutest.* Jetzt war ich völlig verwirrt.

Ich drehte mich wieder zu Owen um und sah, wie er mich anstarrte. Er durchbohrte mich förmlich mit seinem Blick. Verzweifelt versuchte ich, nicht nervös herumzuzappeln, aber schließlich konnte ich nicht anders, als mit den Händen zu ringen.

Was sollte ich sagen? Ich *war* nervös.

»Es tut mir leid.«

Owen runzelte die Stirn. »Was tut dir leid?«

»Ich hätte nicht … Ich hätte behutsamer vorgehen und nicht mit der Tür ins Haus fallen sollen.«

Gabe brummte etwas Unverständliches, Kevin schwieg und Owen stand wie erstarrt da. Meine Nerven lagen blank. Ich interpretierte Owens Schweigen als Aufforderung, meine Worte näher zu erläutern.

»Es tut mir leid, dass ich einfach damit herausgeplatzt bin, aber ich musste alles loswerden und …«

»Das meiste von dem, was du uns erzählt hast, wussten

wir bereits«, unterbrach Owen mich, »aber wir wussten weder, dass du Zeuge des Mordes an deiner Mutter warst, noch, warum Barny sie getötet hat. Ich kann dir gar nicht sagen, wie leid es mir tut, dass du das mit ansehen musstest. Wir ahnten, dass es einen guten Grund geben musste, warum Wilco dich loswerden wollte, wir wussten nur nicht welchen. Und wir vermuteten, dass du irgendwie in die Geschäfte deiner Familie verwickelt warst, aber wir kannten die Details nicht. Doch nachdem wir mit dir Poker gespielt hatten, konnten wir es uns denken. Wir wissen auch, dass du uns noch nicht alles erzählt hast und dass du mit der Sprache herausrücken wirst, wenn du so weit bist. Aber du musst dich für nichts entschuldigen. Und es gibt keinen Grund für dich, nervös zu sein.«

»Aber ich war beteiligt an …«

»Hast du aus freien Stücken für deinen Vater und Onkel gearbeitet?«, unterbrach Owen mich.

»Nein, natürlich nicht.«

»Hast du um eine Anstellung im Familienunternehmen der Pollaskis gebeten?«

»Nein.«

»Ganz genau. Also warum zum Teufel entschuldigst du dich für etwas, wozu du gezwungen wurdest? Du hast dir nichts zu Schulden kommen lassen.«

Owen irrte sich. Ich hatte mir so viel zu Schulden kommen lassen.

»Doch, das habe ich«, flüsterte ich.

»Baby, das stimmt nicht.«

»Ich hätte stärker sein sollen. Ich hätte zur Polizei gehen sollen. Ich hätte sie aufhalten sollen.«

»Dann wärst du jetzt tot.«

»Aber vielleicht wäre Agent Conor noch am Leben«, antwortete ich. »Vielleicht müsste jetzt keine Mutter, Schwester oder Tochter einen Kunden bedienen und ihm jeden Wunsch erfüllen. Vielleicht würde keiner der Soldaten meines Onkels auf der Straße Drogen verkaufen. Vielleicht ist mein Leben ihr Opfer nicht wert. Andere Menschen müssen leiden, nur damit ich weiteratmen kann.«

»Fang nicht wieder damit an, Natasha«, knurrte Owen und mir lief ein elektrisierender Schauer über den Rücken. Das Kribbeln breitete sich auch an anderen Stellen meines Körpers aus, aber daran wollte ich nicht denken, solange wir über meine abscheuliche Familie sprachen. »Es gibt kein ›vielleicht‹. Dir muss nichts leidtun. Gar nichts. Alles, was dir passiert ist, ist Barnys und Wilcos Schuld. Zum letzten Mal, Baby, dein Leben ist wertvoll.«

Es war schön, dass Owen so dachte, aber ich stimmte nicht mit ihm überein. Und ich war mir sicher, dass Agent Conors Familie ebenfalls anderer Meinung wäre.

»Wir sollten uns wohl darauf einigen, dass wir in diesem Punkt unterschiedlicher Ansicht sind«, murmelte ich.

»Ja, das sollten wir. Fürs Erste. Aber eines Tages werden wir beide die Sache klären, und dann wirst du mit mir einer Meinung sein.«

Ich hatte keine Ahnung, was er mit »klären« meinte, aber ich war im Moment viel zu aufgewühlt, um ihn um eine Erläuterung zu bitten. Wahrscheinlich würde er mich damit ohnehin nur noch mehr durcheinanderbringen. Also schwieg ich.

Während Owen mich weiter mit seinem Blick durchbohrte, hätte ich fast nachgegeben und mich auf gefährliches Terrain begeben. Zum Glück brach Kevin das Schweigen.

»Also schön, dann wäre das jetzt geklärt. Wer von euch hat Hunger?«

Und genau wie beim ersten Mal, als er das Thema Essen angesprochen hatte, zuckte ich überrascht zusammen. Doch diesmal war meine Reaktion nicht ganz so heftig wie zuvor.

»Herrgott«, brummte Gabe, »dreht sich bei dir eigentlich alles ums Essen?«

Ich war mir nicht mehr sicher, was vor sich ging, aber ich glaubte, Kevin antworten zu hören. Dann drangen weitere Stimmen an mein Ohr, doch ich konnte nicht verstehen, was sie sagten. Ich konzentrierte mich nur noch auf den Kampf, der in meinem Inneren tobte. Am liebsten wäre ich auf Owen zugeeilt und hätte ihn gebeten, mein Leben ins Reine zu bringen, damit ich für immer bei ihm bleiben konnte.

Es schien, als haderte ich ständig mit mir selbst und trug eine Schlacht aus, die ich gar nicht gewinnen konnte. Ich war es so leid. Meine Vergangenheit, meine Familie, einfach alles.

Ich wollte nur ein Leben führen, das ich selbst bestimmen konnte.

Ich wollte meine eigenen Entscheidungen treffen können.

Und wenn ich die Möglichkeit hätte, würde ich mich für Owen entscheiden.

KAPITEL SIEBZEHN

Nur wenige Meter trennten mich von Nat, die mich misstrauisch beobachtete. Je länger ich sie musterte, desto schneller fügten sich die Puzzleteile zu einem vollständigen Bild zusammen. Und mir gefiel, was ich sah. Ich konnte das, was zwischen uns war, nicht länger ignorieren.

Es war ein verdammtes Wunder, dass ich es geschafft hatte, so lange die Augen davor zu verschließen. Aber ich konnte nicht mehr leugnen, was ich bereits wusste. Natasha gehörte mir. Ich fühlte es tief in meinem Inneren, und ich ließ zu, dass dieses Gefühl sich festigte und tief in mir verankerte.

Die Zeit war gekommen.

Von nun an würde ich der Wahrheit nicht mehr ausweichen.

»Komm her, Nat«, forderte ich sie auf.

Sie wandte den Blick nicht von mir ab, als sie auf mich zukam. Sobald sie in Reichweite war, packte ich sie an der Taille und zog sie an mich. Sie stieß einen leisen Schrei aus und legte die Hände an meine Brust, um nicht mit mir zusammenzuprallen. Für einen Moment schwelgte ich nur in den Empfindungen, die ihre Nähe in mir auslöste. Es fühlte sich richtig an. Genau hier, in meinen Armen, war ihr Platz. Sie gehörte hierher.

»Was ist los?«, fragte sie.

Sie blickte mit ihren wunderschönen grünen Augen zu mir auf. Ich hatte eine Entscheidung getroffen und würde mich von nun an nicht mehr zurückhalten. Also legte ich eine Hand an ihre Wange und streichelte mit dem Daumen über ihren Mundwinkel.

»Nichts ist los.«

»Was tust du da?«

»Du weißt genau, was ich tue.«

Obwohl sie das Pokern meisterlich beherrschte und am Spieltisch keine Miene verzog, war sie nun nicht imstande, ihre Reaktion zu verbergen. Hunderte von Emotionen spiegelten sich in ihrem schönen Gesicht wider, während sie mich unsicher ansah.

»Ich glaube nicht, dass ich es weiß«, flüsterte sie.

»Die Dinge haben sich geändert.«

Natasha ballte die Hände um mein T-Shirt zu Fäusten und senkte den Blick auf meinen Hals. Ich wartete einen Augenblick, bis sie sich wieder gefasst hatte, dann ließ ich meinen Daumen erneut über ihre Lippen gleiten. Ich konnte es kaum erwarten, meinen Mund auf ihren zu pressen. Doch diesmal würde ich sie nicht im Rausch der Leidenschaft küssen, sondern mir Zeit nehmen und jede Sekunde genießen.

»Owen.« Ich hörte das Zittern in ihrer Stimme, als sie wieder meinem Blick begegnete und mit Tränen in den Augen zu mir aufsah. Sie war so verletzlich.

Wunderschön.

Pure Schönheit.

»Vertrau mir.«

»Aber …«

»Baby, vertrau mir.«

Ich hörte Schritte, als die Jungs einer nach dem anderen die Hütte verließen. Sie hatten keine Zweifel an meinen Absichten, denn ich hatte sie vor ihren Augen kundgetan. Für Nat. Sie sollte wissen, dass diese Beziehung kein Geheimnis war und wir nicht länger umeinander herumtänzeln würden. Unbewusst hatte ich genau das getan, denn ich war ein Feigling und ein Narr gewesen.

Aber das hatte jetzt ein Ende.

Ich wartete, bis die Hintertür ins Schloss gefallen war, bevor ich meine Lippen an ihre Stirn presste. »Baby, vertrau mir«, wiederholte ich.

»Ich weiß nicht, was ich sagen soll.«

»Weißt du, was du fühlst?«

Nat nickte. Die Bewegung hatte zur Folge, dass die Tränen in ihren Augen schließlich über ihre Wangen kullerten. In diesem Moment wurde mir bewusst, dass ich sie in all den Monaten nur einmal hatte weinen sehen. Weder als sie an einen Stuhl gefesselt war und verprügelt wurde, noch als ich sie nach Hause gebracht und ihre Wunden versorgt hatte. Nicht einmal, als Wilco sie ausfindig gemacht hatte, obwohl sie außer sich vor Angst gewesen war. Aber als die Frau, die sie für ihre beste Freundin gehalten hatte, vor ihren Augen gestorben war, hatte sie Tränen vergossen. Abgesehen davon hatte sie nie geweint, ganz gleich, was das Leben für sie bereitgehalten hatte.

Doch jetzt weinte sie.

»Wie wäre es dann, wenn du fürs Erste einfach deinen Gefühlen folgst. Ich werde mich um den Rest kümmern.«

Sie festigte den Griff um mein T-Shirt, wobei sie den Stoff noch weiter dehnte. Mehr brauchte ich nicht. Ich wollte nur, dass sie sich festhielt und mir vertraute.

»Ich habe zu viel Angst.«

»Nimm dir einfach, was du brauchst, Nat. Und vertraue darauf, dass ich es schützen werde.«

»Hör auf.« Ihre Stimme klang gebrochen und schmerzverzerrt, als versuchte sie, mit einem Mund voller Glasscherben zu sprechen.

»Baby, du lebst nicht in einer Fantasiewelt. Das hier ist real. Du hast mir ganz offen gesagt, dass du dich danach sehnst, und du hast dir genommen, was du wolltest. Und noch etwas, ich habe mich geirrt. Was an jenem Morgen passiert ist, hat alles zwischen uns verändert. Einfach alles. Und damit meine ich nicht den Sex. Was sich verändert hat, hat nichts damit zu tun, dass ich endlich die Chance hatte, dich zu schmecken, sondern damit, dass ich mir eingestehen musste, dass ich gegen meine Gefühle für dich machtlos bin. Monatelang habe ich versucht, gegen diese Anziehungskraft zwischen uns anzukämpfen. Das Schönste an meinem Tag war, abends zu dir nach Hause zu kommen. Zu wissen, dass du da sein würdest, um mich zu begrüßen. Gleichzeitig war es das Schlimmste, weil ich wusste, dass ich dich nicht haben konnte.«

Sie schmiegte die Stirn an meine Brust und schüttelte den Kopf.

»Du kannst dich verstecken, so viel du willst, aber du kannst die Wahrheit nicht leugnen.«

»Du kennst die Wahrheit nicht«, murmelte sie.

»Doch, ich kenne sie und bin es leid, so zu tun, als …«

»Du kennst die Wahrheit nicht«, wiederholte Nat und verlieh ihren Worten Nachdruck, indem sie an meinem T-Shirt zog und ihre Stirn noch fester gegen meine Brust presste.

»Dann verrate sie mir.«

Langsam entspannte Nat ihre Hände, doch sie zog sie nicht zurück. Sie hob den Kopf an, stellte sich auf die Zehenspitzen und streifte mit ihren Lippen meinen Hals. Dann hielt sie inne und flüsterte mir ins Ohr: »Die Wahrheit ist, dass ich mich schon in dich verliebt habe, als du mich zu dem Geländewagen getragen hast.«

Ich spannte die Muskeln in meinem Nacken an und konnte kaum noch atmen.

»Die Wahrheit ist«, fuhr sie immer noch im Flüsterton fort, »dass ich mich mit jedem verstreichenden Tag ein wenig mehr in dich verliebt habe. Und jeden Tag habe ich mich gefragt, ob meine Gefühle vielleicht nur daher rührten, dass du mir das Leben gerettet hast. Dann wurde mir klar, dass ich nicht im Begriff war, mich zu verlieben, sondern dass ich mich längst in dich verliebt hatte. In einen Mann, der *zufällig* mein Leben gerettet und der mehr verdient hat, als ich ihm jemals geben kann.«

Mein Gott.

»Die Wahrheit ist, dass ich dir vertrauen will. Ich sehne mich so sehr danach, dass ich es förmlich schmecken kann. Aber das ändert nichts an der Tatsache, dass du etwas Besseres verdienst als mich.«

Nat wollte sich von mir lösen, doch ich verwob meine Finger in ihrem Haar, zog ihren Kopf zurück an meinen Hals und hielt sie fest. Sie versteifte sich und ich stand wie erstarrt da. Ich spürte Nats unregelmäßigen Atem an meiner Haut, ihr wild schlagendes Herz an meiner Brust und das leichte Beben, das ihren Körper erschütterte. All diese Empfindungen ließ ich auf mich wirken, bis sie auch den letzten Rest meiner Angst zunichtemachten. Nat war nicht Naomi, sie war sie selbst. Stark und zugleich verletzlich. Vom Leben abgehärtet und doch sanft.

»Wie wäre es, wenn du mich entscheiden lässt, was ich verdiene?«, schlug ich vor.

»Owen …«

»Liebst du mich?«

Falls es überhaupt möglich war, versteifte Nat sich noch etwas mehr.

»Ja.«

Ich schloss die Augen und genoss das Gefühl, sie in meinen Armen zu halten, während ihr Geständnis mich mit Wärme erfüllte.

»Dann vertrau mir. Mehr musst du nicht tun. Du musst dich nicht mehr abschotten oder verstecken. Du kannst du selbst sein. Ich verspreche dir, dass ich dein Herz beschützen werde, Baby. Ich werde dir nicht wehtun. Lebe diese Realität mit mir und finde mit mir gemeinsam heraus, wohin uns dieses Leben führt.«

Natasha nickte. Ich ließ meine Hand aus ihrem Haar an ihren Nacken gleiten und drückte ihn leicht.

»Ist das ein Ja?«, fragte ich.

»Ja.«

Gott sei Dank.

Bevor ich etwas erwidern konnte, ertönte ein Räuspern. Ich öffnete die Augen und erblickte Myles, der auf der anderen Seite des Raumes stand.

»Entschuldigt die Störung, aber ich habe Tex und Cruz in der Leitung. Sie haben noch einige Fragen.«

Mein Chef handelte wirklich schnell. Normalerweise war das eine Eigenschaft, die ich bewunderte, aber in diesem Moment wusste ich sie nicht zu schätzen. Meine Frau hatte mir gerade ihre Liebe gestanden und sich bereit erklärt, uns eine Chance zu geben. Ich war eher in der Stimmung, sie mit nach oben zu nehmen und ihr zu zeigen, wie glücklich sie mich gemacht hatte.

Das würden wir wohl verschieben müssen. Aber viel schlimmer war, dass Nat jetzt am ganzen Leib zitterte.

»Nat, Baby, sieh mich an.« Sie schüttelte den Kopf und schmiegte sich näher an mich. »Du hast nichts zu befürchten.«

»Ich wusste es.«

»Wie bitte?«

»Ich wusste alles, aber ich habe geschwiegen. Das macht mich zu einer Komplizin.«

Verdammt.

Ich begegnete Myles' Blick, und er schüttelte energisch den Kopf.

»Dir kann niemand etwas anhaben, Nat. Du musst dir keine Sorgen machen.«

Sie bewegte sich nicht, zuckte mit keinem Muskel. Sie schien nicht einmal zu atmen. Tatsächlich schien sie mich überhaupt nicht zu hören.

»Baby, du musst mir auch in dieser Sache vertrauen. Wir stehen hinter dir. Niemand wird dir wehtun, das verspreche ich dir.«

Endlich drangen meine Worte zu ihr durch. Sie zog den Kopf zurück, begegnete meinem Blick und starrte mich mit geröteten Augen an.

Ich war hin- und hergerissen. Einerseits war ich überglücklich, den Ausdruck unverhohlener Liebe in ihrem Gesicht zu sehen, andererseits lag so viel Angst in ihrem Blick, dass ich mich am liebsten abgewandt hätte. Wie zum Teufel war es möglich, dass beides gleich hell strahlte?

»Natasha.« Mehr brachte ich nicht über die Lippen. Meine Kehle war wie zugeschnürt. Es war mir scheißegal, ob Myles hörte, wie gebrochen meine Stimme war, oder ob er sah, wie aufgewühlt ich war. Ich legte meine Stirn an Natashas. »Ich schwöre es. Du und ich, wir werden das gemeinsam überwinden, Baby. Steh einfach zu mir, in Ordnung?«

»In Ordnung.«

Mein Gott.

In ihrer Stimme lag so viel Gewissheit.

»Okay.« Ich hob den Kopf, richtete mich auf und zog Nat an meine Seite. Sie hatte gar keine andere Wahl, als ihren

Arm um mich zu schlingen, andernfalls wäre er zwischen uns eingequetscht gewesen. Sie hakte sogar ihre Finger in eine meiner Gürtelschlaufen.

Auch dieses Gefühl ließ ich auf mich wirken, bevor ich mich mit ihr zu Myles umdrehte.

Er musterte uns einen Augenblick und nickte mir dann zu.

»Verstanden«, murmelte er nur. Er wusste genau, was ich ihm sagen wollte.

Ich war endlich zur Vernunft gekommen und nun hatte sich alles geändert. Natasha war nicht mehr nur ein Auftrag oder die Frau, die ich beherbergte. Sie war nicht einfach die Frau, die wir von dem Pollaski-Abschaum befreien wollten. Sie gehörte mir. Punkt. Und deshalb unterstand sie auch dem Schutz meiner Kameraden, die sie nun ebenfalls mit anderen Augen betrachten würden.

Myles senkte den Kopf, wischte mit dem Finger über den Bildschirm seines Handys und sagte: »Tex? Cruz? Ich bin wieder da.«

Ein leises »Hier« ertönte von beiden Männern, bevor Tex fragte: »Ist Owen bei dir?«

»Ja, ich bin hier.«

»Ist Sarah auch da?«

Ich hörte, wie Nat nach Luft schnappte, woraufhin ich sie noch fester an mich zog.

»Natasha«, korrigierte ich. »Sarah Pollaski ist faktisch tot.«

»Verstanden«, erwiderte Tex und fügte dann hinzu: »Ist Natasha bei dir?«

Sie erwiderte nichts, also drückte ich sie kurz. Schließlich sagte sie mit schriller Stimme. »Ich bin hier.«

»Dürfen wir Ihnen ein paar Fragen stellen?«

Für einen Moment herrschte Stille. Ich vermutete, dass Nat all ihren Mut zusammennehmen musste, bevor sie antwortete. Aber ich wusste, dass sie sich wie immer ein Herz fassen würde, also schwieg ich. Einen Moment später richtete sie sich auf.

»Natürlich. Ich werde helfen, wo ich kann«, sagte Nat mit fester und deutlicher Stimme.

Sarah Pollaski war tatsächlich tot.

KAPITEL ACHTZEHN

Owen hatte mich quer durch den Raum zum Sofa geführt und sich neben mich gesetzt.

Ich wusste nicht mehr, wie ich dorthin gelangt war, weil ich alles nur noch verschwommen wahrnahm. In kurzer Zeit war so viel passiert und alles lastete so schwer auf meiner Brust, dass ich kaum atmen konnte. Ich war dankbar, dass ich saß, denn ich hatte Angst, jeden Moment ohnmächtig zu werden. Nur Owens Nähe hielt mich aufrecht. Er hatte unsere Hände ineinander verschränkt und auf sein Knie gelegt, während er seinen Oberschenkel an meinen drückte. Es war kein Millimeter Platz zwischen uns.

Ich war dankbar für den Halt, den er mir gab. Bis jetzt hatte mir dieser Mann namens Tex keine einzige Frage gestellt. Er hatte lediglich eine Zusammenfassung dessen geliefert, was ich den Jungs bereits erzählt hatte.

»Habe ich das alles richtig verstanden?«, fragte Tex.

»Ja.«

»Und Sie sind sicher, dass der Mann Agent Conor hieß?«

»Äh …« Um Hilfe heischend sah ich Owen an, doch er schenkte mir nur einen sanftmütigen Blick, der mich dahinschmelzen ließ. Er gab mir Kraft, aber die Frage musste ich schon selbst beantworten. »So sicher wie ich nur sein kann. Mein Onkel hat ihn Agent Conor genannt, doch davor kannte ich ihn als Steel.«

»Natasha, ich bin Cruz Livingston und arbeite für das FBI in San Antonio. Können Sie diesen Mann namens Steel beschreiben?«

Mir wäre es lieber gewesen, ich hätte es nicht tun müssen. Der Kerl war wirklich unheimlich gewesen und hatte mir jedes Mal, wenn er mir im Haus begegnete, eine Höllenangst eingejagt.

Ich drückte Owens Hand und durchforstete meine Erinnerungen.

»Er war sehr groß, nicht übergewichtig, aber kräftig. Er … äh … hatte braunes, längliches Haar, das ihm fast bis zu den Schultern reichte. Seine Arme waren tätowiert und er sah immer schmutzig aus, als bräuchte er dringend eine Dusche. Braune Augen. Bösartiger Blick. Er spielte seine Rolle gut … äh … ich meine die des verdeckten Ermittlers. Ich hielt mich nicht gern in seiner Nähe auf, denn er machte mir Angst. Im Nachhinein habe ich ein schlechtes Gewissen, weil er wahrscheinlich einer der Guten war. Aber so wie er mich immer angesehen hat, hätte ich nie gedacht, dass er für das FBI arbeitete.«

Damals hatte er mir meines Erachtens anzügliche Blicke zugeworfen, als würde er mich am liebsten in einen Raum zerren und ein Nein nicht als Antwort akzeptieren. Aber rückblickend fragte ich mich, ob er sich nur verstellt hatte oder vielleicht versucht hatte zu ergründen, welche Rolle ich im Unternehmen meines Onkels spielte.

»Was ist mit den Tätowierungen?«, fragte Cruz. »Können Sie die beschreiben?«

Das konnte ich. Zumindest an eines konnte ich mich noch lebhaft erinnern.

»Er hatte ein nacktes Pin-up-Girl auf seinem rechten Arm. Und so etwas wie Ranken oder Stacheldraht. Ich war ihm nie nahe genug, um es genauer zu betrachten. Aber er hatte ein riesiges Tattoo auf seinem Rücken, das von einer Schulter zur anderen reichte.« Als ich mich daran erinnerte, wie ich Steel mit nacktem Oberkörper gesehen hatte, durchlief mich ein Zittern.

»Wenn ich fragen darf, wie sind Sie dazu gekommen, die Tätowierung auf seinem Rücken zu sehen, Natasha?«, wollte Cruz wissen.

Ich versuchte, meine Hand zurückzuziehen, aber Owen hielt sie fest.

Ich senkte den Blick auf unsere ineinander verschränkten Hände. Es war ein wunderbares Gefühl, dass er mir nur durch das Halten meiner Hand so viel Kraft spenden konnte. Doch jetzt musste er sie loslassen.

»Um das alles zu erzählen, muss ich mich abschotten«, flüsterte ich, während ich immer noch auf unsere Hände starrte.

»Was meinst du damit?«, fragte Owen.

»Du musst mich loslassen. Ich kann mich nicht an diese Dinge erinnern, solange du mich berührst, denn ich werde nicht zulassen, dass du mit diesem Schmutz besudelt wirst.«

»Baby …«

»Nein, Owen. Ich muss so tun, als seien das keine realen Erinnerungen aus meinem Leben. Ich kann dich unmöglich berühren, solange ich *sie* bin. Das hier …« Ich drückte seine Hand. »Das sind wir. Diese Beziehung ist rein. Ich muss dafür sorgen, dass sie so bleibt.«

»Das ist verrückt, Nat.«

»Ich kann nicht anders.«

Ich konnte die Spannung förmlich spüren, die von ihm ausging, und wusste, wie viel Überwindung es ihn kostete, meinem Wunsch nachzukommen. In dem Moment, in dem er sich von mir löste, begann ich mit meiner Geschichte. Je schneller ich das alles loswurde, desto besser. Wie zuvor zog ich mich im Geiste an einen Ort zurück, an dem ich nichts fühlte und mich von meinen Emotionen abschottete. Und so erwachte Sara Pollaski wieder zum Leben. Ich hatte sie nicht lange begraben, also war es ein Leichtes, sie auferstehen zu lassen. Ich hoffte, dass ich sie eines Tages irgendwohin verbannen konnte, wo ich sie nie wiederfinden würde. Der Schutzschild, an den ich mich einst geklammert hatte, fühlte sich nun eiskalt an. Er lastete so schwer auf mir, dass ich ihn augenblicklich abwerfen und zu Natasha zurückkehren wollte.

Dies würde das letzte Mal sein. Ich würde ihnen alles erzählen, damit ich meine Vergangenheit ein für alle Mal hinter mir lassen konnte.

»Mein Onkel war großzügig, wenn es darum ging, Freificks zu verteilen«, begann ich. »Aber nur unter der Bedingung, dass er zusehen durfte.«

»Freificks?«, fragte Myles.

Ich ignorierte den Ekel in seinem Tonfall, denn ich musste mich beeilen. Ich musste all diese widerlichen Dinge so schnell wie möglich loswerden.

»Ja, er gab seinen Soldaten, Lieferanten und manchmal auch neuen Kunden gern eine Kostprobe seiner Ware. Mein Onkel bezeichnete sie als Lockangebote. Allerdings wollte er zusehen, daher mussten die Kerle die Frauen immer in seinem Büro vögeln. Und er zeichnete das Ganze ohne das Wissen der Männer auf.«

»Erpressung«, warf Kevin ein. Ich schreckte auf, da ich gar nicht bemerkt hatte, dass er zurück ins Wohnzimmer gekommen war.

Auch das ignorierte ich.

»Ja, Erpressung. Wenn er einen wichtigen Kunden

beschenkte, dann war das Mädchen für gewöhnlich … äh … jung.«

Die Stimmung im Raum änderte sich schlagartig. So sehr ich mich auch bemühte, mich davor zu verschließen, ich konnte die geladene Atmosphäre deutlich spüren.

»Vielleicht …«

»Nur zu«, ermutigte Tex mich, während ein wütender Unterton in seiner Stimme mitschwang.

»Also, ja, er hat sie erpresst.«

Ich hatte völlig den Faden verloren und konnte mich nicht mehr daran erinnern, warum ich die Geschenke eigentlich erwähnt hatte.

»Die Tätowierung«, erinnerte Cruz mich.

Richtig. Steels Rückentattoo.

»Ich habe beobachtet, wie Steel sein Geschenk im Büro meines Onkels entgegennahm. Er hatte sein Hemd ausgezogen, mir den Rücken zugewandt und es einer der Frauen meines Onkels so richtig besorgt.« Owen brummte und ich fragte mich, warum ich die letzten Worte überhaupt ausgesprochen hatte. »Die Tätowierung bedeckte seinen ganzen Rücken. Sie zeigte einen Motorradfahrer, der in der einen Hand eine Waffe und in der anderen einen abgetrennten Kopf mit verbundenen Augen hielt. Darüber stand ›Loyalität dem Einen‹. Ich glaube, auf der Weste des Bikers waren noch weitere Buchstaben abgebildet, aber ich konnte sie nicht genau erkennen«, schloss ich.

Niemand sagte ein Wort. Die Luft schien nach wie vor zum Zerschneiden dick und mein Herz raste.

»Hilft euch das weiter?«, fragte ich.

»Steel war kein FBI-Agent«, erklärte Cruz.

»Aber mein Onkel nannte ihn Agent Conor.«

»Haben Sie je den Namen Chico Malo gehört?«, fuhr Cruz fort.

»Ja. Er ist ein Lieferant aus Mexiko und vertreibt hauptsächlich Heroin.«

»Er *war* ein Lieferant. Er ist tot.«

Ich wusste nicht, was ich dazu sagen sollte, also schwieg ich. In meinen Augen war es nicht schade um einen Drogendealer, aber aus irgendeinem Grund schien der Tod des Mannes für Cruz eine Bedeutung zu haben. Doch er ging nicht näher darauf ein.

Stattdessen fragte er: »Und kennen Sie einen Mann namens Axel?«

»Ich kenne den Namen, ja. Axel war ein Mittelsmann«, erklärte ich.

»Er hat seine Geschäfte nicht vor Ihnen geheim gehalten«, bemerkte Tex seltsamerweise.

Ich spürte, wie Owen neben mir sein Gewicht verlagerte. Obwohl ich die Hand nach ihm ausstrecken und ihn berühren wollte, bemühte ich mich nach Kräften, meine Rolle als Sarah weiterzuspielen. Ich musste dieses Frage- und Antwortspiel so schnell wie möglich hinter mich bringen, um endlich mit den Pollaskis abschließen zu können. Ich war fertig mit Sarah. Einfach *fertig*.

»Sie haben mich gut ausgebildet«, sagte ich. »Zuerst brachte mir mein Vater alles bei, was ich wissen musste. Seine Lektionen waren schmerzhaft, aber ich lernte schnell und wusste von Anfang an, wo mein Platz war. Nachdem mein Onkel meinen Vater getötet hatte, dachte ich, ich sei endlich frei. Da mein Onkel mich hasst, hatte ich gehofft, er würde mich einfach auf die Straße setzen. Die gefallene Prinzessin, mittellos und obdachlos. Leider war mir dieses Glück nicht vergönnt. Wilco hatte einiges mit mir vor und seine Lektionen waren nicht nur schmerzhaft, sondern brutal. Also lernte ich wieder, und zwar genauso schnell wie zuvor. Ich spielte sein Spiel stillschweigend mit, aber ich sorgte dafür, dass ich es gewann.«

»Gewann?«, wiederholte Tex.

Während ich den Blick auf den Couchtisch geheftet hatte, rutschte ich ein Stück von Owen weg. Ich hatte es ernst gemeint, als ich gesagt hatte, dass ich ihn nicht mit den schmutzigen Details aus meinem früheren Leben besudeln wollte. Um das zu verhindern, musste ich mich jedoch physisch von ihm distanzieren. Obwohl Owen ein missbilligendes Brummen ausstieß, rutschte ich weiter, bis ich am anderen Ende des kleinen Sofas angelangt war.

»Ja, ich habe gewonnen. Zuerst schickte er mich auf Botengänge, doch ich sorgte dafür, dass von der Lieferung etwas fehlte. Nicht viel, aber genug, dass es dem Käufer auffiel und er sich beschwerte. Das passierte dreimal, und jedes Mal wurde Wilco wütend und machte seinem Ärger mit den Fäusten Luft. Nach dem dritten Mal musste ich nicht mehr den Kurier spielen. Stattdessen schickte er mich zu zwei verschiedenen Freiern, die ich allerdings nicht zufriedenstellte. Auch diesmal ließ Wilco mich seine Unzufriedenheit spüren. Ich wusste, dass ich etwas zum Familiengeschäft beitragen musste, aber ich wollte weder seine Drogen noch meinen Körper verkaufen. Also setzte ich alles daran, um keines von beidem tun zu müssen. Das ist zwar keine Rechtfertigung für das, was ich getan habe, aber von allen Geschäften meines Onkels war das Glücksspiel das erträglichste. Es war illegal und falsch, aber nicht moralisch anstößig. Das meine ich damit, dass ich gewonnen habe – ich musste weder die Beine breit machen, noch musste ich Gift ausliefern. Ich überprüfte zwar die Neukunden, aber ich musste sie nicht vögeln.

Wilco wusste, dass er mich genug eingeschüchtert hatte und ich niemals weglaufen würde. Es wäre ihm nie in den Sinn gekommen, dass ich irgendjemandem von seinen Geschäften erzählen könnte, also hat er sie vor meinen Augen abgewickelt. Ich bin sicher, dass ich einen Großteil seines Unternehmens gar nicht kenne. Er besitzt Lagerhäuser und ein Büro, in dem er viel Zeit verbrachte. Aber zu Hause sprach er offen über alles. Er vögelte seine Frauen und sah zu, wie seine Männer sie fickten. Und es war ihm völlig egal, dass ich wusste, dass er meinen Vater umgebracht hatte. Aber aus irgendeinem Grund war es ihm nicht egal, dass ich den Mord an Steel bezeugt hatte. Danach war er seltsam aufgewühlt und hielt mich im Haus fest. Er schickte mich weder zu einem Abendessen mit einem Kunden noch ließ er mich Karten spielen. Er sprach nicht einmal mit mir. Schließlich hat er mich verkauft, und jetzt will er mich zurück.«

»Das kann er sich abschminken«, blaffte Owen. Ich musste ihn nicht berühren, um zu wissen, dass er wütend war.

»Steel war kein FBI-Agent, sondern ein Informant. Steel Conor gehörte zu einer Motorradbande hier in San Antonio«, erklärte Cruz. »Ich war monatelang als verdeckter Ermittler ein Mitglied ihrer Gruppe. Sie sind alle Abschaum durch und durch. Als Steel mit einigen schwerwiegenden Anschuldigungen konfrontiert wurde, beschloss er, die Seiten zu wechseln und Wilco Pollaski zu verraten, um im Gegenzug eine Strafmilderung zu erhalten. Das FBI und die Drogenfahndung ergriffen natürlich sofort die Gelegenheit, den Unantastbaren aus dem Verkehr zu ziehen. Aus dem Bericht, den ich gelesen habe, geht hervor, dass Steel diesem Ziel ziemlich nahe gekommen ist. Axel ist eine andere Geschichte und ich bin nicht befugt, darüber zu sprechen, aber die beiden haben daran gearbeitet, das Imperium zu Fall zu bringen. Nachdem Steel verschwunden war und nichts mehr von sich hören ließ, dachten meine Kollegen, er sei geflohen, und suchten lange nach ihm.«

Abschaum durch und durch.

Aus irgendeinem Grund fühlte ich mich dadurch besser.

Es war falsch von mir, so zu empfinden, denn immerhin hatte ein Mensch sein Leben verloren. Aber ich konnte nicht leugnen, dass ich ein wenig erleichtert war, weil der Mann, der vor meinen Augen gestorben war und dessen Ermordung ich nicht angezeigt hatte, nicht zu den Guten gehört hatte.

»Habt ihr ihn denn nicht mit einem Chip ausgestattet?«, fragte Myles ungläubig.

»Doch, natürlich. Das letzte Signal kam aus einem Stripklub. Wir hatten die Theorie, dass Steel den Chip herausgeschnitten und sich aus dem Staub gemacht hatte. Ihm hätte eine lange Haftstrafe gedroht, sobald er die Beweise gegen Pollaski gesammelt hatte. Wahrscheinlich wollte er den Handel noch einmal überdenken. Wie gesagt, Steel war seinem Ziel ziemlich nahe. Wir hatten bereits den Zeitpunkt und Ort für die nächste Drogenlieferung und warteten nur noch auf das genaue Datum. Etwa zwei Wochen vor der geplanten Übergabe ist Steel verschwunden.«

Zwei Wochen? Ich dachte an die Zeit nach Steels Tod zurück und versuchte, mich daran zu erinnern, welche Geschäfte mein Onkel geführt hatte.

»Es gab keine Lieferung«, sagte ich zu Cruz. »Zumindest nicht zwei Wochen danach. Es waren eher zwei Tage. Und es ging dabei nicht um Drogen, sondern um Mädchen. Wilco tauscht regelmäßig seine Ställe aus. Die Frauen aus New York wurden nach Chicago gebracht und die Frauen aus Chicago gingen nach New York. Franco hat den Austausch sicher beaufsichtigt.«

»Franco Dalto?«

»Ja«, antwortete ich. »Franco ist die rechte Hand meines Onkels.«

»Denkt ihr, es war eine Falle, oder hat Steel sich einfach nur geirrt?«, warf Gabe ein.

Ich sah zu ihm auf. »Es war eine Falle. Mein Onkel testet

häufig die Loyalität seiner Leute. Er streut Fehlinformationen und beobachtet sie dann. Falls er Steel erzählt hat, dass eine Lieferung mit Drogen ankommen würde und ihm auch den Ort genannt hat, dann hat er ihn garantiert im Auge behalten. Und falls er etwas Ungewöhnliches bemerkt hätte, hätte er gewusst, dass es eine undichte Stelle gab.«

»Scheiße«, fluchte Cruz. »Unsere Leute haben den Standort ins Visier genommen und dort Überwachungsposten eingerichtet.«

»Dann wusste Wilco, dass Steel geredet hat«, bestätigte ich. »Mein Onkel macht sich nur aus zweierlei Gründen die Hände schmutzig. Zum einen erteilt er seinen Soldaten gern persönlich eine Lektion, wenn es sein muss. Und zum anderen beseitigt er Ratten. Er nennt sich selbst den Kammerjäger.«

»Hast du sonst noch irgendwelche Informationen für uns?«

Da ich nach diesem Tag nie wieder über meinen Onkel sprechen würde, dachte ich angestrengt über Tex' Frage nach. Owen hatte mir erzählt, dass sie Wilcos Geschäfte unter die Lupe genommen hatten, daher wussten sie wahrscheinlich mehr. Aber sie kannten ihn nicht. Was auch immer sie über seine Verbrechen gelesen hatten, wurde dem Mann zweifellos nicht gerecht. Sie ahnten nicht, wie verderbt er tatsächlich war. Kein Mensch, der bei Verstand war, konnte sich so etwas vorstellen.

»Traut niemandem in Chicago«, begann ich. »Ihr glaubt vielleicht zu wissen, wer auf seiner Gehaltsliste steht, aber wahrscheinlich kennt ihr nicht einmal die Hälfte der Leute. Einige von ihnen hat er noch nicht einmal aktiviert. Er wartet, bis er sie braucht, und erpresst sie dann mit den Informationen, die er gegen sie in der Hand hat. Glaubt mir, jeder hat Geheimnisse, die er nicht preisgeben will. Jeder. Vielleicht ist es nur ein verheirateter Mann, der einen

Lapdance bekommt, oder ein Priester, der sich einen blasen lässt. Aber jeder Mensch hat Dreck am Stecken, und Wilco hat Möglichkeiten, ihn zu finden.

Franco würde für meinen Onkel sterben. Er würde für ihn töten. Wilco weiß, wo Francos Familie sich befindet, und da Franco seine Schwestern und seine Mutter in Sicherheit wissen will, wird er alles für Wilco tun. Und ich meine wirklich alles. Ihr dürft Franco nicht unterschätzen.«

Ich hielt inne, um meine Gedanken zu ordnen. Das fiel mir jedoch zunehmend schwerer, denn obwohl ich mich bemühte, Natasha beiseitezuschieben und eine emotionale Distanz zu wahren, gelang es mir nicht. Während der letzten Monate hatte ich versucht, meine Gefühle zu unterdrücken und nichts für die Menschen zu empfinden, die mir mit Freundlichkeit begegnet waren, aber sie waren mir trotzdem ans Herz gewachsen.

Eva hatte mich unter ihre Fittiche genommen und alles getan, um eine Beziehung zu mir aufzubauen. Sie hatte sogar ihre Freundinnen Tatiana, Emerson und Anaya mit eingebunden. Die Frauen hatten sich viel Zeit für mich genommen. Sie waren zu mir nach Hause gekommen, um mir Gesellschaft zu leisten, und brachten mir Bücher und Zeitschriften. Eva hatte mir Kosmetika und Nagellack gekauft. Anaya, die ungefähr meine Größe hatte, hatte ihren Kleiderschrank durchforstet und mir viele Sachen zum Anziehen mitgebracht.

So viele Menschen hatten sich um mich gekümmert und mir ihre Freundschaft angeboten. Und obwohl ich mich immer wieder gegen ihre Bemühungen gewehrt hatte, hatten sie sich nicht beirren lassen.

Ich konnte unmöglich noch mehr Schuld auf mich laden. Wenn einem von ihnen meinetwegen etwas zustoßen würde, könnte ich damit nicht leben. Punkt. Lieber würde ich sterben, als einen von ihnen in Gefahr zu bringen. Und das lag nicht daran, dass ich lebensmüde war, wie Owen mir vorgeworfen hatte. Ich glaubte auch nicht, dass mein Leben wertlos war. Aber ich konnte es einfach nicht zulassen.

Bevor ich Owen und Eva begegnet war, hatte mir noch nie jemand Freundlichkeit entgegengebracht. Noch nie. Im Gegensatz dazu wusste ich, was Loyalität bedeutete, denn mein Vater hatte sie mir von Anfang an in die Seele gebrannt. Leider war ich gezwungen gewesen, den falschen Leuten gegenüber loyal zu sein. Owen und seine Freunde waren nicht die falschen Leute. Sie waren gute und freundliche Menschen, denen ich ewig dankbar sein würde.

Sie alle.

Auch wenn es Owen nicht gefiel, würde ich ihnen ewig verpflichtet sein.

»Noch eine Sache.« Ich hielt inne, räusperte mich und kämpfte gegen das flaue Gefühl in meinem Magen an. »Wilco wird seine Drohungen wahr machen.«

»Nat ...«

»Und zwar alle. Ihr dürft sie nicht ignorieren. Er wird jede Frau auf dieser Liste, ohne zu zögern, töten, und er wird sich dabei Zeit lassen. Frauen bedeuten ihm nichts, für ihn sind sie nur Muschis. Mir fehlen die Worte, um das Ausmaß seiner Verderbtheit auszudrücken. Er ist durch und durch böse. Es gibt keine Möglichkeit, ihn zu kontrollieren, denn er hat keine Schwächen. Nichts ist ihm wichtig außer seinem Thron. Andere Menschen sind ihm egal, er hat zu niemandem eine emotionale Bindung. Ihr könnt ihm seine Mädchen nehmen, und alles, was ihn interessiert, ist das Geld, das er durch den Wiederaufbau seines Stalls verliert. Wenn ihr seine Versorgungskette unterbrecht, findet er eine neue. Ich habe einen direkten Befehl missachtet. Die Strafe dafür wird die Hölle sein. Ihr müsst verstehen, dass jemand für meinen Ungehorsam büßen wird. Und dieser Jemand sollte ich sein.«

»Willst du mich verarschen?«, brüllte Owen und ich zuckte zusammen. »Niemand wird für irgendetwas büßen, Natasha.«

Er lag falsch. Völlig falsch. Jemand würde dafür bluten, daran war nichts zu rütteln.

»Ich will damit sagen, dass ich nicht damit leben könnte, wenn meinetwegen jemand verletzt wird. Ich kann ohnehin kaum atmen, wenn ich daran denke, was mein Vater und ich getan haben und was Wilco immer noch tut.«

Ich hielt inne und wandte mich Owen zu. Als ich seinem Blick begegnete, wusste ich, dass ich einen Fehler gemacht hatte. Ich hätte ihn nicht ansehen sollen. All seine Emotionen spiegelten sich in seinem Gesicht wider, er verbarg nichts vor mir. Doch bevor ich mich von dem Schock erholen konnte, bohrten sich seine Worte in mein Herz und raubten mir den Atem.

»Baby, hör mir gut zu. Niemand wird diesen Frauen etwas antun. Niemand. Du denkst vielleicht, dass Wilco Pollaski der Teufel ist, aber ich kann dir versichern, dass er Zane und seiner Armee nicht gewachsen ist. Was Barny und Wilco getan haben, noch tun werden oder tun könnten, ist nicht deine Schuld. Du bist nicht für die Dinge verantwortlich, die du tun musstest, weil diese Arschlöcher dich dazu gezwungen haben. Ich weiß, dass du mir jetzt nicht glaubst, aber irgendwann wirst du dich von deiner Tortur erholen und heilen. Dann wirst du zurückblicken und verstehen, dass ich recht habe. Du kannst dem Opfer nicht die Schuld dafür geben, dass es versucht hat zu überleben. Vielleicht gefällt es dir nicht, aber du warst ein Opfer in ihrem beschissenen, verkorksten …«

»Aber ich …«, begann ich, doch Owen fiel mir sofort wieder ins Wort.

»Sei ehrlich, Nat«, blaffte er mit einem eiskalten Unterton, den ich noch nie zuvor gehört hatte. »Genießt du es, dich für Geld ficken zu lassen?«

»Wie bitte?« Ich stieß den Atem aus und versuchte dann vergeblich, Luft zu holen.

Owens Frage brannte schmerzhaft durch mich hindurch.

»Wilco hat dich auf den Strich geschickt. Hat es dir Spaß gemacht, dich für Geld ficken zu lassen?«

»Natürlich nicht!«

»Ganz genau. Also hast du getan, was du tun musstest, um zu überleben. Und nachdem du diesen Albtraum überstanden hattest, hast du dir eine verdammte Tracht Prügel eingefangen, um es nicht noch einmal durchmachen zu müssen. Glaubst du, du bist dafür verantwortlich?«

»Nein.«

»Richtig. Was hast du mit den Drogen gemacht, nachdem du einen Teil von den Lieferungen abgezweigt hattest? Hast du sie verkauft? Dir selbst gespritzt? Sie verschenkt?«

»Nein, natürlich nicht. Ich habe sie die Toilette runtergespült.«

»Du hast sie weggeworfen und dir wieder *eine Tracht Prügel* eingefangen.«

Okay, ich begann zu verstehen, worauf er hinauswollte. Aber ich hatte nach wie vor ein schlechtes Gewissen. Ich hätte einen Ausweg aus dieser Misere finden sollen.

»Wie ich sehe, verstehst du es langsam«, fuhr Owen fort. »Ich werde dir noch mehr auf die Sprünge helfen. Du hattest niemanden, an den du dich hättest wenden können. Niemand hätte dir geholfen. Sie haben dafür gesorgt, dass es für dich keinen Ausweg aus deiner Situation gab. *Sie* werden dafür büßen, nicht du. Weder Ivy noch Eva, Emmy, Anaya, Vi oder sonst jemand. Wilcos Zeit ist abgelaufen. Er hat einen großen Fehler gemacht, als er seine Drohungen ausgesprochen hat, Nat. Aber er wird sie nicht wahr machen. Falls er eine dieser Frauen auch nur anrührt, wird die Hölle losbrechen. Falls er versucht, dich in seine dreckigen Finger zu bekommen, werde ich ihm persönlich die Kehle rausreißen. Das ist kein Scherz, ich werde ihn umbringen.«

Dann geschah etwas Seltsames. Ich hatte keine Zeit zu verarbeiten, was vor sich ging, denn im nächsten Moment saß ich nicht mehr auf der Couch, sondern lag in Owens Armen. Er trug mich aus dem Raum und sagte: »Keine Fragen mehr. Nat ist fertig. Dieser Scheiß hat jetzt ein Ende.« Erst dann bemerkte ich, dass ich bitterlich weinte. Ich schluchzte so heftig, dass ich am ganzen Leib bebte.

Ich presste mein Gesicht an Owens Hals und wehrte mich nicht mehr gegen die Erinnerungen. All die schrecklichen, entsetzlichen, abstoßenden, unaussprechlichen Momente meines Lebens zogen vor meinem geistigen Auge vorbei. Ich konnte sie nicht mehr aufhalten und ließ sie einfach laufen, bis meine ganze Welt explodierte und der Schmerz mein ganzes Wesen erfüllte.

»Ich hasse ihn«, krächzte ich.

»Ich weiß, Baby.«

»Sie soll sterben.«

»Wer, Baby?«

»Sarah. Sie muss sterben. Ich will nicht sie sein. Ich will mich nicht an ihr Leben erinnern. Ich will …«

»Sie ist tot, Natasha.«

»Noch nicht.«

»Dann werden wir auch noch den Rest von ihr loswerden«, erklärte Owen mit fester Stimme.

Aus seinem Mund klang es so einfach, dass ich ihm glaubte. Ich glaubte daran, dass wir uns gemeinsam von Sarah würden lösen können. Und es funktionierte.

Dann funktionierte es nicht mehr. Und dann lernte ich eine neue Lektion.

Ich hatte nicht die geringste Ahnung, wie wirklicher Schmerz sich anfühlte.

Ich hätte niemals glauben dürfen.

KAPITEL NEUNZEHN

Erst Stunden später, als Natasha völlig erschöpft im Bett lag, stand ich auf. Sie hatte ununterbrochen geweint, bis mein T-Shirt völlig durchnässt war. Ich hatte nicht gewusst, dass ein Mensch so viele Tränen vergießen konnte. Und ich hätte ohne Weiteres damit leben können, es nicht zu wissen.

An der Schlafzimmertür hielt ich inne und warf noch einen Blick auf Natasha. Sie hatte sich auf die Seite gerollt und an ein Kissen gekuschelt, das ich mit meinem Körper ersetzen würde, wenn ich mich später wieder zu ihr legen und sie in meine Arme schließen würde. Aber für den Moment musste das Kissen genügen, denn ich würde nach unten gehen und mit den Jungs reden. Wir mussten uns eine Strategie zurechtlegen.

Als ich die unterste Treppenstufe erreichte, war meine Wut noch nicht verflogen. Ich hatte nicht einmal versucht, sie zu unterdrücken. Nat hatte mir unter Tränen alles erzählt, und jedes ihrer Worte hatte mir das Herz gebrochen.

»Wie geht es ihr?«, fragte Gabe.

Er saß auf der Couch und ich wandte mich ihm zu. Der Mann war schon lange mein Freund und ich vertraute ihm mein Leben an. Und als ich ihm nun in die Augen starrte, machte ich mir nicht die Mühe zu verbergen, wie lächerlich ich seine Frage fand. Er erkannte sofort, was in mir vorging, und murmelte nur: »Nun ja.«

»Was hat Tex gesagt?«, fragte ich auf dem Weg in die Küche.

»Nicht viel«, antwortete Gabe. »Du kennst ihn ja. Er sammelt sämtliche Informationen, lässt seine Magie wirken und gibt uns dann alles, was wir brauchen. Im Gegensatz zu ihm hatte Cruz eine Menge zu erzählen.«

Ich schnappte mir einen Proteinriegel und nickte Gabe zu, um ihn zum Fortfahren zu bewegen.

»Steel Conor war ein übler Kerl. Cruz lernte ihn kennen, als er verdeckt gegen eine Motorradbande namens *Red Brothers* ermittelte. Wilco hat der Welt einen Gefallen getan, als er Steel ausgeschaltet hat, aber Cruz will Wilco trotzdem wegen Mordes drankriegen. Tex ist an dem Fall dran, aber es ist unwahrscheinlich, dass seine Leiche je gefunden wird. Und jetzt hör dir das an: Axel hat sein Spielchen von einem sicheren FBI-Unterschlupf aus getrieben. Ich weiß nicht, wie sie es angestellt haben, aber irgendwie haben sie es geschafft. Steel hat für sich Strafmilderung ausgehandelt, aber Axel hatte nicht so viel Glück. Cruz konnte ihm zu viel anhängen. Aber er hat das FBI immerhin dazu bewegen können, ihn zu verlegen. Er hatte zu viele Feinde in Texas.«

»Warum haben sie Axel unter Verschluss gehalten?«

»Wegen seiner Verbindungen nach Mexiko.«

Ich nickte und aß den Rest meines Riegels.

»Tex hat einen Gefallen eingefordert. Er will mehr von uns in Maryland postieren.«

Ich war dankbar, dass Gabe diesen Punkt ansprach, da ich ohnehin mit ihm darüber reden wollte.

»Wann fahren wir zurück?«

»Gar nicht. Tex hat seine Kontakte spielen lassen, und

Wolf, Abe, Cookie, Mozart, Benny und Dude haben zugestimmt zu helfen. Sie werden nach Maryland fliegen.«

Das gefiel mir nicht. Aber nicht, weil ich dachte, dass diese Männer ihre Arbeit nicht gut machten. Sie waren alle mehr als fähig. Faulkner »Dude« Cooper kannte ich schon lange. Er war Sprengstoffexperte und hatte mir im Laufe der Jahre viel beigebracht. Die anderen Jungs waren ebenso zuverlässig und scharfsinnig und zweifellos der Aufgabe gewachsen. Allerdings wollte ich die Sache gern selbst in die Hand nehmen.

»Owen«, begann Gabe, doch dann verstummte er klugerweise wieder.

»Ich möchte, dass du dich um Nat kümmerst.«

»Nein, Bruder.«

Was zum Teufel?

»Nein?«, hakte ich nach.

»Nein. Du bleibst hier und kümmerst dich *selbst* um *deine* Frau.«

Mit zusammengebissenen Zähnen presste ich hervor: »Ich *werde* mich um meine Frau kümmern.«

»Aber du wirst ihr nicht geben, was sie braucht.«

Allmählich zerrte er wirklich an meinen Nerven.

»Fick ...«

»Warum erzählst du mir nicht, wie es Nat geht?«

Augenblicklich verstummte ich und spannte sämtliche Muskeln im Körper an.

»Ja, das dachte ich mir«, erwiderte mein Freund und lachte leise. Er war kurz davor, meine Faust zu spüren. »Und du hast nichts dagegen, wenn ich deine Frau in den Arm nehme, wenn sie weint, weil ihr Mann sie verlassen hat?«

»Ich verlasse sie nicht, sondern werde nur eine Weile weg sein. Das weißt du genau, Arschloch. Diese Sache muss für sie ein Ende haben.«

»Und das wird sie.«

»Aber nicht so, wie ich es mir wünsche.«

»Hörst du dich selbst reden? Nicht so, wie du es dir wünschst? Ist das nicht ein bisschen egoistisch? Wir sind alle hier oben in den Bergen und frieren uns den Allerwertesten ab, um sie zu beschützen. Und weißt du, warum wir das tun, ohne uns auch nur einmal zu beschweren? Weil wir wussten, was sie dir bedeutet, lange bevor du den Mut hattest, es dir selbst einzugestehen. Wir halten nicht nur ihr den Rücken frei, sondern auch dir. Zane reißt sich den Arsch auf, um sie aus diesem Schlamassel zu befreien. Aber es läuft nicht so, wie du es dir wünschst?«

Herrgott, Gabe hatte recht. Ich hatte mich wie ein Idiot benommen. Sie alle leisteten ihren Beitrag und legten sich mächtig ins Zeug, um zu helfen. Dabei hätten sie gar nichts tun müssen. Natasha war nicht ihr Problem, und sie wurden nicht dafür bezahlt, sie vor Wilco Pollaski zu beschützen. Und jetzt war Zane gezwungen, Gefallen einzufordern und die Ermittlungen aus eigener Tasche zu bezahlen, weil jemand seine Frau, seine Männer, seine Firma oder eine der Frauen in seiner Obhut bedrohte. Er würde ein Zeichen setzen, laut und deutlich. Aber nicht so, wie ich es wollte.

Ich wusste, dass es egoistisch war, aber Gabe schien meine Beweggründe nicht nachvollziehen zu können.

»Du verstehst das nicht«, sagte ich.

»Was verstehe ich nicht?«

»Wie es sich anfühlt, die Frau, in die man sich verliebt hat, in den Armen zu halten, während sie den dunklen Albtraum ihrer Vergangenheit durchlebt. Sie hat so heftig gezittert, dass ihre Zähne geklappert haben. Ich hoffe inständig, dass sie sich alles von der Seele geredet hat, denn falls sie noch mehr vergraben hat, will ich es gar nicht wissen. Ich meine es ernst. Wir arbeiten schon lange zusammen, Gabe, du weißt, wovon ich rede. Wir haben viel Scheiße gesehen und kennen die Abgründe der Gesellschaft. Aber Nat kennt sie besser. Sie hat sie am eigenen Leib erfahren. Sie hat sie erlebt. Du warst dabei, als sie uns erzählt hat, dass sie auf den Strich geschickt wurde, aber du hast nicht gehört, was ihr genommen wurde. Du hast nur die kalte, emotionslose Wiedergabe ihrer Geschichte mitbekommen. Aber du hast sie nicht gehalten, während die Erinnerungen über sie hereinbrachen. Er hat ihre Jungfräulichkeit verkauft.«

Gabe zuckte sichtlich zusammen. Mir wäre es lieber gewesen, ich hätte dieses Detail verschweigen können, aber er musste es verstehen. »Ja, Bruder, Wilco Pollaski hat ihre Jungfräulichkeit verkauft. Ich muss keine Frau sein, um zu wissen, wie schrecklich das ist. Ich spüre es bis ins Mark. Etwas so Kostbares, das sie jemandem aus freien Stücken hätte schenken sollen, wurde einfach verkauft. Ich gebe zu, dass ich ein egoistischer Mistkerl bin, aber ich muss diesem Wichser den Garaus machen. Und zwar für immer. Ich will nicht, dass er vor Gericht kommt und vielleicht als freier Mann davonspaziert. Ich will auch nicht, dass er im Gefängnis verrottet, denn er könnte immer noch seine Beziehungen spielen lassen und weiterhin eine Bedrohung darstellen.«

»Das verstehe ich«, räumte Gabe ein, »aber du wirst trotzdem nicht derjenige sein, der ihn zur Strecke bringt, Owen. Deine Prioritäten haben sich verschoben. Du musst darauf vertrauen, dass dein Team die Sache regelt. Wenn du gehst und sie hierlässt, wirst du sie verlieren. Sie wird es nicht verstehen. Ich habe gehört, was du gesagt hast, aber ich glaube nicht, dass du dir selbst zugehört hast. Nat hat ihre Geschichte weder mir noch Kevin noch Myles erzählt, sondern dir. Dir allein. Du bist ihr Fels in der Brandung. Sie vertraut dir. Dieses Vertrauen darfst du nicht enttäuschen, Bruder.«

Verdammt, Gabe hatte wieder recht.

Aber ich sträubte mich dagegen. Ich wollte ... Was zum

Teufel wollte ich? Ich wollte Pollaski tot sehen und ich wollte Natasha in Sicherheit wissen. Ich wollte mein Leben und mein Bett mit ihr teilen. Ich wollte endlich den Traum leben, von dem ich geglaubt hatte, er sei wahr geworden, bevor meine Beziehung mit Natasha in die Brüche gegangen war. Ich wollte glücklich sein, aber dazu musste ich meinem Team vertrauen. Die Jungs würden sich um Pollaski kümmern und ich mich um den Rest.

»Du hast recht«, gab ich widerwillig zu.

»Natürlich habe ich recht.«

Großmaul.

»Sei nicht so überheblich«, konterte ich, und Gabe schenkte mir ein Lächeln.

»Wie du meinst. Also wieder zurück zum eigentlichen Thema. Zane hat ein Flugzeug geschickt, um Wolf und sein Team abzuholen. Benny musste Jessyka erst noch in der Kneipe helfen und Abe hatte noch etwas mit seinen Kindern zu erledigen, aber sie werden heute Abend in Maryland eintreffen.«

Augenblicklich überkam mich ein schlechtes Gewissen. Diese Männer hatten Familien und Verantwortung, und doch ließen sie alles stehen und liegen, um einer Frau zu helfen, der sie nie begegnet waren.

Verdammt. Bei dieser Erkenntnis ließ ich unwillkürlich den Kopf hängen.

»Du weißt, dass sie alles für Tex tun würden«, bemerkte Gabe.

Er sprach von Wolf, Abe, Mozart, Cookie, Dude und Benny. Auch damit hatte Gabe recht. Tex und diese Männer waren alle ehemalige SEALs. Sie waren Brüder und standen sich näher, als Blutsverwandte es je hätten tun können. Aber außer Dude, mit dem ich einmal beruflich zu tun hatte, kannte mich keiner der Männer. Und Nat kannten sie ganz sicher nicht.

»Mozart und Cruz haben eine besondere Verbindung«, fuhr Gabe fort. »Cruz hat mir erzählt, dass er unter anderem wegen Mozarts Schwester Avery zum FBI gegangen ist. Sie wurde ermordet und ihr Tod hat Cruz tief getroffen. Er hat Avery Reed nie vergessen. Wie Mozart bringt auch er sich voll und ganz in den Fall ein. Einer der Gründe dafür ist, dass er Pollaski das Handwerk legen will. Cruz stellt gerade ein Team zusammen und fordert einige Gefallen ein. Ich will damit nur sagen, dass alle bereit sind, mit anzupacken. Für dich und für Natasha. Und als Bonus haben sie die Chance, einen Drogendealer und Zuhälter zur Strecke zu bringen.«

»Richtig«, murmelte ich, während ich weiterhin zu Boden starrte.

»Ich weiß, dass die Pille schwer zu schlucken ist, aber du wirst dich schon damit abfinden.«

Es war sogar verdammt schwer, aber ich würde sie schlucken. Obwohl sie verflucht bitter schmeckte.

Ich hörte Schritte und blickte ruckartig auf. Als ich sah, wie Nat gerade die Treppe hinunterkam, begann der bittere Geschmack zu verfliegen. Sie kam direkt auf mich zu und schmiegte sich an meine Seite, woraufhin ich einen Arm um sie schlang und sie an mich zog. Dann war ich nur noch von einem süßen Aroma erfüllt. Die Schuldgefühle verebbten und meine Seele kam zur Ruhe.

»Ich bin gerade aufgewacht und du warst weg«, flüsterte sie.

Ich hielt sie noch fester an mich und drückte ihr einen Kuss auf den Kopf. »Ich wollte gerade wieder nach oben kommen.«

Sie nickte und presste ihr Gesicht an meine Brust.
Mein Gott.
Dieses Gefühl war noch süßer.
Aber ich hatte auch den Eindruck, als wollte sie mit mir verschmelzen, bis sie ganz verschwunden war.

Ich blickte zu Gabe auf und sah, wie er Nat anstarrte. Die Muskeln in seinem Nacken waren angespannt und er saß stocksteif da. Ja, er hatte es auch gesehen. Es war alles andere als süß. Das würde es erst sein, wenn sie wieder frei atmen konnte.

* * *

»Es ist wunderschön!«, rief Nat, um das Heulen des Motors zu übertönen.

Wir waren auf einem von Rhodes Quads unterwegs. Nat saß hinter mir. Sie hatte ihre Arme fest um meine Taille geschlungen und ihr Kinn auf meine Schulter gelegt. Nachdem ich sie überredet hatte, etwas zu essen, war ich mit ihr den Berg hinaufgefahren und hatte sie an einen Ort gebracht, den ich bei meinem ersten Besuch hier entdeckt hatte. Wir hatten es zwar nicht bis zum Gipfel geschafft, aber trotzdem eine beachtliche Höhe erreicht, von der aus man einen atemberaubenden Blick hatte.

Ich schaltete das Quad aus und tätschelte Nats Oberschenkel.

»Steig ab, Baby.«

Widerwillig tat sie wie geheißen, doch sobald sie mit beiden Beinen auf dem Boden stand, plapperte sie aufgeregt: »Es ist unglaublich. So etwas habe ich noch nie gesehen.«

Der Schnee knirschte unter Nats Stiefeln, als sie zum Rand der Klippe ging. Das Tal unter uns und die bewaldeten Berge in der Ferne boten einen spektakulären Ausblick. Aber ich hatte nur Augen für die Frau, die den Kopf in den Nacken legte und sich die Sonne ins Gesicht scheinen ließ. Am Himmel war kein Wölkchen zu sehen und die warmen Strahlen erwärmten die frische Luft. Aber nicht genug, um den Schnee schmelzen zu lassen. Es war ein unglaublicher Tag.

Wunderschön.

Und durch Natashas Gesellschaft war er umso schöner.

Sie war perfekt. Von Kopf bis Fuß. Innerlich wie äußerlich.

Ich betrachtete ihr Lächeln und fragte mich, wie sie nach allem, was heute Morgen passiert war, so glücklich aussehen konnte. Nach dem Mittagessen war sie nach oben gegangen, um sich umzuziehen, und war in einer hellbraunen, mit Fleece gefütterten Carhartt-Hose wieder heruntergekommen, die genauso perfekt saß wie die anthrazitfarbene. Ihre langen honigblonden Haare hatte sie zu zwei Zöpfen geflochten, die ihr über die Brust fielen. Sie trug eine Wollmütze, die sie tief ins Gesicht gezogen hatte, und sah einfach zum Anbeißen aus. Ihre Augen waren nicht mehr gerötet und geschwollen und ihre Wangen waren rosig. Sie wirkte wie eine elegante, kultivierte Bergbewohnerin. Eigentlich waren diese Eigenschaften nicht miteinander vereinbar, aber Nat schaffte es irgendwie.

Und sie sah glücklich aus.

Ich trat hinter sie, schlang meine Arme um ihre Taille, schmiegte mich an ihren Rücken und hielt sie fest.

»Wie geht es dir, Baby?«, fragte ich und wappnete mich gleichzeitig.

Ich glaubte zu wissen, wie es ihr ging, doch ihr Lächeln hatte mich überrascht. Genauso wie ihre beschwingten Schritte zum Rand der Klippe. Als wir das Haus verlassen hatten, war Nat sehr schweigsam gewesen. Sie hatte einer Quad-Tour bereitwillig zugestimmt, doch in ihren Augen war kein freudiges Funkeln zu sehen gewesen. Nach der langen Fahrt schien sie jedoch viel fröhlicher zu sein.

»Es geht mir … gut«, flüsterte sie.

»Nat …«

Sie verlagerte ihr Gewicht und schmiegte sich noch

dichter an mich. Dann legte sie ihre Hände an meine Unterarme und ließ ihren Kopf an meine Schulter fallen.

»Mir geht es gut.«

Ich war allerdings noch nicht mit ihrer Antwort zufrieden und fragte: »Was bedeutet *gut*?«

»Ich habe gerade zum ersten Mal auf einem Quad gesessen.«

»Okay«, erwiderte ich gedehnt.

»Und es war fantastisch. Ich will lernen, wie man dieses Ding fährt.«

Ich war mir zwar nicht sicher, was das mit ihrem Gemütszustand zu tun hatte, aber ich spielte einfach mit.

»Ich kann es dir beibringen.«

»Das weiß ich«, murmelte sie. Genauso leise sagte sie: »Heute Morgen ging es mir nicht gut.«

Das war eine Untertreibung. Ich würde diesen Morgen nie vergessen.

»Aber du hast dafür gesorgt, dass ich mich besser fühle.«

Verdammt.

»Du hast mich hierhergebracht und mich mit all dieser Schönheit umgeben. Aber davor hast du mir alles gegeben.«

Verflucht.

Von meinen Gefühlen überwältigt, vergrub ich mein Gesicht an ihrem Nacken und atmete tief ein. Der Duft von Kiefern, frischer Luft und Nats blumigem Shampoo umhüllte mich. Wenn ich den Rest meines Lebens dieses Shampoo riechen könnte, wäre ich glücklich. Ich wollte mit dem Duft von Jasmin und Zitrone in der Nase zu Bett gehen und aufwachen. Ich wollte zur Arbeit gehen und die Minuten zählen, bis ich endlich nach Hause zurückkehren und ihr Lächeln sehen konnte.

Verdammt, ja, so könnte ich für den Rest meines Lebens glücklich sein.

»Baby …«

»Du verstehst das nicht.«

»Ich denke schon, dass ich es verstehe.«

»Nein, Owen, das tust du nicht.« Nat drehte sich in meinen Armen zu mir um. Sie legte ihre Hände an meine Brust, neigte den Kopf zurück und begegnete meinem Blick. »Das hast du mir geschenkt.« Ich öffnete den Mund, um etwas zu erwidern, aber sie presste ihre Hände noch fester an meinen Oberkörper und schüttelte den Kopf. »Du hast meine Fantasie wahr werden lassen. Mein ganzes Leben war ich allein. Bevor du kamst, hat mir noch nie jemand ein Gefühl von Geborgenheit gegeben. Niemand hat mich je in den Arm genommen, mich ins Bett getragen oder mich gehalten, wenn ich geweint habe. Ich habe mich einfach nie sicher gefühlt. Ich bin nie schlafen gegangen, ohne mir Sorgen zu machen, was der nächste Tag bringen würde. Ich bin nie glücklich aufgewacht. Ich habe mich nie auf den Tag gefreut. Ich habe nie jemanden geliebt. Du hast mir das alles gegeben und noch viel mehr. Mir geht es gut, und das verdanke ich dir. Du hast mir eine sichere Umgebung geboten, in der ich alles abladen konnte – all die hässlichen, widerlichen, schmerzhaften Erinnerungen. Und die ganze Zeit über hast du mich nie losgelassen. Du hast mich in deinen Armen gehalten und mir die Möglichkeit gegeben, mich von *ihr* zu lösen. Sie ist fort. Ich will nicht mehr Sarah Pollaski sein, ich will Natasha sein. Und ich will *dein* sein.«

Die kühle Luft brannte in meiner Lunge.

Nat war bereit. Sie glaubte an uns.

»Ich habe mich an dem Abend in dich verliebt, an dem du die Käse-Makkaroni hast anbrennen lassen. Du hast einen so hinreißenden Anblick geboten, als du verärgert in der Küche herumgewerkelt und darüber geschimpft hast, dass die Anweisungen auf der Packung nicht stimmen konnten. Dann hat dich irgendetwas amüsiert und du hast gelächelt. Es war nur ein Anflug eines Lächelns, aber mehr brauchte ich nicht.«

»Das war nur ein paar Tage, nachdem ich bei dir eingezogen war«, bemerkte sie.

Um genau zu sein, war es der dritte Abend. Ich war gerade aus der Dusche gekommen und wollte beim Lieferservice etwas zu essen bestellen, doch dann hatte ich sie in der Küche vorgefunden. Die Makkaroni waren so verbrannt gewesen, dass sie ungenießbar waren und vom Boden der Pfanne abgekratzt werden mussten. Nat hatte keine Ahnung vom Kochen, aber sie hatte es versucht. Doch vor allem ihr Murren hatte meine Aufmerksamkeit erregt. Zu Anfang hatte Natasha kaum ein Wort gesprochen, daher traf es mich mitten ins Herz, als ich sie über das Essen schimpfen hörte, das angebrannt war, obwohl sie etwas Nettes für mich hatte tun wollen. Und als sie schließlich die Mundwinkel nach oben gezogen hatte, hatte der Anblick mich bis ins Mark getroffen. Damals hatte ich sie zum ersten Mal lächeln sehen.

Natasha war eine wunderschöne Frau und in jenem Moment hatte ich sie zum ersten Mal als solche wahrgenommen. Sofort hatte ich den Wunsch verspürt, ihr jeden Tag ein Lächeln aufs Gesicht zaubern zu können. Doch ich hatte meine Gefühle unterdrückt und wollte nicht wahrhaben, dass ich mich in eine Frau verliebt hatte, über die ich nichts wusste. Eine Frau, die einerseits tieftraurig war und andererseits so stark, dass sie die Hölle überlebt hatte.

Mein Gott, ich war ein Idiot gewesen. Ich hatte so viel Zeit vergeudet.

»Ja, vielleicht verstehst du jetzt, was ich gemeint habe. Es war die reinste Folter, zu dir nach Hause zu kommen und in einem anderen Zimmer zu schlafen, obwohl ich mit dir zusammen sein wollte. Ich war nicht in der Lage, dich zu berühren, zu küssen und zu halten. Jeden Tag eilte ich nach der Arbeit nach Hause, weil ich es kaum erwarten konnte, die Frau zu sehen, die ich so sehr begehrte. Aber ich konnte dich nicht haben. Und was viel schlimmer war, ich konnte dir nicht geben, was ich wollte. Ich konnte dich nicht glücklich machen, und das hat mich fast umgebracht.«

»Aber jetzt hast du mich«, murmelte sie. Dann stellte sie sich auf die Zehenspitzen und streifte mit ihren Lippen die meinen.

»Jetzt habe ich dich«, stimmte ich zu. Mit diesen Worten zog ich sie an mich und küsste sie. Nun hielt mich nichts mehr davon ab, ihr meine Zuneigung zu zeigen. Ich wollte keine Sekunde mehr vergeuden und mich nicht länger verstecken, aber ich verschlang sie nicht leidenschaftlich, sondern ließ sanft meine Zunge gegen ihre gleiten, um sie mit der Liebkosung in meinem Leben willkommen zu heißen.

Eine ganze Weile standen wir am Rand der Klippe. Obwohl ich im Moment keinen Blick dafür hatte, wusste ich, dass wir von der Schönheit von Mutter Natur umgeben waren, von unberührter Pracht, so weit das Auge reichte. Aber die Frau in meinen Armen war weitaus hübscher.

Nat neigte den Kopf zur Seite und vertiefte den Kuss, wobei sie ihre Hände von meiner Brust an meinen Nacken wandern ließ und mich festhielt. Gleichzeitig schmiegte sie sich an mich und ließ ihren Hintern kreisen. Mein ohnehin harter Schwanz begann zu pochen. So ungern ich mich auch von ihr lösen wollte, es war an der Zeit, die Liebkosung zu unterbrechen.

Natasha hatte jedoch andere Pläne und vertiefte den Kuss noch. Es war ein großartiges Gefühl, und als sie schließlich in meinen Mund stöhnte, verlor ich fast den Verstand.

Ich riss mich von ihr los. Schwer atmend raunte ich warnend: »Natasha.«

»Hör nicht auf.«

»Baby …«

»Bitte hör nicht auf. Wir sind hier draußen doch ganz allein.«

»Nat…«

»Ich brauche dich«, flehte sie. Nur mit purer Willenskraft schaffte ich es, ihr nicht die Kleider vom Leib zu reißen und sie an Ort und Stelle im Schnee zu vernaschen.

Doch dazu würde ich mich nicht hinreißen lassen. Nicht mit Nat. Nicht jetzt. Ich ließ die Hände an ihrem Rücken hinuntergleiten und umfasste ihren Hintern, wobei ich das Becken nach vorn schob.

»Dieses Verlangen beruht auf Gegenseitigkeit«, versicherte ich ihr, »aber dein erstes Mal mit einem Mann, dein erstes Mal mit *mir*, wird nicht hier draußen sein. Ich will dich nicht mit heruntergelassener Hose über ein Quad gebeugt vögeln. Wenn du später Lust auf ein Abenteuer im Freien hast, kann ich das gern arrangieren. Doch bei unserem ersten Mal will ich mir Zeit nehmen und dich verwöhnen.«

»Owen…«

»Und glaub mir, Baby, ich werde dein Erster sein. Sex kann mehr sein als nur eine körperliche Vereinigung, mehr als Lust und Begierde. Wenn das Verlangen auf Gegenseitigkeit beruht und die Leidenschaft auf Fürsorge und Liebe basiert, dann schlafen zwei Menschen nicht nur einfach miteinander, sondern gehen eine spirituelle Verbindung ein. Und obwohl der Gedanke, mich in freier Natur, umgeben von all der Schönheit, mit dir zu vereinen, mir gefällt, will ich mir beim ersten Mal Zeit nehmen, um dir zu beweisen, wie sehr du geliebt wirst.«

»Owen«, hauchte sie. Mein Name aus ihrem Mund klang so wunderbar, dass ich ihn unbedingt noch einmal hören wollte, während ich in ihr war.

Ich drückte ihr noch einen flüchtigen Kuss auf die Lippen und zog den Kopf zurück. »Verstanden?«

»Ja.«

»Gut. Willst du selbst zurückfahren oder hinten sitzen und deine Arme um mich schlingen?«

Nat zögerte nicht mit ihrer Antwort. Dabei strahlte sie so sehr, dass sie mir den Atem raubte. Wenn ich nicht schon längst in sie verliebt gewesen wäre, hätte ich mich beim Anblick ihres hübschen Lächelns Hals über Kopf in sie verliebt.

»Ich will es lernen.«

Damit hatte ich gerechnet.

»Dann steig auf und ich zeige es dir.«

Sie rührte sich jedoch nicht, sondern ließ ihre Hand von meinem Nacken zu meinem Gesicht gleiten und strich mit dem Daumen über mein Kinn.

»Du bist der attraktivste Mann, den ich je gesehen habe, Owen.«

Bevor ich das Kompliment zurückgeben konnte, war sie einen Schritt zurückgetreten und ging beschwingten Schrittes zum Quad.

Nat ging es gut.

Wahrscheinlich würde ich nie verstehen, wie sie sich so schnell hatte erholen können.

Aber ich hielt mich nicht länger mit dem Gedanken auf.

Es ging ihr gut, und heute Abend würde es ihr noch besser gehen. Von nun an würde ich jeden Tag dafür sorgen, dass sie glücklich war und sich vollkommen fühlte.

Hätte ich damals gewusst, was ich heute weiß, wäre mir klar gewesen, dass so etwas wie *Vollkommenheit* nicht möglich war. Weder für Natasha noch für mich.

KAPITEL ZWANZIG

»Owen«, keuchte ich und wand mich unter ihm.

Langsam ließ er seine Hände über meinen Brustkorb gleiten, während er mit den Lippen an meinem Dekolleté hinab-
wanderte. Da er mich nicht zum ersten Mal auf diese Weise
liebkoste, wusste ich, wo der Pfad enden würde. Leider nicht
dort, wo ich ihn spüren wollte. Denn kurz bevor er die richtige Stelle erreichte, würde er umkehren und mich auf den
Bauch küssen.

Er trieb mich in den Wahnsinn.

Und das schon eine ganze Weile. Nach dem Abendessen
hatte er Kevin für den Küchendienst eingeteilt und verkündet, wir würden zu Bett gehen. Dann hatte er mich nach
oben geführt, doch statt mich sofort zu vernaschen, hatte er
mich hochgehoben, mich auf der Matratze abgesetzt und mir
erklärt, er sei gleich zurück. Dann war er im Badezimmer
verschwunden und nach ein paar Minuten wieder herausge-
kommen, um mich zurück ins Badezimmer zu tragen. Dort
hatte er mich ausgezogen und mir geholfen, in die Wanne zu
steigen. Ich hatte protestieren wollen, denn meiner Meinung
nach war ein Schaumbad nur ein unnötiger Umweg. Aber

nachdem seine Kleider auf dem Boden gelandet waren und er sich hinter mich gesetzt hatte, hatte ich meine Meinung geändert.

Owen hatte mir die Haare gewaschen und meine Schultern, Arme und Brust eingeseift. Er hatte mit seinen Fingern meine Brustwarzen umkreist, bis ich am ganzen Körper zitterte, dann hatte er seine Hand zwischen meine Schenkel gleiten lassen und meine Klitoris massiert, bis mein Herz zum Bersten voll war. Aber ein Orgasmus war mir nicht vergönnt. Er hatte mich immer nur bis an den Rand der Ekstase gebracht und dann seine Hand zurückgezogen. Und jedes Mal hatte ich vor Frustration gestöhnt, woraufhin er mich leidenschaftlich geküsst hatte.

Nun lagen wir nackt im Bett, und Owen nahm sich alle Zeit der Welt.

Wenn es nach mir gegangen wäre, hätte ich das Tempo schon vor einer Stunde beschleunigt. Ich wollte mehr und ich wollte ihn in mir spüren. Ich war mehr als bereit und zunehmend frustriert.

»Schatz«, stöhnte ich, als er mit der Zunge meine Brustwarze umkreiste. »Du bringst mich noch um.«

»Spürst du es?«, fragte Owen. Aber sobald er die Worte über die Lippen gebracht hatte, saugte er meine Brustwarze in seinen Mund. Ich bäumte mich auf und ließ die Hände in sein Haar gleiten, um seinen Kopf festzuhalten. Mit einer Hand streichelte er weiter meine Taille, während er die andere zwischen meine Schenkel schob. Ich spreizte die Beine noch weiter und er drang mit zwei dicken Fingern in mich ein. Ein lustvoller Schauer durchströmte mich. Ich bäumte die Hüfte auf und schloss die Augen.

Owen zog den Kopf zurück und ich hörte vage, wie er meinen Namen rief. Ich nahm jedoch nichts wahr außer seinem rauen, begierigen Tonfall, der mich wie ein Blitz durchzuckte.

»Natasha«, raunte er erneut. Es war verrückt, aber allein der Klang seiner Stimme ließ meine Muschi zucken. »*Herrgott. Antworte mir.*«

Ich sollte ihm antworten?

Hatte er mir etwa eine Frage gestellt? Ich war wie in Trance. Beinahe hätte ich mich daran erinnert, was er von mir wissen wollte, doch dann drehte Owen seine Finger in meinem Unterleib und begann, meine Klitoris zu reiben. Ich wurde von einem Gefühl mitgerissen, das ich noch nie zuvor empfunden hatte. Es schwoll immer mehr an und steigerte sich zu etwas, das größer war als ein normaler Orgasmus. Meine Beine zitterten und ich kämpfte gegen den Drang an, die Schenkel zusammenzupressen.

»Was ist …«

»Baby, spürst du es?«

Oh ja, ich spürte es. Mein ganzer Körper stand in Flammen. Ich spürte seine Wärme, sein Gewicht, seine Finger zwischen meinen Schenkeln, während meine Brustwarzen immer noch kribbelten, nachdem er sie so lange liebkost hatte.

»Ich spüre es«, stöhnte ich und ließ meine Hände über seinen Rücken gleiten, wobei ich das Gefühl seiner zuckenden Muskeln unter meinen Fingern genoss.

Seine geschmeidige, erhitzte Haut. Es gab so viel zu erkunden, so viele Stellen seines Körpers, die ich berühren, küssen und lecken wollte, während Owen auf mir lag. Ich umfasste seinen Hintern mit beiden Händen und vergrub meine Fingernägel in seinen harten Muskeln, um ihn im Stillen um mehr anzuflehen.

Owen war alles andere als still. Während er mit seinen Fingern wahre Wunder vollbrachte, liebkoste er meinen Hals und wanderte mit der Zunge hinauf bis zu meinem Ohr. Wieder schien ein Traum wahr zu werden, als er im Folgenden meine Welt erschütterte.

»Ich glaube nicht, dass du es spürst, Natasha. Du *fühlst* noch nicht, wie viel es mir bedeutet.« Owen leckte über meine Ohrmuschel und hielt dann inne. »Wie gut du schmeckst.« Mit einem kraftvollen Stoß schob er seine Finger noch tiefer in meinen Unterleib. »Wie gut du dich anfühlst. Es ist wie eine süße Folter, wenn du dich unter mir windest und mir deinen Körper anvertraust, weil du weißt, dass ich mich um dich kümmern werde. Und das werde ich, Nat. Ich verspreche es. Du kannst mir deinen Körper und dein Herz anvertrauen, und ich werde dir alles geben, was du brauchst.«

»Ich kann es fühlen«, flüsterte ich. Diesmal glaubte er mir offenbar, denn er zog seine Hand zurück, streckte sie über meinen Kopf und schob sie unter das Kissen.

Beinahe hätte ich mich beschwert, weil ich seine Finger nun nicht mehr in mir spürte, doch dann sah ich, wie er mit den Zähnen eine Kondompackung aufriss. Erleichterung durchströmte mich.

Endlich.

Owen kniete sich auf die Matratze und ich beobachtete, wie er das Latex über seinen dicken Schaft rollte. Erst dann kam mir in den Sinn, dass Owen nackt war. Ich hatte kaum Gelegenheit gehabt, die Erhebungen und Täler seiner definierten Bauchmuskeln zu betrachten. So gern hätte ich sie gestreichelt, doch im nächsten Moment ließ Owen sich nach vorn fallen und stützte sich auf einen Ellbogen, um mich nicht zu erdrücken.

Mit der freien Hand streichelte er über meine Hüfte und die Außenseite meines Oberschenkels. Die Berührung war so sanft, fast ehrfürchtig, doch in seiner Stimme schwang ein rauer Unterton mit. »Du übernimmst die Führung, Baby.«

Es dauerte einen Moment, bis ich verstand, worum er mich bat. Doch dann umschloss ich seinen Schwanz mit einer Hand und führte ihn an mein Geschlecht.

»Sieh mich an«, befahl er raunend.

Ich begegnete seinem Blick und erstarrte.

Unnachgiebig und zärtlich zugleich.

Seine grünen Iriden waren so dunkel, dass sie fast schwarz wirkten. Ich konnte sehen, dass er sich nach Kräften bemühte, nicht die Beherrschung zu verlieren, denn seine Augen waren angespannt und seine Stirn in Falten gelegt. Mir zuliebe ließ er es langsam angehen, und dafür liebte ich ihn umso mehr. Er starrte mich voller Zuneigung an und harrte aus, bis ich bereit war. Statt sich einfach zu nehmen, was er wollte, wartete er, bis ich es ihm gab.

Meine Entscheidung.

Mein Körper.

Meine Wahl.

Owen verstand es. Er verstand besser als ich, wie wichtig es für mich war, die Kontrolle zu übernehmen.

»Ich *fühle* es«, flüsterte ich. »Ich weiß, was du mir zuteilwerden lässt. Ich kann es tief in meiner Seele spüren, Schatz.«

Und weil ich wusste, dass ich die Kontrolle bald verlieren würde, drückte ich Owens harten Schaft und streichelte ihn einmal, woraufhin er die Zähne zusammenbiss. Oh ja, er hielt sich zurück – mit aller Kraft. Aber das musste er nicht. Ich führte seine Männlichkeit an meinen Unterleib, dann zog ich meine Hand zurück und legte sie an seine Wange.

»Ich vertraue dir«, versicherte ich ihm und seine Augen blitzten auf. »Ich will mich dir hingeben, Owen. Jetzt nimm mich.«

Seine Hand auf meinem Oberschenkel erstarrte und ich spürte, wie seine Kiefermuskeln unter meiner Handfläche zuckten. Aber er rührte sich nicht.

»Mein ganzes Leben lang habe ich auf dich gewartet, Schatz. Ich wollte nichts anderes, als zu lieben und geliebt zu werden. Nun habe ich die Freiheit zu fühlen. Ich habe mich für dich entschieden. Also bitte, Owen, nimm, was ich *dir gebe*.«

Ganz langsam und bedächtig drang er in mich ein, während er mir tief in die Augen starrte. Aber er entspannte sich nicht, sondern versteifte sich sogar noch mehr. Er sah aus, als würde er zersplittern, wenn ich ihn berührte.

»Mein Gott«, presste er zwischen zusammengebissenen Zähnen hervor.

Ich bebte am ganzen Leib, als das Bedürfnis, ihn zu liebkosen, mich überwältigte. Während ich eine Hand immer noch an seine Wange gelegt hatte, ließ ich die andere über seinen Rücken gleiten, wobei ich ihn genauso sanft streichelte wie er mich zuvor. Ich sah, wie er die Augen zu schmalen Schlitzen verengte. Normalerweise hätte der Anblick mich beunruhigt und vielleicht sogar verängstigt, aber ich wusste, dass ich von Owen nichts zu befürchten hatte. Er würde sich um mich kümmern, sowohl um meinen Körper als auch um mein Herz. Das hatte er mir versprochen.

Zentimeter für Zentimeter dehnte er mich, bis er sich schließlich zurückzog, nur um dann wieder in mich einzudringen.

Es war wunderschön, aber ich wollte mehr.

»Owen.«

»Ja, Baby?«

»Fühlst du es?«

»Ja, Nat, ich fühle es.«

»Dann lass dich gehen.«

Er ließ den Kopf nach vorn fallen.

»Ich kann nicht.«

Obwohl ich unendlich dankbar dafür war, dass er mir die Führung überließ, sehnte ich mich danach, dass er seine Selbstbeherrschung über Bord warf. Er musste er selbst sein.

»Aber ich will es. Ich bin nicht gebrochen.«

Owen hob ruckartig den Kopf und starrte mich wütend an.

»Du bist in keiner Weise gebrochen.«

»Dann lass dich gehen und gib mir, was ich brauche.«

Daraufhin stieß er so kraftvoll in mich und füllte mich ganz aus. Ich bäumte mich auf, als die Luft aus meiner Lunge gepresst wurde.

»Sieh mich an«, forderte er.

»Das tue ich.«

»Nein, Baby, sieh mich an.«

Ich starrte ihm direkt in seine funkelnden Augen. Sein Gesicht war angespannt und er sagte kein Wort, doch das musste er auch gar nicht. Ich verstand auch so, was er mir mitteilen wollte.

Schließlich brachte er es trotzdem über die Lippen. »Es bedeutet mir alles, dass du mir dieses Geschenk machst.«

»Ich weiß.«

»Einfach alles, Baby.«

»Ich weiß.«

Er schüttelte den Kopf, als hätte er mich nicht verstanden, doch zum Glück ließ er es dabei bewenden und wandte sich wichtigeren Dingen zu.

»Wenn ich etwas tue, das dir nicht behagt oder sich falsch anfühlt, dann musst du es mir sagen.«

»In Ordnung.«

»Du behältst es nicht für dich, sondern lässt es mich sofort wissen.«

»Okay.«

Owen verlagerte das Gewicht und stieß noch tiefer in mich. Unwillkürlich entfuhr mir ein lustvolles Wimmern.

»Mein Gott«, knurrte Owen. »Schling deine Beine um mich und halt dich fest.«

Ich tat wie geheißen und verschränkte meine Knöchel hinter seinem Rücken.

»Verdammt, du fühlst dich so gut an«, raunte er und zog sich zurück, um sofort wieder in mich zu stoßen. »Ich will deine Hände an meinem Körper spüren, Nat. Ich will, dass du mich berührst.«

Diesen Wunsch erfüllte ich ihm nur allzu gern. Ich löste meine Hand von seiner Wange und schlang meine Arme um ihn. Dann ließ ich meine Finger über seine Schultern und an seinem Rücken hinabgleiten, bis ich an meine Fersen stieß, die auf seinem Kreuz ruhten. Ich streichelte ihn unaufhörlich und beobachtete, wie sein Gesicht sich nach und nach entspannte.

»Wenn ich zu grob bin …«, begann er.

»Du wirst nicht zu grob sein. Bitte, Owen, fick mich.«

»Nein«, brummte er. Blitzschnell packte er mit einer Hand meine Haare und hielt mich fest. Dann beugte er sich vor, bis sein Gesicht dicht über meinem schwebte. »Ganz gleich, wie ich dich nehme, ob hart, zärtlich, langsam, über die Couch gebeugt oder sogar in deinen Arsch. Egal, wie experimentierfreudig wir sind oder wie schmutzig wir spielen wollen, ich werde dich niemals *ficken*. Du bist nicht einfach eine Muschi, in die ich meinen Schwanz stecken kann. Wenn ich in dir bin, dann ficke ich dich nicht.«

Seine Worte ließen mein Herz höherschlagen.

»In Ordnung, Schatz.«

Mehr brachte ich nicht mehr hervor, denn im nächsten Moment presste Owen seinen Mund auf meinen. Er leckte über meine Lippen, die ich bereitwillig öffnete. Doch statt mich leidenschaftlich zu verschlingen, ließ er sanft seine Zunge über meine gleiten. Einerseits küsste er mich zärtlich, während er andererseits immer wieder mit kraftvollen, aber gemessenen Stößen in mich eindrang und mein Verlangen damit in ungeahnte Höhen trieb.

Mit seinem dicken Schaft dehnte er mich immer weiter, während ich mich mit Armen und Beinen an ihn klammerte.

Ich berührte ihn, wo ich konnte, und hob das Becken an, um seinen Stößen entgegenzukommen. Mein Körper war im Einklang mit jeder seiner Bewegungen und mein pochendes Herz zum Bersten voll. Ich fühlte alles.

Es war ein wahr gewordener Traum.

Besser als ich es mir in meiner Fantasie je hätte ausmalen können. Owen lag auf mir und war mit mir verbunden. Mit jedem Streich seiner Zunge und mit jedem Stoß band er mich enger an sich. So viele Empfindungen durchströmten mich, dass ich ein ganzes Jahr gebraucht hätte, um sie alle zu verarbeiten. Doch es gab ein Gefühl, das ich nicht erst erforschen musste. Obwohl ich mich schon vor Monaten in Owen verliebt hatte, hatte ich ihn noch nie so geliebt wie in diesem Moment. Und das lag nicht nur daran, dass ich kurz davor stand, von dem Orgasmus meines Lebens durchströmt zu werden. Nein, ich liebte ihn mehr, weil er mir etwas zurückgegeben hatte, was ich verloren hatte. Mich selbst, meine Kontrolle, meine Fähigkeit zu geben.

Es war mein.

Und weil ich all das zurückgewonnen hatte, konnte ich es Owen zuteilwerden lassen.

Und das war unglaublich.

Als er wieder in mich stieß, ließ Owen die Hüfte kreisen und rieb mit dem Schambein über meine Klitoris. Ich warf den Kopf in den Nacken, wodurch ich leider auch meine Lippen von seinen löste.

»Oh mein Gott«, stöhnte ich.

»Scheiße«, erwiderte er.

Sein Stöhnen ließ mich erschaudern, wobei meine Beine sich entspannten.

»Fester«, befahl Owen.

Ich gehorchte sofort, stemmte die Fersen in die Matratze und hob das Becken an.

»Härter«, flehte ich.

»*Mein Gott*, verdammt«, stöhnte er.

Ein Beben durchfuhr meinen Unterleib. »Ich komme gleich.«

Owen stieß noch härter zu. Ich krallte mich in seine Schultern, während er mich immer weiter an den Rand der Ekstase trieb.

»Ich muss dich sehen.«

Ich drehte den Kopf, um seinem Blick zu begegnen, und versteifte mich augenblicklich.

»Schatz«, hauchte ich.

»Ja, du kannst es *endlich* fühlen.«

In der Tat. Obwohl ich es auch zuvor schon gespürt hatte, war der Ausdruck der Liebe in seinen Augen nicht zu übersehen. Ich hätte blind sein können und hätte sie trotzdem gespürt, denn er strahlte sie mit seinem ganzen Wesen aus.

»Spürst du es?«, fragte ich.

»Bis in die Tiefen meiner Seele.«

»Nein, weißt du, was ich fühle?«

»Bis in die Tiefen meiner Seele«, wiederholte er. »Dort werde ich dich hinbringen.«

Ich hätte ihm sagen sollen, dass ich längst dort war. Aber das brauchte ich nicht, denn er wusste es.

Owen vergrub sein Gesicht an meinem Nacken und atmete tief ein.

»Ich liebe deinen Duft«, begann er. »Ich liebe das Aroma deiner Haut, deiner Lippen und deiner Muschi.« Owen knabberte an meinem Hals und trieb mich weiter auf den Gipfel der Lust zu. »Ich will, dass du kommst, Baby.«

»Ich werde …« Ich verstummte, denn die Woge der Ekstase begann, durch mich hindurchzurauschen.

»Nein, Baby, sofort. Ich will, dass du auf der Stelle kommst.« Er verlieh seiner Forderung Nachdruck, indem er eine Hand unter meinen Hintern schob und mein Becken anhob, woraufhin er wieder in mich stieß und dabei seine Hüfte kreisen ließ.

Dabei reizte er meine Klitoris, doch vor allem das sinnliche Grollen in seiner Stimme brachte mich schließlich zum Höhepunkt.

Und wie erwartet war der Orgasmus nicht von dieser Welt. Die Woge der Ekstase rauschte durch mich hindurch. Ich spürte sie in meinem Unterleib, meiner Klitoris, meinen Brustwarzen. Jeder Muskel meines Körpers stand in Flammen.

»Verdammt«, fluchte Owen. »So verdammt eng. Ich nehme es mir. Halt dich fest, Baby.«

Noch immer im Rausch der Lust gefangen, verstand ich nicht ganz, was Owen meinte. Dennoch stimmte ich bereitwillig zu.

»Nimm dir, was du brauchst.«

Schneller. Härter. Rauer. Tiefer.

Owen liebkoste meinen Hals, während die Härchen an seinem Oberkörper meine Brustwarzen kitzelten. Und im nächsten Moment überrollte mich die nächste Welle der Lust. Ich spannte jeden Muskel in meinem Körper an, als Owen in die empfindsame Stelle über meiner Halssehne biss, sich bis zum Anschlag in mir vergrub und ein tiefes Stöhnen ausstieß.

Mein Unterleib pulsierte immer noch, als Owen den Kopf zurückzog und meinem Blick begegnete. Während er mir in die Augen starrte, begann er, seinen Schwanz langsam aus mir heraus- und wieder hineingleiten zu lassen.

»Das war unglaublich«, keuchte er und ich wimmerte zustimmend.

»Wunderschön«, fuhr er fort.

Ich hatte meine Arme und Beine immer noch um ihn geschlungen, während Owen weiter sanft in mich eindrang. Alle Anspannung war aus seinem Gesicht gewichen. Ich war mir nicht sicher, ob es an seinem Orgasmus lag oder ob er erleichtert war, weil ich nicht … Nein, ich wollte nicht einmal an meine Vergangenheit denken, denn das würde diesen perfekten Augenblick nur ruinieren.

»Danke«, flüsterte ich.

»Nat …«

»Nein, Schatz, lass mich ausreden. Danke für alles, was du mir gegeben hast. Einfach alles. Ich spüre es bis in die Tiefen meiner Seele«, wiederholte ich seine Worte von zuvor.

Plötzlich veränderte sich etwas in Owens Blick. Ich würde zwar nicht behaupten, dass ein verspielter Ausdruck in seine Augen trat, denn dafür war er viel zu männlich. Aber das Funkeln in seinen Iriden und der Anflug eines verschmitzten Grinsens kamen dem ziemlich nahe.

»Es ist weiß Gott keine Tortur, meine Frau zum Orgasmus zu bringen, Baby.«

Ja, er war offenbar zu Scherzen aufgelegt.

Ganz im Gegensatz zu mir. Ich musste noch etwas loswerden. Es widerstrebte mir zwar, diesen wunderbaren Augenblick mit meiner Vergangenheit zu trüben, aber ich konnte nicht anders.

Ich ließ eine Hand von seiner Schulter an sein Kinn wandern und nahm mir einen Moment Zeit, um mit meinen Fingerspitzen über die Bartstoppeln an seiner Wange zu gleiten. Mir kam der Gedanke, wie unglaublich sexy er mit einem Bart aussehen würde. Ich streichelte über seine Lippen, seitlich über seine Nase und über die Stelle zwischen seinen Augenbrauen. Dann strich ich ihm die Haare aus der Stirn und fuhr schließlich mit den Fingernägeln über seine Kopfhaut.

»Ich fühle mich rein«, murmelte ich leise, aber ich wusste, dass Owen mich hörte. »Ich habe mich noch nie in meinem Leben rein gefühlt. Das habe ich dir zu verdanken. Noch nie hat mich jemand mit so viel Zuneigung berührt oder mir so viel Zuneigung entgegengebracht. Ich konnte noch nie ich selbst sein, weil ich mich nie wohl in meiner Haut gefühlt habe. Aber du hast mir all das geschenkt. Und dafür danke ich dir«, schloss ich im Flüsterton.

»Natasha ...«

Ich fiel ihm ins Wort, denn ich hatte noch mehr zu sagen.

»Wenn ein guter, aufrichtiger und mutiger Mann wie du in der Lage ist, mich zu lieben, dann gibt es vielleicht wirklich etwas Liebenswertes an mir. Möglicherweise bin ich gar nicht so schmutzig ...«

Ich hätte mein Glück nicht herausfordern sollen, denn Owen senkte den Kopf, bis seine Nase die meine berührte. »Ich sage es dir noch einmal, Baby. Nichts an dir ist schmutzig.« Er war mir so nahe, dass ich nicht nur hörte, sondern *fühlte*, wie etwas in seinem Tonfall sich veränderte. »Ich kann dir gar nicht sagen, wie sehr es mich freut, dass du glaubst, ich hätte dir das alles gegeben. Versteh mich nicht falsch, aber ich will nie wieder hören, wie du dich bei mir bedankst.« Seine Worte versetzten mir einen Stich ins Herz, aber ich kam gar nicht dazu, darüber nachzudenken, warum er meinen Dank nicht annehmen wollte, denn im nächsten Moment erklärte er es mir. »Du musst mir nicht dafür danken, dass ich dich liebe.«

»Owen ...«

Offenbar war er noch nicht fertig.

»Mit meiner Liebe werde ich dir immer beistehen, und dafür will ich keinen Dank. Du sollst nur wissen, dass du an meiner Seite immer du selbst sein kannst. Sag, was du willst, tu, was du willst, und sei, wer du sein willst. Dein Vertrauen in mich ist Dank genug.« Owen legte sich mit seinem ganzen Gewicht auf mich und fügte hinzu: »Es *sagt* mehr als tausend Worte.«

Also schön, diese Erklärung war einleuchtend.

»Dann kann ich sagen, was ich sagen will, solange ich mich nicht bei dir bedanke?«

Owen kniff die Augen zu dünnen Schlitzen zusammen. Er hatte mir gerade zwei fantastische Orgasmen beschert und mir seine Liebe gestanden, also war ich auch in einer verspielten Stimmung. »Darf ich mich denn für das Abendessen bedanken?« Owen stieß ein Brummen aus. »Darf ich mich bei dir bedanken, wenn du etwas Nettes für mich tust?« Das brachte mir ein weiteres Brummen ein. »Kann ich mich für die Orgasmen bei dir bedanken?«

»Ja, Baby, du kannst mir für all das danken«, stimmte er zu.

»Großartig«, keuchte ich. »Vielleicht könntest du dich dann aufrichten, damit ich wieder atmen kann.«

»Das werde ich, aber ich kann dir nicht versprechen, dass du noch atmen wirst, wenn ich mit dir fertig bin«, erwiderte er und hob den Oberkörper an.

»Hast du etwa vor, mich umzubringen?«

»Nein, Baby, ich habe vor, dir den Atem zu rauben.«

»Und was ist mit dir? Raube ich dir auch den Atem?«

»Seit ich dir das erste Mal begegnet bin. Seitdem bin ich nicht mehr zu Atem gekommen, und ich bete zu Gott, dass ich nie wieder Luft holen werde.«

Tränen traten mir in die Augen und kullerten über meine Wangen. So leid ich es auch war zu weinen, ich kämpfte nicht dagegen an. Owen gab mir einen Moment Zeit, mich zu sammeln, bevor er murmelte: »Ich werde nur schnell dieses Kondom entsorgen. Ich will, dass du mit dem Hintern an der Bettkante sitzt, die Füße auf der Matratze aufgestützt hast und die Beine weit gespreizt hast, wenn ich zurückkomme.«

Im Bruchteil einer Sekunde waren die Tränen vergessen und ich bebte vor Verlangen.

Owen drückte mir stürmisch einen Kuss auf den Mund und ich spürte, wie er die Lippen zu einem Lächeln verzog.

»Ich liebe dich, Nat.«

Ja, mein Herz war zum Bersten voll.

»Ich liebe dich, Owen.«

Er küsste mich noch einmal, bevor er aufstand und ins Bad ging. Als er zurückkam, saß ich an der Bettkante, wie er es von mir verlangt hatte.

Dann machte er mich zur dankbarsten Frau der Welt. Als Owen mit mir fertig war, hatten wir drei weitere Kondome benutzt und ich wusste nicht mehr, wie viele Orgasmen er mir beschert hatte. Wir läuteten nur aus dem Grund nicht die nächste Runde ein, weil plötzlich ein dumpfer Schlag ertönte. Es hörte sich an, als hätte jemand einen Schuh gegen die Wand geworfen. Kurz darauf folgte ein Murren von Gabe.

Obwohl ich hätte verlegen sein sollen, empfand ich keinerlei Scham.

KAPITEL EINUNDZWANZIG

»Heb den Hintern an, Natasha.«

»Oh Gott«, stöhnte sie und tat wie geheißen, damit ich meine Finger zwischen ihre Schenkel schieben konnte.

Nat stand mit dem Rücken zu mir und stützte sich mit den Händen an der gefliesten Wand ab. Warmes Wasser prasselte auf meinen Rücken und heißer Dampf umhüllte unsere Körper, während ich meinen steinharten Schaft an ihren Hintern drückte und zwei Finger in ihrer klatschnassen Muschi vergraben hatte.

Vor nicht einmal fünf Minuten hatte ich mich in ihrem Rachen ergossen, nachdem sie mir den wohl besten Blowjobs meines Lebens beschert hatte. Was ihr an Erfahrung fehlte, machte sie durch Eifer wett. Die Frau hatte meinen Schwanz bearbeitet, als sei es ihre einzige Aufgabe im Leben, mich in die Knie zu zwingen. Und mit jedem sinnlichen Stöhnen, jedem Streich ihrer Zunge und jeder Bewegung ihres Kopfes hatte sie mich in Rekordzeit auf den Gipfel der Ekstase katapultiert.

Während der letzten drei Tage hatte ich Natasha auf jede erdenkliche Art und Weise genommen, ihr unzählige

Orgasmen beschert und fast ebenso viele genossen. Jedes Mal wartete ich, bis ich den befriedigten, glücklichen Ausdruck auf ihrem Gesicht sah, erst dann stillte ich meine Lust. Von dem Tag an, an dem wir uns zum ersten Mal liebten, bis zu diesem Moment hatte sie kein einziges Mal gezögert. Sie vertraute mir voll und ganz. Und ich hatte alles in meiner Macht Stehende getan, um ihr zu zeigen, dass ich ihr Geschenk in Ehren hielt. Ob ich sie nun hart fickte oder ihr schmutzige Worte ins Ohr flüsterte, sie sollte verstehen, wie sehr ich es zu schätzen wusste, dass sie sich mir hingab.

Nichtsdestotrotz hatte ich gelernt, dass mein Mädchen schmutzigen Sex liebte. Je verdorbener meine Worte, desto heftiger kam sie.

Heute Morgen war sie schon beim Aufwachen in einer wollüstigen und gebenden Stimmung gewesen. Ich hatte bereitwillig angenommen, was sie mir zu bieten hatte, und war voll auf meine Kosten gekommen. Nun war es an der Zeit, mich zu revanchieren.

»Du bist klatschnass«, raunte ich, als ich meine Finger aus ihrem Unterleib zog und an ihre Klitoris presste. »Warum ist deine Muschi so nass, Baby? Sind es meine Finger? Oder war es mein Schwanz in deinem Mund?«

»Es war dein Schwanz«, stöhnte sie und ich ließ meine Finger um ihre Lustperle kreisen.

»Mm«, summte ich an ihrem Nacken. »Gefällt es dir, meinen Schwanz zu lutschen?«

Sie nickte. »Es hat mir gefallen, dass du mich dabei beobachtet hast.«

Verflucht.

Ich ging leicht in die Knie und drang mit einem kraftvollen Stoß in sie ein. Nat ließ den Kopf auf meine Schulter fallen und schob mir ihren Hintern entgegen.

»Härter«, keuchte sie, spreizte die Arme noch weiter und drückte die Ellbogen durch.

»So verdammt sexy, Baby.«

»Härter, Owen.«

»Noch nicht, Nat.«

»Ich brauche es.«

Ich beugte mich vor und atmete tief ein. Der Duft von Jasmin und Zitrone erfüllte meine Sinne. Vor einiger Zeit hätte ich dem Aroma keine Beachtung geschenkt, doch heute erregte es mich so sehr, dass ich schon den Verstand verlor, wenn mir nur ein Hauch davon in die Nase stieg. Mit den Zähnen streifte ich die Stelle knapp unterhalb ihres Ohrs, denn ich wusste, wie sehr ich sie damit in Wallung bringen konnte. Wie erwartet stieß sie ein leises, lustvolles Stöhnen aus.

»Willst du, dass ich dich markiere, Nat?«

»Du weißt genau, dass ich es will.«

Ja, das wusste ich allerdings. Jedes Mal wenn ich in ihr war, reckte sie mir ihren Hals entgegen. Einmal hatte ich meine Zähne nicht in ihrem Fleisch vergraben und sie hatte den Rest des Abends geschmollt. Oh ja, mein Mädchen genoss es, von mir gebissen zu werden, aber vor allem liebte sie mein Mal auf ihrer Haut. Einmal hatte ich sie beobachtet, als sie sich im Spiegel betrachtet und dabei die wunde Stelle berührt hatte. Außerdem hatte sie mir unumwunden gesagt, wie sehr sie es mochte. Zwar konnte sie sich selbst nicht erklären warum, aber es gefiel ihr zu wissen, dass ich sie gekennzeichnet hatte. Und wie immer erfüllte ich Nat nur allzu gern ihren Wunsch.

»Du musst es dir erst verdienen, Baby.«

Sie hob den Kopf und neigte ihn zur Seite, um meinem Blick zu begegnen. Langsam verzog sie die Lippen zu einem Lächeln.

»Ich soll es mir verdienen?«, fragte sie mit einem sinnlichen Unterton in der Stimme.

Mein Gott, das klang sexy.

»Ja, Baby, ich will, dass du es dir verdienst.«

Ihr wunderschönes Lächeln verriet mir, wie unglaublich glücklich sie war. Doch im nächsten Moment wurde es von einem wollüstigen Schmunzeln verdrängt.

Oh ja.

Verdammt, ja.

Natasha liebte unsere Spielchen. Und das erregte mich ungemein. So sehr, dass ich wahrscheinlich vor ihr kommen würde. Doch das wusste ich zu verhindern.

Ich verlangsamte meine Stöße, löste eine Hand von ihrer Hüfte und umfasste ihre pralle Brust. Ich umkreiste ihre Knospe mit meinen Fingern und drückte sie, bis Nat laut aufstöhnte.

»Du spielst nicht fair«, beschwerte sie sich.

»Aber es gefällt dir.«

»Genauso wie dir.« Und bevor ich ihr zustimmen konnte, beugte sie sich vor, führte eine Hand zwischen unsere Schenkel und packte meine Hoden.

»Baby«, knurrte ich und zog an ihrer Brustwarze.

»Du willst spielen, Schatz?«, fragte sie mit betont süßlicher Stimme. »Dann lass uns spielen.«

Und dann raubte sie mir den Verstand. Sie schob mir mit Wucht ihren Hintern entgegen und massierte währenddessen meine Hoden. Dabei war sie nicht zimperlich und zog und drückte. Je fester sie mich umschloss, desto härter stieß ich in sie hinein.

Verdammt, sie war großartig.

»Ich komme gleich, Nat. Zieh deine Hand zurück.«

»Tu es.«

»Zieh deine Hand zurück.«

»Ich habe es mir verdient«, keuchte sie. »Mein Mal.«

Herrgott.

Ich beugte mich vor, presste meinen Mund an ihren Hals

und ließ meine Zähne über ihre Haut gleiten. Sofort begann ihr Unterleib zu zucken.

Gott sei Dank.

»Weißt du, wie gut deine Muschi sich anfühlt, Nat?« Sie schüttelte den Kopf und ich verzog die Lippen zu einem Lächeln. »Sie ist so eng und warm und geschmeidig.«

»Oh Gott«, stöhnte sie und schob sich mir erneut entgegen.

Oh ja. Mein Mädchen mochte es schmutzig. Bisher hatte ich noch keine Gelegenheit gehabt, es auszuprobieren, aber sobald wir zu Hause waren, würde ich versuchen, sie nur mit Worten zum Höhepunkt zu bringen.

»Ich liebe es, wie deine Muschi meinen Schwanz umklammert. Ich liebe es, wie du dich ohne eine Barriere zwischen uns anfühlst, so geschmeidig und heiß und so verdammt feucht. Ich liebe es zu beobachten, wenn ich meinen Schaft in dir versenke und ihn dann mit deinem Honig benetzt wieder herausziehe.«

»Owen«, schrie sie und ließ meine Hoden los. Ihre Bewegungen wurden immer wilder, bis sie sich am ganzen Körper versteifte.

»Verdammt, Baby.«

Ich stieß tief in sie hinein, schloss die Augen und vergrub meine Zähne in Nats Nacken. Ein Feuerwerk explodierte in meinem Inneren und durchströmte mich mit einem gleißend hellen Licht. Nats Wimmern riss mich aus meiner Trance und ich löste sofort den Mund von ihrem Hals.

»Verdammte Scheiße, Baby.«

»Ja, das kannst du laut sagen«, murmelte sie und zog meinen Arm über ihre Brust, um sich an mir festzuhalten.

Langsam ließ ich meinen Schaft hinaus- und wieder hineingleiten und genoss die verebbenden Wellen der Ekstase. Obwohl ich mich zweimal hintereinander in Nat ergossen hatte, war mein Schwanz immer noch steinhart und bereit für eine weitere Runde. So etwas hatte ich noch nie erlebt.

Das hatte ich Natasha zu verdanken. Ich hatte sie schon immer begehrt, aber seit sie sich mir gegenüber geöffnet hatte, hatte sich mein Verlangen ins Unermessliche gesteigert.

Sie war wunderschön und im Bett eine Wildkatze. Es war herrlich mit anzusehen, wie sie zu sich selbst fand. Da sie sich nun nicht mehr vor der Welt versteckte und uns ihr wahres Ich zeigte, aßen Kevin, Gabe und Myles ihr aus der Hand. Und mich hatte sie um den kleinen Finger gewickelt. Sie war lustig und hatte keine Hemmungen, über sich selbst zu lachen. Und sie verwöhnte meine Kameraden regelrecht. Außerdem war sie klug und hatte, seit sie mit Tex und Cruz gesprochen hatte, auch den Wunsch geäußert, mit Zane zu telefonieren, um ihm die Standorte von Wilcos Stall mitzuteilen.

Ich hatte bemerkt, dass sie Wilco Pollaski nicht mehr ihren Onkel nannte, sondern nur noch seinen Vornamen benutzte, wenn sie von ihm sprach. Offenbar wollte sie sich vollständig von ihm distanzieren. Nachdem sie beschlossen hatte, Sarah ein für alle Mal zu begraben, war sie richtiggehend aufgeblüht.

Es war wunderschön.

Einfach alles an ihr.

Und obwohl ich sie liebend gern noch einmal vernascht hätte, mussten wir aus der inzwischen kalten Dusche steigen und uns dem Tag stellen.

»Baby?«

»Hm«, summte Nat und ich musste lächeln.

»Es gibt viel zu tun«, erinnerte ich sie. »Wir müssen uns beeilen.«

»Okay.«

»Geht es dir gut?«

»Allerdings«, seufzte sie und schmiegte ihren entspannten Körper noch dichter an mich.

Genüsslich zog ich meinen Schaft aus ihrem feuchten, warmen und engen Unterleib. Dann drehte ich sie in meinen Armen um und begegnete ihrem Blick.

»Wunderschön«, murmelte ich und drückte ihr einen Kuss auf die Lippen.

»Seltsam, dasselbe wollte ich auch gerade sagen«, erwiderte sie. »Ich habe keine Ahnung, wie mir so viel Glück zuteilwerden konnte, aber du sollst wissen, wie dankbar ich bin, dir begegnet zu sein.«

Verdammt, sie brachte mich noch um. Auch das war neu. In den vergangenen Tagen hatte sie jede Gelegenheit genutzt, um mir zu sagen, was sie für mich empfand, und hatte keine Hemmungen, über uns und unsere Zukunft zu sprechen. Obwohl sie mittlerweile viel gesprächiger war, zeigte sie mir ihre Zuneigung nicht nur mit Worten. Und jedes Mal spürte ich ein Brennen in der Brust, für das ich lebte.

»Ich würde eher sagen, dass ich der Glückliche von uns beiden bin.«

Ich spürte, wie sie die Lippen an meinem Mund zu einem Lächeln verzog, bevor sie zurücktrat und zu mir aufblickte. *Glücklich.* Mehr fiel mir bei dem Anblick nicht ein. Sie sah glücklich aus.

»Das ist einer der Gründe, warum ich mich glücklich schätzen kann. Außerdem bist du sexy und liebenswert, du lässt mich ich selbst sein, du beschützt mich und kannst dabei ziemlich herrisch werden. Das macht mich total an. Und du bist ein großartiger Liebhaber und sorgst dich um mich. Deine Kochkünste lassen zwar zu wünschen übrig, aber wenn das dein einziger Makel ist, kann ich damit leben.«

»Du denkst, ich bin ein großartiger Liebhaber?«

Natasha zog die Augenbrauen in die Höhe, als wollte sie sagen: »Natürlich, du Dummerchen.«

Als sie nicht antwortete, fragte ich: »Und du findest mich sexy?«

»Du weißt genau, dass du sexy bist«, erwiderte sie verschmitzt.

»Ist das alles? Habe ich nicht noch mehr Qualitäten?«

Sie verzog die Lippen zu einem entzückenden Grinsen, bevor sie antwortete: »Hm … lass mal überlegen.«

»Du musst erst darüber nachdenken?«

Nat zuckte mit den Schultern. Dabei streiften ihre nackten, feuchten Brüste meinen Oberkörper und mein Schwanz zuckte.

Ihre Augen blitzten auf und sie lächelte.

»Aber meine Kochkünste lassen zu wünschen übrig?«, fuhr ich fort.

»Im Vergleich zu deinen anderen Fähigkeiten ist das Kochen nicht gerade eine deiner Stärken, Schatz.«

»Da hast du wohl recht«, pflichtete ich ihr mit einem leisen Lachen bei.

»Aber wenn ich wählen müsste, würde ich deine verkochten Nudeln der Alternative vorziehen.«

»Das ist wohl wahr«, lachte ich.

»Ich liebe dich, Owen«, flüsterte sie.

Mein Herz schlug höher und dieses Brennen breitete sich wieder in meiner Burst aus. Ich vergrub mein Gesicht an ihrem Nacken und strich mit den Lippen über das Mal, das ich auf ihrer Haut hinterlassen hatte.

»Ich liebe dich, Baby.«

* * *

»WENN DAS NOCH LÄNGER SO GEHT, ZIEHE ICH IN EIN HOTEL«, murrte Gabe.

274

Ich trank einen großen Schluck aus meiner Wasserflasche, um mein Lächeln zu verbergen.

»Das warme Wasser hat nicht einmal für zehn Minuten duschen gereicht«, fuhr er fort.

Das wunderte mich nicht.

»Du findest das wohl lustig.«

Ich senkte die Flasche ab und grinste meinen Kameraden unverhohlen an.

»Ja.«

»Mistkerl«, murmelte er und ging davon.

Allerdings milderte er das Schimpfwort ab, indem er lächelnd den Kopf schüttelte.

Im nächsten Moment trat Kevin mit einem finsteren Gesichtsausdruck durch die Eingangstür und ich wappnete mich.

»Ich muss euch etwas sagen«, begann Kevin.

»Willst du mich etwa auch beschimpfen, weil du nicht heiß duschen konntest?«, fragte ich.

Die Haustür schwang erneut auf und Myles trat ein. Er hatte die Stirn in Falten gelegt.

»Hast du es ihm erzählt?«, wollte Myles wissen.

Ich warf einen Blick auf Kevin, der den Kopf schüttelte.

»Was erzählt?«, fragte ich.

»Gabe!« brüllte Myles.

»Verdammt, was ist los?«, hakte ich nach.

»Was zum Teufel?«, rief Gabe, als er zurück ins Wohnzimmer kam.

Ich hörte Schritte auf der Treppe und blickte gerade rechtzeitig auf, um zu sehen, wie Natasha die letzten beiden Stufen hinuntersprang. Sie war ganz blass um die Nase und ein panischer Ausdruck lag in ihren Augen, als sie meinem Blick begegnete. Am liebsten hätte ich Myles meine Faust ins Gesicht gerammt, weil er ihr Angst gemacht hatte.

Dann berichtete Myles, was vorgefallen war, wobei er

nicht gerade behutsam vorging. Jedes seiner Worte traf mich mitten ins Herz, doch Natasha zerschmetterte es.

»Eva hatte einen Unfall. Elijah wurde in die Notaufnahme geflogen, Liam wird gerade ins Krankenhaus gebracht und Eva ist in einem Krankenwagen direkt hinter ihm.«

»Scheiße«, knurrte Gabe. »Und die anderen?«

»Zane hat eine Ausgangssperre verhängt. Er bringt sie gerade an einen sicheren Ort«, berichtete Kevin.

»Wo war das Team? Ich dachte, sie alle würden bewacht?«, fragte ich.

Myles' Blick verfinsterte sich und sein Gesicht lief rot an. Der Anblick war geradezu beängstigend. »Das Büro, Thads Haus und Leos Haus wurden gleichzeitig überfallen. Leo hat den Kerl geschnappt, und Jaxon ist zu ihm gefahren, um ihm zu helfen. Linc, Zane und Wolf sind ins Büro geeilt und Kyle und Abe sind zu Thad gefahren. Cookie hatte Brooks' Haus bewacht, Mozart hatte ein Auge auf Kyles und Benny war bei Linc. Dude hat sich auf den Weg zu Eva gemacht.«

»Wo zum Teufel war Max?«, knurrte ich.

»Nicht in der Stadt …«, antwortete Myles. Mehr sagte er nicht.

Ich wusste, was das bedeutete. Max war eiskalt. Wenn Zane eine Ein-Mann-Armee nach Chicago schicken wollte, um Informationen zu sammeln, dann war Max seine beste Wahl. Der Mann konnte ziemlich abgebrüht sein, wenn er wollte, und würde sich unbemerkt unter den Abschaum der Gesellschaft mischen.

»Dann hat niemand sie bewacht?«, fragte Gabe ungläubig. »Max wäre niemals abgereist, wenn er nicht gewusst hätte, dass jemand seine Frau rund um die Uhr im Auge behält.«

»Dazu habe ich keine genaueren Informationen, aber sie und die Kinder waren bei Brooks und Anaya. Als die Hölle losbrach, ist Eva auf eigene Faust losgefahren. Eigentlich hätte sie auf Dude warten sollen, aber soweit ich weiß hat Elijah bei einem Freund übernachtet. Zane geht davon aus, dass sie ihren Jungen nach Hause holen wollte. Offenbar hatte sie nicht die Geduld, um herumzusitzen und auf einen Leibwächter zu warten.«

»Er geht davon aus?«, wollte Gabe wissen und sprach an, was ich nicht zu fragen wagte.

»Sie war noch nicht bei Bewusstsein, als Zane anrief.«

»Sie war bewusstlos?«, ertönte Nats schrille Stimme, und ich wandte mich ihr zu.

Verdammte Scheiße.

»Baby …« Die Worte blieben mir im Halse stecken, als ich die Tränen sah, die ihr über ihre blassen Wangen kullerten.

»Ich wusste, dass das passieren würde!«, kreischte sie. »Ich wusste es.«

»Nat …«

»Ich wusste es. Ich habe versucht, euch zu warnen. Und jetzt … jetzt … oh mein Gott! Jetzt …«

Natasha beendete den Satz nicht. In dem Moment, in dem ich auf sie zuging, warf sie sich in meine Arme und vergrub ihr Gesicht an meiner Brust. Sie schluchzte und bebte dabei am ganzen Leib. Und ich stand da und haderte mit mir selbst. Max war ein guter Freund von mir, und seine Frau Eva und seine Söhne waren verletzt. Auch Thad war ein Freund. Er und seine Frau Emerson hatten eine Tochter. Ich war hin- und hergerissen, weil ich einerseits in ein Flugzeug steigen und ihnen helfen wollte, diese Sache zu beenden. Andererseits packte mich der unbändige Drang, mir Natasha zu schnappen und Reißaus zu nehmen. Ich wollte mit ihr an einen Ort verschwinden, an dem Wilco Pollaski uns nie finden würde.

KAPITEL ZWEIUNDZWANZIG

Ich wusste, dass das, was ich vorhatte, falsch war.

Ich hätte umkehren sollen, doch das konnte ich nicht tun.

Nein, es war nicht falsch. Ich tat das Richtige, aber Owen würde außer sich sein vor Wut und mir wahrscheinlich nie verzeihen.

Während der letzten dreißig Minuten hatte ich auf Autopilot geschaltet. Ich wollte nicht darüber nachdenken, was ich getan hatte. Es war einfach gewesen. Nein, es war das Schwierigste gewesen, was ich je in meinem Leben getan hatte. Aber es war das Richtige. Je näher ich dem Flughafen kam, desto mehr verkrampfte sich mein Magen. Sobald ich heil am Fuß des Berges angekommen war, ohne von der Straße abzukommen, hatte ich begonnen, ein paar Anrufe zu tätigen.

Oh Gott, Owen würde stinksauer sein.

Zuerst hatte ich Wilco angerufen. Das Gespräch war kurz und knapp gewesen. Ich hatte ihm mitgeteilt, dass ich nach Hause kommen würde, woraufhin er erwidert hatte, dass am Flughafen von Spokane ein Flugticket für mich hinterlegt sei. Er hatte gewusst, wo ich war. Damit hätte ich rechnen sollen.

Danach hatte ich mich mit Tex in Verbindung gesetzt.

Es wäre untertrieben zu behaupten, dass er wütend war. Er war so aufgebracht, dass ich seiner Aufforderung fast nachgekommen und zu Owen zurückgefahren wäre. Als ich das Gespräch beendet hatte, war Tex nicht weniger in Rage, aber ich hatte ihm alle Informationen über meinen Vater, Wilco, die Pollaski-Organisation und die Briefkastenfirmen gegeben, über die ich verfügte. Außerdem hatte ich ihm sämtliche Namen der einflussreichen Leute genannt, die Wilco erpresst hatte. Jedes einzelne Detail, an das ich mich erinnern konnte. Ich verriet ihm auch, wo meine Mutter meiner Meinung nach begraben lag. Es spielte zwar keine Rolle, da mein Vater sie umgebracht hatte und er längst tot war, aber ich erzählte Tex trotzdem davon. Ich wies ihn außerdem darauf hin, dass ich Owens Handy aus unserem Zimmer entwendet hatte und es so lange wie möglich mit mir führen und eingeschaltet lassen würde. Ich ging davon aus, dass jemand mich am Flughafen O'Hare abholen und zu Wilcos Stadthaus bringen würde, aber ich wollte auf Nummer sicher gehen. Solange mir niemand das Telefon abnahm, würde Tex mich aufspüren können. Er nahm mir das Versprechen ab, seine, Zanes und Myles' Nummer auswendig zu lernen. Da ich Owens Telefon gestohlen hatte, würde ich ihn am schnellsten erreichen können, wenn ich Myles anrief.

Allerdings nahm ich an, dass er nach dieser Aktion nie wieder mit mir sprechen wollte.

Das schrille Klingeln von Owens Handy ließ mich zusammenzucken. Ich fuhr weiter auf der Schnellstraße 90 in Richtung Westen und musste mich auf die Straße konzentrieren, da ich die nächste Ausfahrt nehmen musste. Aber ich nahm das Gespräch dennoch an.

»Hallo?«

»Natasha.« Owens verärgertes Knurren erfüllte den Geländewagen. Da wusste ich, dass ich mich geirrt hatte.

Owen war nicht nur wütend, sondern fuchsteufelswild.

Oh Scheiße.

»Ich muss es tun«, sagte ich hastig.

»Nein. Musst. Du. Nicht.«

»Bitte, Schatz, hör mir zu. Es geht nicht anders. Ich habe dir gesagt, dass ich nicht damit leben kann, und jetzt weiß ich, wie recht ich hatte. Diese beiden Jungen liegen meinetwegen im Krankenhaus. Eva ist verletzt. Die …«

»Tu das nicht, Nat.«

»Ich muss …«

»Baby, bitte, tu das nicht«, flüsterte er und mein Herz zersprang in tausend Stücke. »Tu mir das nicht an, Baby. Tu es uns nicht an. Ich flehe dich an, komm zurück.«

Ich sah die Ausfahrt und für den Bruchteil einer Sekunde überlegte ich, einfach weiterzufahren. Ich dachte daran, wie einfach es sei, einen Rückzieher zu machen, von der Straße abzufahren und auf die Jungs zu warten. Sie würden eine Möglichkeit finden, um mich abzuholen. Ich hatte den Geländewagen gestohlen, also würden sie sich ein anderes Fahrzeug besorgen müssen, aber sie würden kommen. Vor allem Owen.

Ich wusste es.

Ich verließ mich darauf.

Deshalb nahm ich die Ausfahrt.

Dann tat ich etwas, von dem ich geglaubt hatte, es nie wieder tun zu müssen. Ich schlüpfte in die Rolle von Sarah Pollaski.

»Ich habe Tex angerufen, er weiß alles …«

»Baby, bitte.«

»Ich habe ihm alles erzählt, woran ich mich erinnere. Er kann helfen …«

»Herrgott, Natasha!«, schrie Owen und ich geriet ins

Schlingern. Meine Fassade bröckelte und mir traten Tränen in die Augen.

Wenn ich am Leben bleiben wollte, durfte ich keine Schwäche zeigen. Um stark zu bleiben, musste ich Sarah sein. Sie konnte alles ertragen.

»Es tut mir leid, Owen. Es tut mir so leid. Ich liebe dich, aber …«

»Wenn du mich verdammt noch mal lieben würdest, hättest du dich nicht aus dem Haus geschlichen, sobald ich dir den Rücken zugekehrt habe. Wenn du mich lieben würdest, würdest du darauf vertrauen, dass ich die Sache regeln kann.«

Oh Gott.

Ich konnte ihm nicht länger zuhören und musste dieses Gespräch beenden. Wenn ich noch weiter mit ihm redete, würde ich schwach werden und einen Rückzieher machen.

»Ich vertraue dir mein Leben an«, sagte ich.

»Nur damit du es weißt, Natasha, ich komme dich holen. Und ich warne dich, Baby, wenn ich dich finde, werde ich stinksauer sein.«

»Ich verlasse mich darauf, Schatz.«

»Verdammte Scheiße.«

»Ich liebe dich, Owen. Ich liebe dich von ganzem Herzen. Egal wie die Sache endet, du sollst wissen, dass du mir alles gegeben hast. Ich bin glücklich. Ich bin rein. Aber ich muss das hier tun, um frei zu sein und nicht noch mehr Leute in Gefahr zu bringen. Ich werde dir etwas Zeit verschaffen. Aber beeil dich, Schatz. Ich weiß nicht, wie lange ich durchhalten kann.«

»Verdammte Scheiße!«, brüllte er so laut, dass ich das Handy ein Stück von meinem Ohr weghalten musste. »Tu das nicht, Baby, bitte, Nat. Komm einfach …«

»Ich liebe dich«, schluchzte ich. »Ich werde auf dich warten.«

Dann tippte ich halb blind vor Tränen auf den Bildschirm, bis ich es schließlich schaffte, die Verbindung zu trennen.

Owen rief noch fünfmal an.

Ich ignorierte das Klingeln.

Ich stellte den Wagen auf einem Langzeitparkplatz ab und schrieb Tex eine Nachricht, um ihm mitzuteilen, wo er das Fahrzeug finden konnte. Dann machte ich mich auf den Weg zum Ticketschalter. Als ich dort ankam, wurde mein Plan zunichtegemacht.

»Schön, dich zu sehen, Sarah«, begrüßte Franco mich mit einem höhnischen Lächeln. Er packte mich am Oberarm und mir stieg ein Hauch seines aufdringlichen Eau de Colognes in die Nase. »Du hast einen ziemlichen Schlamassel angerichtet und kannst von Glück reden, dass du zur Vernunft gekommen bist. Es erspart mir die Mühe, dich abholen zu müssen. Und jetzt benimm dich und mach keine Szene.«

Was zum Teufel war hier los? Inwiefern hatte ich ihm die Sache leicht gemacht? Wie hatte Franco es so schnell nach Idaho geschafft?

Wir gingen auf einen silbernen Cadillac Escalade zu, als Franco sagte: »Dein Onkel ist ein kluger Mann.« Ein Kerl, den ich als einen von Wilcos Soldaten erkannte, öffnete die Hintertür des Wagens.

Franco schob mich auf den Rücksitz und die Tür wurde zugeschlagen. Wenige Augenblicke später verließen wir das Flughafengelände.

Ich war erledigt.

KAPITEL DREIUNDZWANZIG

»Was genau bedeutet das?«, hörte ich Myles fragen.

Er telefonierte schon seit zehn Minuten mit Tex, aber er hatte das Handy nicht auf Lautsprecher gestellt. Ausgehend von meinem Gemütszustand und Myles' ungläubigem Blick war es wahrscheinlich besser, dass ich nicht hören konnte, worüber sie sprachen.

Natasha war seit zehn Stunden verschwunden. Sie saß nicht in einem Flieger nach Chicago, denn niemand hatte ein Ticket auf ihren Namen gekauft. Ich wäre beeindruckt von Tex' Fähigkeit gewesen, sich so schnell ins Sicherheitssystem des Flughafens in Spokane zu hacken, aber ich war viel zu aufgebracht, weil meine Frau sich aus dem Staub gemacht hatte.

Und wenn ich hätte klar denken können, hätte ich mir vielleicht den Kopf darüber zerbrochen, wie Wilco es geschafft hatte, uns zu finden.

Max hatte in Chicago gute Arbeit geleistet. Er hatte herausgefunden, was er wissen musste, und den richtigen Leuten die Information zugespielt, dass wir die nötigen Beweise gesammelt hatten, um Wilco zu Fall zu bringen. Die

Nachricht hatte sich schneller verbreitet, als Max erwartet hatte, und so hatte Wilco ein paar Stunden mehr, um sich eine Strategie zurechtzulegen.

Das Verrückte war, dass Evas Unfall tatsächlich nur ein Zufall war. Eine zweiundsechzigjährige Ärztin, die nach ihrem Bereitschaftsdienst in der Notaufnahme am Steuer eingeschlafen war, hatte eine rote Ampel überfahren und sie seitlich gerammt.

Der Unfall hatte nichts mit Wilco zu tun.

Aber Natasha hatte die Fakten gar nicht erst abgewartet. Sie hatte gehört, dass Eva, Elijah und Liam verletzt waren, und hatte Reißaus genommen.

Jetzt wurde sie vermisst.

Franco Dalto hatte sie am Flughafen abgefangen. Sie hatte mit ihm das Gebäude verlassen und war auf den Rücksitz eines Luxus-Geländewagens gestiegen. Dann waren sie direkt nach Idaho zurückgefahren und verschwunden. Einer der Gründe, warum Rhode seine Hütte in Sandpoint gebaut hatte, war, dass der Staat Idaho nicht in die Privatsphäre seiner Bürger eindrang. Zwar war es nicht üblich, aber vor allem im Norden Idahos war der Anblick von Männern und Frauen, die mit einer Schusswaffe am Gürtel die Straße entlangspazierten, keine Seltenheit. Und es gab auch nicht an jedem Telefonmast eine Überwachungskamera wie in den Großstädten, sodass Tex keine Möglichkeit hatte herauszufinden, wohin Franco Natasha gebracht hatte.

Wir wussten nur, dass sie nach Idaho zurückgekehrt waren. Mehr nicht.

Wir waren mit Rhodes Jeep nach Coeur d'Alene gefahren und hielten uns bereit. Ghost, Abe und Mozart waren auf dem Weg zu uns. Cookie, Benny und Dude waren in Maryland geblieben, um mit Thad, Kyle und Brooks nach Chicago zu fahren, falls Nat dort auftauchen sollte.

Cruz hatte ein Team zusammengestellt und war bereits

unterwegs nach Chicago. Das FBI wollte kein Risiko eingehen, indem es die Behörden vor Ort einschaltete. Ich war mir ziemlich sicher, dass einige Leute deshalb ziemlich aufgebracht sein würden. Doch das interessierte mich nicht im Geringsten.

Ich wollte, dass Wilco zur Strecke gebracht wurde. Mittlerweile war es mir völlig egal, wie dieses Ziel erreicht wurde.

Meine oberste Priorität war es, Natasha zurückzuholen.

Und sobald sie wieder bei mir war, würde ich sie mit Handschellen an mein Bett fesseln und sie dort sitzen lassen, bis sie ihren Fehler einsah.

»Bist du dir sicher?«, fragte Myles und riss mich aus meinen Gedanken. »Garrett kümmert sich auch darum?« Es folgte eine Pause. »Verstanden. Ich melde mich wieder.«

Myles warf sein Handy auf die Kommode des Hotelzimmers. Ohne mich anzusehen, sagte er: »Ich bin stinksauer auf deine Frau.«

Ich spannte die Nackenmuskeln an, biss die Zähne zusammen und bemühte mich, die Geduld zu wahren.

Vergeblich.

»Komm mir nicht …«

»Stinksauer«, wiederholte er und sah mich an. »Am liebsten würde ich meiner Wut freien Lauf lassen, aber ich kann irgendwie verstehen, warum sie sich aus dem Staub gemacht hat. Ich respektiere ihre Entscheidung sogar.«

Was zum Teufel?

»Wie bitte?«

»Sie hat Tex von unterwegs angerufen«, sagte er. Damit erzählte er mir nichts Neues, und das wusste er, denn Tex hatte uns bereits darüber informiert.

»Richtig. Sie hat ihn auf dem Weg zum Flughafen angerufen, denn sie hatte vor, in ein verdammtes Flugzeug zu steigen und zurück in den Albtraum zu fliegen, aus dem wir sie alle befreien wollten. Aber ihr Plan wurde durchkreuzt und jetzt ist sie mit einem Mann verschwunden, von dem wir wissen, dass er weder ein Gewissen noch einen Funken Anstand im Leib hat. Der Kerl hat keine Skrupel, Frauen wehzutun, und wird nicht zögern, sie zu vergewaltigen oder sogar zu *töten*. Leider hat sie mir nicht zugetraut, diesen Mist für sie aus der Welt zu schaffen. Wie kannst du mir also sagen, dass du ihre Entscheidung respektierst?«

Myles antwortete mit der für ihn typischen Direktheit und sagte einfach, was er dachte.

»Naomi hat dir wirklich übel zugesetzt.«

»Warum reden wir über sie?«

»Sie hat dich so fertiggemacht, dass du die Folgen noch Jahre nach eurer Trennung spürst. Als ich dich kennenlernte, war diese Schlampe schon lange nicht mehr Teil deines Lebens, aber deine Wunden waren noch frisch. Ein Mann, der über seine Ex-Frau hinweg ist, löst diese Fessel und wirft sie weg. Er hängt sich kein weiteres Vorhängeschloss um den Hals. Was auch immer sie in dir zerbrochen hat, ist noch nicht ganz verheilt, seit wir uns kennen. Aber als Natasha in dein Leben trat, hörten deine Wunden auf zu bluten und schlossen sich langsam. Sie begannen sogar zu heilen. Ich weiß, was Naomi dir angetan hat. Aber dein Problem ist nicht, dass sie deine Kreditkarte belastet hat oder dass sie ein Miststück war und dich betrogen hat. Über all diesen Mist kommt ein Mann hinweg. Aber sie hat dich kastriert, indem sie dich hat glauben lassen, du seist schuld am Scheitern eurer Beziehung. Sie hat dir eingeredet, dass du ein beschissener Ehemann bist, der nicht in der Lage ist, für seine Frau zu sorgen. Ich kann mir nicht erklären, warum du dir das hast gefallen lassen, aber Tatsache ist, dass du es bis heute glaubst.«

Verdammt, das war ein Schlag in die Magengrube.

Obwohl Myles recht hatte, verstand ich nicht, warum er jetzt meine Ex-Frau zur Sprache brachte.

»Worauf willst du hinaus?«

»Nat ist nicht Naomi.«

Verdammt, das hörte ich nicht zum ersten Mal. Außerdem war ich ganz von selbst zu der Erkenntnis gelangt und musste nicht daran erinnert werden.

»Das ist mir nur allzu bewusst.«

»Das glaube ich nicht. Du vertraust ihr nicht ...«

»Wie war das?«, knurrte ich und verschränkte die Arme vor der Brust, um mich davon abzuhalten, meinen Freund zu erwürgen. »Ich vertraue ihr nicht? Sie ist verdammt noch mal abgehauen.«

»Das stimmt, aber sie hatte ihre Gründe. Und keiner davon hat etwas damit zu tun, dass sie dir nicht vertraut. Ganz im Gegenteil. Sie hat dir ihr Leben anvertraut. Sie ist zurückgegangen, weil sie wusste, dass du nach ihr suchen und alles in deiner Macht Stehende tun würdest, um diesen Albtraum für sie zu beenden. Und in der Zwischenzeit will sie mehrere Menschen beschützen, die sie kaum kennt. Aber nicht aus der Güte ihres Herzens heraus, sondern weil diese Menschen dir etwas bedeuten. Sie sind im weitesten Sinne deine Familie. Und dafür respektiere ich Natasha. Natürlich war ihr Plan verrückt, aber sie konnte ja nicht wissen, dass Wilco einen Kopfgeldjäger auf sie angesetzt hatte. Nicht einmal wir wussten davon. Wilco hat alles persönlich arrangiert und nicht einmal seine rechte Hand Franco war eingeweiht, bis es an der Zeit war, sie zu holen. Das wissen wir mit Sicherheit, denn die Männer, die Max zum Reden gebracht hat, hatten keine Ahnung, dass Franco nicht in der Stadt war. Sie wussten nicht einmal, dass Wilco immer noch nach seiner Nichte suchte. Sie dachten alle, er hätte sie längst abgeschrieben.«

Ich vertraue dir mein Leben an.

Verdammt.

Ich ließ den Kopf sinken und starrte auf den Teppich.

Ich liebe dich, Owen. Ich liebe dich von ganzem Herzen. Egal wie die Sache endet, du sollst wissen, dass du mir alles gegeben hast. Ich bin glücklich. Ich bin rein. Aber ich muss das hier tun, um frei zu sein und nicht noch mehr Leute in Gefahr zu bringen. Ich werde dir etwas Zeit verschaffen. Aber beeil dich, Schatz. Ich weiß nicht, wie lange ich durchhalten kann.

»Verdammte Scheiße«, fauchte ich.

Ich vertraue dir mein Leben an.

Sie wollte uns Zeit verschaffen und hatte sich selbst der Hölle ausgeliefert, damit nicht noch jemand zu Schaden kommen würde.

Nat wusste nicht, dass der Unfall nicht auf Wilcos Konto ging. Sie hatte einfach reagiert und sich für Menschen geopfert, die sie kaum kannte, von denen sie aber wusste, dass sie mir wichtig waren.

Verdammt.

Verdammt.

Verdammt.

Ich verstand, dass sie glaubte, das Richtige zu tun. Doch sie hatte unrecht. Obwohl sie versucht hatte, es mir zu erklären, glaubte ich immer noch, dass sie falschlag.

»Ich habe Natasha angefleht zurückzukommen«, sagte ich. »Verdammt, ich habe gebettelt. Noch nie in meinem Leben habe ich um etwas gebettelt, nicht einmal als die Frau, mit der ich jahrelang verheiratet war, verkündet hat, sie würde mich verlassen, wenn ich mich erneut verpflichte. Auch nicht, als ich die Scheidungspapiere erhielt. Meine Ehe wollte ich nicht retten, aber ich habe Nat angefleht, mich nicht zu verlassen. Trotzdem ist sie gegangen.«

»Owen, Bruder, ich verstehe, dass du wütend bist. Mir geht es genauso. Sie hat überstürzt gehandelt und Mist gebaut, aber ihre Beweggründe waren die richtigen«, drängte Myles.

Ich verlor langsam die Geduld. »Steckt hinter all dem Gerede auch ein Sinn?«

»Ja, Owen. Tex und Garrett haben sie gefunden.«

»Warum zum Teufel stehen wir dann immer noch hier herum?«, brüllte ich.

Eine alte Gewohnheit machte sich plötzlich wieder bemerkbar. Ich raufte mir die Haare und zog daran, bis es wehtat. Das hatte ich seit zehn Jahren nicht mehr getan. Genauer gesagt seit ich angefangen hatte, jeden Aspekt meines Lebens zu kontrollieren. Damals hatte ich alles fein säuberlich geordnet, um nie wieder solche Schmerzen empfinden zu müssen.

»Weil wir darüber reden müssen, was passiert, wenn wir sie finden. Ich will vermeiden, dass du …«

»Dass ich was tue?«, presste ich zwischen zusammengebissenen Zähnen hervor. »Dass ich vor Wut an die Decke gehe? Glaub mir, Bruder, ich bin stinksauer, und erzähl mir nicht, dass du mich verstehst, denn das tust du ganz sicher nicht. Du kannst nicht wissen, wie es sich anfühlt, wenn die Frau, die du liebst, in den Klauen eines Monsters ist. Glaubst du, ich bin wütend, weil sie weggelaufen ist? Ich habe schreckliche Angst, dass die Frau, die heute Morgen noch neben mir im Bett lag, nicht mehr existieren wird, wenn wir sie finden. Mir graut davor, dass Natasha nicht mehr dieselbe sein wird, falls Franco Hand an sie legt oder sie vergewaltigt. Du hast gesehen, was passiert, wenn sie sich daran erinnern muss, wozu sie gezwungen wurde. Sie verschließt sich völlig. Es ist, als würde ein Schalter umgelegt und sie ist plötzlich nicht mehr da. Ich habe Angst, dass ich sie nie wieder zurückbekomme. Also verschwende nicht meine Zeit und sag mir, wo sie ist.«

»Außerhalb von Missoula, Montana.«

Mein Gott, das war weniger als drei Stunden entfernt.

Natasha war seit zehn Stunden verschwunden und die ganze Zeit in der Nähe gewesen.

Verdammt, verdammt, verdammt.

»Warum stehen wir immer noch hier herum?«

»Aus zweierlei Gründen … nein, eher drei. Wir warten darauf, dass Kevin und Gabe mit Abe, Wolf und Mozart zurückkommen, nachdem sie sie vom Flughafen abgeholt haben. Außerdem müssen Tex und Garrett noch weitere Informationen sammeln, unter anderem wird Cruz ihnen noch einen Lagebericht zukommen lassen. Außerdem musste ich erst wissen, ob du einen klaren Gedanken fassen kannst.«

Ich wippte auf den Fersen zurück und wollte etwas erwidern, aber Myles kam mir zuvor. »Reiß dich zusammen, Bruder. Du weißt, warum wir diese Unterhaltung führen mussten.«

Sein Handy vibrierte auf der Kommode und wir wandten uns beide um. Myles griff danach und nahm den Anruf entgegen.

»Garrett?«

»Ich habe Neuigkeiten. Cruz hat sich gemeldet und bestätigt, dass Wilco Pollaski nicht in Chicago ist. Er und sein Team haben es nicht geschafft, in das Stadthaus einzudringen. Cruz will die Sache unter Verschluss halten und so wenige Personen wie möglich einweihen. Sie haben Dude angerufen und er hat sich bereit erklärt, ihnen zu helfen. Er ist gerade auf dem Weg dorthin.«

»Dude?«, fragte ich.

»Du und Brooks seid unsere Sprengstoffexperten. Aber da Brooks anderweitig beschäftigt ist und du hier bist, nimmt Dude sich der Situation an.«

»Willst du damit sagen, dass Pollaskis Stadthaus verdrahtet ist?«

»Allerdings. Und zwar so, dass das ganze Gebäude in die Luft fliegt. Cruz hat es in letzter Sekunde bemerkt. Sein Team wollte sich gerade Zutritt verschaffen, als ein Kabel seine Aufmerksamkeit erregte. Er hat das Haus soweit es ihm möglich war inspiziert und dann Tex kontaktiert. Und dieser hat wiederum Dude angerufen.«

Es war nie schön, einem Unheil nur knapp zu entrinnen. Aber dem Tod durch einen Sprengsatz zu entgehen war mehr als erschreckend.

»Wie dem auch sei, da der Firmenjet auf dem Weg nach Idaho ist, hat Zane einen Gefallen eingefordert. Dude wird luxuriös reisen. Cruz hat die nötige richterliche Verfügung, um das Haus zu betreten, sobald Dude sein Werk vollbracht hat.«

Dude würde nicht lange brauchen, um das Gebäude zu räumen. Der Mann war nicht nur in der Lage, jeden improvisierten Sprengsatz zu entschärfen, er verfügte außerdem über hervorragende Instinkte. Er hatte mir viel beigebracht, wobei das meiste nichts mit der Herstellung und Räumung von Kampfmitteln zu tun hatte. Vielmehr hatte er mich gelehrt, auf mein Bauchgefühl zu vertrauen und mehr als nur meine Augen und Ohren zu nutzen, um eine Situation einzuschätzen. Eine Lektion, die sich im Laufe der Jahre als unschätzbar wertvoll erwiesen hatte.

»Eine Sache noch«, sagte Garrett und ich erstarrte, als ich den düsteren Unterton in seiner Stimme hörte. »Wilco ist geflohen. Er weiß, dass er erledigt ist. Aber ein Mann wie er wird sein Königreich nicht einfach aufgeben und dafür kämpfen.«

Das bedeutete, dass Wilco wusste, dass sein Imperium zerfiel. Und seine Wut würde er an der Person auslassen, die seiner Meinung nach für seinen Ruin verantwortlich war.

Natasha.

Meine Kehle schnürte sich zu und mir kam die Galle hoch.

»Das ändert die Dinge«, murmelte Myles.

»In der Tat. Cruz will, dass ihr eure Körperkameras einschaltet. Wenn möglich, sollt ihr ihn verhaften.«

»Garrett …«

Garrett gab Myles keine Gelegenheit, den Satz zu beenden. »Ich sagte, wenn möglich. Cruz ist nicht dumm … aus diesem Grund will er die Aufnahmen der Körperkameras. Er weiß, dass nicht immer alles nach Plan läuft. Das FBI will Pollaski. Ihn lebend auszuliefern ist nur die erste Option. Wenn das nicht möglich ist, dann können wir es nicht ändern.«

»Verstanden. Wir brechen in der nächsten halben Stunde auf.«

»Die restlichen Informationen werde ich euch übermitteln, bevor ihr euer Ziel erreicht.«

Myles beendete das Gespräch und begegnete meinem Blick.

»Versprich mir, dass du dich im Griff hast.«

Ich machte mir nicht die Mühe, etwas zu erwidern, denn ich konnte ihm dieses Versprechen nicht geben. Und ich wollte meinen Freund nicht anlügen.

»Scheiße.«

Ja, das brachte es auf den Punkt.

»Owen …«

»Versuch nicht, mir ein Versprechen abzunehmen, das ich nicht halten kann, Myles. Natasha hat für mich oberste Priorität. Ich werde sie mit allen Mitteln da rausholen, doch ich werde Wilco nicht aktiv jagen. Aber wenn er oder Franco zwischen mir und meiner Frau stehen, werde ich nicht zögern, einen von ihnen auszuschalten.«

»Damit kann ich leben.«

Darüber war ich froh, denn ich würde meine Meinung nicht ändern.

Ich komme dich holen. Und ich warne dich, Baby, wenn ich dich finde, werde ich stinksauer sein.

Ich verlasse mich darauf, Schatz.

Meine Wut legte sich langsam.

Und nun packte mich die Angst. Sie grub sich tief in mein Fleisch, durchdrang meine Knochen und beherrschte meinen Verstand. Ich konnte nur noch daran denken, dass Natasha dem Teufel in die Hände gefallen war.

KAPITEL VIERUNDZWANZIG

Ich hörte, wie die Haustür geöffnet wurde. Dann drangen Stimmen an mein Ohr, und ich erhob mich.

Plötzlich stand er vor mir.

Der Teufel höchstpersönlich, in einem fünfzehntausend Dollar teuren Anzug.

Ich hatte ihn so lange aus meinen Gedanken verdrängt, dass ich fast vergessen hatte, wie er aussah. Das Biest in meinen Albträumen war hässlich und hatte Reißzähne, es hatte nichts mit dem gut aussehenden Mann zu tun, der vor mir stand. Durch eine grausame Wendung des Schicksals hatte Wilco Pollaski Ähnlichkeit mit Ray Liotta und bediente damit das Klischee des attraktiven Bösewichts. Wohlgemerkt ein Ray vor seiner angeblichen Schönheitsoperation, dem das Alter nichts hatte anhaben können. Mein Onkel bekam dieses Kompliment oft und es streichelte sein übersteigertes Ego. Vor allem genoss er es, dass die Frauen ihn mit einem Mann verglichen, der seiner Meinung nach den Film-gangster schlechthin verkörperte.

Nicht ohne Grund warfen sich ihm die Frauen an den Hals. Das lag nicht nur an seinem Geld und seinen teuren

Anzügen, sondern leider auch an seinem attraktiven Äußeren. Die Edelmuschis, wie er sie nannte, scharten sich um ihn und wenn sie einen Schubs in Richtung Schlafzimmer brauchten, wusste er genau, wie er ihre Weitzman Pumps in die von ihm gewünschte Richtung lenken konnte.

Er war widerlich.

Der Teufel höchstpersönlich.

Aber die größte Lüge des Teufels bestand darin, die Welt glauben zu lassen, dass er nicht existierte. Gleichsam war Wilco in der Lage, die Frauen davon zu überzeugen, dass er nicht böse war.

Schon vor Stunden hatte Franco mich zu dem Unterschlupf gebracht und seitdem saß ich im Wohnzimmer. Törichterweise hatte ich gehofft, ich müsste Wilco erst in Chicago gegenübertreten. Das war dumm von mir.

»Du hast mir eine Menge Ärger bereitet, Sarah«, sagte Wilco, als er um den ovalen Tisch in der Mitte des Eingangsbereichs herumging und ein paar Meter vor mir stehen blieb.

Sarah.

Mein Gott, wann würde sie endlich sterben?

Ich erwiderte nichts, denn ich hatte nichts zu sagen. Wilco erwartete keine Antwort von mir. Da er mir keine Frage gestellt hatte, war es mir nicht gestattet zu sprechen.

Er verengte seine blassblauen Augen und musterte mich mit angewiderter Miene.

»Mein Gott, sieh dich nur an«, höhnte er. »Eine Schande.«

Ich wusste, was er sah. Owen und ich hatten geplant, eine Runde mit dem Quad zu drehen, und ich hatte mich entsprechend gekleidet. Tatsächlich besaß ich inzwischen kein einziges Kleidungsstück mehr, das Wilcos prüfendem Blick standgehalten hätte. *Gott sei Dank.* Bei dem Gedanken musste ich unwillkürlich grinsen.

»Findest du das etwa lustig?«

Ich schüttelte den Kopf und setzte eine ausdruckslose Miene auf. Wenn ich lange genug überleben wollte, bis Owen mich fand, musste ich mich zusammenreißen. In Wilcos Beisein konnte ich nicht Natasha sein.

Stille erfüllte den Raum, die eigentlich hätte tröstlich sein müssen. Einst war sie meine einzige Vertraute gewesen. Solange Schweigen herrschte, wurden mir keine Befehle erteilt und ich musste weder sprechen noch zuhören. Und ich musste nicht den widerwärtigen Lauten irgendwelcher Freier lauschen. Mir verkrampfte sich der Magen aus Angst vor dem, was Wilco als Nächstes sagen würde.

Die Stille war geradezu ohrenbetäubend. Heute war ich die Geräusche von Owen, Myles, Kevin und Gabe gewohnt, denn irgendjemand unterhielt sich immer in der Hütte. Und als ich noch bei Owen gewohnt hatte, wartete ich jeden Tag sehnlichst auf seine Rückkehr, um seine Stimme zu hören.

Wilco hatte mich die ganze Zeit über beäugt. Als er schließlich das Gesicht zu einer wütenden Grimasse verzog und mir einen bösartigen Blick zuwarf, wusste ich, dass ich in Schwierigkeiten steckte.

In großen Schwierigkeiten.

»Was ist das?«, fauchte er und kam auf mich zu.

Was war was?

»Antworte. Mir.«

Er starrte auf meinen Hals und mir gefror vor Angst das Blut in den Adern.

Abgesehen von dem großen Fehler, mich Wilco auszuliefern, hatte ich einen weiteren Fehler begangen, als ich meine Jacke im Wagen ausgezogen hatte. Sobald Franco abgelenkt war, hatte ich sie zusammengerollt und unter den Sitz geschoben. Ich wusste, dass er mich vor dem Betreten des Hauses abtasten würde und ich wollte vermeiden, dass er Owens Handy fand. Ich hatte Tex gesagt, dass ich es so lange wie möglich eingeschaltet lassen würde, damit er meinen

Standort ermitteln konnte. Im Moment wünschte ich mir jedoch, ich hätte die Jacke noch, denn mein weißes Thermohemd bedeckte meinen Hals nicht.

Ich wusste, was Wilco sah.

Automatisch hob ich eine Hand, um Owens Mal zu verdecken. Aber nicht aus Scham, sondern um es zu schützen. Dieses Mal gehörte mir und nur mir. Wilco hatte kein Recht, es durch den Dreck zu ziehen, indem er es verspottete. Er durfte es nicht einmal *ansehen*.

»Ich wusste immer, was in dir steckt. Du bist eine genauso verlogene Hure wie deine Mutter.«

Ich zuckte nicht einmal zusammen, als er meine tote Mutter eine Hure nannte. Die Worte hatte ich mein Leben lang gehört, mittlerweile war ich dagegen abgestumpft. Außerdem war es die Wahrheit, meine Mutter war eine Hure gewesen. Eine Pollaski-Hure, für die man tief in die Tasche greifen musste. Sie hatten sie zu einer Nutte gemacht. Mein Vater und mein Onkel hatten sich um sie gestritten und sie erniedrigt, bis mein Vater sie schließlich auf den Strich geschickt hatte. Vor allem wollte er seinen Bruder damit erzürnen, aber sie hatte auch viel Geld eingebracht.

Widerlich.

»Allerdings war ihre Muschi mehr wert als das hier.« Wilco machte eine ausladende Geste und deutete auf meine Kleidung. »Ich dachte, du seist ein toter Fisch. Die Kunden haben sich darüber beschwert, wie schlecht du im Bett warst. Sie sagten, das einzig Positive war, dass du noch jung warst. Jetzt verstehe ich, dass du nur ein wenig Training gebraucht hättest. Ich hätte mich mehr ins Zeug legen sollen. Zum Glück bleibt mir das nun erspart, denn offenbar hast du es dir selbst beigebracht.«

Wilco schlug meine Hand beiseite und starrte auf mein Mal.

»Verdammte Hure«, schnaubte er.

Als seine Hand auf meine Wange traf, spürte ich den Schmerz nicht. Nicht sofort. Zuerst nahm ich den knallenden Laut wahr, der durch das Wohnzimmer hallte. Erst dann breitete der Schmerz sich aus.

Ich war daran gewöhnt. Tatsächlich brauchte ich den Schmerz, denn er erinnerte mich daran, dass ich hier nicht Owens Natasha sein konnte. Wilco würde meine Schwäche sofort riechen.

Ich rührte mich nicht und zuckte nicht einmal, als meine Wange zu pochen begann.

Es würden weitere Schläge folgen.

Das wusste ich.

Und dabei würde er nicht nur mit der flachen Hand zuschlagen. Wilco benutzte gern seine Fäuste. Ganz sicher würde es nicht mehr lange dauern.

»Franco?«, blaffte Wilco und sein kleiner, braver Soldat war sofort zur Stelle.

»Ja, Chef?«

Chef. Igitt. Franco klang wie ein eifriger Welpe, der nur auf den Befehl wartete, Platz zu machen, sich im Kreis zu drehen oder sich tot zu stellen. Ganz anders als sonst, wenn Wilco nicht in der Nähe war.

Ich verzog die Lippen zu einem Grinsen, das Franco nicht entging. Und er machte sich nicht die Mühe, seine Reaktion zu verbergen.

Wenn dein Herrchen an deiner Kette zerrt, bist du wohl nicht mehr so ein harter Brocken.

Franco lief hochrot an.

Oh ja, er wusste genau, was ich dachte.

»Wann ist das Flugzeug endlich startklar?«, fragte Wilco.

Ich war mir ziemlich sicher, dass mir bei den Worten das Blut aus dem Gesicht wich.

Meine Vermutung wurde bestätigt, als Franco mit einem Lächeln antwortete: »In weniger als einer Stunde, Sir.«

»Wie bitte?«

Wilco wirbelte herum und verpasste mir eine schallende Ohrfeige.

»Halt deine verdammte Klappe.« *Immer die gleiche Wange, er schlägt immer auf die gleiche Wange.* »Offenbar hast du vergessen, wo dein Platz ist. Eine Muschi schweigt, bis sie bereit ist, benutzt zu werden.«

Meine Güte, der Kerl war ekelhaft.

»Ist das klar?«

Ich presste die Lippen zusammen und nickte.

»Eines kann ich dir versichern, Sarah. Du wirst für den Ärger bezahlen, den du verursacht hast. Und zwar voll und ganz. Ich lasse mir deinen Mist nicht mehr gefallen. Mir ist klar geworden, dass ich viel zu nachsichtig mit dir war. In Kanada habe ich viele Kunden, die sich nach Frischfleisch sehnen. Ich schlage vor, du ruhst dich vor dem Flug noch ein wenig aus, denn sobald wir gelandet sind, wirst du dich an die Arbeit machen und keine Pause einlegen, bis du mir den letzten Cent zurückgezahlt hast, den ich deinetwegen verloren habe. Wegen deines schlechten Rufs habe ich etwas Kreativität walten lassen, was bedeutet, dass es keine Regeln gibt. Der Kunde bekommt, was er will – egal was er will. Also schlaf noch etwas, liebe Nichte, du wirst deine Kräfte brauchen.« Wilco wandte sich wieder Franco zu. »Schaff mir dieses Miststück aus den Augen.«

Franco gehorchte sofort. Er trat auf mich zu und packte mich am Oberarm. Dabei drückte er so fest zu, dass ich die Beherrschung verlor und aufschrie.

Wilco lächelte.

Widerliches Schwein.

»Und, Franco, um dich für die Mühe zu entschädigen, musst du nicht zimperlich sein.«

Oh Gott.

Oh nein.

»Ein Freifick?«, fragte Franco hoffnungsvoll und ich wimmerte.

»Hab noch ein bisschen Geduld, mein Freund. Sie muss zuerst noch etwas erledigen.« Wilco starrte mich an und ich empfand so viel Abscheu wie noch nie.

Mein ganzes Leben lang hatte ich meinen Onkel gehasst und nie auch nur den geringsten Respekt vor ihm gehabt. Aber in diesem Moment, in dem sein Handabdruck auf meiner Wange brannte und er mir das ganze Ausmaß seiner Verderbtheit offenbarte, hasste ich ihn mehr als je zuvor. Mehr als je ein Mensch einen anderen gehasst hatte.

Ich hatte weniger als eine Stunde, um einen Ausweg aus diesem Schlamassel zu finden. Weniger als eine Stunde, um meinen Onkel zu töten.

Auf keinen Fall würde ich in dieses Flugzeug steigen. Ich würde mich nicht auf den Strich schicken lassen. Und ich würde nicht auf Owen warten.

»Bewegung«, grunzte Franco und zerrte an meinem Arm.

Ihn würde ich ebenfalls umbringen.

Und während er mich die Treppe hinaufzog, schmiedete ich Pläne. Doch dann stieß er mich in ein Schlafzimmer und ich hatte keine Ahnung, was ich tun sollte. Das Problem schien sich wie ein roter Faden durch mein Leben zu ziehen, denn meine Pläne schienen nie zu funktionieren. Daran wurde ich schmerzhaft erinnert, als Franco mich mit Wucht gegen die Wand stieß. Mein Hinterkopf prallte gegen die Trockenbauwand und ich war noch immer ganz benommen, als Franco eine Hand zwischen uns schob und meine Brust so grob packte, dass ich vor Schmerzen schrie.

Dann beugte er sich so dicht vor, dass mir sein Mundgeruch in die Nase stieg. Sein Atem stank so sehr, dass er sogar sein übles Rasierwasser übertünchte. Ich war noch immer wie benebelt, doch ich versuchte, mich mit aller Kraft aus seinem Griff zu befreien. Aber Franco war stärker, und je heftiger ich mich wehrte, desto fester packte er meine Brust.

»Wehr dich ruhig, du Schlampe«, höhnte Franco. »Nichts macht meinen Schwanz härter als ein Miststück, das dagegen ankämpft.«

Oh mein Gott.

Ich zwang mich zur Ruhe und versuchte, die Galle zu unterdrücken, die mir in die Kehle zu steigen drohte. Mir wurde schwindelig und ich stieß die Luft aus.

»Bald, Sarah«, knurrte Franco.

Der Laut hatte nichts mit Owens rauem, kehligem Brummen gemein.

Francos Knurren glich dem eines Raubtiers und gab mir das Gefühl, mich zu beschmutzen. Franco war ein dreckiger, widerlicher Vergewaltiger. Ein Tier, das eingeschläfert werden sollte.

Er lockerte seinen Griff um meine Brust und begann, seine Hand kreisen zu lassen.

Nein. Verdammt nein.

Ich konnte es ertragen, wenn er mich grob anpackte, aber als er mich *berührte*, zerbrach etwas in mir.

»Fass mich nicht an«, forderte ich.

»Was hast du gesagt?«

»Fass mich nicht an, du widerliches Schwein …«

Dann brachte ich keinen Ton mehr heraus.

Der Atem wurde mir aus der Lunge gepresst, als er mir seine Faust in den Solarplexus rammte.

»Wie hast du mich genannt?«

»Widerliches Schwein«, wiederholte ich. »Du bist ein Stück …«

Wieder schlug er zu.

Und wieder blieb mir die Luft weg.

»Entweder bist du dumm oder du bettelst um meinen

Schwanz. Also was bist du, Sarah? Eine dumme Muschi oder
…«

Diesmal gab ich Franco keine Gelegenheit, den Satz zu beenden, denn ich rammte ihm mein Knie zwischen die Beine. Leider drehte er sich, sodass ich mein Ziel nur knapp verfehlte. Das war wirklich ein Jammer und es bewies, wie dumm ich tatsächlich war.

Ich hatte keine Ahnung, wie viel Zeit verging. Es hätten fünf Sekunden, fünf Minuten oder eine halbe Stunde sein können. Aber als sein dritter Fausthieb mich traf, wurde mir schwarz vor Augen. Bei seinem vierten Schlag hatte ich mich so weit in mich zurückgezogen, dass ich den Schmerz nicht mehr spürte. Kurz darauf verlor ich das Bewusstsein.

Zumindest konnte ich mir sicher sein, dass er mich in diesem Zustand nicht anfassen würde. Es gefiel ihm, wenn das Opfer sich wehrte, und ich hatte keine Kraft mehr zu kämpfen.

Als ich jedoch irgendwann die Augen wieder öffnete, galt mein erster Gedanke Franco. Ich würde ihn töten und dann würde ich auch Wilco umbringen. Ich musste nur etwas finden, das ich als Waffe benutzen konnte. Wenn ich doch nur die Schreibtischschubladen durchsuchen könnte. Der Gedanke verflog so schnell wie er gekommen war, denn die Schmerzen waren unerträglich und ich wurde wieder von Dunkelheit umhüllt.

Nur damit du es weißt, Natasha, ich komme dich holen.
Um Himmels willen, bitte beeil dich, Owen.

KAPITEL FÜNFUNDZWANZIG

»Bist du sicher, dass sie noch dort ist?«, fragte ich.

»So sicher ich ohne Überwachungsaufnahmen sein kann«, dröhnte Tex' Stimme aus Myles' Handy. »Wie ich euch bereits erklärt habe, befindet sich das GPS-Signal deines Telefons immer noch am selben Ort. Entweder haben sie es gefunden und dort zurückgelassen oder sie haben sich noch nicht von der Stelle gerührt. Mein Bauchgefühl sagt mir, dass Natasha Wort gehalten und das Handy versteckt hat. Und ich weiß mit Sicherheit, dass der Unterschlupf Pollaski gehört. Er ist im Besitz einer der Briefkastenfirmen, von der ich noch nichts gewusst hatte. Natasha hat sie mir genannt.«

»Du wirst doch nicht etwa nachlässig, alter Mann?«, stichelte Wolf.

»Wohl kaum. Als Eigentümer ist der Cousin von Wilcos erster Frau eingetragen. Ich bin noch nicht dazu gekommen, die Ehefrauen zu überprüfen. Cruz brauchte zuerst Informationen über die Drogen und Frauen, um eine richterliche Verfügung erwirken zu können. Und davor wollte Zane mehr über Wilcos Schwachstellen in Erfahrung bringen, bevor er etwas unternahm. Nach den Immobilien hatte ich noch nicht gesucht.«

Abe lachte leise. Obwohl ich ganz und gar nicht in der Stimmung für Scherze war, konnte ich unmöglich Tex' gekränktes Schnauben überhören.

»Ich wette, Cruz ist froh, diesen Fall abschließen zu können«, bemerkte Mozart. »Es ist lange her, seit er mit den *Red Brothers* aneinandergeraten ist. Jetzt kann er das alles endlich hinter sich lassen.«

Kevin begegnete meinem Blick und nickte mir zu, um mich stillschweigend zur Ruhe zu mahnen.

»Garrett ruft gerade an, Tex. Ich muss da rangehen«, sagte Myles.

»Ich melde mich wieder.«

Myles strich mit dem Finger über den Bildschirm und wechselte zu dem anderen Anruf.

»Garrett?«

»Es ist so weit«, verkündete Garrett. »Wilcos Jet wird gerade betankt.«

»Wie lautet der Flugplan?«, wollte Gabe wissen.

»Er hat nichts eingereicht.«

Meine Güte. Wenn Wilco sie in dieses Flugzeug verfrachtete, wäre sie verschwunden.

»Hast du … können wir … scheiße …«, stammelte ich, unfähig, die Frage verständlich zu artikulieren.

»Ich kann das Flugzeug verfolgen«, antwortete Garrett, »aber sobald es landet, haben wir ein Problem. Solange ich nicht weiß, wohin es fliegt, kann ich kein Team am Zielflughafen postieren.«

Vergeblich versuchte ich, den Kloß in meinem Hals hinunterzuschlucken. Anfangs hatte ich erwartet, meine Anspannung würde sich lösen, wenn ich erst einmal auf dem Weg zu Natasha war. Ich dachte, ich würde mich besser fühlen, wenn ich wüsste, dass wir Fortschritte machten und sie bald befreien würden. Aber ich hatte mich grundlegend geirrt. Je näher wir Missoula kamen, desto heftiger hämmerte mein Herz in meiner Brust.

Im Moment saßen wir in einem Stundenmotel etwa fünfundzwanzig Kilometer von Wilcos Unterschlupf entfernt und mir gefror das Blut in den Adern. Eigentlich hätten wir nur Abe, Mozart, Gabe und Kevin hier absetzen sollen, danach wären Wolf, Myles und ich losgefahren, um das Anwesen unter die Lupe zu nehmen. Doch dann hatten Tex und Garrett angerufen und nun gingen wir zu Plan B über. Das bedeutete, wir würden das Gebäude stürmen, ohne es zuvor ausgekundschaftet zu haben. Es war definitiv nicht die beste Vorgehensweise, aber wenn Pollaskis Jet gerade aufgetankt wurde, konnte ich nicht länger warten. Eher wäre ich unbewaffnet und im Alleingang in dieses Haus eingedrungen, bevor Nat in dieses Flugzeug steigen konnte.

»Owen?«, rief Wolf. Ich blickte auf und sah, dass er mich musterte. »Geht es dir gut?«

Nein, mir ging es nicht gut, aber ich machte mir nicht die Mühe, ihm zu antworten. Er wusste genau, wie ich mich fühlte. Wolf war nicht nur klug, er verstand auch besser als die meisten, mit welchen Emotionen ein Mann zu kämpfen hatte, wenn seine Frau in Gefahr war. Jeder kannte seine Geschichte. Es war kein Geheimnis, dass seine Frau Caroline entführt worden war und fast gestorben wäre.

Aber er hat sie gerettet.

Caroline war am Leben und wohlauf. Ich klammerte mich an diesen Gedanken, statt mich auf die Angst zu konzentrieren, die mich durchströmte. Ich musste daran glauben, dass Nat und ich ein glückliches Leben vor uns hatten. Ich musste es einfach *glauben*. Die Alternative war unvorstellbar.

»Es wird nicht schön werden«, bemerkte Abe.

Ich warf einen Blick auf Wolfs Teamkameraden und

zuckte unwillkürlich zusammen. Abe hatte recht. Der Mann sagte immer, was er dachte. Er war bekannt für seine ehrliche Art, doch im Moment wollte ich die Wahrheit gar nicht hören. Ich wollte endlich losfahren.

»Wir müssen acht Hektar überbrücken«, erklärte ich und ignorierte Abes Bemerkung. »Tex sagte, dass wir den Aufenthaltsort von fünf weiteren von Pollaskis Soldaten nicht kennen. Wir wissen, das mindestens einer von ihnen hier ist, nämlich der Fahrer des Escalades. Das macht also Pollaski, Franco, den Fahrer und möglicherweise vier weitere Männer.«

»Bruder …«, begann Gabe, doch als ich die Arme vor der Brust verschränkte, verstummte er klugerweise.

»Ich will keine Vorträge oder Predigten mehr hören. Es geht mir nicht gut und ich werde mich nicht besser fühlen, bis Nat in Sicherheit ist. Wenn du mir dabei helfen willst, dann lass uns gehen. Aber komm nicht auf die Idee, mir zu erzählen, dass ich meine Wut kontrollieren soll. Ich werde gar nichts unter Verschluss halten. Ich werde da reingehen und meine Frau holen. Und sollte einer dieser Dreckskerle versuchen, mich aufzuhalten, wird er meine gottverdammte *Wut* zu spüren bekommen.«

Ich hielt inne und betrachtete die drei Männer, die ihre Frauen und Familien zu Hause zurückgelassen hatten, um mir und meinem Team beizustehen. »Ich weiß es zu schätzen, dass ihr drei helfen wollt. Aber eines solltet ihr wissen. Es wird blutig werden. Wenn ihr also lieber …«

»Das ist nichts Neues für uns«, fiel Mozart mir ins Wort. »Sobald wir eingedrungen sind, weichst du nicht von meiner Seite.«

»Ich brauche keinen Babysitter.«

»Doch, den brauchst du«, widersprach er mir. Ich biss die Zähne zusammen, um die Beherrschung nicht zu verlieren. »Du hast deine Mission und wir haben unsere. Du kannst nur noch an deine Frau denken und bekommst gar nicht mit, was um dich herum passiert. Meine Aufgabe ist es, dich zu beschützen, während du dein Ziel verfolgst. Deine Brüder und meine Kameraden halten dir den Rücken frei, aber du wirst keinen Schritt ohne mich unternehmen, in Ordnung?«

Da er offenbar eine Antwort erwartete, erwiderte ich: »Verstanden.«

Ich schnappte mir meine kugelsichere Weste vom Bett und die anderen taten es mir gleich. Wolf, Abe und Mozart waren schon eine Weile im Ruhestand, aber sie hatten den Job jahrelang ausgeführt und schlüpften routiniert in ihre Rollen. *Einmal gefährlich, immer gefährlich.* Und diese drei Männer waren absolut gefährlich.

Mozart war zuerst fertig und hielt sich an der Tür bereit. Mit versteinerter Miene stand er da und schien nichts mehr mit dem Mann gemein zu haben, der vor einer Stunde einen Anruf von seiner Frau Summer entgegengenommen hatte. Mein Herz hatte sich verkrampft, als er das Gespräch beendet hatte, indem er ihr gesagt hatte, dass er sie liebte.

Verdammt, ich wollte Nat dasselbe sagen. Als ich das letzte Mal mit ihr gesprochen hatte, hatte sie ihre Liebe zum Ausdruck gebracht, aber ich hatte es versäumt, die Worte zu erwidern. Ich hatte sie nur angefleht, zu mir zurückzukommen, und war viel zu verängstig gewesen, um die Worte über die Lippen zu bringen. Aber ich hätte es ihr sagen sollen.

Was, wenn ich nie wieder mit ihr sprechen würde ...

»Owen!«, rief Kevin und ich blinzelte ihn an.

Scheiße, verdammt. Ich durfte nicht einmal daran denken. Vielleicht war das das letzte Mal, dass ich ihre Stimme gehört hatte.

»Du. Musst. Dich. Konzentrieren«, knurrte Kevin und betonte dabei jedes Wort.

Richtig. Ich musste mich konzentrieren, denn ich hatte

noch einiges zu tun. Und zwar Blut vergießen und eine Frau retten. Aber nicht in dieser Reihenfolge.

Nat hatte Priorität.

Sie kam immer an erster Stelle.

* * *

»ICH HATTE GANZ VERGESSEN, WIE VIEL SPAß DAS MACHT«, dröhnte Abes Stimme durch meinen Ohrhörer.

Ich ließ den Blick über das Anwesen in einiger Entfernung schweifen. Nun war mir klar, warum Pollaski diesen Ort seine Zuflucht nannte. Wenn ich nicht gewusst hätte, dass sich hinter diesen Mauern wahrscheinlich schreckliche Dinge abgespielt hatten, wäre ich beeindruckt gewesen. Das Gebäude ähnelte einer opulenten Burg. Weder die Satellitenbilder noch die Baupläne hätten auf diesen Luxus schließen lassen.

»Du meinst die Vorfreude, weil wir gleich einen Bösewicht zur Strecke bringen werden?«, fragte Gabe über Funk.

»Nein«, antwortete Abe. »Obwohl das schon immer ein positiver Nebeneffekt unseres Jobs war.«

Das Haus war hell erleuchtet und strahlte in der Dunkelheit. Es stand inmitten eines acht Hektar großen Grundstücks in einer Schlucht am Ende des Franklin Trails. Zum Glück war weit und breit kein anderes Haus zu sehen und der Wanderweg zu dieser späten Stunde menschenleer. Zumindest war uns niemand begegnet, als wir Abe und Kevin am Anfang des dreizehn Kilometer langen Rundweges, dem sogenannten »Back Nine«, abgesetzt hatten. Sie waren blitzschnell aus dem Jeep gestiegen und in der Dunkelheit verschwunden.

»Verrätst du es uns oder willst du uns zappeln lassen?«, fragte Gabe.

Ich versuchte, nicht die Beherrschung zu verlieren. Unter

anderen Umständen hätte ich in die Scherze der Jungs einge-
stimmt, um die Spannung etwas zu lockern. Aber an diesem
Abend war ich dazu nicht in der Stimmung. Meine Frau
befand sich in unmittelbarer Nähe und war doch so fern. Sie
war in dieser Festung, die direkt vor meinen Augen lag,
eingeschlossen, während ihr alles Mögliche hätte zugestoßen
sein können.

Alles.

Mögliche.

»Der Adrenalinstoß, der einem durch den Körper
rauscht, wenn man sich an einem steilen Abhang abseilt.«

»Brich dir bloß nicht die Knochen, alter Mann.« Wolf
lachte leise und ich presste die Zähne so fest aufeinander,
dass mein Kiefer schmerzte.

»Er hat recht. Wir haben Alabama versprochen, dass wir
dich unversehrt nach Hause bringen würden«, warf
Mozart ein.

In diesem Moment verlor ich die Kontrolle. Anders
konnte ich es nicht beschreiben. Meine Brust brannte und
ich bekam meine Angst nicht mehr in den Griff.

»Gabe, nenne deinen Standort«, presste ich hervor.

»Ich befinde mich immer noch an derselben Stelle wie
vor zwei Minuten. Der Escalade ist fahruntüchtig und ich
bin in Position.«

Gut. Gabe wartete auf die Ankunft von Abe und Kevin,
die sich von hinten auf das Grundstück schlichen. Wolf und
Myles hatten den Geländewagen genommen, den wir
gemietet hatten, und näherten sich von Osten.

Wir hatten den Wagen gemietet, weil Nat den anderen
gestohlen hatte.

Mein Gott, es kam mir vor, als sei sie seit Wochen
verschwunden, dabei waren es in Wirklichkeit nur vierzehn
Stunden. Vierzehn lange, qualvolle Stunden.

Ich spürte eine Hand auf meiner Schulter, dann schüttelte Mozart mich und holte mich in die Gegenwart zurück.

»Reiß dich zusammen, Bruder«, murmelte er.

»In Position«, funkte Wolf.

Gott sei Dank.

»Ich kann vier Männer sehen«, meldete Gabe mit ausdruckslosem Tonfall. »Keine Spur von Nat oder Pollaski.«

»In Position«, meldete sich auch Kevin und mein Puls beschleunigte sich.

Fast geschafft.

Mozart und ich bahnten uns einen Weg durch eine Baumgruppe und hielten uns in den Schatten. Nur noch ein paar Meter, dann waren wir bereit.

»Gabe, kannst du sonst noch etwas sehen?«, fragte Myles.

»Sie sind schwer bewaffnet. Weder Vorhänge noch Jalousien an den Fenstern. Das Schwimmbecken ist beleuchtet, durch den Hintereingang können wir nicht eindringen. Bisher hat noch niemand den Außenbereich patrouilliert.« Gabe hielt inne und stieß dann einen leisen Fluch aus. Mir gefror das Blut in den Adern. »Irgendetwas ist passiert. Zwei Wachen laufen die Treppe hinauf.«

Ich erstarrte.

Und kalte Entschlossenheit durchströmte mich.

»Wir müssen das Haus stürmen, sofort«, bellte Gabe. »Ich nehme den Seiteneingang.«

Mozart eilte los und ich folgte ihm. Ich konnte den schweren Atem meiner Kameraden über Funk hören. Ich fühlte nur noch meine Waffe in der Hand und das Gewicht meiner kugelsicheren Weste. Die Wut, die ich unterdrückt hatte, geriet außer Kontrolle.

Ich liebe dich, Owen. Ich liebe dich von ganzem Herzen.

Ich ließ mich von ihren Worten durchfluten und richtete meine Waffe aus, bereit, meine Frau nach Hause zu holen.

KAPITEL SECHSUNDZWANZIG

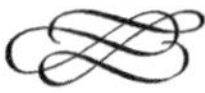

Ich hatte nicht gewusst, dass Blut so warm war.

Natürlich hatte ich schon Blut gesehen, hatte gespürt, wie es aus meiner Nase lief, und ich hatte es geschmeckt, aber ich hatte keine Ahnung, wie warm und klebrig es war, wenn es in großen Mengen aus jemandem herausströmte.

Und sich zu einer Pfütze sammelte.

Jetzt wusste ich es.

Ich betrachtete meine blutverschmierten Hände.

So viel Blut. Der Kupfergeruch erfüllte den Raum und auf dem Boden waren meine Handabdrücke und die Schlieren zu sehen, die meine Knie hinterlassen hatten, als ich durch die Lache gekrochen war.

Aber ich war nicht weit gekommen.

»Ich hasse dich«, flüsterte ich.

Wilco antwortete nicht.

Er würde nie wieder antworten. Der Brieföffner, mit dem ich ihn erstochen hatte, steckte immer noch tief in seiner zerfetzten Kehle. Es war gar nicht so einfach, jemanden zu erstechen. In den Filmen sah es immer so leicht aus, doch in Wirklichkeit erforderte es viel Kraft, ein spitzes Instrument in den Körper eines Menschen zu bohren. Ich hatte mehr als einen Versuch gebraucht, um die richtige Stelle zu treffen. Zudem war Wilco doppelt so groß wie ich und hatte sich gewehrt. Es war viel schwieriger, als ich gedacht hatte.

Und er hatte so viel mehr Blut als erwartet vergossen.

Es war an die Wände gespritzt und hatte sich überall verteilt.

Der Raum sah aus wie ein Tatort. Er *war* jetzt ein Tatort.

Ich hörte Schritte auf der Treppe und versuchte aufzustehen, doch meine nackten Füße fanden auf dem rutschigen Boden keinen Halt.

Dann wurde die Tür aufgerissen und es war zu spät.

Franco betrachtete die Szene, die sich ihm bot, und warf mir einen hasserfüllten, bösartigen Blick zu. Dann verzog er die Lippen zu einem Lächeln, als er meinen toten Onkel mit offenen Augen und einem schockierten Ausdruck im Gesicht auf dem Rücken liegen sah.

Wilco war schockiert, weil ich mich gewehrt hatte, weil ich gesprochen hatte und weil ich die Kraft aufgebracht hatte zurückzuschlagen, als er mich wieder einmal windelweich geprügelt hatte. Doch vor allem hatte es ihn schockiert, als ich meine Hand unter das Kissen geschoben und einen Brieföffner hervorgezogen hatte, den ich Minuten bevor er durch die Tür gekommen war gefunden hatte. Ich hatte ihm die Klinge in den Bauch gerammt und dann damit seine Kehle durchbohrt.

Immer und immer wieder hatte ich so fest ich konnte auf ihn eingestochen, bis er schließlich zusammengebrochen war. Völlig erschöpft war ich auf ihm zusammengesackt.

So müde.

So viel Blut.

Er war tot.

»Dafür, dass du nur eine dumme Schlampe bist, hast du es mir ziemlich leicht gemacht.« Franco stieß ein Lachen aus.

»Eine Sache weniger, die ich erledigen muss, bevor wir gehen.«

»Mit dir gehe ich nirgendwohin.«

»Was hast du gesagt?«

»Ich sagte«, begann ich und räusperte mich. Ich wünschte, ich könnte aufstehen, doch es war zwecklos. Um mich auf die Füße zu ziehen, müsste ich auf den Knien zur Kommode rutschen, und vor Franco würde ich ganz sicher nicht kriechen. »Ich gehe nirgendwo mit dir hin.«

»Offenbar denkst du, du hast ein Mitspracherecht, du Schlampe, aber das hast du nicht. Alles, was Wilco gehörte, gehört jetzt mir. Du gehörst mir. Sein gesamter Besitz ist mein Eigentum. Und jetzt steh verdammt noch mal auf, wir gehen.«

»Nein«, sagte ich und ließ meine Stimme so überzeugt wie möglich klingen.

Ich steckte in großen Schwierigkeiten. Indem ich Wilco getötet hatte, hatte ich Franco den Schlüssel zu seinem Königreich ausgehändigt. Ich hatte keine Kraft mehr zu kämpfen, aber ich würde auf keinen Fall mit ihm gehen. Nirgendwohin. Ich würde in diesem Raum bleiben, bis Owen eintraf. Das war meine einzige Hoffnung.

Eigentlich hatte ich Franco zuerst ausschalten wollen, aber wie immer war mir das Glück versagt geblieben, denn Wilco war gekommen, um mich zu holen. Das Flugzeug war startbereit, doch ich würde keinen Fuß hineinsetzen. Eher würde ich in diesem Raum sterben, als für Franco auf den Strich zu gehen. Ich würde töten, bevor ich noch eine weitere Sekunde dieses Lebens führte, dem ich entkommen war.

»Sarah …«

»Ich heiße Natasha«, fauchte ich. »Hör mir gut zu, Franco. Ich werde nirgendwohin mit dir gehen. Wenn du überleben willst, solltest du von hier verschwinden, und zwar schnell.«

»Verschwinden? Wenn du denkst, dass ich meinen Preis nicht einfordern werde, nur weil du mir einen Gefallen getan und den alten Mann ins Jenseits befördert hast, dann bist du noch dümmer, als dein Onkel behauptet hat.«

Es wunderte mich nicht, dass Wilco mich für dumm gehalten hatte. Dieser Abschaum glaubte, dass alle Frauen geistig minderbemittelt waren. *Alle Muschis sind dumm.*

Scheiß auf ihn und scheiß auf Franco.

»Ich bin weder ein Preis noch bin ich dein Eigentum.«

»Offenbar glaubst du, dass dieses Arschloch dich retten wird, aber dein Onkel hat dafür gesorgt, dass er und seine Freunde in Chicago eine Überraschung erleben werden …« Franco hielt inne, dann verzog er die Lippen zu einem Lächeln und zwinkerte mir zu. *»Bumm.«*

Bumm?

Was hatte das zu bedeuten?

»Von ihm wird nichts als Asche übrig bleiben.«

Suchte Owen in Chicago nach mir? Ich hatte ihm und Tex gesagt, dass ich dorthin zurückgehen würde. Aber nein, auf keinen Fall. Tex wusste ganz sicher, wo ich war. Ich hatte das Handy nicht ausgeschaltet, somit konnte er es orten und Owen meinen Standort übermitteln.

Er würde kommen. Ich wusste, dass er bald hier sein würde.

Zeit. Ich musste ihm nur noch etwas Zeit verschaffen.

Wir stehen hinter dir. Dir kann niemand etwas anhaben, versprochen. Das waren Owens Worte gewesen. Er hatte mir versprochen, mich zu retten.

Er würde kommen. Ich wusste es.

»Franco!«, ertönte eine Stimme aus dem Flur. »Wir haben Besuch.«

Mein Herzschlag beschleunigte sich und Hoffnung keimte in mir auf.

Bitte lass es Owen und die Jungs sein. Bitte lass es Owen sein. Während ich das Mantra im Geiste wiederholte, achtete ich leider nicht auf Franco. In Windeseile hatte er den Raum durchquert und meinen Oberarm gepackt. Ich stemmte die Fersen in den Boden und lehnte mich zurück, woraufhin Franco mich durch die Blutlache schleifte. Dabei rutschte er aus und schwankte, doch er fing sich gleich wieder und zerrte weiter an mir.

Ich durfte nicht zulassen, dass er mich aus dem Zimmer brachte. Sobald er mich auf die Füße gezogen hatte, würde er mich als Schutzschild benutzen.

Irgendwie musste ich Franco aus dem Gleichgewicht bringen, eine andere Möglichkeit hatte ich nicht. Mit letzter Kraft warf ich mich zur Seite. Franco geriet ins Taumeln, wobei ich mich umdrehte und ihm in die Kniekehlen trat. Er knickte ein. Dann ging alles ganz schnell.

Ich stürzte mich auf ihn.

Wir wälzten uns durch die Blutlache, und ich schlug um mich und trat aus. Auch das war anders als in den Filmen. Wenn man um sein Leben kämpfte, kamen einem zwei Minuten wie eine Ewigkeit vor. Meine Muskeln protestierten, mein Körper schmerzte und ich spürte jeden Fausthieb, den Franco mir versetzte.

Ich gab mein Bestes.

Und ich wehrte mich mit aller Kraft.

Aber ich war einem neunzig Kilo schweren Mann nicht gewachsen. Mühelos hielt er mich am Boden fest.

»Verdammte Fotze«, keuchte er. Es freute mich zu sehen, dass ich ihm zumindest die Lippe blutig geschlagen hatte. »Ich werde dich verdammt noch mal umbringen.«

»Möglicherweise. Aber eher sterbe ich als …«

Ich kam nicht dazu, den Satz zu beenden, denn plötzlich war Franco nicht mehr da. Er wurde von mir gerissen und segelte durch die Luft. Ein lauter Knall ertönte, dann noch einer.

Im nächsten Moment verschlug es mir die Sprache, denn Owen stand vor mir. Seine Miene war zu einer wütenden Grimasse verzerrt, während er das ganze Blut im Raum betrachtete. Als er schließlich meinem Blick begegnete, hatte er einen eiskalten Ausdruck in den Augen.

»Verdammte Scheiße!«, brüllte er.

»Es geht mir gut«, erwiderte ich mit schriller Stimme.

»Scheiße, verdammt noch mal.«

Mir lief ein kalter Schauer über den Rücken. Vielleicht hatte er mich nicht gehört.

»Es geht mir gut, Owen. Das ist nicht mein Blut.«

»Owen?«

Ich zuckte zusammen und wich zurück, als ich eine mir unbekannte Stimme hörte.

»Ganz ruhig, Natasha. Es ist alles in Ordnung«, sagte der Mann.

Ich machte mir gar nicht die Mühe, mich nach der Stimme umzudrehen, denn ich hatte nur Augen für den Mann, der jetzt auf mich zukam. Owen bückte sich und hob mich hoch. Vergeblich versuchte ich, einen Schmerzensschrei zu unterdrücken, als er sich aufrichtete.

Er sagte kein Wort, doch das musste er auch nicht. Seine angespannten Kiefermuskeln sprachen Bände.

Er trug mich die Treppe hinunter, durch die Eingangshalle und zur Vordertür hinaus. Gabe kam uns entgegen. Als er mich erblickte, blitzte ein so unheimlicher Ausdruck in seinen Augen auf, dass ich mein Gesicht an Owens Hals vergrub. Ich wusste, was er sah. Ich konnte Wilcos Blut schmecken. Es klebte überall an mir.

Immer schmutzig.

Schmerzen durchzuckten mich, als ich begann, am

ganzen Körper zu beben. Und während die Tränen über meine Wangen kullerten, wuschen sie etwas von dem Blut von meiner Haut.

»Baby.«

Owens gequälter Tonfall entlockte mir ein heftiges Schluchzen.

Aber ich weinte nicht, weil ich Wilco getötet hatte und buchstäblich der Gestank der Pollaskis an mir klebte.

Das alles war mir egal.

Ich konnte nur daran denken, dass Owen mich zum dritten Mal gerettet hatte. Das erste Mal hatte er mich in Alaska in seinen Armen gehalten und mich vor einem Leben im Elend bewahrt. Damals hatte ich eine blutige Wunde an der Stirn. Das zweite Mal hatte er mich aus einem Gebäude getragen, nachdem er mich von einem Stuhl losgebunden hatte, während meine Jugendfreundin tot auf dem Boden lag. Mein Gesicht war zerschunden gewesen. Und jetzt brachte er mich in Sicherheit, nachdem ich einen Menschen getötet hatte. Wie jedes Mal hielt Owen mich sanft in seinen Armen. Wie jedes Mal hatte er sein Leben riskiert, um meines zu retten.

»Ich bin frei«, murmelte ich.

Owen brummte nur und ging weiter.

»Von ganzem Herzen«, sagte ich etwas lauter.

»Verdammte Scheiße.«

In seiner Stimme schwang ein harter Tonfall mit, aber er drückte mich sanft.

Ich verzog die Lippen an seinem Hals zu einem Lächeln.

Er war wütend auf mich, aber ich wusste auch, dass er mich von ganzem Herzen liebte.

Er musste die Worte nicht aussprechen, ich konnte seine Liebe spüren.

Ich war frei und würde meinen Traum leben.

KAPITEL SIEBENUNDZWANZIG

»Nat«, stöhnte ich.

Der Laut schien direkt aus meinem Unterleib zu kommen. Er war leise und tief und klang selbst in meinen eigenen Ohren fremd.

Natasha hob den Kopf und mein Blick fiel auf ihr verschmitztes Lächeln. Während der letzten sechs Wochen hatte ich dieses Lächeln häufig gesehen.

Die erste Woche nach unserer Rückkehr war die Hölle gewesen. Natasha war jede Nacht von Albträumen geplagt aufgewacht. Aber sie träumte nicht von dem Mord an Wilco, sondern davon, dass sie für die Tat hinter Gitter gesperrt wurde. Sie hatte panische Angst davor, dass jemand kommen und sie verhaften würde. Dann teilte Cruz uns mit, dass das FBI mit den Behörden von Montana in ständigem Kontakt stand und Wilcos Tod als Totschlag aus Notwehr eingestuft worden war.

Nachdem Cruz ihr die gute Nachricht überbracht hatte, hatte sie sich etwas entspannt, aber sie war immer noch nervös. Bis Tex seine Magie hatte spielen lassen und ein brandneuer Führerschein und eine Geburtsurkunde mit der Post kamen.

Sie war nun offiziell Natasha Cullen.

Als Nat ihre neue Identität gesehen hatte, hatte sie lauthals gelacht.

Ich nicht.

Ich konnte nur daran denken, wie sehr mir der Klang des Namens gefiel. Doch die Tatsache, dass sie nur meinen Namen trug, weil Tex sich einen Scherz erlaubt hatte, versetzte mir einen Stich im Herzen. Ich wollte, dass sie nicht nur auf dem Papier meine Frau war. Insgeheim glaubte ich, dass Tex genau wusste, was er getan hatte, denn er hatte mir damit einen Schubs in die richtige Richtung gegeben.

Am nächsten Tag kaufte ich ihr einen Ring. Nat wusste es noch nicht, aber eines Tages würde sie tatsächlich Natasha Cullen werden.

Danach verfielen wir wieder in unsere gewohnte Routine. Ich ging zur Arbeit und sie machte ihr eigenes Ding. Etwas hatte sich jedoch geändert, denn wenn ich nun von der Arbeit nach Hause kam, konnte ich sie in meine Arme ziehen und küssen, bis ihr der Atem stockte. Und nachdem wir zu Abend gegessen, ferngesehen oder uns mit den Jungs getroffen hatten, landeten wir immer in meinem Bett und ich raubte Nat auf andere Weise den Atem.

Sie hatte mir gesagt, dass sie in einer Fantasiewelt gelebt hatte, während wir in Idaho waren. Und hier in Maryland hatte ich mir meinen Traum verwirklicht. Das Leben war so viel besser, weil ich nun jeden Tag mit Nat verbringen konnte. Jeden Tag lernte ich etwas Neues. Und jeden Tag verliebte ich mich etwas mehr in sie.

»Owen«, jammerte sie. »Ich will nicht aufhören. Das hat sich so gut angefühlt.«

Ich drückte ihre Hüfte und ließ meine Hände von ihrer Taille über ihren Brustkorb weiter nach oben wandern. Nat bäumte sich auf, als ich ihre prallen Brüste umfasste. Ich dankte dem Universum, dass sie nicht lange gebraucht hatte, um zu heilen. Sie musste mit dem, was geschehen war, leben und hatte unzählige Blutergüsse davongetragen. Aber sie waren alle verblasst. Diese vierzehn Stunden hatten sich für immer in mein Gedächtnis eingebrannt, doch ich würde nicht zulassen, dass die Erinnerung unser Leben verseuchte.

Sie war am Leben.

Sie war in Sicherheit.

Sie war hier.

Sie gehörte mir.

Es zählte nur das Hier und Jetzt. Und ich tat alles in meiner Macht Stehende, um dafür zu sorgen, dass die Erinnerungen sie nicht einholten.

»Sieh mich an, Baby.«

»Kann ich das nicht tun, während ich dich reite?«, murrte sie.

Nein, das konnte sie nicht. Ich musste mit ihr reden, und solange sie immer wieder ihre enge, feuchte, warme Muschi über meinen Schwanz gleiten ließ, konnte ich mich kaum konzentrieren.

»Ich komme gleich«, fuhr sie fort.

Damit hatte sie recht. Ich hatte gespürt, wie ihr Unterleib zu zucken begonnen hatte. Aus diesem Grund hatte ich sie aufgehalten.

Nat vergrub ihre Fingernägel in meiner Brust, hob den Oberkörper an und senkte sich wieder ab.

»Ich komme gleich«, wiederholte sie und ließ die Hüfte kreisen.

»Nat«, knurrte ich. »Baby, ich möchte, dass du kurz innehältst.«

»Das kann ich nicht.«

Doch, sie konnte. Sie wollte nur nicht, und ich verstand warum. Der Sex zwischen uns war mit der Zeit immer besser geworden, und es war ein unglaubliches Gefühl, so kurz vor dem Höhepunkt zu stehen. Nats Selbstvertrauen war gewachsen, und unser Liebesspiel war auf eine ganz neue Ebene gehoben worden. Das lag aber nicht daran, dass Nat im Bett eine Wildkatze war und mich häufig anflehte, ihr schmutzige Dinge ins Ohr zu flüstern – was ich natürlich liebend gern tat.

Nein, unsere Intimität war gewachsen, weil jede Berührung, jedes Wort, jeder Kuss, jede Liebkosung, jeder Biss und jedes Stöhnen von Liebe erfüllt war.

Wir spürten sie bis tief in unsere Seelen.

Diese Liebe würde die Ewigkeit überdauern und selbst nach unserem Tod noch nachhallen.

»Natasha«, brummte ich.

Ich bäumte die Hüfte auf, um ihr entgegenzukommen, und konnte nicht mehr an mich halten. Es war zu spät. Immer schneller trieb ich auf den Gipfel der Lust zu. Ich würde diese Unterhaltung auf später verschieben müssen.

»Du hast zwei Sekunden, um es zu Ende zu bringen, Baby«, warnte ich sie.

»Ich komme gleich«, stöhnte sie.

Ich wusste genau, was sie brauchte.

»Beug dich vor.«

Ein Beben ging durch ihren Körper und sie begegnete meinem Blick. Im Rausch der Lust waren ihre Lider halb geschlossen.

»Noch nicht.«

»Sofort, Baby, ich muss dein Mal auffrischen.«

»Aber …«

Ich gab ihr einen Klaps auf den Hintern. Mit einem tiefen Schnurren tat sie wie geheißen.

Kaum hatte ich meine Zähne in der Schulter meiner Frau versenkt, zuckte ihr Unterleib um meinen Schwanz. In dem Moment, in dem sie zum Höhepunkt kam, explodierte auch ich, und gemeinsam drifteten wir auf der Woge der Ekstase davon.

Ein Schauer der Glückseligkeit durchströmte mich.

Es war unglaublich.

Jedes verdammte Mal.

»Ich liebe dich so sehr, Owen Cullen. Dieses Gefühl ist so überwältigend, dass ich es kaum in Worte fassen kann.«

Ich ließ meine Zunge über die Wunde an ihrer Schulter gleiten und strich dann mit den Lippen darüber. Immer wenn das Mal zu verblassen begann, frischte ich es auf. Nat hatte darauf bestanden, denn sie wollte stets von mir gezeichnet sein. Sie sagte, sie betrachte es gern im Spiegel und liebe es, es zu berühren, weil sie wusste, dass ich es auf ihrer Haut hinterlassen hatte. Und wie jedes Mal erfüllte ich meiner Frau ihren Wunsch.

»Du machst es mir wirklich leicht«, sagte ich und drückte ihr einen Kuss auf den Hals.

Ohne hinzusehen, streckte ich den rechten Arm aus, nahm die Schachtel von meinem Nachttisch, klappte sie auf und zog den Ring heraus.

»Willst du mich heiraten?«, flüsterte ich.

»Wie bitte?«

Natasha richtete sich ruckartig auf, sodass ihre Brüste auf und ab wippten, und für einen Moment vergaß ich völlig, was ich eigentlich wollte. Vielleicht war das doch keine so gute Idee gewesen. Möglicherweise hätte ich warten sollen, bis sie sich etwas angezogen hatte, statt ihr den Antrag zu machen, während sie auf meinem Schoß saß und ich meinen immer noch harten Schwanz in ihr vergraben hatte.

»Heirate mich, Baby. Werde meine Frau. Ich will, dass du meinen Namen nicht nur auf dem Papier trägst.«

»Danke«, erwiderte sie nur.

»Nat ...«

»Danke, dass du mich gerettet hast. Danke, dass du mir

verziehen hast. Danke, dass du mir ein Zuhause, Turnschuhe, Jeans, hübsche Kleider und Schuhe gegeben hast …«

»Nat …«

»Danke, dass du mich liebst, aber vor allem danke ich dir, dass ich dich lieben darf.«

»Ist das ein Ja?«

Natasha starrte mich mit ihren funkelnden grünen Augen an. Plötzlich wünschte ich mir, wir würden eines Tages fünf Mädchen bekommen, die Natashas hübsche Augen und ihr glänzendes Haar erbten. Wir würden sie verwöhnen und lieben.

»Ja. Das ist ein entschiedenes Ja.«

»Dann, gern geschehen.«

Ich brauchte einen Moment, um ihre Hand von meiner Brust zu ziehen und ihr den Ring an den Finger zu stecken. Doch als sie ihn betrachtete, löschte der Ausdruck auf ihrem Gesicht diese vierzehn Stunden einfach aus.

Verzückung.

Sie verzog die Lippen zu einem bezaubernden Lächeln.

»Danke für den wunderschönen Ring.«

»Hör auf, mir zu danken«, knurrte ich.

»Danke, dass du mich so glücklich machst.«

»Wenn du mir noch einmal dankst, dann werde ich dich …«

»Danke, dass du …«

Natasha kam nicht dazu, den Satz zu beenden. Als ich sie auf den Rücken drehte, quietschte sie lachend. Als ich mit ihr Liebe machte, stöhnte sie. Und als ich sie schließlich zum Höhepunkt brachte, schrie sie vor Lust.

Aber sie bedankte sich nicht mehr bei mir.

KAPITEL ACHTUNDZWANZIG

»Danke, dass Sie sich zu diesem Treffen bereit erklärt haben«, sagte Cruz und reichte mir die Hand.

Wow.

Das war also FBI-Agent Cruz Livingston?

»Danke, dass Sie extra den weiten Weg nach Maryland auf sich genommen haben.«

Als Owen sich räusperte, ließ ich die Hand von Mr. Sexy los. Ich blickte zu Owen auf und sah, dass ein Lächeln seine Lippen umspielte.

»Was ist los?«, fragte ich unschuldig, obwohl ich genau wusste, was ihn so amüsierte.

Ich hatte den Mann unverhohlen angegafft.

»Nichts.«

»Weißt du«, begann ich wie beiläufig, »es ist nicht meine Schuld, dass all deine Freunde so gut aussehen.«

»Sicher«, erwiderte Owen lächelnd.

»Du stehst natürlich ganz oben auf der Liste, aber die anderen kommen direkt nach dir.«

Mit einer ausladenden Geste deutete ich auf die Männer am Tisch, die uns mit einem Schmunzeln im Gesicht beobachteten. Nun, Myles und Kevin schmunzelten, Gabe hatte ein breites Grinsen im Gesicht. Bei seinem übersteigerten Ego war diese Reaktion nicht verwunderlich.

Zane Lewis saß am Kopfende des langen Tisches. Offensichtlich war das sein angestammter Platz, schließlich befanden wir uns im Konferenzraum von Z Corps. Zu seiner Rechten wurde er von Lincoln Parker, kurz Linc, flankiert. Der Mann war Zanes Bruder und … nun ja, seine rechte Hand. Neben ihm saßen Kyle und Owens neuer Teamkamerad Cooper Cain. Owen hatte mir erklärt, dass Coopers Bruder Jaxon Mitglied des Red Teams war. Wahrscheinlich hatte er noch mehr erzählt, aber ich hatte ihm kaum zugehört. Zum einen war ich wegen des Treffens mit Cruz ziemlich nervös. Und zum anderen war ich von so viel männlicher Schönheit umgeben, dass ich mich kaum konzentrieren konnte. Cooper Cain mochte der Neuling in der Truppe sein, aber er stand den anderen in nichts nach.

»Sicher«, wiederholte Owen.

»Vielleicht sollten wir jetzt zur Sache kommen«, schlug Zane vor.

Ich wandte mich ihm zu und musste blinzeln, als ich sah, dass er lächelte.

Zane Lewis, der große und mächtige Chef, lächelte tatsächlich.

»Du hast Grübchen«, bemerkte ich.

»Jetzt geht das wieder los«, murmelte Linc.

»Sei nicht neidisch, kleiner Bruder. Nicht jeder besitzt …«

»Ich dachte, wir wollten zur Sache kommen«, fiel Owen ihm ins Wort.

Plötzlich wollte ich unbedingt wissen, was Zane hatte sagen wollen. Wahrscheinlich glaubte er, er besäße die Welt, und nach allem, was ich über ihn erfahren hatte, lag er damit nicht ganz falsch.

Zane hatte die Nummern vieler Politiker in seiner Kartei, aber im Gegensatz zu Wilco hatte Zane seine Kontakte auf legale Weise geknüpft. Statt sie zu erpressen, pflegte er mit ihnen Freundschaften, die auf gegenseitigem Respekt beruhten.

Leider konnte ich nicht den lieben langen Tag hier herumsitzen und die Adonisse bestaunen. Ich hatte inzwischen einen Job und musste in ein paar Stunden bei der Arbeit sein.

»Ich werde es kurz machen«, begann Cruz. »Ich … Wir alle wissen, wie schwer es Ihnen gefallen ist, mit dem Analysten zu sprechen.«

Cruz hielt inne und mein Herz begann zu rasen. Seit ich Wilco getötet hatte, waren drei Monate vergangen. Und ein Monat, seit Owen mich gebeten hatte, ihn zu heiraten. Nachdem die erste Woche zu Hause nicht leicht gewesen war, hatte ich Sarah schließlich zur Ruhe gebettet.

Sie war tot und ich trauerte nicht um sie. Sarah Pollaski ruhte wahrhaftig in Frieden. Als Cruz mich dann bat, mit einem FBI-Analysten zusammenzuarbeiten, stimmte ich bereitwillig zu. Es war geradezu läuternd. Nun konnte ich mit allem abschließen und in die Zukunft blicken.

»Wie ich Ihnen bereits gesagt habe, war es mir ein Vergnügen.«

Franco hatte sich übrigens geirrt – Wilco war nicht so schlau, wie er gedacht hatte. Cruz hatte gesehen, dass Wilcos Stadthaus verdrahtet war. Später erfuhr ich von einem Mann namens Dude, dass gar nichts *bumm* gemacht hatte. Dude war ein Freund von Wolf, Abe und Mozart, die an meiner Rettung beteiligt waren. Die Jungs waren schon leicht ergraut an den Schläfen und verdammt sexy, aber das tat jetzt nichts zur Sache. Wie dem auch sei, Franco und die anderen Soldaten, die mit Wilco im Unterschlupf gewesen waren, saßen im Gefängnis. Franco weigerte sich zu reden, aber die anderen vier Männer sangen wie Kanarienvögel, da sie jetzt keine Angst mehr hatten, als Fischfutter zu enden.

Franco war erledigt.

Der Gedanke erfüllte mich mit Freude.

»Gut.« Cruz nickte. »Ich wollte Ihnen zudem mitteilen, dass wir durch die Informationen, die Sie uns gegeben haben, mehrere Menschen retten konnten. Einige der Frauen sind zu traumatisiert, um über das zu reden, was ihnen widerfahren ist, aber die anderen Frauen hat das FBI mit ihren Familie wiedervereint. Zuletzt waren es dreiundneunzig.«

Dreiundneunzig?

Mein Gott, Wilco war wirklich der leibhaftige Teufel gewesen.

»Danke, dass Sie mir das mitgeteilt haben.«

»Es war mir ein Vergnügen«, erwiderte Cruz und starrte mir dabei direkt in die Augen. Dann wandte er sich Zane zu und nickte.

»Z, ich weiß es zu schätzen, dass ich dein Büro benutzen durfte.«

»Keine Ursache. Eine angenehme Rückreise nach Texas und grüß Mickie von mir.«

»Das werde ich.«

Mit diesen Worten verließ Cruz den Raum.

Nun.

Das war's.

Ich wandte mich Owen zu, doch bevor ich ihn bitten konnte, mich hinauszubegleiten, ertönte ein Summen im Raum und Zane sagte: »Ja, meine wunderschöne Göttergattin?«

»Oh Gott, ich muss mich gleich übergeben«, bemerkte Kyle und gab einen würgenden Laut von sich.

»Mit Süßholzraspelei kannst du dich aus der Sache nicht rauswinden, Zane Lewis«, blaffte Ivy.

Oh, das hatte ich ganz vergessen zu erwähnen. Ich liebte Ivy Lewis. Sie war umwerfend schön, hatte die Geduld einer Heiligen – schließlich war sie mit Zane verheiratet – und ließ sich von niemandem etwas gefallen. Zudem leitete sie im Hintergrund sämtliche Abläufe im Büro von Z Corps. Als ich vorhin das Gebäude betreten hatte, war sie gerade am Empfang.

»Ivy, wir werden uns unter keinen Umständen eine Katze zulegen«, antwortete Zane.

Ich biss mir auf die Lippe. Natürlich würden sie sich eine Katze holen.

»Wie wäre es, wenn wir zu Hause darüber reden?«

»Da gibt es nichts zu reden, meine liebe Frau. Ich liebe dich bis in die Tiefen meiner schwarzen Seele, aber eine Katze kommt mir nicht ins Haus. Ich habe nie einen Hehl daraus gemacht, dass ich Katzen hasse. Dir ist doch sicher nicht entgangen, dass ich jede Katze, an der ich vorbeigehe, anfauche.«

»Zane, du fauchst alles an.«

»Nur die Dinge, die ich nicht mag.«

»Also alles. Ich will eine Katze. Eric will eine Katze. Können wir bitte …«

»Also schön. Hol dir eine Katze.«

Lincoln brach in schallendes Gelächter aus.

Owen begann, am ganzen Leib zu beben, und ich schloss die Augen.

Das war mein Leben.

»Baby, ich muss zur Arbeit«, flüsterte ich Owen zu.

»Ich begleite dich nach unten.«

Das tat er immer. Er würde mich auch zu meinem Wagen begleiten und mich dann küssen, bis mir schwindelig wurde. Dann würde er mir nachsehen, während ich wegfuhr. Es war jedes Mal dasselbe.

Ich *liebte* mein Leben.

»Danke, Schatz«, flüsterte ich ihm zu, dann standen wir auf.

Owens Augen verdunkelten sich und mir lief ein Schauer über den Rücken.

»Du kannst von Glück reden, dass wir nicht zu Hause sind«, bemerkte er.

Die Worte durchströmten mich mit einem Kribbeln, denn ich wusste genau, wovon er sprach. Seit dem Abend unserer Verlobung hatte er es sich zur Aufgabe gemacht, jedes Mal wenn ich mich bei ihm bedankte, meinen Mund auf lustvolle Weise zu beschäftigen. Einen Moment lang dachte ich daran, mich krankzumelden. Ich arbeitete in einem Kaufhaus und die Angestellten hatten nie etwas gegen ein paar Überstunden einzuwenden. Aber ich verwarf den Gedanken gleich wieder. Ich liebte meinen Job und meine Kollegen. Außerdem würde Owen heute Abend zu Hause auf mich warten.

»Ich weiß auch nicht, irgendwie genieße ich es, von dir für meine Dankbarkeit bestraft zu werden.«

»Oh, und ich liebe es, wenn du mir deine Dankbarkeit zeigst.«

»Du bist eben durch und durch ein Mann.«

»Kannst du es mir denn verdenken, dass ich es gern mag, wenn du …«

Hastig bedeckte ich seinen Mund mit meiner Hand. »Kein Wort mehr.« Mit einem Nicken zeigte ich auf die Männer am Tisch.

»Baby, sie sind gerade damit beschäftigt, Zane aufzuziehen. Sie beachten uns gar nicht.«

»Ich schon«, verkündete Gabe.

Owen stöhnte und bedachte seinen Kameraden mit einem finsteren Blick. »Eines Tages wirst du auch versuchen, einen intimen Moment mit deiner Frau zu genießen, und wenn du es am wenigsten erwartest, werde ich plötzlich auftauchen und ihn ruinieren.«

»Träum weiter«, lachte Gabe.

»Du wirst schon sehen. Rache ist süß.«

Owen ergriff meine Hand und wandte sich zum Gehen. Wir wollten gerade durch die Tür treten, als Ivys Stimme aus dem Lautsprecher ertönte. »Da ist eine Evette London am Empfang. Sie sagt, sie muss sofort mit Kyle und dir sprechen.«

»Evette ist hier?«, fragte Kyle und sprang auf.

Ivy bejahte seine Frage, doch Kyle war bereits zur Tür hinaus. Gabe folgte dicht hinter ihm.

»Weißt du, worum es geht?«, wollte ich von Owen wissen.

»Nein. Ich habe noch nie von dieser Frau gehört.«

* * *

OWEN HATTE MICH MIT DEM RÜCKEN AN MEINEN WAGEN gepresst, und ich keuchte heftig, nachdem er mich gerade leidenschaftlich geküsst hatte.

Alles in meinem Leben wurde zunehmend besser.

»Viel Spaß bei der Arbeit«, murmelte er.

»Das wünsche ich dir auch. Wir sehen uns zu Hause.«

»Ja, Baby, bis später.«

Er drückte mir noch einen flüchtigen Kuss auf die Lippen und trat dann zurück.

Als ich davonfuhr, sah ich im Rückspiegel, wie Owen mir nachschaute.

Ich wurde geliebt.

So sehr geliebt.

Ich war rein und frei.

Ich hatte die Freiheit, selbst zu entscheiden, was ich mit meinem Leben anfangen wollte.

Und jeden Tag entschied ich mich für Owen Cullen.

KAPITEL NEUNUNDZWANZIG

EVETTE LONDON

Dies war ein Fehler.

Ich hätte nie hierherkommen dürfen. Stattdessen hätte ich anrufen sollen, doch mir blieb keine Zeit und mein Handy hatte ich weggeworfen.

Denn ich wurde verfolgt. Nun, da ich Kalifornien hinter mir gelassen hatte, musste ich mir eingestehen, dass ich nicht nur verfolgt wurde. Jemand versuchte, mich umzubringen.

Ich hätte dennoch anrufen sollen. Auch heute gab es noch Münztelefone, ich hätte ein R-Gespräch führen können. Kyle hätte die Gebühr zweifellos übernommen und wäre dankbar gewesen, wenn ich seine Frau nicht mit diesem Problem behelligt hätte.

Aber ich musste Anaya warnen.

Außerdem war es nun ohnehin zu spät. Ich war hier.

Ich stand in der Empfangshalle von Z Corps, wo Kyle arbeitete. Er war Privatdetektiv oder ein Kommandosoldat. Ich war mir nicht sicher, aber er war ein harter Kerl und würde wissen, was zu tun war. Anaya liebte mich und er liebte Anaya. Zweifellos würde er mir helfen.

Mein Gott, ich hoffte es zumindest.

Ich war nicht ganz bei Sinnen gewesen, als ich in das Flugzeug gestiegen war. Um keine Panikattacke zu erleiden, hatte ich mich die ganze Zeit über auf meine Atmung konzentriert. Ich hatte eine höllische Angst vorm Fliegen, aber noch mehr fürchtete ich mich davor, von meinem Verfolger getötet zu werden.

Statt einen Wagen zu mieten, hatte ich ein Taxi gerufen. Es war eins dieser altmodischen gelben Taxen gewesen, wie man sie normalerweise aufgereiht am Ausgang eines Flughafens vorfindet. Den Fahrpreis hatte ich bar bezahlt.

Ich hatte mir über die Verwendung von Bargeld nie wirklich den Kopf zerbrochen und wie alle anderen stets mit Karte bezahlt. Und wenn man nicht damit rechnete, dass man schleunigst ans andere Ende des Landes reisen musste, dann ging einem das Bargeld schnell aus. Momentan hatte ich noch drei Dollar in der Tasche.

Ich hoffte wirklich, dass Kyle mir helfen würde, andernfalls steckte ich wirklich in der Klemme.

»Evette?«, ertönte Kyles dröhnende Stimme.

Ich drehte mich um und spannte unwillkürlich die Nackenmuskeln an.

Meine Freundin Anaya hatte wirklich den Jackpot geknackt, als sie diesen Adonis geheiratet hatte. Vor Kurzem war er in meinen Augen noch der attraktivste Mann gewesen, den ich je getroffen hatte. Nur Tom Cruise hatte ihn noch übertreffen können, dem ich natürlich nie persönlich begegnet war.

Aber nun musste ich feststellen, dass ich mich geirrt hatte.

Obwohl ich vor Panik ganz außer mir war, konnte ich nicht umhin, den Mann neben Kyle anzustarren.

Plötzlich rückte die Gefahr in den Hintergrund und meine Hormone spielten zur völlig falschen Zeit verrückt.

»Geht es dir gut?«, fragte Kyle.

»Nein. Jemand versucht, mich umzubringen.«

Der Mann neben Kyle drehte sich abrupt zur Fensterwand um und spähte nach draußen.

»Ivy«, bellte Kyle, und die hübsche Brünette am Empfang blickte zu uns auf. »Geh nach oben und riegle alles ab.« Die Frau stand auf und Kyle wandte sich seinem Freund zu. »Gabe, übernimm die Vorderseite. Ich rufe Owen an, er müsste noch im Parkhaus sein.«

Kyle trat vor und ergriff meine Hand. Unwillkürlich seufzte ich. Nicht weil der Ehemann meiner Freundin Anaya irgendwelche ungebührlichen Empfindungen in mir auslöste, sondern weil ich eine unabhängige Frau war, die keinen Mann brauchte, der sich um sie kümmerte. Aber ich musste zugeben, dass Kyles starke, warme Hand mir ein Gefühl von Sicherheit gab. Seit Wochen hatte ich mich nicht mehr sicher gefühlt, und jetzt durchströmte mich Erleichterung und ich wurde daran erinnert, wie dumm ich gewesen war.

»Nicht hier. In Kalifornien«, erklärte ich.

Der Mann namens Gabe drehte sich langsam zu mir um und betrachtete mich mit einem so einfühlsamen Blick, dass die Morddrohungen, Verfolgungsjagden und Einbrüche der letzten Zeit plötzlich wie weggeblasen waren. All die Gründe, warum ich mein Zuhause in Riverton verlassen hatte und quer durchs Land geflogen war, lösten sich in Luft auf. Ja, mit seinen warmen schokoladenbraunen Augen zog er mich so sehr in seinen Bann, dass ich alles um mich herum vergaß.

»Wir sollten nach oben gehen, wo Sie sicher sind, in Ordnung?«, schlug Gabe vor.

Ich nickte nur, denn ich brachte keinen Ton heraus.

Ich musste tatsächlich in Sicherheit gebracht werden.

Außerdem musste ich Anaya von Kalee erzählen.

Aber zuerst musste ich mich daran erinnern, warum ich nach Maryland gekommen war. Ich musste versuchen, meine seltsame Reaktion auf diesen Mann zu ignorieren, der noch keine zehn Worte mit mir gewechselt hatte. Aber als ich in der Empfangshalle stand und Gabe in die Augen sah, hätte ich schwören können, dass ich ihn kannte. Ich war ihm noch nie begegnet, aber wenn ich zu den Frauen gehört hätte, die an Liebe auf den ersten Blick und an Seelenverwandtschaft glauben, dann hätte ich gesagt, dass ich auf einer tieferen Ebene mit ihm verbunden war. Ich hätte behauptet, dass dieser Mann mit der anderen Hälfte meines Herzens in seiner Brust geboren wurde.

Ja, das hier war ein Fehler. Ich hätte anrufen sollen.

Finden Sie heraus, was Evette entdeckt hat, warum sie glaubt, in Gefahr zu sein, und wie weit Gabe gehen wird, um sie zu beschützen. Lesen Sie »*Gabe* (SFOA)«, das zweite Buch der Reihe »Blue Team – Stahlharte Beschützer«. Demnächst erhältlich.

DANKSAGUNG

An Sie alle – meine Leserinnen und Leser. Danke, dass Sie dieses Buch gelesen und mir einige Stunden Ihrer Zeit geschenkt haben. Ob dies nun das erste Buch ist, das Sie von mir lesen, oder ob Sie schon von Anfang an dabei sind, danke für Ihre Unterstützung. Ihretwegen habe ich den tollsten Job der Welt.

BÜCHER VON RILEY EDWARDS

<u>Blue Team – Stahlharte Beschützer:</u>

Owen (5 Aug)

Gabe (2 Sept)

Myles (7 Okt)

Kevin (4 Nov)

Cooper (2 Dez)

Garrett (6 Jan)

<u>Gold Team – Stahlharte Beschützer:</u>

Brooks

Thaddeus

Kyle

Maximus

Declan

<u>Red Team – Stahlharte Beschützer:</u>

Jasmins Erinnerung

Schutz für Olivia

Vergebung für Violet

Erlösung für Ivy

Die Rettung von Erin

<u>Die Gemini-Gruppe:</u>

Nixons Versprechen

Jamesons Erlösung

Westons Schatz

Alecs Traum

Chasins Kapitulation

Holdens Erwachen

Jonnys Befreiung

<u>Eliteteam 707:</u>

Shanes Auferstehung

Jaspers Freiheit

Levis Erkenntnis

Nolans Zwiespalt

BIOGRAFIE

Riley Edwards ist eine USA Today und Wall Street Journal Bestsellerautorin, Ehefrau und Armee-Mom. Geboren und aufgewachsen ist sie in Los Angeles, lebt inzwischen jedoch mit ihrem fantastischen Ehemann und ihren Kindern an der Ostküste.

Riley schreibt herzerwärmende Liebesgeschichten mit sexy Alphahelden und noch stärkeren Heldinnen. Rileys Lieblingsgenres sind spannende Liebesromane und Militärromanzen.

Besuchen Sie Riley im Netz!
www.rileyedwardsromance.com
facebook.com/Novelist.Riley.Edwards
instagram.com/rileyedwardsromance
youtube.com/channel
tiktok.com/@rileyedwardsromance
twitter.com/rileyedwardsrom
E-Mail: riley@rileysrebels.com

facebook.com/Novelist.Riley.Edwards
x.com/rileyedwardsrom
instagram.com/rileyedwardsromance
bookbub.com/authors/riley-edwards
amazon.com/author/rileyedwards

BÜCHER VON SUSAN STOKER

SEALs of Protection:

Schutz für Caroline

Schutz für Alabama

Schutz für Fiona

Die Hochzeit von Caroline

Schutz für Summer

Schutz für Cheyenne

Schutz für Jessyka

Schutz für Julie

Schutz für Melody

Schutz für die Zukunft

Schutz für Kiera

Schutz für Alabamas Kinder

Schutz für Dakota

SEALs of Protection: Legacy

Ein Beschützer für Caite

Ein Beschützer für Brenae

Ein Beschützer für Sidney

Ein Beschützer für Piper

Ein Beschützer für Zoey
Ein Beschützer für Avery
Ein Beschützer für Kalee
Ein Beschützer für Jane

Die Zuflucht in den Bergen

Zuflucht für Alaska
Zuflucht für Henley
Zuflucht für Reese
Zuflucht für Cora
Zuflucht für Lara
Zuflucht für Maisy
Zuflucht für Ryleigh

SEALs of Protection: Alliance

Schutz für Remi
Schutz für Wren
Schutz für Josie
Schutz für Maggie
Schutz für Addison
Schutz für Kelli
Schutz für Bree

Das Bergungsteam vom Eagle Point

Ein Retter für Lilly
Ein Retter für Elsie
Ein Retter für Bristol
Ein Retter für Caryn
Ein Retter für Finley
Ein Retter für Heather
Ein Retter für Khloe

Die SEALs von Hawaii:

Die Suche nach Elodie

Die Suche nach Lexie
Die Suche nach Kenna
Die Suche nach Monica
Die Suche nach Carly
Die Suche nach Ashlyn
Die Suche nach Jodelle

Delta Team Zwei

Ein Held für Gillian
Ein Held für Kinley
Ein Held für Aspen
Ein Held für Jayme
Ein Held für Riley
Ein Held für Devyn
Ein Held für Ember
Ein Held für Sierra

Die Delta Force Heroes:

Die Rettung von Rayne
Die Rettung von Emily
Die Rettung von Harley
Die Hochzeit von Emily
Die Rettung von Kassie
Die Rettung von Bryn
Die Rettung von Casey
Die Rettung von Wendy
Die Rettung von Sadie
Die Rettung von Mary
Die Rettung von Macie
Die Rettung von Annie

Mountain Mercenaries:

Die Befreiung von Allye
Die Befreiung von Chloe

Die Befreiung von Morgan
Die Befreiung von Harlow
Die Befreiung von Everly
Die Befreiung von Zara
Die Befreiung von Raven

<u>Ace Security Reihe:</u>
Anspruch auf Grace
Anspruch auf Alexis
Anspruch auf Bailey
Anspruch auf Felicity
Anspruch auf Sarah

<u>Die Männer von Silverstone</u>
Vertrauen in Skylar
Vertrauen in Taylor
Vertrauen in Molly
Vertrauen in Cassidy

<u>Eine Sammlung von Kurzgeschichten</u>
Ein langer kurzer Augenblick

BIOGRAFIE

Susan Stoker ist die New York Times, USA Today und Wall Street Journal Bestsellerautorin der Buchreihen »Badge of Honor: Texas Heroes«, »SEAL of Protection«, »Die Delta Force Heroes« und einigen mehr. Stoker ist mit einem pensionierten Unteroffizier der US-Armee verheiratet und hat in ihrem Leben schon überall in den Vereinigten Staaten gelebt – von Missouri über Kalifornien bis hin zu Colorado. Zurzeit nennt sie die Region unter dem großen Himmel von Tennessee ihr Zuhause. Sie glaubt ganz und gar an Happy Ends und hat großen Spaß daran, Geschichten zu schreiben, in denen Romantik zu Liebe wird.

Besuchen Sie Susan im Netz!
www.stokeraces.com
facebook.com/authorsusanstoker
twitter.com/Susan_Stoker
bookbub.com/authors/susan-stoker
instagram.com/authorsusanstoker
Email: Susan@StokerAces.com

www.ingramcontent.com/pod-product-compliance
Lightning Source LLC
Chambersburg PA
CBHW060225100726
47907CB00003B/512